无籽儿草

钱福君◎著

远方出版社

图书在版编目（CIP）数据

无籽儿草 / 钱福君著 . -- 呼和浩特 : 远方出版社，2020.9

ISBN 978-7-5555-1412-1

Ⅰ . ①无… Ⅱ . ①钱… Ⅲ . ①中篇小说—小说集—中国—当代②短篇小说—小说集—中国—当代 Ⅳ . ① I247.7

中国版本图书馆 CIP 数据核字（2020）第 151609 号

无籽儿草

WUZIR CAO

策　　划	王改英
著　　者	钱福君
责任编辑	刘洪洋
责任校对	刘洪洋
装帧设计	赵远新
出版发行	远方出版社
社　　址	呼和浩特市乌兰察布东路666号　邮编 010010
电　　话	（0471）2236473 总编室　2236460 发行部
经　　销	新华书店
印　　刷	呼和浩特市达思特彩色印务有限公司
开　　本	170mm × 240mm　1/16
字　　数	250千
印　　张	17.5
版　　次	2020年9月第1版
印　　次	2020年11月第1次印刷
标准书号	ISBN 978-7-5555-1412-1
定　　价	52.00元

序

郭建华

认识钱福君是一种缘分。钱福君是内蒙古通辽市扎鲁特旗人，儿子在昌乐工作，夫妇俩为照看孙子而客居昌乐。在昌乐刚一落脚，钱福君就像急于找到“娘家人”一样，拜访县文联和作协的同仁。其时我负责作协的工作，并主编作协主办的文学期刊《齐都文苑》，很快便结识钱福君。钱福君热情、真诚、直爽，对文学颇有见地，我们在一起聊天（钱福君称“唠嗑”）聊得很投机，大有相见恨晚之感。于是由文学牵线，我与钱福君结缘，成为文友和知己。

令我对钱福君刮目相看的是他的小说。《齐都文苑》不过是纸质、胶印的“黑板报”，称不上什么刊物，但除了深得当地业余作者的关注，还受到了外地，特别是昌乐旅居外地的诸多同仁的热情支持。在我编辑过的本地和外地的来稿中，钱福君的小说是别具一格的。钱福君说过：“我觉得我们有责任、有义务让后人知道，当年在那遥远的天边，在科尔沁大草原的深处，在那‘棒打狍子瓢舀鱼、野鸡飞进饭锅里’，在那抓把土就能攥出油的黑土地上生活的人们，是怎样把带有冷幽默甚至有点儿粗鄙的皱言俚语当止血散去抚慰被艰苦磨砺出的伤口；他们也善于把沾满野性、张扬甚至放肆的笑声，当止痛片去抵御、冲淡贫穷所带来的不可避免的痛苦。”借用这几句话概括和评价钱福君的小说是极贴切的。我们完全可以凭借这种概括，去解读钱福君的作品。

读钱福君的小说，开卷便有一股强劲、凌厉的草原之风扑面而来，摄人心魄。钱福君笔下的人物，特别是主人公，豪放、粗犷，毫不掩饰地张扬着自己的个性，他们或许说着粗话，甚至张口骂人，但都是立体的，带有浓烈的个性色彩、地方色彩和历史印记，因而是真实的、鲜活的、富有感染力的。钱福君所讲述的故事是“科尔沁大草原的深处，在那‘棒打狍子瓢舀鱼、野鸡飞进饭锅里’，在那抓把土就能攥出油的黑土地上”发生过或正在发生的，同样是粗犷的、野性的，带着鲜明的地方色彩和传奇色彩，有一种历史的凝重感。写出这样的人物、这样的故事，除了需要对生活的熟稔、对历史的认知，还需要文学的功力，特别是驾驭语言的功夫。钱福君的语言同样是个性化的，其鲜明的特色是朴实无华，不事雕饰，对方言俚语的运用十分娴熟，信手拈来，自然、贴切，且不乏幽默和些许野性。写人物对话是如此，叙述性语言也是如此。事实上，只有这种饱含大草原芳草和泥土气息的语言，才能承担起塑造草原汉子、讲好草原故事的重任。

钱福君的小说一经在《齐都文苑》刊出，立即引起读者浓厚兴趣。人们互相询问钱福君何许人也，然后各抒己见，热议钱福君小说的人物、情节、语言等。昌乐是齐文化发祥地，《齐都文苑》一直浸淫在浓厚的齐文化氛围中。钱福君的小说为《齐都文苑》送来一股苍凉的草原之风，令读者耳目一新。于是，钱福君的佳作《赵二的故事》《烹狼宴》《地主别传》《第三炮》等相继在《齐都文苑》刊出，广受好评。

钱福君文学成就的取得与他对文学的执着是密不可分的。他身体欠佳，时刻都在与疾病较量，严重时打电话都困难。即使如此，他从来没有放下手中的笔。他的小说动辄洋洋一两万言，一年总要写几篇，而且从不重复自己，篇篇有特色，篇篇有新意，篇篇丰满流畅，一气呵成，谁也看不出这是作者一边与疾病较量，一边挥笔疾书而成的。若非有饱满的创作激情，是断然难以完成的。除了小说，他还写了大量诗词，每首每阙都直抒胸臆，闪耀着艺术和思想的光芒。他渴望生活在浓厚的文学氛围中，十分珍视与文友的交往和交流。虽然身体虚弱，他不能久坐，但是只要文学圈子有活动，他几乎有约必赴，抱病参加，哪怕只能坐一小时。

勤劳的汗水，必将浇灌出丰硕的果实。钱福君的小说集《无籽儿草》和诗词选集《马背春光》同时付梓，呈现他金色秋天沉甸甸的丰收。不幸的是，新书尚未面世，钱福君却溘然长逝，令人悲痛不已。谨以此文祭奠钱福君在天之灵。

2019年8月，钱福君辞世之际，写于羡渔阁

目　录

无籽儿草／001

赵二的故事／017

焚狼宴／054

杀　猪／073

知青笔记／087

辘轳·人·井／120

1974 年的那场雪／130

神枪大虎／153

地主别传／183

第三炮／226

无籽儿草

一

袅娜的霞光也惧刀子般的北风，它边避风边趴在吴二家窗户上偷看，只见吴二正耸肩袖手问他爹：“喝点儿？”话像腊八粥那么黏糊。

晶莹闪亮的冰花衬在黢黑的北墙上，吴二也把它们衬进了自己有些发木的脑袋，心和思想便蓦地打个冷战。这冷战让他的心拘挛，便哆嗦着嘟囔：“真冷！”他仿佛才发现不但屋里冷、世界冷，而且这日子也冷，于是生出了整两盅的想法。他说话四两掬气儿，虽像峰没有思想的骆驼，整天在同样没有思想的沙漠中游弋，但高耸的驼峰里却装满了不为人知的苦痛和沧桑。

老爹腿脚尚健，屋里院外全承包。听了儿子蔫不拉唧的问话，也慢吞吞地表示同意：“喝点儿吧！”话像挤牙膏，拉着黏条儿。说着就拿过灯龛板儿上的酒壶晃晃，又拿来仅有的两个三钱瓷盅斟上。瞬间，酒的香味儿便急不可待地钻进了爷俩的鼻孔里。

房笆上垂下的麻绳底端系个木钩，挂一柳条小筐。吴二像个长臂猿，边抽鼻子嗅着酒香，边取下小笸放在桌上。灰头土脸的炕桌很忠实，驮着酱碟子、咸菜和碗筷，日夜坚守着岗位。

爷俩都是左手捏盅子，再用右手拇指和食指捏起芸豆粒大的一块红糖，轻轻放在嘴里，然后吧唧着嘴，思谋着，品着，那红糖就在吧唧嘴声里悄然融化。吧唧嘴声融化了生活中的冷，同时也夹杂着对生活中的温暖的期待。吴二举起酒盅，说：“喝！”语气中带着点儿商量的口吻，又有点儿命令的意思，还有些豪气干云。他爹榆木皮似的脸上，褶皱舒展了许多，对吴二最高指示般的提议做出积极响应，话音中带着几分劳累、几分辛酸和几分惬意，也欣欣然地说：“喝！”声音沙哑，却又爽快。于是，两个盛着叹息和愉悦的盅子，很亲热地碰在一起，发出“当”的一声脆响。然后两人迫不及待地把酒盅凑到唇边，伸着脖儿，“吱”的一声吸上一小口。就这一“当”一“吱”，就让日子这条河的苦水在一刻慌慌地从心里流走了，接踵而至的是稍许的惬意和温暖从心底流向全身。

爷俩刚喝一盅，赵三爷来了，脱了鞋坐在炕上，然后把长杆烟袋啪啪地往窗台上磕烟灰，再装上烟。吴二连忙用打火机给三爷点上，问：“三爷，整两盅？”三爷并不答话，反倒扑哧一声笑了：“吴二，你爷俩那是喝酒吗？喝风呢吧？‘吱’的一吸溜，这不整一肚子风吗？肚子不叽里咕噜地放炮？嘿嘿，红糖就酒，越过越有。”

三爷是本村名人，张嘴就是些傻瓜财主讨厌肥肉，生气就罚穷小子吃肉，以及地主羔子吃糖饼烫后脑勺之类的令人喷饭的奇闻趣事，每天都让山村寂寞如井的日子涌起几朵浪花。喝高时，他也摇头晃脑地整几句“白云千载空悠悠，烟波江上使人愁”之类的唐诗或是与庄稼地没一点儿关系的之乎者也的话。他经历过清末和民国，知道张大帅的药匣子和菜园子，一路走来见多识广，因此说话总绕着羊肠子弯儿，从不傻子射箭——照直崩。譬如说吴二娶不上媳妇，三爷说：“那是人家名气大，才让日子把盼想熬出了山羊胡子。”

譬如说吴二的身上有股怪味，三爷归罪于苍蝇：“人家是高干，有群苍蝇当警卫员，你有那资格？”譬如说吴二家忒不讲卫生，三爷扑哧一乐：“也不算太脏，枕头快赶上公社干部的皮鞋亮了。”譬如形容吴二家简陋，三爷说：“张嘴喘气儿的就他爷俩，四条腿的有炕桌和吱哇打架的耗子……”

二

队里分小米儿，每人五十斤。后街的张小个子，一百五十斤的口袋，他轻松地来个旱地拔葱，扛起就走，还回头逗哧：“队长，给我二百斤，若我一口气扛不到家，我是你孙子。”他家离小队有二里地。赵二龇着黄板儿牙乐：“哼，净琢磨美事儿！我想再给你说个媳妇儿，怕累坏你。”轮到吴二了，却袖着手，蔫蔫儿地说：“我得扛两回。”其实，他家离生产队不过三百米。

分谷糠时人挺多。平时吴二的话比叫花子兜里的钱都少，这阵儿却来了精神，擒着大半袋子谷糠大声叫道：“我要是扛不动你，就白吃两大碗干饭了。”说完还得意地笑笑，不想引来了个满堂彩。泼实、爱说笑又敞亮的大白杨婶子拿他开涮，学着电影《渡江侦察记》里敌参谋长的语气说：“嘿！还整得动半袋子谷糠呢？傻小子真棒！去江边扛木头吧。哪天我给你琢磨个小寡妇，你伺候了吗？”说着踢了一下吴二的屁股，整得他一个趔趄。被人耍笑的吴二不仅不恼，还龇牙一乐，话虽慢却不吃亏：“伺候你都是张飞吃豆芽——小菜一碟，不信试试？”大白杨婶子拍手哈哈大笑：“瞅你个损犊子样，你来？老娘一瞪眼、一撇腿就把你吓出来。”

南国春来路几千，绿风拐进小山湾。草芽芽闷声不语地拱开睡了一冬的被窝，争先恐后地噌噌地往外钻。于是，春风就唤来了一抹抹、一簇簇的新绿，大地就招手叫来了勃勃的生机，春天呼啦一下就窜了出来。在热火朝天的春耕中，刚苏醒的田野上人欢马叫，风撒欢儿鞭花响，鸟儿啾啾叫着掠过鞭鞘在低空盘旋。春，把人们折腾得脚打后脑勺却十分欢实。赵二见吴二那有气无力的架势，猜他肯定有难言之隐，不然一个骆驼似的大老爷们儿，何至于整天混在妇女屁股后受人白眼儿？于是他就照顾吴二，眯起绿豆眼问：“冲锋拼刺刀不行，扔手榴弹中吧？”吴二的回答是肯定的。赵二说：“打滚子吧。”但上了战场，情况却大打折扣，甚至难堪，那匹急性子马看不惯吴二的磨蹭，便扬鬃甩尾，时不时打一串不耐烦的响鼻儿，噌噌地甩开蹄子紧走，好像故意难为吴二，把他拽得差点儿散架了。强撑了一天，吴二就腰酸腿疼地在炕上趴了半天，还直骂大黄马什么都不懂，也不知道悠着点儿，偷点儿懒。他老爹蹲在灶火门儿前，瞅着彤红的火苗子，把嗓子眼儿对着灶火眼儿嘟哝：“毛驴不快怨轴辊，咋不说你那身板儿呢？唉！老天爷呀，真是的！”

三

村里的热心人都张罗着给吴二祈雨，希望尽快改善他那沾火就着的旱情。但是，皇上急，太监不急。虽然看一个黄俩，但是吴二似乎不在意，没事儿一样，还是思量着走路，依旧弓着让日子压弯的水蛇腰，一副三年睡不醒的样子，嘴里仍旧哼着谁也听不清、听不懂，但挺好听的小曲儿。

一天中午，老天赛着脸往下泼火，整得空气贼辣辣地烫手，真像阿尔巴尼亚电影的台词儿：“大地在热浪中颤抖，空气仿佛在燃烧。”

赵三爷领来个外村的寡妇。

事先三爷有话，爷俩像过年似的，用扫帚非常认真地清扫了每一个犄角旮旯，用抹布让桌子变得头光脸净了，终于有点儿过日子人家的样了。

做过介绍，三爷对吴二的爹使个眼色儿：“走，找个树荫凉抽几袋。”

屋里静得能听见苍蝇打拳、蚊子踢腿的声音。脸红得像抹过猪血的吴二，低着头大口嘬烟儿。闷了一大会儿，女人毕竟是过来人，瞅着脑袋差点儿扎进裤裆的吴二，心里就生出了欢喜，心想：肯定是个没经过风雨的雏儿，遇上难得的老实人了。她主动打破沉闷，扬起脸儿套话。

“你属啥？”

“属猴。”

“属猴？多大？”

“三十三。”

过了一阵儿，吴二似乎有点儿适应了，话稍微多了点儿，但手心还在出汗。他两只手搓着，说出的话也像碌碡砸碾盘——实诚：“我是傻子卖东西——就这一堆儿，你都看着了。这个家也没啥玩意儿，我手里存着三百二十元钱，你过来就都给你，你当家。”

女人顿时感到天旋地转：“天哪！三百二十元，好大的数！花花绿绿的票子，怕是得有一小簸箕吧？”胸中顿时鲜花怒放，眼前顿觉阳光明媚。她心想，何况自己还大吴二几岁。人的心思一活动，立马就有七十二个转轴子叽里咕噜地转悠。于是，她挪蹭着往吴二跟前儿凑。雪花膏的香味儿扑进吴二那麻木的脑袋，这诱惑虽让他感到很惬意，但身子却往后挪，心想：“大白天的，这是干啥呀？”那女的又往前蹭了蹭，故意试他。见他没啥反应，又来拉他的手。吴二这才抬头正眼看这女人。她捯饬得挺立整，杏核眼水汪汪的，鸭蛋脸儿红扑扑的。快四十的人了，长得显年轻。胸脯子那儿鼓鼓的。吴二心头立马怦怦狂跳，心似乎被什么撞了一下，同时也生出些许从没有过的异样感觉。

别看他整天混在妇女堆里干活，还从来没这么近看过哪个女人。大白杨那些娘们整天嘲弄他，那些皴话他虽然听得一清二楚，但从不往心里去，不像二柱子，专门寻思歪门邪道。

大白杨她们胡扯什么：“女人是二十不浪三十浪，四十正在浪尖上。”这个女人到底安的啥心呢？他反复用进了水的脑子问自己那有点儿瘸的思想。

女人聪明，心想不为别的，就看那堆钱也得趁热打铁，把生米煮熟了，先占下锅灶。于是她说：“五岁公牛三十的汉，罗成枪、野鹿鞭。趟过女人河，赛过活神仙。嘴边的桃子你不尝个鲜？”

女人的话像只小手撩拨得吴二浑身是汗，只觉得心慌慌的，脸上发烧，身上燥热，身体里有条蛇在膨胀，似乎躁动欲出。这时，女人拿起他的手，放到了自己的胸脯子上，这让吴二的身子嗖地通了电。女人又挑逗他：“人活一世，草木一秋，蚂蚱找伴儿，蝴蝶拈花，该吃的你就得吃，该用的就得用，那才不枉活一世哪！”说着就用手暗示他。

女人放的电让吴二浑身酥酥的、痒痒的，他觉得汗毛孔儿都噌噌地冒汗，就哆嗦着腿，站起身。

女人说了句什么，就闭上眼躺下了。

吴二没听清女人说的话，只觉得心怦怦地蹦到嗓子眼儿，要蹿出来，抓着裤腰带的手也在不争气地抖动。他何尝不想吃肉吃桃？但在这时，儿时受过伤的心疼了起来，那是他毕生的痛，不单让他身疲力乏，遭人白眼，就连脑子和心都灰溜溜地。想到这，腿一软，他就顺势坐在了炕沿儿上，双手抱着扎进腿间的头，就觉得脑袋有小锅那么大，里边儿咕嘟咕嘟地煮了一锅粥，粥的主料是惶恐和哀怨。

半晌不见动静，女人睁眼一看吴二那个熊样儿，臊得脸上冒汗、心里着火，心想：“狗肉上不了席，哪有不吃荤腥的猫？这不是爷们儿呀！要是嫁个废物，钱顶啥用？”她呼地坐起来，啪哒一声跳下地，摔门而去，屁股后还扔下句话：“废物！呸！”

四

生产队打谷子，新粮下了场就分，各家的锅灶就都眉开眼笑，饼子、面汤打发得男女老少的脸红扑扑的，热汗直流。人们就铆足了劲儿干活。

场院中央摊了一场谷子。十六岁的冬生是个半拉子，却非要抢着干大人的活。刚上套的小青马虽四六不懂，一不高兴就尥蹶子，但不藏奸耍滑。冬生愿使这样的马，痛快，却不知这马眼岔。

老天爷和“北大荒”有仇，就把一肚子冷气都吹向这里，一口唾沫还没落地就成了冰坨。冬生把缰绳缠在胳膊上，双手袖在棉袄袖里，人原地踏步地转着圈，马拉着碌碡秒针似的转着，还咴咴乱叫。过一会儿，就有两三个人拿木杈子把正在轧着的谷穗挑起来抖，这叫翻场。

那天吴二也在翻场。大场院里还有二十多个爷们儿在扛高粱，几十个妇女扒苞米。大白杨给她们讲荤段子，逗得大姑娘小媳妇们前仰后合，哈哈大笑，笑声惊飞了谷垛上的一群老鸹。场院里人欢马叫，热闹又忙碌，与院墙上的“自力更生、艰苦奋斗”等标语相映成趣。

供销社来了新货，有棉线花头巾。吴二的表嫂走后门儿给闺女二霞子买了条红色的。二霞子系上后美滋滋地来干活，映得脸蛋儿红扑扑的，像熟透的苹果，把小姐妹们眼馋得眼泪哗哗的。傍过晌，二霞子到谷垛后解手。回来时她连跑带颠地唱着：“学习雷锋好榜样……”这孩子没正形，为了抄近道，她从谷场中穿行。

当那火红的头巾一路闪烁着飘进谷场时，冬生想喊却已经来不及了。

眼前突然有一团火飞来，小青马大吃一惊。它第一反应就是大事不好，妖怪来了，接着就施展降龙十八脚，甩开带铁掌的蹄子“当当当”一通神踢，然后是撒蹄儿狂奔。虽说屁股后边儿还拉着块破石头，但都是张飞啃猪蹄儿——小菜儿。冬生一开始还试图制服它，但他太不自量力了。小青马撒起野来，恐怕四五个壮汉也不一定能拽住。因缰绳缠绕在胳膊上，狂奔的马拖倒了冬生。突如其来的险情惊呆了所有的人。妇女们爹呀妈呀地惊叫，几十个大老爷们儿咋咋呼呼地乱喊。而这，倒像是给马注射了兴奋剂。

场院里顿时乱成了一锅粥，咋咋呼呼的一群人没一个敢上前拦马救人。

马嘶鸣着一路狂奔，冬生被叽里咕噜地拖着，随时都有可能被马蹄子踏到或是让碌碡压到——那将是悲惨的一幕。

突然，让所有的人都惊呆的一幕出现了：吴二举着木杈子，甩开大步，迎着狂飙的马冲了上去。这一幕像电影中的慢镜头，画面中一个战士在弥漫的硝烟中，迎着隆隆炮声，勇敢地冲向疯狂的鬼子，去拼刺刀。

眨眼间，马奔到了面前。瞪着惊恐的眼睛、大张着嘴的人们看见，平日里磨磨蹭蹭、一步挪半尺的吴二，这时一反常态，不仅一步六尺，还脚步把地踏得咚咚响。此刻，吴二的水蛇腰没弯儿了，动作变得凌厉迅猛，嘴里喊着："好个畜生，还反了你了！"平日里的黏糊劲儿没了影儿。

"啪嚓！"一声脆响，木杈子碎了。

脑门子上突然的一击使马懵了一下，愣了愣神，似乎是说"哟嗬！小子，有种，敢斗我！"接着就一低头，撞了吴二一下，又发疯似的飙向场院深处。

冬生起来了，吴二却晾了咸鱼。

吴二的脸像被人揉了捧粉笔灰，嘴也一咧一咧的，像个踩扁的瓢，两条眉毛凑到了一起，表情显出钝刀割肉般的挣扎。他弓腰抱胸，慢慢地，慢慢地挪着，像战场上下来的重伤员。面对大伙的询问，他的回答更慢了半拍："没，没咋样……"

赵二觉得吴二一下子从病狗变成了下山猛虎，被吴二原子弹爆发式的举动整蒙了。吴二在他心中的位置和形象被颠覆了，让他有种不可想象的感觉。他的嘴大张着，直到被冷风狠呛了一口才闭上，才眯着绿豆眼说："没事儿就好。我寻思着你会被撞得散了架，没想到你这破机器看着不咋地，零件还挺经造。给你两天假，回去保养机器，红糖就酒地整几盅，活活血。你不用吹号就冲锋，这要是抗日那阵儿，没准儿还真能用刺刀拼出个英雄呢！"

似乎缓过点劲儿，吴二拱了拱腰，抄着手，半死不活地反击："哼！那是你狗眼不识金镶玉。我是谁？吴老二！咋那么容易就死！老子还指着你养老扛幡哪。”说完，吴二弓着腰，耸耸地走了。棉袄后面沾满了碎谷叶和尘土。伴随着他那孤独消瘦的身影的，还有凛冽的寒风和凄凉滴血的残阳。

第二天早上，赵二卷着蛤蟆拱烟问蔫了的吴二：“咋样，喂不了狗吧？”

“就是……胸腔子里边儿疼……”像是在咀嚼昨天的疼痛，半晌吴二才从牙缝里挤出一句断断续续的话。

赵二费了好大的劲儿才打着打火机，把烟点着，然后就撵吴二回家休息。

吴二领赵二的情，心想：“这赵二走路勾着头，尽在前大襟儿上找《三国志》，没想到我遇上事儿，他还有句暖和话。瓜子不饱是人心哪！”于是拧着头说:“不回家……队里……有说有笑……多热闹……”他说话如拉肚子。

赵二抽着烟说：“热闹？我还寻思给你说个伴儿，让她和你热闹热闹，没想到你学柳下惠坐怀不乱。队里就是唱戏，还能有被窝里的戏好？”

赵二的嘲讽触动了吴二的神经，说话也不断断续续了：“哼！谁知道她是白骨精还是秦香莲？再说啦，大白天的，毛驴子呀？”

一席话惹得人们哈哈大笑。二柱子从来没正经，就趁机撩骚：“吴二有进步啊，啥时候这么有觉悟了？”

吴二就有点儿急，水蛇腰就立马伸直了许多，用大手指着二柱子：“滚蛋！连你个小王八蛋也瞧不起老子，哪天非得让你知道老子的厉害。”一贯话比香油少的他能整出这句，让众人觉得稀罕。

“都说吴二是七十二熊里头一熊，干啥啥不行，现在看是有点儿冤枉你了。”二柱子夸了吴二一句。

赵二心里也想：从吴二这脾气和从不占别人便宜这点上看，也许他那懒洋洋里藏着什么故事。他喷了口烟儿后说：“嗬！真没看出来，沟沟坎坎时你还真能拉上一套，别真拿豆包不当干粮。”

此时的吴二更不谦虚，甚至有点儿洋洋得意，自吹自擂：“哼！门缝里看人，你们是狗眼看人低！老子是乾隆爷装花子——真龙不露相，露相就吓得你尿炕。”

五

大队刘书记召开社员大会，当场表扬了吴二：“吴二，你平时虽然像傻子的裤子，松松垮垮的，但关键时刻为集体利益却能豁出命救人，这就是有阶级感情，就是雷锋精神，就值得鼓励。为了树正气和表彰你，大队奖励你一台‘向阳’牌收音机。”

大伙鼓掌，还喊着让吴二说几句。吴二感到自己那寸草不生的沙漠里第一次响起悠扬的驼铃。他说：“我没啥想法，当时就寻思，小嘎子还是花骨朵，咋也不能落下个残疾，那一辈子得多苦？”

一时间，吴二成了柳条沟的风云人物。

山村的日子像口水井，无波无澜无声响，每天只会傻乎乎地仰望上苍，傻老婆盼汉子似的送黑夜、迎朝阳。平日里人们寂寞得只和自己的鞋、猪、鸡、猫、狗说话。冬闲时来个说书的瞎子，拿腔捏调地唱几出《杨家将》《岳飞传》，每晚都是正听到你攥紧拳头、心悬到嗓子眼时，准来个“欲知后事如何，请听下回分解”，让你着急上火地琢磨一天。听书的人把屋子挤得连个耗子都钻不进去，晚来的人只能在外面趴在窗户上听。前年腊月，听书的人就把吴老大家的水缸硬生生给挤碎了。

自从有了收音机，吴二家就成了公共俱乐部。

人们对收音机里的新闻赞叹不已，也对这话匣子感到稀奇，说：“这东西真好，一拧，哇一声就说话唱歌，北京的国家大事就都知道了，比风都快。”还有那侯宝林的相声、梅兰芳的京剧、评剧、梆子、二人转，像磁场，把山沟里的人牢牢地吸在吴二家的炕上，让他们听得如痴如醉，甚至忘了回家。但收音机必须放在吴二眼前，调台、调音量必须由他整，别人不能乱拧，万一给拧坏了咋整？

赵三爷看不过眼儿，吧嗒着烟袋骂吴二："穷汉子捡个驴，白天黑夜数毛数，对你祖宗你也没这么在意过。"人们总是听到匣子里报出北京时间二十四点整，才拍屁股散去。人们走后，吴二还要听一阵子，反正有他爹做饭，他这散仙只需每天混工分即可。

一天，收音机突然哑巴了，拧这敲那，收音机像被掐死一样一声不吭。这可把吴二急得尿脬儿发胀，一趟趟往茅厕跑，嘴里不停滴嘟囔着："咋整？咋整？有钱不置哑巴物。"

在撞了门框后，他那发麻的脑子终于有了办法，着急忙慌地赶往广播站。

广播站的付师傅正给一台收音机做大手术，弄得一桌子零件。听说吴二的收音机有毛病，付师傅用电流表量，又认真地拧拧这儿，捅捅那儿，然后说："挺难整，过两天来拿吧。"

吴二一听脸都黄了，尿脬子也疼，没收音机陪着，那黑咕隆咚的夜晚可咋过呀？于是他央求付师傅："大长夜的，老少爷们儿都指望它解闷儿过日子呢，求求你了，说啥也得先给我拾掇拾掇。"

见吴二鼻子、眉毛都挤到一起开会，人像个大虾米似的缩头抽烟的样子，通信员小于子就眨巴着眼瞅付师傅，意思是："好修吗？"付师傅点点头。小于子就吓唬吴二："哼！这可是高科技，也就比整原子弹稍差一点点儿，你说拾掇就拾掇？打个耗子还得块油梭子呢，你咋也得表示表示吧？"

吴二一听要买东西，心就一阵阵地疼，心想："拿我当穆柯寨的木瓜哪？还原子弹，屁！"但转眼一想那黑黝黝的夜，别人家有媳妇陪着，自个儿只有这个伴儿，思谋了半天才弓起腰问："买啥呀？五斤冻梨，两盒迎春烟，一斤糖块！"小于子毫不留情地算账报价。

吴二一听，眼睛瞪得有鸡蛋大："我的天，过年我家也没买这些，太多了……”

小于子就掰着手指头算给他听：“你走着去旗里修，来回得耽误三天工，住大车店两毛，整两碗面条子四毛，修理费至少三块，你买这点儿东西撑死两块多。阴天下雨整不准，仨多俩少不知道？”

抽了几口烟，算了算账，吴二蹲地上半天没说话。不一会儿，他站起身，大脚把烟头狠狠地搓碎，像是搓小于子。

看着窗外吴二那让人生气的水蛇腰，小于子说：“这小子，贼啦抠，能把铜子儿攥扁了。哎，这收音机啥毛病？”

付师傅笑着说：“就是开关罗丝松了。”

吴二抱着东西颠颠地回来了。他撕开烟盒，抽出一支烟点上，报仇解恨似的狠狠地吸了两大口，把一支烟吸没了一半，然后说：“还是洋烟好！”说着，又抽出一支，在指甲上反复地磕几下，小心地摁实烟丝，然后接上之前的半支，又抽出一支夹在耳朵上。

这时，付师傅一拧开关，收音机里传出了优美的《东方红》的声音。吴二的眼睛立马溢出了欢乐。他抱起收音机，狠狠抓了把糖块儿，笑嘻嘻地说：“给我老爹吃。”这让小于子的心一哆嗦，冷着脸说：“你那大爪子像簸箕，一斤糖让你抓走六两，呸！”

吴二乐得想蹦高，心想：“四斤冻梨三毛二，两盒烟五毛六，糖球儿一块零八分，总共花了一块九毛六，自己连抽带拿得整回来六七毛，便宜，合适！”他又哼起了小曲儿。

六

自从让马撞了，吴二总是胸疼咳嗽，脸色儿也像黄表纸似的。

在自家的炕上，赵三爷的心思沉得像秤砣打坠儿。他吧嗒着烟，沉着脸对儿子说："吴二怕是受了内伤，这摸不着、看不见的最玄乎。"

说话间，"文化大革命"来了。

吴二接到叔伯哥哥的信，说爷爷的老宅有他爹一份，能分他三十几十的，让他务必去一趟。这个问题把一贯没问题的他整成了问题，在把车票、工分用加减乘除算了半筐后，他得出结论——合适！

差点儿被人挤碎了，吴二才挤上火车，又悬在人堆儿里被挤进厕所，这让他那凑合着用的身体哭爹喊娘。他忍着周身的疼痛，听着火车哐当哐当的呻吟声，他的思想回到了十岁那年。

那年春天，整日走四乡锔盆锔碗锔大缸的邻居王三叔，在吴二家院门口拦住吴二，说："我去赶集，你帮三叔拿个东西。等到了集上，三叔给你买糖吃。"他听说能帮王三叔的忙，还有糖吃，就屁颠屁颠地成了王三叔的小尾巴。

王三叔交给他一根粘着红绿纸道道的转日莲秸秆，说是孙悟空的金箍棒，千万别整坏了，到集上用它换麻糖。麻糖那东西太馋人了，他长这么大只吃过杏核那么大一块，上面粘着芝麻，又甜又黏牙。糖的诱惑让吴二直流哈喇子。

街口有日本鬼子站岗搜查。鬼子搜得很细，连王三叔的毡帽和鞋都抖搂几遍，对吴二拿的"金箍棒"却瞅都没瞅。他们来到集上最热闹的地方，在一杂货摊上，王三叔真的用"金箍棒"给他换了两块麻糖。

糖还没吃完，呼啦啦冲来了一队疯狗似的鬼子和汉奸，喊着抓八路，乱打人、抓人。王三叔拽着他往人群钻，但躲避不及，他的后腰被鬼子重重地砸了一枪托子。可怜他一个十岁的孩子，当时就直不起腰，哇哇大哭，尿的血水浸湿了裤子。

王三叔背着他回家。他疼得肝肠寸断，挠碎了炕席。王三叔跑到外村请来了百里闻名的"赛扁鹊"。老先生说吴二的腰子坏了。王三叔跑前忙后，请医抓药，尽心照顾。吃了二十多副苦药汤子，吴二虽然赖赖巴巴地活了下来，但是从此落了个腰疼的病根儿，整天浑身乏力，软绵绵的。

在火车的哐当声里，吴二寻思，一根草也有思想，也知道开花结籽儿，但我吴二腰子残废后，思想也残废了，还能开花结籽儿吗?

火车到站了，吴二好不容易从车窗钻出来，拖着疲惫的身子，低着头走在那条让他痛苦半生的街上。

突然，前方响起了暴风骤雨般的口号声。吴二抬头望去，前方彩旗招展，人头攒动，高举的胳膊如同密密麻麻的红高粱。钻进人群后他才看清，原来是一大群戴红袖章的人在批斗一帮挂大牌子的人。被斗的人都猫腰撅腚，瞅不见脸儿。他看见两个壮汉架着一个人站在高桌上，打着红叉的大牌子上写着斗大的三个字——王长林。

这一幕让吴二惊慌、纳闷儿，他的思想又好像迷失在沙漠里了。

回程，挤在沙丁鱼罐头般的火车上，吴二在想王三叔咋就成了反革命了。当年自己腰上挨的那一下，说到底是该死的日本鬼子作的孽。他虽然恨过王三叔，但此时同情的河水已冲走了心中的苦痛和怨懑。唉，要不是快过年了，真该拎上二斤槽子糕去看看他，当年那块麻糖真甜啊!

人的心哪，也真怪，一会儿有一朵莲花，一会儿有一朵牡丹。

七

日子这条河慌慌张张地把年马马虎虎地冲刷走了。没了往年的大拜年、大秧歌和高跷锣鼓，只有零零碎碎的鞭炮声在和年说再见。连那些爱作能闹、上树爬墙头的小孩们都蔫头蔫脑的，冰尜抽得没劲儿，玻璃球弹得也没准儿。

很快又过了正月十五。这个年，吴二是在一忧一喜中度过的。

忧的是，大队刘书记让“造反派”给戴上了高帽子游街。这本来与他没半毛钱关系，不想却有人整事儿，上纲上线，说吴二是刘清的“黑爪牙”“小爬虫”。还说凭吴二那大虾米的样子，一步踩不死个蚂蚱，凭啥得收音机?

这是结党营私！

平日窝窝囊囊的吴二，脑袋里只能装点儿高粱花子，能知道啥钢线铜线的？更别说连祖宗都不懂的结党营私了。因此，日子这条河就在吴二的脸上冲刷出了许多的沟沟壑壑。

喜的是，寒风耍刀子的腊月根儿上，赵三爷又给他介绍了个寡妇，并说好出了正月就结婚。因为腊月里家家都推碾子磨豆腐、蒸黏糕、杀猪宰鸡，人们都忙得手忙脚乱，顾头不顾腚。这个挠得人心痒痒的喜讯又像个熨斗，时不时地熨一下他脸上的那些沟沟壑壑，脸上也时不时地显出点儿快乐的神情。

吴二家那头小肥猪没舍得杀。爹说："好过的年节，难过的日子。办事时咋说也得整几桌吧！再说了，人家初来乍到，也得有点儿荤腥不是？"

吴二买了新被面儿、新棉花以及女人做衣裳的布和袜子，又笨手笨脚地地拆洗了自己已经看不见本色的被褥。

洗被褥时，吴二那沙漠一样的大脑里才有了人生的第一次思想。他觉得，日子其实就像这被面儿，被艰难弄得脏乎乎的，被痛苦搓得皱皱巴巴的，但你用劳累当肥皂，把它们洗净熨后，日子就变得干干净净、平平展展的，就让人舒心了。还有那五光十色的肥皂泡，总是此破彼幻，让人眼花缭乱。他想，这就是人们说的希望吧！

整个腊月，他就像村子中央的那盘碾子，吱吱扭扭地转个不停，只有在毛驴撒尿放屁时才伸伸懒腰，歇口气儿。他虽然胸疼，总咳嗽，但那颗孤单了多年的心终于有了甜蜜的期盼，心情就显得格外舒畅，就整天屋里屋外，哼哼呀呀，曲儿不离口，口不离曲儿。他的心里快乐，脸上的褶皱也就被快乐熨平了许多。

选喜日时，赵三爷摇头晃脑地说："二月二龙抬头，青龙过节阳气升，也是土地爷的生日，好日子！"于是，就定下了农历二月二办喜事。

女方是改嫁，用一辆马车接过来就是了。周瑜把精兵备齐，诸葛亮仗剑做法，东风屈指可到。

不想过小年那天，吴二却吐了几口黑血。

正月二十七吃晚饭时，吴二的爹瞅着他写满疲倦的脸，很是心疼，就慢吞吞地说：“二子，喜日子抬脚就到了，明天杀猪！喝两盅？”于是，酒盅子清脆的碰杯声伴随着爷俩吸酒的动静，就在小屋中响起。酒盅子里飘出了一丝丝暖洋洋的喜气儿和想象中的香喷喷的肉味儿……

正月二十八清晨，天阴着脸，下着小雪，没有风。吴二的侄子跑得上气不接下气，呼出的气把眉毛上都挂满了霜。他进了赵二家就跪地磕头，说：“不好了，不好了！三爷爷，我二叔逝世了，求你去给张罗张罗。”

这话弄得赵三爷扑哧笑出了声，说：“你二叔是个啥人物，还逝世啦？”说完又挺后悔，觉得有点儿过，半宿半夜地在人家听收音机，咋也得有点儿阶级感情吧，于是就问，“啥时候的事儿？”

那小子说：“听我爷爷说，他昨晚听收音机听到后半夜。早晨闷好了饭，咋叫都不答应，我爷爷就去推，才发现人已经冰凉了。”

赵三爷低头吧嗒口烟，又徐徐吐出一口，然后说：“告诉你爷爷，我随后就到。”说罢，他啪啪地磕净烟灰，感慨地摇着头说：“唉，吴二这辈子……”然后向西屋喊，“你过来。”

赵二赶紧说：“听见了，我这就喊人去。”

赵三爷说：“自从被马撞了后，吴二的脸色儿就不好，老咳嗽。他也算是为集体做贡献了，你得好好安排安排。”

正是打正月、闹二月的时候，吴二这峰骆驼静悄悄地走了，走进了那静悄悄的没有半点儿思想的沙漠。

几年后，赵三爷还在感叹：“唉，这吴二，连个籽儿都没结！唉，这吴二……”

赵二的故事

一

山乡的太阳自然用农村的方式说话，粗言粗语，骂起人来都火辣辣的，让人连爹娘带祖宗一块遭殃；山村的太阳是属驴的，直性子，一根肠子不拐弯儿，动不动就尥蹶子乱踢一通。农村的太阳早出晚归，像个不透气儿的傻瓜，但脾气却很像悍妇，会撒泼耍赖，蹦着高地骂大街。这不，都过午了，太阳还像炭火烤肉一样炙烤着大地，把庄稼草木都折磨得蔫了，弯下了腰，垂下了头；连往常那些浑身是胆、雄赳赳的蒿草都抵抗不住，耷拉着脑袋。趴在老榆树下的那只大黑狗正伸着长长的舌头，呼哧呼哧地喘着粗气，好像在与吱儿吱儿痛苦尖叫的蝈蝈共同忆苦思甜。

社员们都聚在队部里等队长分工下地。

这时，街上传来鞋蹭地的橐橐声，有人说：“下地了，赵二来了！”

正在搓胸脯子上臭泥的二柱子，像被马蜂螫了一样，激灵一下，马上用眼神儿把猫腻递给王富，说：“外国有个加拿大，中国有个大家拿，不拿白不拿。忙啥？小猪头烀得烂烂的，先整点儿闷子。”

赵二看着前大襟儿进屋，然后在炕沿儿挤个地方坐下。

二柱子斜倚着南墙，把前龇牙后咧嘴的鞋当垫子坐，屋中的闷热让他敞胸露怀，还跷起二郎腿满不在乎地晃悠着两只满是黑皴的脚丫子。他见赵二正在勾着头专心致志地卷烟，就把将将巴巴鼓起的那点儿勇气当烧酒一饮而尽，先壮壮怂人胆儿，心想：“怕你个阴天乐？破庙和尚横。你当队长，我跟着屁股朝天地拉套学大寨，还挨狗屁呲儿，也照样得嚼大馇子、啃咸菜。东风吹战鼓擂，现在世界上谁怕谁？没事给你穷搅和。王富能当上队长，咱不但好处多，而且能屎壳郎祭祖，让小猪头派上大用场。”想着，就贼眉鼠眼地拿腔捏调出洋相，学李斗的贱舌头：“哎，队挡（长），有人说：‘兔子压（拉）切（车）马卧桥（槽），黑爪季（子）挣钱白爪季花。骡季闲逛驴压磨，人过日季狗当家。’”引来一片笑声后，他又装作一本正经地说，“队长，你说说这是咋回事？就我这棒劳力，流的汗比驴还多，累个王八犊子似的，还净挨狗屁呲儿。瞅瞅你多牛，溜溜达达，三千七八[1]，还‘吱儿哇’地打响鼻、尥蹶子，这合理吗？”他为自己吃辣椒放屁呛倒人的话洋洋得意，皮糙肉黑的脸因得意而微微泛红。

二柱子的单口相声引起了一片哄笑。笑过后，人们都在期待赵二的反应，屋内顿时鸦雀无声，只听见房檐下燕雏儿讨食儿的叫声和蝈蝈的歌声。

赵二虽是个丑八怪，但脑子转得快，因为他看过包括《三国志》在内的许多书，善于思谋问题、琢磨事儿。此刻他心里正琢磨日子是个什么东西。他觉得日子像一峰孤独的骆驼，那直冲云天的驼峰里装满了对未来生活的盼想和期待。

大喇叭里的车轱辘话和样板戏已把人们的耳朵磨出了茧子。人们对《南征北战》《地道战》的台词比印满田间和大街的脚印儿都熟悉。历史的时针

[1] 这里指工分。

优哉游哉地漫步到此，批判“走资派”和“地富反坏右”那一套都已是李杜诗篇，不新鲜了。最能点燃这些麻木、孤寂的沙漠之舟的兴奋灶的，不是清亮亮的一泓水，而是什么张三闯黑儿摔断了腿、李四媳妇和刘五钻高粱地之类的八卦新闻。这些新闻赛过强心针和兴奋剂。他们的思想被太阳炙烤得已经麻木了，以致对许多事情都是针扎不疼、脚踹不动了，却喜欢感官上摩擦放电的那种刺激。他们不喜欢喋喋不休的说教，只喜欢浪漫带来的激情或旮旯里偷情的流言蜚语。他们就是赵二思想中的骆驼，它们连黑带白地行走在单调而枯燥的沙漠中，只能艰难而寂寞地听着自己颈下铜铃唱出的“叮咚——叮咚”的歌；只能日复一日地用思想的脚步和大风、黄沙交流感受，这种感受就是生活对生命的诠释。这匹骆驼用使命感支撑着顽强的生命，用生命丈量着无情的大漠，奔向远方的海市蜃楼。这就是那群被文化人瞧不上眼却推着历史的车轱辘翻山越岭往前进的土二迷糊！这就是那群顺着垄沟找豆包也能扭动乾坤翻跟头的农民！这就是那群能撬动地球的农民！

开场锣鼓响过，人们都热烈地盼着赵二和二柱子互掐。傻子放火不怕大，看热闹的都嫌事儿小，他俩掐得越有劲儿，人们看得越过瘾，最好是往裤裆上踢才觉得过瘾。人们都知道赵二是惹字放躺儿——惹不起，就都像周幽王带着老婆烽火戏诸侯，都盼着火苗子窜得欢一些。

此刻的寂静让赵二仿佛听见了阳光那得意的笑声，那声音正扑棱着无形的翅膀，放肆地把院子中那棵300多岁的老榆树击打出了沙沙的哭声。赵二知道阳光嫉妒老树是因为它根深叶茂，不畏惧霜刀雪剑的欺凌，也不怕它日头的毒辣。因为老树经历得太多：它见过努尔哈赤的铁骑攻城略地，见过张大帅痛打叛匪巴布扎布，目睹过解放军血战四平，还有壮志未酬身先死的麦新、吕明仁等烈士血染黑土地。

赵二眯起绿豆眼儿看着窗外，空中有只老鹰俯冲而过。他心想，不知谁家的小鸡儿又遭殃了。他的思维又闲庭信步地溜达回来。二柱子的话乍一听虽像是闲来无事到此一游地瞎嘚瑟，但赵二感到迎面扑来一股哧啦哧啦带火星子的强电流。寂静中，他知道有上百只眼睛在观察他的反应。他想，这又是王富那伙人研药装的枪，如果不把二柱子掐老实，麻烦就会像酒鬼看见酒一样奋不顾身地扑来。于是，赵二眯起绿豆眼儿说："二柱子，你喜鹊骂鹦鹉，嘴尖舌巧挺能整呗？真看不出，你是老牛槽当寿棺——转眼成材，一步成仙啦！依我看，你这是傻二看戏，人家张嘴你就乐，跟帮起哄傻哈哈，眼前横根扁担不知道一，任嘛不懂。你看三国里诸葛亮天天摇着扇子玩儿，连只鸡都不敢杀。可他羽毛扇一忽悠，赤壁那疙瘩就狼烟四起，烈火冲天，八十万曹军立马灰飞烟灭。毛主席连枪都没放过，却能指挥千军万马。长征二万五，打日本、斗老蒋，三大战役、百万雄师过大江，那胜扙打得杠杠的。这都靠的啥？靠本事，靠智慧！再说你家吧。你爹撅着尾巴累折了腰，得你娘掐钥匙。因为啥？你娘本事大呀！我说这些都是真理，是哲学。你说毛驴子不拉磨想干啥？供你家北墙上？"这神来之语又引起一片哄笑，因为北墙是供祖宗牌位的地方。

赵二借古论今，既生动形象，又无可辩驳，话似尖刀剔骨，非常到位又顺理成章。他眯着绿豆眼低头嘬烟，像在跟自己的鞋说话。那些观众更是蛤蟆看跳蚤——大眼瞪小眼儿，他们都被这个土豆脑袋、绿豆眼儿的丑八怪队长所折服。

"毛驴儿不拉磨就让他当队长，反正他不会说人话！"二柱子不甘示弱。扯瞎扯，他是花子裤裆抓虱子——一把一把的。但他惭愧，惭愧自己的脑袋还没赵二的臭脚丫子聪明伶俐，不能滔滔不绝地理论联系实际，上纲上线，所以射出的子弹就像屁崩的一样，蔫头蔫脑，没有三分劲儿。

赵二没接话茬，而是顺着自己的思路三进山城："再说了，啥叫合理？你懂个屁！外国的总统出门有专机专车，吃海鲜喝洋酒。"他冷不丁问对方，"你知道洋酒多少钱一瓶吗？你知道海鲜多少钱一斤？"没等二柱子回过神儿来他又说，“人家那厕所里贴瓷砖、安马桶，都比咱的家干净敞亮，拉屎尿尿都有人擦屁股系裤腰带。这叫因人而异，分工不同。你懂吗？大的不说，过去那些县太爷出门都有轿子和师爷伺候。咱们呢？下地上山得鸭趴杆儿走，一脑袋高粱花子讨人嫌，一身溲味儿熏倒驴，咸菜疙瘩赛烧鸡，流的汗能和泥，这还觉得不错了。武大郎比武松，货比货得扔！要是真比，跳井上吊的比赶集的都多。”赵二这家伙脑袋赛滚珠轴承，话比赵云的枪还狠还快，就连他嘴里吐出的烟雾都那么悠闲，潇洒得像袅袅白云。他心想：“小鬼儿放枪大鬼装，李逵后边有宋江。小样，我弄不死你们。”

什么专机、洋酒、海鲜、瓷砖、马桶，让这些听众个个五迷三道懵了圈。他们都说赵二就是天下知，咋啥都知道，真牛！

赵二这家伙总是低着头走路，前大襟上仿佛写着读不完的故事。他好像肚皮上还有一只眼睛，因为他从来没踩上鸡屎、猪粪，也走不错道儿。他十八岁在鞍山当电工时，正赶上三年困难时期，饿得直打晃儿，听说北大荒“棒打狍子瓢舀鱼，黏糕豆包可劲造”，就扔了工作来投奔表哥马大白乎。他上过三年小学，有过目不忘的本事，总去公社、大队看《人民日报》《参考消息》。他看报也算一绝，远观纸盖脸，近瞧纸贴眼。他对上面的形势和方针政策都把握得比较到位。作为一个帽翅儿没有蚂蚱翅子大，小得掉地上都找不到的“官”，他有自己的原则。比如眼下，各大报铺天盖地都是“反击右倾翻案风”，他用感觉和经验告诉自己，“右”代表落后和反动，自己必须宁“左”勿“右”。所以，他才从来不跑偏，总会逢凶化吉，成为全公社的知名人士。刘旭说他有贼心计，胆子比牛卵子都大，说话专掐人膝子，噎得人哏喽哏喽的。还说他天天吃枪药，张嘴就能把人呛个跟头。

赵二当队长，也有人不服气。

刘老四就是吃不着葡萄就喊酸，谁干都不合他的意，但他公鸡当不上大元帅，手下都是二虎兵，就总闹心，就把老婆当面团儿，夜里揉，白天踹，骂得还难听："摊上你这不争气的货！啥破厂子，净生产些半成品，个个半精不俏，气死我了！哪天把你这破厂子踹了！"老婆子虽然老实，但是总挨踹也愿意，兔子急了还咬棵草哪！有一天他老婆被踹得鼻子出血、眼眶乌青，就急了，说："我就不信，种谷子能出莠子？出大头秕子也怪你爹！阴雨天种的你，潮种！咋不怨你妈地薄、你爹孬种？咋不怨你祖坟上净长赖草？"整得刘老四哑口无言。他还骂赵二："他能当队长，兔子都能驾辕拉车。他那二成眼不进被窝找不着媳妇儿。豆杵子能当保家仙，大老黄们还不集体上吊？就那熊样，能领导社员学大寨、赶大寨？"

自从丢了保管，王富等于不打麻药，被活生生摘了肝胆，苦大仇深。王富就学战国苏秦搞纵横术，串联了刘老四等八家人整事儿，号称"八路军"。

有心眼儿的都是戳傻狗上墙，让脑袋进过水的虎将冲锋陷阵。他们就鼓捣二柱子整事儿。王富给二柱子打气许愿，说要是把赵二整瘸了、干没电了，好活随他挑，想干啥就干啥。

二柱子半试探、半逗哧："给龙椅都不坐，就想和你胖娘儿们睡一宿。"

王富十分肯定、十分坚决地说："就这个不可以，其他的都可以。"还忽悠他，"蛆多拱倒酱缸，蚂蚁成堆弄塌墙。咱没事儿就闲嘎嗒牙造舆论，没准儿就把他整秃噜扣，气他个阑尾炎、肠梗阻。"

二柱子虽然没念过赵钱孙李，但是根红苗壮底气足，还有股子驴劲，可惜他连旗里都没去过，见过最大的官就是公社书记，还离着有十丈远。刚才赵二一阵手榴弹轰得他晕头转向，直麻瞪眼。他心想："茅楼子不就是个拉屎撒尿的地方吗，还能当金銮殿使？马桶是个啥东西？"于是就问赵二："那个洋酒和海鲜得几块钱一斤？"赵二头没抬眼没睁："洋酒百八十一斤，海鲜咋也得一百多吧。"二柱子听了，像屁股底下安了弹簧，嗖地蹿起来。他像要饭的见了满汉全席，眼睛瞪得有鸡蛋大，非常激动，红头涨脸地说："我的天！不活了，不活了！过八月节，四块一斤的月饼七毛二分钱，我家六口人买两块儿掰开分了，过半个月了，吧唧吧唧嘴还香哪。猪肉五毛六一斤，羊肉三毛六一斤，过五月节、八月节，咱们谁家舍得买一斤？”他哆嗦着手指着大伙问，然后又说，“咱们撅着尾巴、汗珠子摔成八瓣地干一年，去了口粮钱，谁家剩过一百块？咱们来个远道亲戚，炒盘葱花鸡蛋还得掺些烂糊饭，多放葱花多放盐，馋得孩子们咬着手指头直唆喽，哈喇子流半尺长，巴眼儿望眼儿地盼着炕上可别都造光了。真看见桌上吃没了，就哇的一声搓着脚哭。我们家十块钱过个丰盛年，对联儿纸、糖球、小鞭炮、粉条、冻梨、新袜子，闹个全家乐。人家一瓶子啥酒就百八十块！上吊！上吊！没法活了！”

冷静一下后，二柱子咽口唾沫，问赵二：“人家茅楼都那么好？哎，你蒙人吹牛吧？”

见二柱子蒙圈了，赵二心里偷着乐，不回答他，而是指鸡骂狗说给王富听：“你就是个天生的猪脑袋，别人举块饼子一指，傻狗嗖的一声准上墙。别人给你吃枪药，你就拉子弹。一想媳妇儿就往高老庄跑，你是井里的蛤蟆，就知道巴掌大的天，不知道高老庄那边儿还有个女儿国哪！”说完后，赵二龇着黄板牙嘿嘿乐。

观众们哗地笑开了锅，他们为赵二的幽默所感染。精明如狐的马大白乎善于就火烧屁吃，立刻见缝插针，慢悠悠地说：“哼，二柱子要是知道女儿国，得一蹿十八条垄往那奔，法院一年得判他三百六十次强奸罪。”

二柱子表演欲强，对马大白乎的埋汰话毫不在意：“难怪大婶子骂你老骟马不中用，戏词儿上都说：‘能在花下死，做鬼都风流。’”

赵二说：“你瞅瞅你，一说这破烂事儿，嘴就咧到耳岔子上了。耗子尾巴长疖子，你也就那点儿脓水儿。哎，给咱舀瓢凉水来！”

咕咚咕咚喝完水，用袖子抹抹嘴巴，赵二心想，要宜将剩勇追穷寇，痛打落水狗，把他们彻底干没电，才有利于稳定局势、发展生产。于是他转变思路和战略战术，把刚才的狂轰滥炸改为机枪点射，就既表功又诉苦地继续进攻：“我不干活你眼红？柳条沟一队二百多口人，吃喝拉撒都得我操心。大小事谁张罗过？谁整了？不当家不知柴米贵，不生孩子不知肚子疼。闲逛我还累呢，心累！溜溜达达，三千七八？这叫各取所需、按劳分配，这叫能耐、本事！你瞅瞅你那个揍相！论力气，你比过王天壮吗？扛三百斤，他不闪腰岔气，嗖嗖地。二百斤压得你龇牙咧嘴、瓢扇腿。都吃五百二，少一口你干吗？话说回来，这集体大家庭就要取长补短，各尽所能，你懂吗？”歇口气儿，嘬几口烟，瞅着眼前袅袅的烟雾，他想：不上景阳冈，哪有武都头？不露两手，你们也不知道铁锹几根齿儿。

赵二的一顿猛削，使二柱子的电基本耗没了，火星子也没了，还出了一身臭汗。观众们有的抠脚丫子，有人看掌心纹，有人打盹儿，也有人瞅着墙上“批林批孔学大寨”“坚持毛主席的革命路线，坚决反击右倾翻案风”等标语出神儿。他们只看热闹不出声。只有外面房檐下的几窝燕雏在叽叽喳喳地吵架，像粥锅前的叫花子连哭带骂，同窝的还你蹬我踹地抢食儿。它们的父母们忙忙碌碌，穿梭不停，身上的羽毛在阳光下亦蓝亦金，优美、高雅。

二柱子被赵二弄得心烦意乱。他边用褂子擦着淋漓的汗水，边瞅着吞云吐雾、若无其事的王富，心里骂：“这个损犊子，真会装，拿我当二傻子当枪耍，李逵哪打得过张飞？你倒是帮爹一把，关键时候装孙子，让老子替你挨这顿狗屁呲儿。”但又不甘就此认输，那太没面子，就嘟囔道：“臭显摆！离了你地球还不转了？真是穷小子得了地，又是蹶子又是屁。”

赵二的眼虽不好使，可耳朵灵。他坚守阵地，寸土必争，并吹响了冲锋号：“哼！《国际歌》里说：‘从来就没有什么救世主，也不靠神仙皇帝。’但是，龙长三寸能行雨，金刚钻小能揽大活。四大天王大，那是泥像。是，地球离了谁都照样转，但你爹死了，你跟着去吗？我臭显摆？明天谁给小队批一米木材来？快过八月节了，你也整点儿白面来，给大伙分了包顿饺子吃？

要是行，我让贤，选你当队长，也溜溜达达，三千七八，也尥蹶子、打响鼻，咋样？这鸟活我正不想干呢！二柱子，好骡子好马拉出来遛遛，背地里捅尿窝窝不是爷们儿。这不是激你们、将你们。要是没那三把神沙，就别倒反西岐！就咬着草根，老实地眯着！”

最后这一记黑虎掏心拳加追魂夺命脚，彻底把二柱子整哑巴了，像棵霜打的草，彻底蔫了。

赵二这一通炮轰，就把那几个想整事儿的炸憋肚了。

有一次，饲养员马大白乎、木匠麻有德和我唠嗑，马大白乎告诉我：“赵二之前最多一年换过仨队长，都是让王富、刘老四他们整得发电机睡觉——干没电了，都是主动交的鞭儿。他当了十年队长，是北京的全聚德——老字号。社员们对他是大多数拥护，极少数是癞蛤蟆憋气——干鼓肚，他却干得劲儿劲儿的。别小瞧这小队长，四十多户，男女老少二百多口子，春种秋收、吃喝拉撒、老娘们儿传舌过耳嚼舌头、扯犊子打罗圈仗、老母猪拱碾盘、鸭子蹿锅台，破鞋烂袜子等事都得管。”

我问马大白乎为啥是多数拥护。

马大白乎说：“咱们队从来都比别的队工值高，一般年头也能分八九毛。一是因为他是碌碡打滚儿——能压住茬，没人能蹦出格。二是能算计。好年头他团结好班子，再瞒上级、瞒群众，多留库存粮，账上也多存钱，以防年头不济时用来补歉年，所以年年在九个队中当大哥。再加上他能鼓捣事儿，能让六羊变五马。”

接着麻木匠说：“赵二这家伙有当官儿的命，也有官瘾。他刚当队长时，他爹有点儿犯愁打怵，脸冷得像个冻梨蛋子，说：‘这个破活计是大伯子背兄弟媳妇儿过河——费力不讨好。’但对于手提不动半斗米、肩不能扛百斤的赵二，当队长是他的梦想，多挣工分才能养好自己的一家八口，不干活还能呼风唤雨、做梦娶媳妇的好事哪里去找？再说了，秤砣小能压千斤，他觉得自己色儿不济能唱好戏，有能力镇住那几个歪瓜裂枣、嘎垃皮子。所以，对爹的话，他根本不以为然，就大大咧咧、满不在乎地说：‘李玉和斗鸠山，杨子荣专毙座山雕。魔高一尺，道高一丈。没有弯弯肚子，谁吃镰刀头？’”

伪满洲国时，他爹就在药铺当学徒，还识文断字，是王母娘娘的棒槌——见过世面，知道江湖险恶。老爷子一脸阴云，大烟袋敲得炕沿儿啪啪响：“哼！就怕你砂锅捣蒜——一杵子买卖，再落个猪八戒照镜子！”

当我问及“八路军”，马大白乎说：“八路，刘老四家就占了五路，加上刘小眼儿、铁算盘，全是嘎拉皮子。这八家人有的是小猫倒上树——不知天高地厚，有的是心眼儿赛针鼻儿，真是弯刀对着瓢切菜，瘸驴驮了破口袋，能成事儿？嘿嘿，熬干了海吧。”

我又问赵二咋整事儿。

麻木匠说：“知道这些猫腻儿和套路的没几个。赵二年年在五月节、八月节和腊月根儿，都装上一千斤苞米和两麻袋谷秕子，用老面的马车运去粮库。到地方后，他先去主任家，把谷秕扛到屋里，再去粮库卖苞米。国家有政策，鼓励生产队多卖余粮，一等苞米每斤八分钱，还奖励七两粮票。卖完粮，他去找主任批条儿。你想想，城里人每人每月才供应五斤白面，他一批就是三百斤。三百斤面五十五元，三百斤粮票，余下的钱和粮票都交给会计。队里每口人分二斤白面，家家过节包饺子吃，人人乐得美滋滋的，谁骂他？啥时候都一样，谁让老百姓乐呵，老百姓就对谁好。连老远老远的地方都有人眼馋，说：‘听说有个柳条沟大队有个赵二，太牛了，过个屁大的节都给社员分白面，一口人二斤！咱们要是摊上个这样的队长，给他擦屁股都干。’”

二

王富能干，锄头、犁、耙、镰刀玩起来就跟罗成要枪似的，就是一肚子弯弯绕肠子，敢吃镰刀头。他当了几年保管，贼胆儿越来越肥，学会了耗子偷油大搬运，每年都杀几口猪，猪油拌饭滋润得心田的野草噌噌地蹿。马大白乎看他如同司马昭见曹奂，眼红得要出血，说；“都一样分粮，灶坑不长苞米，炕稍种不了谷子，他家咋就有油有粮还牛气？”

饱暖思淫欲是走歪门邪道人的心术，是本性的展示。

王富这家伙就把饱暖思淫欲的故事演绎得半夜敲钟——动静大了。

“大乱乱”李斗，从小发育不良，像根儿缺水的绿豆芽儿，罗圈儿腿，贱舌子，还哈喇嗓子有气管炎。他二十五岁那年，从山东东阿县来了一户逃荒的。当家的老头像个出土文物，后脑勺留根猪尾巴，眨巴着烂杏子眼睛说；“俺们来到这儿，举目无亲，两眼一抹黑，找不着北。老少爷们谁发发善心、行行好，谁帮俺落下脚，俺就把这十七岁的闺女给他家当媳妇，只要是身子骨好、不秃头眼瞎就行。”

整天愁眉不展、脸如苦瓜的李斗爹听说后，嘴一下咧到后脑勺上，这真是摔跟头捡金牙——美上门儿了。李斗爹求爷爷告奶奶，给这家人落上户，又压了两间马架子房，还帮助了几斗粮。

老天饿不死瞎家雀，原本九成打光棍儿的李斗就有了老婆刘二妮。

刘二妮发育不好，稀疏的头发像秋天老玉米的缨子，干干涩涩地罩在头顶，小脸皮儿像黄苞米皮子，胸脯扁平，小腿还没有壮汉的胳膊粗，只有一双眼睛还算活泛。李家人瞅着这长得实在困难的刘二妮直摇头晃脑，只能叹着气自己劝自己：“唉！好歹也是个女人，能有个接续就行！”

婚后第二年，二妮生了个小子，后来又生个丫头。说来也怪，连结俩瓜后，她竟然像得了雨的秧棵，气吹的似的蹿起来，胸脯子像两座小山，个子高了半头。马大白乎形容得很生动：“那大屁股，一走道就颤颤巍巍的，能有二十斤肉。脸白净得像馒头。”二妮模样俊了，人却懒了。她不出工、不务家，家里盆、碗、筷子炕上地下哪都是，狗舔猫蹬。她过日子虽是俩马驮个酒口袋——二马一壶，但造人机器好使，又生了二男三女才歇工。九张嘴就靠一个病家雀儿打食儿，真是癞蛤蟆捕苍蝇——连嘴都供不上。

低头不见抬头见，王富常常思谋自个儿的胖娘儿们胸前也挺高，模样也不赖，但不如二妮好。自己娘儿们如狼似虎，高兴时拿他当叫驴，备上鞍鞯不骑趴下了不下来；生气时把他当枕头，一脚踹出三尺远。一看到二妮的胸脯，他心里的草就像浇了水，噌噌地往上蹿，被猪油拌饭滋润得肥头大耳的贼心眼儿就像个小兔子，欢天喜地，活蹦乱跳。

忙三火四的日子驮着无可奈何的冬天，听着妇女们嘻嘻哈哈的闲言碎语就走远了。山坡向阳处和路边墙根下已露出鹅黄新绿，杨柳树的皮肤由黑变青，枝头绽出芽苞。没两三天工夫，绿风吹进荒山洼，山青柳绿暖千家，连老榆树上的鸟窝都变成了少儿合唱团，叽叽喳喳唱得真好听。

李斗却犯了难。二妮肚子里只有一根直肠子，缺心少肺，斤秤不足。她最大的本事就是善于有柴攮一灶，敢于有米整一锅，心里没有小九九，还尽顾娘家。李斗打光棍儿打怕了，怕老婆像耗子见猫，二妮一变脸发威，他就尿裤子。孩子喊饿，老婆骂，没办法，他只好把狠话在肚子里滚过一千遍，说：“你娘的赵二，我一不犯抢，二不当贼，怕你个啥？”然后才鼓足勇气去借粮。他平时就会吃瞎添乱，办正事儿是傻子进洞房——处处懵门儿。可到了赵家，原本鼓得足足的勇气却“滋”的一声从后门跑了。他两手抓挠着散发着馊味儿的破裤子，畏畏缩缩，愁眉苦脸，声音像蚊子嗡嗡：“队长，你说咋等，我家断顿了……”

赵二眯着小眼睛直勾勾地盯着他，好像要从他那苦瓜脸上抠出断顿的理由。直到把李斗看得脸红脖子粗地要哭，才把拱到嘴边儿的一堆臭话硬是随着烟儿咽进了肚子，他闷着头抽完烟，皱着眉说；“刚种地就断顿，都分五百二，你家小孩又多，咋就差那些？你裤裆里塞个茄子，也壮壮胆儿说说你娘儿们，别今天烙豆子、明天饸饹地愣造。那样过日子，守着粮食囤子够祸祸吗？你也劝她出来挣点儿工分。社会主义虽好，但不养大爷，也不养懒蛋！”李斗脸上流汗、双手发抖，有点儿无地自容，还老想撒尿。赵二见不得他那熊样，就说：“去找会计打个条，借二百斤苞米吧！毛主席说要节约闹革命，要勤俭持家。告诉你娘儿们，知道点儿节省，新粮还在它爹腿肚子里睡觉呢。”

小队院儿里除了风丝儿就是寂静。老榆树那满头绿叶儿碧翠鲜亮，感受着温柔的风，正在摇头晃尾地轻歌曼舞，又好像是在给头上的小鸟们讲八路军打胡子的故事。

披头散发的二妮穿着分不清楚花色的布衫，推着小胶车来了。王富像猫见了鱼，兴高采烈，欢蹦乱跳，春风拂面，好像把他脸上的褶子都熨平了。看着二妮红润的脸和丰满的胸，他觉得头昏眼花有些晕：这分明是戏里的七仙女、画上的杨贵妃。唐明皇爱杨贵妃连江山都能舍，咱还怕什么！这么一想，他就不晕了。灌粮装车，他忙出了一身臭汗，又像汉奸讨好日本鬼子似的说：“到家你也整不动，我帮你送回去吧。李斗真是个孬货，晚出会儿工，夹泡尿就把这点儿活整了，不破天门阵，还劳驾你穆桂英？守着天仙似的娘儿们，一点儿也不知道心疼。”

二妮瞅着那两个要撑破肚子的大麻袋，心想得有三百多斤，于是就有些蒙，善于用脚后跟想问题的她就挺纳闷儿：“咋不过秤哪？这个贼种！”不过，二妮嘴上却说：“俺那死种能干个啥？死熊一堆，连哆嗦都不会。”

王富心情愉快地把袋子扛进屋，一转身胳膊肘就杵在二妮胸前的小山上。二妮身心都酥麻了一下，像有电流通过，脸就像七月里的火烧云。王富脸上挂着坏笑，像没事儿人一样，叮嘱说：“往后缺襟短袖，妹子咳嗽一声就好使，还犯得上拜山神、见土地？还犯得上听赵二的丧言乱语？”他把那串钥匙抖得哗啦哗啦乱响，“只要你让哥乐呵，咱就保准儿不让你们看赵二那丑脸子！”说着就去抓二妮的手。

二妮是个小胡同赶猪——直来直去的主，没经过这些，心里虽然挺感动，但是还是躲闪着说："你这是干啥，大白天的？"

"钻一钻，探一探，看看妹子井深浅。你让哥好，哥管你饱！"

"不中！不中！俺害怕，羞死人哩！俺心慌得狠！"

嬉皮笑脸的王富说着张开胳膊就抱，二妮子使劲儿挣扎："你快走吧，青天白日的，俺尿裤子哩，俺孩儿在那屋哩。"

王富转身来到东屋，掏出两毛钱给两个小丫头："买糖球去吧。"小孩子们就燕儿似的飞了。王富回来，抱起了软成一摊的女人……

没有攻不下的城，也没有不透风的墙。大队刘书记问赵二："听说王富手脚不干净，还跟李斗家的瞎扯。这事儿你必须得重视。说重了，这是监守自盗，是犯罪，保管员那串钥匙系着千门万户的心和利益。你应该物色一个手脚干净的可心人。"赵二早有此意，但捡鸡毛绑掸子，他得攒够料。

有一天，赵二蹲在大榆树下跟王富摊牌："好活计干了几年，你家耗子都比别人家年猪肥。歇歇吧，给你个梯子赶紧下，学学人家外国总统，不等别人弹劾就主动下台，既有麸子又有面。省得哪天吧唧一下整个仰八叉，闹得鼻青脸肿，灰溜溜的。"

王富一听就恼了，噌地站起来，角瓜脑袋青筋暴涨，盯着赵二，瞪眼张嘴要吃人："我呸！卸磨杀了驴还要带皮吃？我是抱你孩子扔井了还是刨过你祖坟，凭啥？"他恨不得拧断眼前这丧门神的脖子。

赵二不怵他，慢悠悠地喷着烟雾，说："你也别婊子立牌坊——充啥贞节烈女了，都在一口井里打水吃，你装啥装？你大姑娘都快二十了，还扯那犊子事儿？'大乱乱'愚囊，你也不能骑着人家脖子拉屎。你天天往人家跑，比蹿稀上茅坑还勤，那道让你出溜得寸草不生。你是看人家一筐木头砍不出个楔子来，还是鬼迷心窍，就不怕人家蹦出个武松来？"

王富恨不得掐死赵二，他攥着拳头，梗梗脖子说："这纯粹是母牛难产——扯犊子，是造谣！你拿出证据来！再说，你屁股干净啊？我死也得抓个垫背的！”

赵二的脸平静得没有一丝波纹，心想：“狗日的！斗不过蒋干，还叫周瑜；还了荆州，就不是诸葛亮！”便使出了撒手锏，“人活一张脸，树活一层皮。我这是给你留点儿面子。你学黄鼠狼子往家鼓捣东西，挖社会主义墙脚，别以为大伙不知道，别吃饱了打施主——不领人情。我网开一面，为的是让你的儿女不见人矮半截。你这是犯罪！真要整你，还用等到现在？”见王富半晌无语，他又祭起连环脚，“大风刮不走碌碡，天狗吃不了月亮。你要证据？去年5月20号上午10点，二妮用小胶车推走两麻袋苞米，会计那有条儿吗？今年3月12号我去开会，你让饲养员去买钉子，你俩又推走两袋苞米、一袋谷子，没错吧？ 4月……”

一记又一记的连环脚踹得王富肝脾出血，心想，耗子斗不过猫，赵二大摇大摆地送东西都有借口，怪自己把心拴在二妮裤裆里了，没攥着人家小尾巴。自个儿搞破鞋又监守自盗，真闹个鱼死网不破，搞不好要蹲几年笆篱子。“骚跑卵子”这名忒难听，往后儿子……想到这些，他用一杆秤秤完帽子再量鞋，万般无奈之下，只好用舌头把赵二的祖宗，包括大宋的开国皇帝都骂了一遍，恨不得生吞活剥了。骂完了，他好似被点了穴，中气不由自主地往下沉，穿过丹田，呲溜一声就钻出了后门儿，比泥鳅还快。随后他慢慢地抱着头，蹲到地上，脸扭曲得赛过老秋的黄瓜种，哭丧着脸说：“我是哑巴让驴踢了——疼死说不出，你随便整吧，我比他妈的窦娥还冤哪！”泄光了底气，他瘫成了一个瘪尿泡儿。

三

山村的清晨像把魔扇，扇出的风凉飕飕、甜丝丝的，带着爽净，带着风流。一只芦花大公鸡扬着威武的脖子，迈着八字步，头上的冠子红得要滴血，好比武将头上的一大团红缨，威风凛凛。它身后跟着一黑一白两小妾，都像骄傲的王后。

品着舒心的风，刘旭挺着掺了水、兑过酒精的脑袋和捋不直的水蛇腰，急匆匆地来到队部。

赵二透过烟雾直勾勾地瞅他，半晌没吱声。刘旭早已习惯了对方接待他的方式，就破天荒地抽出一支迎春烟递过去。赵二顺手夹在了左耳朵上，又看着脚丫子嘬烟儿，他知道对方肚子里有几两油，憋着几个屁。

赵二不说话，刘旭就觉得心里犯堵：“他妈的，尿鳖子唬臭虫，你这个瞽叟似的瞎种装啥大个？我老刘大小也是公社干部。你针鼻儿里看人，谁都是线头。难怪来蹲点之前有人说，这柳条沟一队是庙小妖风大，水浅王八多。在这儿蹲了几年点，总觉得是雾里看花，只见影憧憧，不知花在哪，愣是没整明白你这个损犊子到底是啥面捏的。”他干咳一声，咽口唾沫，压住火，套近乎：“老伙计，王富那是咋回事儿？”

赵二像是坐累了，枕着马大白乎的行里卷儿悠然躺下，还跷起了二郎腿，黑脚丫子不知羞臊地在刘旭面前晃悠。一股子酸臭味儿让刘旭的胃里开始翻江倒海，刚喝进去的大碴子粥使劲儿往上拱。赵二却哈哈一笑，笑声有些古怪。

“你笑啥？”刘旭有点儿蒙。

“笑啥？家雀儿长个鹰翅子，装啥大鹏鸟？你是挨日打呼噜装气迷，问你表弟去！”

刘旭心中早已是破菜刀不快了，但脑子里的水还是托得起小船的，就沉住气说：“我这是警察打他爹——公事公办，公社革委会派我来工作，我就有权参与一切。王富的事儿是盐轻他哥——盐重吗？还是门口的石头——绊脚？”

赵二从他一进门就知道他这是“会气”来了，就毫无表情地说：“在这儿蹲了好几年，你常教导我们要防微杜渐，千里大坝就怕蚂蚁窟窿。你说说，耗子当嫖客还得让猫结账，这算咋回事？这样吧，咱按你的规矩办，开个社员会斗西批修，上纲上线捋一捋，怎么样？”赵二避实就虚棉里藏针打太极。还学李斗要整整。

“毛主席都说‘惩前毖后，治病救人’，这又不是你死我活的阶级矛盾，应该以批评教育为主，哪能一棍子削死？再说了，他干得好好的，哪能说撸就撸，连个班子会都不开？这既不利于抓革命促生产，又不符合党的方针政策吧？”

王富当保管时，抹盆边舔锅沿子、瘪子谷糠自家没少得，刘旭心中有数。昨晚王富哭丧着脸去找他，想让他给赵二施加点儿压力，放自己一马。当时虽然没应承，但是他觉得瘦死的骆驼比马大，破船还有三根钉，咋说他也是个国家干部。现在听赵二的口气，九九八十二，他的算盘打错了。没想到赵二这滑头玩儿了个袖里吞金，反将一军。刘旭对赵二的胡吃乱叉、不按常理出牌感到纳闷。赵二给他的感觉就是一口深井，表面上是死水一潭，无论风来与否、风大风小，都是沉默寡言，波澜不惊。但当你渴了想打水时，你才知道它的深不可测，一不小心就能淹你个半死。虽然想着尽量别惹他，尽量别机锋外露，别发火，别丢了干部身份，要学姜子牙不乱祭打神鞭，但是终究还是因为心理上有干部的威严撑着，心里说“你小子说到底就是个小队长”，于是乎就没摁住邪火，撒手锏未经允许就噌地蹿了出来，因而就忘了干部要斯文的话，脏字儿也蹦了出来：“狗屁！谁的腚上都有屎，没有纯粹的布尔什维克！你说说，那赖草盘子上是咋回事？”刘旭的醉拳像王富家那条大黑狗，总龇着牙，悄没声的，会冷不丁地蹿出来偷咬一口，让你防不胜防。

这一锏来得突然，像后老婆打继子——狠。

这确实打疼了赵二，让他的心哭天抹泪、龇牙咧嘴。

俗话说："丑事人人有，不露是高手。"赵二半辈子就遇上这一件烂事儿，自以为神不知、鬼不觉，到头来还是被人探了底。但这等事打死也不能承认。提上裤子不认账是自古以来的规矩。

那是八年前老秋的一天。在上工前，队长张广又无缘无故地当着一群人贬损赵二："瞅你这小身板儿像根豆芽菜，浑身没有四两劲儿，摔跤整不过大羊蝎子。看着你，我眼珠子都生气冒蓝烟。猫逮耗子狗看家，石头下山都有位，你也就配撵狗追兔子。现在籽粒香了，照顾照顾你，去看青护秋吧！"

一天下午，赵二拎着镰刀悠闲地徜徉在田野间。红黄白蓝紫，各种野花放肆地开着。空气中弥漫着五谷杂粮的香气。想着看青这活计的轻快自在，半夜里还能偷着整儿穗苞米、挖几个土豆回家，他的快乐就从汗毛孔里滋滋地往外钻，每一丝儿都沾满了愉悦。他心想："两壶酒蒋干中计（为了看青，他请队长喝了两壶酒，炒了六个鸡蛋），纵横六国是张仪。"他为自己小脑袋瓜子里的智慧而兴奋和自豪。

接下来故事就发生了，就发生在地中央的赖草盘子上。

悠闲地徜徉的赵二突然站住，凭着能打一百二十分的听觉，他知道有人在掰苞米。他立刻笨笨磕磕地冲进苞米地。影影绰绰中，他看见一个女人挎着筐要跑，就喊道："站住就没事！跑，就撵出你稀屎来，再让你游大街！"声不大，却冷如冰、利如剑，透出的是威胁和恶毒。女人立刻觉得头上悬着个晃晃悠悠的炸弹，一拉弦马上就炸，就犹豫着收回脚，脑子里浮现破锅娘儿们被"造反派"游斗的画面，木牌子上挂着张了嘴的鞋和苞米棒子，细铁丝儿勒进肉里、滴着血珠的情景。这女人是猪身兔子胆儿，她觉得头皮麻酥酥的，心窝子里的小兔子也在蹦着高的往外跳。

接下来，轮到赵二六神无主、惊慌失措了。可事后却让他觉得亦羞亦辱，觉得做了爷儿们不应该做的事，此羞让他终生难忘，尤其是入党后。

那是一片叫"烧不死"的赖草地，身材细长的赖草毛茸茸的，柔软光滑，在秋风的吹拂下，像一潭被吹皱的秋水，一波又一波地起伏不定，散发出野草特有的淡淡清香。职责和好奇心驱使着他，鼓舞着他，要他上前去看清楚是谁家的娘儿们如此胆大包天，大白天就敢偷庄稼。于是，他努力睁圆了绿豆眼儿，凑上去，鼻子几乎碰上了对方的脸。此时的女人本能地往后一闪身，不料赖草柔滑，她脚下一出溜，仰面欲倒，接着右手臂一扬一摇，在空中划过一道漂亮的弧线，左手的柳条筐翻身落地，几穗玉米棒子像被拖上岸的鱼有气无力地蹦出来。赵二急忙伸手去拉对方，谁知老天爷和他开了个大玩笑，他也是脚下一滑，身体就不由自主地砸在女人身上。

此刻，他不由得脑袋“轰”的一声，顿时感觉天旋地转，整个世界都在忽忽悠悠地晃。他彻底晕菜、蒙圈了。

女人胖乎乎的，通身柔软得像个棉花堆。她刚嚼过甘蔗般的苞米秸秆，甜丝丝的清香味在呼吸的陪伴下喷在他的脸上，痒痒的，很好闻。一种前所未有过的感觉让他飘飘欲仙、兴奋异常，他觉得血脉贲张，浑身燥热，而肥女人那划出美丽弧线的手臂像条蛇一样紧紧地缠住了他……

此时，赵二收回记忆，仰脸喷烟儿，那烟圈儿一个个悠闲地飘向屋顶，从从容容，不慌不忙，像写诗，又像逗着玩儿。他心里承认这就是刘旭的赖草盘子。

刘旭的脑子也在还原当年的情景。

那天，他老婆也去那块地打猪菜。她动作麻利，心里唱歌，唱《北京的金山上》，唱《社员都是向阳花》，心里的欢快像泉水哗哗往外流。这个女人当年也是方圆几十里有名的一枝花，结实能干，冬天修水库打石头，春种秋收，好小伙子也比不过她。持家有道的她看着这摇头摆尾的猪菜，想象着沤过的猪菜拌上爷儿们划拉回来的瘪子谷糠，家中的两头大肥猪呼呼吃食儿的场景，她觉得满足和快乐像两只小鸟嗖嗖地飞出心房。这女人精明，过日子毫厘不舍，耗子都难偷她一粒粮食。她心里又在拨拉着小算盘：过年时把两头猪都杀了，卖给供销社，光头蹄下水就能吃出正月，炼出的荤油能足足吃一年。那头大猪卖的钱就够买缝纫机了。她打听好了，一块“上海”牌手表一百二十元，那头小点儿的买手表也差不几个，大儿子该说媳妇儿了。

装满了麻袋，她正要凯旋，突然有一种女人熟知、女人特有的歌声钻进了耳朵眼儿。她想捂上耳朵，已经来不及了，这声音弄得她顿时脸红心跳腿哆嗦。她想逃，腿却挪不动，便一屁股坐在草丛中。

那个女人的歌声欢快有节奏，抑扬顿挫，很惬意，又很野性，那种快乐不要命的放肆被爽爽的秋风款款地送来，像奔腾的山泉清晰流畅。她心中大骂：“呸！真他娘的骚兴，真是小船翻白儿——浪大催的。跟自个儿的汉子还得悠着点儿哪，真不要脸！”渐渐地，歌声由强变弱，又戛然而止。接着就传来“咔吧咔吧”掰棒子声，还有苞米秸秆稀里哗啦的撕扯声。脚步声越来越近，她急忙缩下身子，好像做贼养汉的是自己，生怕被别人捉了。刚走十来步远，她惊呆了，忙捂住了嘴，把冲到舌尖的声音活生生地憋回去了。对面胖娘儿们汗津津的脸上红晕未褪，挂着满足和笑。从走路的姿势看，她的筐很重。

夜里，她说了白天的西洋景，刘旭愤慨地骂：“搂草打个肥兔子，丢鸡捡个大绵羊，整他！不能便宜这瞎种！”女人使劲拧了他的屁股一把，疼得他一“哎哟”。媳妇儿骂他比骂儿女还难听：“你的脑子让驴踢了还是让门挤了？赵二一个蒸不熟、煮不烂的穷社员，和咱往日无冤、近日无仇，你整人家干啥？再说了，他眼瞎心不瞎，那家伙是小镰刀搂草——不是善茬。古语说：‘抓贼凭赃，捉奸捉双。’你整他，证人哪？我？放屁！你的脑子进水了，还是你爹没给你揍醒哪？真闹起来，王富就成了真王八、活王八，那绿帽子就像紧箍咒，抠都抠不下来！”

见刘旭低头不语，赵二控制一下情绪后说：“你也整点儿狠的，最好一下子就把我送进棺材里。啥叫赖草盘子？扯淡！平白无故给我扣屎盆子！你堂堂公社干部扯老婆舌头，用这腌臜事儿来埋汰我？今天你必须得给我整出子丑寅卯来，否则我饶不了你！到时候谁家老娘儿们堵着门儿骂你个河干海干，再把你脸挠成萝卜丝儿，你那可是木匠扛枷——自作自受！”

刘旭也觉得自己的脑子短路了，咋就一下冒出个“赖草盘子”？明明知道王富没干过啥好事，还替他求情？这是拉肚子吃上清丸——整差药了。就心里骂自己是二十五他爹——二百五，就有点儿后悔，可没办法，只好接着赵二的话茬反问：“那王富和二妮你有证据？”话一出口又觉得这个屁放得真没劲。

这正中赵二下怀，因为他正想借此来挫挫这几块绊脚石的棱角，省得他们整天叽叽歪歪的，就说：“咱俩击掌，手拉手去找特派员，你敢不敢？”赵二两眼灼灼放光，直直地盯住刘旭，咄咄逼人，小眼神儿像锥子。

这锥子把刘旭的心扎得滋滋流血，让他不禁有些英雄气短，也浇灭了刚刚烧旺的火，连肠肚仅存的一点儿余热也变凉、缩紧，变成一股难闻的气体，顺着大肠悄悄地溜出城外。

没偷着鸡，反被狗撵得屁股后起狼烟，还丢了鞋，刘旭心里装满了愤怒。虽然故作镇静，但黑长脸上写满了尴尬和意见，嘎巴几下嘴也没整出一个字儿。他心想：“不怨人们说‘时运不济，碰上赵义’，真晦气！参谋不带长，放屁都不响！还是《沙家浜》里胡传魁说得对，有枪才是草头王。赵二你等着，大不了狗乏兔子喘！他妈的！”

四

赵二被抓了！

平静的山村突然投下一颗重磅炸弹，震得人们晕头转向直发懵，像傻子看戏闭不上嘴，也让“文化大革命”余温尚存的大锅又哗啦啦地沸腾了。

山村如戏台，又上演了一场情节曲折、悬念迭出的悲喜大剧，于是就有人哭哭啼啼，有人兴高采烈，但结局却是峰回路转，让人傻目瞪眼。

这消息让王富像老光棍儿娶仙女儿——喜从天降，魂不守舍，他喜出望外、手舞足蹈，撂下筷子就跑。到了刘旭家，人在大门外，声先蹿进屋：“哥，赵二犯药儿了，你知道吗？”他的声音里外都浸润着猪油拌饭的得意和香气。

刘旭却像坐镇五丈原的诸葛亮，成竹在胸，一脸淡定。他皱眉反问：“啥叫犯药儿了？你下的药哇？此地无银三百两！真是扳不倒儿坐席——不是个稳当客儿！”

王富摁不住心里的兴奋鬼，非常解恨地骂道：“耗子逗哧猫，我知道他就不是好嘚瑟。妈的，该死的兔子蹦不出萝卜地！‘早也盼，晚也盼，望穿双眼，怎知道今日里打土匪、进深山，救穷人、脱苦难，自己的队伍来到面前！’”唱着《智取威虎山》的选段，他出屋推过刘旭的自行车，鱼跃而上，他把自行车蹬成了风火轮。

蹬出了一身臭汗，跑遍了九个小队，王富见人就喊：“哎，听说了吗？赵二让公安局抓走了，起码得蹲几年！”

刘老四也顺风扬土：“好！一看那土豆脑袋、绿豆眼儿就不是好东西。赵二这回是傻小子进烧锅——够他喝一壶的。他没少贪污，判几年是轻的。”他肚子里多年的怨气都变成了绿头苍蝇，成群结队嗡嗡叫着往外飞。

赵二家乱成了一锅粥。老婆孩子鼻涕大长，以泪洗面。赵三爷也没了往日的精神头，低垂着眼皮坐在炕头吧嗒烟儿，心里想：自打儿子当了队长，自家的日子的确宽裕了不少。自古以来就是和尚穷、住持富，瘦死的厨子八百斤。就说自个儿这气管炎吧，一到冬天就犯，自从儿子当队长后，每天早上一碗鸡蛋白糖水是必不可少的，又有营养又滋补，别人家谁有这个条件？再说喝酒吧，别人家，包括全公社甚至全旗的那些生产队长，也包括刘旭那样的公社干部，逢年过节地整二斤散酒都当成琼浆玉液，来客人往都抠抠搜搜、心疼胆疼地喝几盅，谁家舍得买那带商标的瓶酒喝？但自家就有这大曲那二锅头的，还不是一两瓶，而是五六瓶。不种春风，收不来秋雨。

昨天晚上儿子让人抓走了，他愁得彻夜未眠，抽了一烟笸箩蛤蟆拱烟。儿子除了善于送礼搞外交，没别的事儿，就是有点儿事，也是偷偷摸摸地做，哪还敢张扬？是谁下的黑手、打的闷棍呢？他虽百思不得其解，但对外人却一脸坦然："我心里跟板儿似的，不用劝。我儿子没事儿。他懒点儿、嘴损，拿得罪人当饭吃不含糊，可他肝胆肠子都扔在队里，共产党不讲迷信讲良心！"

二柱子把头点得活像鸡啄米："可不是咋的，二哥这人刀子嘴、佛爷心，从不使劲整人，也从来没干过对不起大伙的坏事儿。"

用山东话说："腊七腊八冻死俩仨，热炕头上把酒哈。小北风边吹口哨边唱歌，谁听了谁哆嗦。"

尖酸刻薄攘臭话，呲嗒玩笑嘎巴人，一队的社员们早已习惯了赵二的这种说话方式。没有他在的时候，人们反倒觉得冷冷清清的没意思，不够热闹，连身上都没有劲儿。场院里打谷子溜场的，扛高粱入库的，也都没精打采，像霜打的茄子秧，人人都懒懒散散地不着调，都好似丢了魂。这些不着调的人不都是因为同情赵二，但又确实是因为赵二。这一是因为有人替赵二担忧；二是有人想落井下石，砸趴下赵二后趁机夺权。已经转变立场的二柱子还发出了由衷的感叹："唉，树活一张皮，人靠精气神儿，气儿是下山猛虎，有用的话是虎食儿，话要是说到当处能当牛使、能种地，话要是不提气不如屁！"他真的想念赵二。

小队部里好像一家光棍儿没媳妇儿，饭不应时屋子冷，显得凉锅冷灶毫无生气，自然就没了往日的纷杂吵闹。四间一明的大屋子只有我和马大白乎守着炉子发呆儿。早上听到这消息，我像走在雾里一样晕头转向。虽说运动始终没有停，但速度明显已由汽车变成了牛车。现在乱抓人的事很少了。我傻乎乎地问："赵二真有事？"

马大白乎发出嘿嘿的一笑，神情和声音好像咬了苦胆。别看他平时扇扇乎乎瞎白话，净整些破鞋烂袜子的荤嗑，拐弯抹角地骂人，但不说咸道淡，很乐观。可今天却像霜打的草，没精打采。听了我的话，他说："唉！我这表弟命忒苦。"

马大白乎当饲养员，黑白守在院儿里，实际也在监视我，但我年轻、单纯，心底无私天地宽，我和他就像《平原游击队》里更夫喊的："平安无事喽——"

"他一岁死了哥，两岁殁了娘。那时还是'满洲国'，我姑夫在药铺学徒，还常跑出去会相好的，也不上心管他。大点儿后，他就天不收、地不管，成了野小子。十岁那年的一天，他腰里别着枣木棍子，噌噌噌，猴似的爬上四五房高的老榆树掏喜鹊蛋，恰巧看见一只黄鼠狼子躺在喜鹊窝里，四脚朝天，蹬着腿儿，闭着眼，正有板有调，吱吱呀呀地唱着。他板着树杈，抡起棍子，'啪嚓！哗啦！'喜鹊窝哗啦碎了，黄大仙啪叽摔到地下，疼得吱儿哇的一顿好叫，挣扎着趔趔趄趄地跑没影了。第二天，北头冯二娘们中了黄鼠狼子。那女人披头散发，鼻涕一把泪一把，特伤心，边哭边骂：'妈的，老娘我天不怕地不怕，就怕老赵家的二愣种，那一棍子真他妈的狠，地动山摇，把树杈子都打折了，打得老娘丢了仨月的身孕，这胯骨轴子还疼着呢！他不得好死！'说完又哭，撇着嘴喊，'拿酒来！'那娘们平日滴酒不沾，那天却要酒喝。有人为了看热闹，就忙不迭倒上一碗，她接过去'咕咚咚'一口气儿喝下，面不改色。正闹得尘土飞扬时，有人喊：'赵二来了。'那老娘们一听，针扎了似的打了个激灵，然后一个鲤鱼打挺站起来，说：'我有点儿事先走了，明天再来。'说完扑通躺倒，呼呼大睡。"

拜完天地坐月子，王富成了大忙人。他纵横六国，齐楚燕赵韩齐，磨薄了三寸舌头，才把八路扩展成十六路。他对二柱子说："赵二三五年是回不来了，不光贪污，听说他还加入过'地下义勇军'，这回够他喝一壶的，不死也得扒层皮。你也使使劲儿，我要是当上队长，你就是饲养员，不撸锄杠也不抡镰刀，专干轻快活。少给马拌点儿料，半夜整家去，喂口大肥猪还不像气吹的？到时候荤油拌饭可劲造。”

他还和刘老四达成协议：“我当队长，你二小子当副队长，我小舅子当会计。把桂香也拿下，让你老丫头当妇女队长。你一家俩队长，多牛！”

刘老四不缺心眼儿，斜着眼看他，说：“哼！做梦呢吧！你想咋地就咋地？公社和大队的眼睛是呲尿的，还是嘴是放屁的？”

这时王富的表情像时迁，贼眉鼠眼，左顾右盼：“这你就有所不知了。大队的官儿都去小靳庄参观学习去了，公社不是有蹲点儿干部吗，放心吧，咱这有仙人指路，不怕它鬼打墙。知己知彼，百战百胜！”怕刘老四不放心，他把胸脯子拍得啪啪山响，“斜谷蜀军有妙计，百万曹兵咱不惧！”

刘旭的大儿子是民办教师，王富对表嫂说：“家有二斗粮，不当孩子王。咱不干那玩意儿事。深挖洞，广积粮，捞点儿干的才算王，让他当保管！”

抓走赵二的第四天，天空阴沉沉的，孕育着暴风雪，许多黑云彩笨手笨脚地流连在低空。只有几个星星在勉强坚守岗位，眼神儿还都闪闪烁烁、飘忽不定。

刚吃过晚饭，队部那用半口破锅改装的钟就破声破气地叫个没完。

社员们陆陆续续地来了，但都明显各揣心腹事。有人察言观色，有人叽叽咕咕，还有人拉屎攥拳头——暗暗使劲，好像在期待什么。

刘旭像稳坐中军帐的大元帅，仿佛正在调兵遣将。他很悠闲地跷起二郎腿，一口一口地喷着烟圈儿，目光追逐着那袅袅的一缕缕青烟，很专注，似乎胸有成竹，似乎一切尽在掌控之中。

王富在他耳边说：“哥，人到齐了。”

刘旭这才正了正身子。他大致清点了一下人头，发现这老老少少的总共也就三十多人，心里就很不痛快，暗想：“我这个表弟真是个活宝，咋整的？论人缘，上秤不足四两，论价不值一斗谷糠，咋混的？我老舅咋也跟刘老四一样，净种些大头秕子？看人家赵三爷——”

这时有人在炕头那儿等得不耐烦了：“都啥时候了？再不开会就回家困觉去啦！”

当了多年干部的刘旭毕竟见过世面，毕竟学会了领导的派头，于是便学着领导们的样子，会前先咳嗽两声，以示郑重，然后才高声宣布：“老少爷们，开会啦！”他黑长脸上挂着笑，语气温和亲切，完全扔了以前牛哄哄的臭架子。这让众人很觉意外，都有一种被领导抬举的感觉。

“赵二让公安局（他不说‘群众专政指挥部’）抓走了，大伙都知道了。咱们队出了这样的丢人现眼的事儿，真的让人非常非常痛心，这真是画龙画虎难画骨，知人知面不知心呀！你看他平时道貌岸然、一本正经，动不动就连冤带损地训人，总是用马列主义的枪瞄准别人，没想到却是个伪君子、假马列，这家伙太狡猾了，隐藏得这样深。难怪毛主席他老人家告诫我们：‘阶级斗争要年年讲，月月讲，天天讲。’‘阶级斗争一抓就灵。’贫下中农同志们，人无头不走，鸟无头不飞，这么大一个生产队不能总没队长，今天开会就是选新队长。人来得虽说不全，但按照惯例已经超过半数，应该有效。咱们思考一下，想好了就投票吧！”

“慢！不行！这样整不合理，明天再说！”态度蛮横霸道，语气不容置疑。谁也没想到是刘老四蹦出来搅局。

此刻，大队刘书记和赵二正在回来的路上。

那天，赵二家正吃晚饭。四个穿军大衣的人进了屋，其中一个戴眼镜的人问：“谁是赵义？我们是旗‘群专’的，你被收审了！”不容分说就把他搡上了吉普车。

到了地方，他们把赵二拎小鸡一样扔进一间屋子。一个麻秸秆儿似的人对另一个人说：“胡哥说了，这小子是队里的一霸，可不是人揍的了。先给他杀杀威，让他知道知道锅是铁打的。”

一个小胖子就命令赵二：“脱棉袄！”

赵二撅着嘴不动。小胖子啪啪两拳，赵二的前胸就一声不响地贴上了后脊梁。小胖子随后扒下他的棉衣，还解释说：“对不起，瞎种，在这个院里胡哥的话就是圣旨，咱哥儿们也是没法子。”

打完杀威棒，小胖子把他搡进另一间屋。昏暗的灯光下，床上睡着个人。简单地说，是这个人帮了赵二。他是五金公司的职工，只因为说了句“地主也有好人”，就被专政了八个月零七天，明天就解放了。

赵二委屈、痛苦地说：“挨了一顿霸王夺魂鞭还不知为啥，真他妈的。”

那人说：“你这是井里蛤蟆见识少。这儿有个人，因为看俩熟人抢主席像章，撕巴得像两头土驴子。其中一个急中生智，把像章塞进嘴里。这老哥傻子看火瞎叫好，顺口说了句闹着玩儿的话：‘看哪，塞屁眼儿里了。’这还了得，现行反革命。已经进来两年半，落了一身毛病。”

赵二瞪着眼听了一夜的风，他把三十六计从假途灭虢到围魏救赵都倒了无数遍。早上，他托那人帮助办一件事儿，对方爽快地答应了，说：“虽然刚认识，但是咱们也算是难兄难弟了，放心吧，兄弟！”

会场上，刘老四这当头一棍子让刘旭深感意外，心里就大骂王富：“这个没用的蠢货，真是大头秕子当谷种——耽误事儿又坑人！老头下山坡，净整出溜滑的事儿。”

最着急上火的还是王富，此时已是心里冰凉、冷汗如水。他忙说：“四叔，你咋拉屎往回缩呢？昨儿说得好好的，咋睡一觉就变了卦？”

刘老四自然有自己的想法和道理，他横巴倔地说：“半夜醒了，吧嗒吧嗒嘴，我才品过味儿来，心眼子都让你个犊子长了，耍谁哪！散会！散会！”说着就起身往外走。

王富心里明白，这老家伙一走就刹戏了，就黄花菜都凉了。他忽地站起来，大手像鹰翅子紧摆乎：“别，别，大伙都别动。四叔，四叔，我和你老说几句。”他边说边抱着刘老四的胳膊往外走。寒风中他冻得上牙打得下牙嘚嘚响，“你咋，咋，咋变卦了呢？”

“我变卦？整啥鬼画壶，耍人哪！你睁开狗眼看看。哼！你当队长，你小舅子当会计，你表侄当保管，让我们一家人当狗给你撵兔子。你吃肉连汤都不剩，太阴了吧？安个轱辘把小队推你们家去呗，我帮你！”

“那你啥意思？”

“没啥意思，二憨子当保管，必须的！”

“中！中！中！行！行！行！你是祖宗！回屋，回屋。”

那天，也就是王富到处磕头许愿，求人选他当队长那天，刘清书记从天津小靳庄参观回来了。他接着又在旗里开个会。散会后正往外走时，他被“四眼儿”截住了，问：“你是柳条沟的刘书记？”随后就说了赵二的事。

“四眼儿”在大衙门里工作，当然有优势。他骑着自行车带着刘清跑了半天，最后找到“群专”的一把手。那家伙虽然很牛，但是还是给“四眼儿”面子，说：“这是胡副主任一手经办的，有群众的检举信。赵义这小子破坏‘农业学大寨’，偷杀耕马。马是重要的生产资料和战备物资，这个问题的性质非常严重。要不是因为胡副主任他爹昨天病重了，他早进公安局了。”

刘清说：“赵义这个人是挺有个性的，他是山东倔县耿直庄那伙的，但绝不会违法乱纪、胡作非为。我敢用这支部书记和党性担保，他绝不可能无缘无故地杀马！”

“他还当过‘地下义勇军’。”

刘清笑着说：“主任你信吗？那时他正玩儿尿泥呢，儿童团都不要他。”

“四眼儿”乘机说：“主任，麻烦你给公社特派员打个电话吧，让他协助查一下马是咋死的，出个证明不就水落石出了？”

那个一把手沉吟挠头，半天才说：“我还有个会，你打电话吧，等有了证明再放人。”

他们提出要见见赵二，一把手对“四眼儿”说：“看兄弟你的面子，去吧。”

从“群专”出来，“四眼儿”把自行车蹬得像风车。隆冬里，他的头顶像个热蒸笼。回到办公室，他立刻要通了电话。刘清和特派员说，请他务必帮忙，找有关人员查清此事。

墙上的挂钟当当地敲过十响。

在努力挣扎又闪闪烁烁的保险灯下，监票人刘旭正态度十分认真地验票，二柱子拉着长声唱票：“王富，二十六票。刘长有，二十八票……”

这时只听哗啦一声，门开了，一股冷风毫不客气地冲进来，吹得保险灯摇摇晃晃、忽明忽暗，随后进来两个人。这让所有的人都大吃一惊，目瞪口呆。

进来的是大队刘书记和赵二。

在当天上午。“四眼儿”和刘清书办了很多少道手续后，在太阳贴西时才把赵二“办”出来。

五

碾子是石头，岭叫梁。风大刮倒树，没它不扬场。赵二回来了，还继续当队长。

下雪了，人人喊冷，家家都忙。赵二仍是老样子，低头走路嘬土炮，大伙都忙他不忙，队部的热炕头让他承包了。

这天散会时他叫住“老面”：“哎，待一会儿，忙啥，身板儿好也得悠着点儿。”

人都走净时，他对马大白乎我们三人说：“鸡叫时套车去旗里。要过年了，咱们也得走动走动，集体和家都一样，大日子、小日子一个理儿，不能整死门子了，大姑娘裁尿布，得闲置忙用才行。求人不能临时抱佛脚，那样佛不尿你还挨踢。”然后又吩咐我，“灌小米，五十斤的六袋，一百斤的四袋。”见我迟疑，他那亮如手电泡样的小眼睛就直勾勾地盯着我，“你怕个蛋？天塌了吗？塌了还有大个子哪！这年头，哪儿不浇油，哪儿不滑溜。打耗子得舍块儿油梭子，上坟还得先答兑一下外祟呢。”

我是秀才当不了兵——胆儿小，就说：“前几天闹得山摇地晃的，你不……”

他满不在乎：“吃饭还噎死人哪，谁忌饭了？听蝲蝲蛄叫就别种庄稼了。”

“老面”因为成分高，所以从来都是把话当金豆子用，谁都抠不出来。他爹是管制分子，邻队的坏分子每天要给队里捡一挑子粪，再扫大街、扫队院儿。我们队不用。赵二说，“地主是铁打的？光扫大街和院子就行，队里的粪肥多得是，搞啥形式主义。”我们队里有三辆马车，涉及私密的事他只用“老面”。

马大白乎对我说过许多队干部送礼的故事。说许多人东西没送多少却挨了整，就是因为没心计、没经验，做事不机密，让人抓了把柄，然后一个后腚炮，让人家掀个屁眼儿朝天，整个茄皮子色儿。赵二看上去大大咧咧，啥事儿都满不在乎，但他下棋观九步，小眼睛总闪着狡黠的光。

我们村是公社所在地，大小机关都在眼皮子底下，和各路诸侯来往的机会自然就多。关系多了，就能办很多事。他能从旗商业局整出“三大件”来，上物资局批几米木材，找旗领导整些柴油等紧俏物资，整点儿连城里人都当宝贝的白面，都不费劲儿。连公社干部都说；“赵二这家伙！”

前年，一个偶然的机会，他认识了旗委办一个外号叫“四眼儿”的副主任，有一次去旗里办事儿时就顺便给“四眼儿”送去四十斤小米。

望着米袋子，“四眼儿”就想起了古人雪中送炭的故事。客气话说着，“四眼儿”就觉得小米饭的香味儿噌噌直往鼻孔里钻。他心想，天旱来了及时雨，小苗喜欢露水珠。这上顿连下顿，一年得吃三百二十天苞米碴子、苞米面儿，天天吐酸水儿，终于见着小米了，这肚子可真该解放解放了。他非常非常诚恳地说：“晌午去家里吃饭吧。”表情实在得像老朋友。

赵二嘬着烟儿说：“下回吧，我还得去物资局办事呢。”就踢踏踢踏地走了，连头都没回。

过了一个多月，他又给“四眼儿”送去二十斤黄豆和几十斤小米，并且慢声细语地说：“这青黄不接的苦春头子连耗子都饿得骂国民党，咱咋也不能舔咸盐花下饭吧，泡点儿豆芽子、炒点儿咸豆吃吧。你家一帮愚公移山的人，能不吃探头粮？这肯定够呛。再说了，黄豆有营养。”说完龇着黄板牙嘿嘿一笑。那笑声很诚恳，诚恳得让人感动，觉得像亲哥。

“四眼儿”家八口人，几个兄弟正是噌噌拔节长个头儿的时候，苞米面大饼子每人每顿能造三四个，还得用稀饭溜缝儿。家里每月都吃探头粮，每天做饭烧火时，老娘都用嗓子眼儿对着灶火眼儿唉声叹气。土地爷说老天饿不死瞎家雀儿，这不，想睡觉就有人递枕头，瘸子蹦高——忒好了。这让他有了久旱逢甘霖的感觉，就说，“哥，中午家去喝酒吧，让老娘炖豆腐、炒鸡蛋！”

“不啦，我找商业局王局长有点儿事儿，再来时去吧！”说完，赵二就抄着手，鞋橐橐地磳着地，瞅着前大襟儿走了。

除了感动还是感动的“四眼儿”，望着他的背影呆呆地愣了好半天。

马大白乎告诉我：“别人想弄点儿粮豆或秕子谷糠，都得上赶子求他。办这些事时也要像做贼养汉一样加十二分小心。主动送货上门的事儿就像放屁崩铜子儿那么稀奇。别小瞧他瞎了咕叽二成眼，就是看人有准儿。”

装好小米已经后半夜了，我们都没有睡意。大白乎问：“那天夜里刘书记送你回来，只说是放大镜抓虱子——一清二楚了，是抓错了，可大伙还是傻帽儿挨揍——不知是咋回事儿。这都东方亮了，小公鸡咋也得打个鸣吧？也不能大姑娘上婆家——净放蔫咕咚屁，咋也得跟大伙有个交代。”

赵二闷着头嘬烟儿，似乎二分钱买肉根本没放在二斤半上，说："都知道是错抓就行了，还打啥鸣？炒豆子大伙吃，炸锅一人担，还不是那小黄马惹的祸。"

马大白乎余怒未消，怨气冲天："王八蛋！打架踢命根子，挖绝户坟，踹寡妇门，也忒狠点儿了。"

原来，队里有匹有娘没爹没户口的小黄马，整天散撒在场院里，溜溜达达地吃粮食，胖得滚瓜溜圆。

刚数九的一天清早，雪花儿在空中飘瓢舞舞，几丝亮光从天幕下仄仄歪歪挤出来，看着这朦胧、凄冷又寂静的世界。缕缕炊烟袅袅升起，向天空诉说着生活的辛苦，书写着日子的挣扎。有一条瘦狗，夹着尾巴拱着腰，溜着墙根儿颠颠地地跑过。

赵二鞋橐橐地擦着地来到队里，身后的雪地被他趟开一溜黑色的垄沟。在大院儿里巡视一番后，他对马大白乎说："上边成天号召人们出大力、流大汗，苦干加巧干。人人一年闻不着两回肉味儿，老肚家和老肠家成天唉声叹气唱苦肉戏。你把小黄马杀了，也给大伙改善改善伙食。谁问就说是吃冻萝卜噎死的，手脚麻利点儿。"

上工钟当当地响起时，满头热汗的马大白乎已经剥完了马皮。

此后，每天的夜战就有了荤腥：吃饸饹打卤子离不开马肉，闷干饭用马油炖大萝卜，吃荞面疙瘩汤也用马肉炖土豆冻白菜。每顿饭大伙都吃得汗流浃背，心满意足。不少人都觉得在赵二手下当社员真好，是一种快乐，是一种幸福。

王富每顿都吃得嘴角漾沫、打饱嗝，还啪啪地拍着肚子说："这伙食杠杠的，忒硬了！真香！盟委书记也就这生活吧？"

汗如水洗的二柱子也打着饱嗝说："放个屁都有芝麻味儿，香！"

赵二这家伙不仅胆大，还主意正，还对时事挺有见解。他曾偷着对我说：

“八亿人民几部戏[1]，电影三战[2]没新的。南风北雨天天有，啥时来点准成地。”所以，人们在闲扯时只能把荤腥嗑当止痛片去化解疲惫，去逗闷子，用以打发劳累和寂寞。我们几个队干部偶尔也特殊一把，都是在散会时由赵二宣布：“班子人留下，商量点儿事儿。”等社员走光了，他躺在炕头上，龇着黄板牙发布命令：“包马肉馅儿饺子。”

乐也萧何，哭也萧何，成也萧何，败也萧何。诸葛亮也没料到，让社员们的穷肠苦胃眉开眼笑、欢天喜地如过年的小黄马，被有心人一捏咕，就立马得道成仙，驮上赵二在灾难之城里逛了一大圈儿。

六

后来，我听说这样一件事。

落实家庭联产承包责任制那年腊月，赵二家那垛小山似的毛柴被人点着了。左邻右舍大呼小叫，孩子哭，老婆跺脚，乱成了一锅粥。

赵二的爹用烟袋锅子把赵二从梦县热乎乡里薅回来后，他才揉着眼、趿拉着鞋，绕噼里啪啦跳舞的大火走了一圈儿。剽悍的西北风呼呼地助纣为虐，火苗子虽然一蹿八丈远，但是燎不着房子，这让他心里有了底。救火的人有百十多号，他们有的用铁锹在冻得杠杠硬的地上铲浮土压火，有的从几丈深的井里取水，辘轳一圈圈地飞转，人们一桶桶地拎水，但对于有恃无恐又疯狂的大火根本无济于事。

赵二看见来来往往的人像蚂蚁开会，就大声对张罗的二柱子说：“快拉倒吧！黑灯瞎火的，再挤掉井里一个，可就是娶媳妇死爹，就太热闹了。”然后又喊，“顺风火，霸王弓，这叫绝户火，是独女生孩子——没救！乡亲们都回家睡觉去！过几天我杀猪，请大伙喝酒！”

[1] 指样板戏。
[2] 指《地道战》《地雷战》《南征北战》三部电影。

这时，他听见有人小声说："这是天火烧孱子——该着！"声音再小也瞒不过赵二那能听见蚊子放屁的顺风耳。赵二一扭头，看见王富正在人堆里乱晃悠，就走过去拍拍他肩膀，黄板牙一龇，乐道："你瞅瞅，这红红火火、人喊马叫的多热闹，花钱都看不上这样的好戏！谢谢王哥啦！这大冷天的也真难为你了，没烧坏棉袄、燎着肉吧？哪天我杀个小鸡儿谢谢你？"他眯缝着眼，盯着耷拉着脑袋一声不吭的王富又说，"王哥，那年腊月半夜里，你说的那种驴配狗养的咋就绝不了根哪？"

这些话中话让王富的脸呼呼出火，心像刀扎一样难受，他觉得很有愧，但这万人骂的事咋也不能主动坦白呀。他知道啥也瞒不了赵二。当年小黄马事件后的那个腊月，自己曾被赵二抓过现行。那时是因为他觉得自己的一身屎都是赵二给抹的，"政变"失败也是这瘪犊子太狡猾，还因为马大白乎是赵二的表哥，所以就想拿野猪还愿，于是就风高夜黑，去点马大白乎家的柴火垛。当他蹑手蹑脚走到那小山似的柴火垛时，还屏声静气地观察了一会儿，整条街除了呜呜叫的北风，连个鬼都没有。于是他蹲在上风头，掏出打火机点火，可连着打了四五次也没打着，于是手就有点儿抖，狗皮帽子里就热气腾腾。他解开棉袄扣，左手扯着大襟贴近毛柴挡风，右手又打了几下后，他心里在欢呼："老天爷呀，终于点着了！"就在火苗子由小变大，他准备起身溜之大吉时，一只脚踹在他的后背上，他身不由己地趴在了那一大朵妖精似的火苗子上。那一刻，他的脑袋瓜子轰的一下变大了，心里说："完了，完了，吊死鬼放屁——彻底完犊子了。"他忘了火辣辣疼的前胸，更顾不了烧坏了的棉袄，唯一想的就是这个年得去局子里过了，但结局却出乎意料。

原来踹他的人是赵二。

年末小队做决算，班子的人陪会计忙到小半夜。赵二说："都累了，散吧，明天整！"走到半路，赵二觉得大肠发坠，就拐个弯儿来到表哥的柴火垛旁，蹲在下风头方便。当他拉完系裤腰带时，耳边传来了熟悉的脚步声。他心想，二半夜了，这家伙出来闹啥妖？他就原地没动，于是就有了前面那一幕。

看着这个屡屡下黑手，一心想让自己进大狱的人正趴在地上筛糠，赵二也有把他整进去的念头，但冷静一下后又放弃了。如果那样，王富那一窝八口的今后咋过？儿子说媳妇都难！于是赵二蹲下对王富说："我就劝你一句话，不修今生也得想晚辈，往后别再干这缺德事儿了！"

三个魂儿丢了两个半的王富爬起来咚咚咚连磕仨响头，说："你放心，以后再干这不是人的事，我就是驴配狗养的！"

赵二说："不用这样糟践你爹妈，只要你不把别人的好心当驴肝肺就行了。今天的事咱一笔勾销，我对谁都不说。"

赵二想着当年王富咚咚咚磕头的那副德行，意味深长地盯了他一会儿后，叹了口气，然后头也不回，橐橐进屋了。

风婆子抡着扇子猛扇，风吹着火舌打着滚儿、拧着劲儿地往上蹿，火"噼噼啪啪""呼呼啦啦"地叫着，耍着威风吓唬赵二，可赵二早已回到热乎乡打起了呼噜。赵三爷气喘吁吁、连撅带骂，赵二媳妇拿笤帚啪啪地拍打。赵二拿出少有的机灵劲儿，忽地坐起来："地冻得硬邦邦的，离井口有半里远，土，水哪样能灭了那么大的火？这又作又闹的有啥用？哭爹能挡住了死娘吗？放心，咋也不让你们烧大腿！不用十天，咱又搂一大垛。"说完蒙头又睡。媳妇儿哭了一夜，骂他是困死鬼托生，屁眼子大，却把心丢了。

据说自从那天夜里王富就病了，连年也没过好，连平时最喜欢吃的猪油葱花拌饭也吃不下，就说心口疼，堵得慌。

过后，赵二和马大白乎唠嗑说："那件事是谁干的，你、我心里都明镜似的。但是，低头不见抬头见，乡里乡亲的，真把他整进去，判他二年，咱又能得啥好处，却坑害了他的儿女们。再说了，这拳来脚往的总得有个完。咱忍一忍，让人家撒撒气儿也就拉倒了。"

我曾和赵二唠过"小黄马事件"。他说："当时我也糊涂了，咱们送人些粮食谷糠，也是为集体搞搞关系，当然了，自己也有点儿小好处。就算有错误让人点了炮，顶多就是撸了这队长的官，也不至于挨抓坐牢吧？这黑枪打得这么准，炮手原来就在身后。‘四猫子’那家伙就会穷急恶赖，舞马长枪，也仗着人多，窝子狗行事，但不会打闷棍。后来咱才知道，‘群专’那个胡主任是刘旭的亲表弟。”

马大白乎非常生气，他恨赵二不以牙还牙，说：“你呀，就是个没心没肺的货！人家把装老衣裳都给你预备好了，就差点儿送你进了棺材，你还打肿脸当胖子、宰相肚里好撑船地看对谁。换了我，非把他整成八王犊子样，还让他狗戴帽子装人？”

在“文化大革命”最热闹时，农村人不交公粮，还吃三百六十斤返销粮。后来举国上下都抓革命、促生产，各地形势渐好，生产速度也从慢腾腾、吱吱呀呀的勒勒车加速到连跑带颠的马车，社员的口粮也从三百六十斤上升到四百二十斤，再到五百二十斤。

我当保管不久后的一天，天冷得恨不得冻掉人们的下巴。场院上人来车往地分口粮。生瓜蛋子、任嘛不懂的我像个傻狍子，撅着尾巴丁是丁、卯是卯地认真过秤。

赵二袖着手走过来，踢了我的屁股一下，示意我到僻静处后，绿豆眼儿直勾勾地盯着我，像绿头苍蝇见了血，说：“你小子真是土命人——心实。队里这粮食堆得像小山，是你们家的吗？你扛回去了？放着河水不会洗船，你傻呀？”见我委屈蒙圈，他把语气放软，“我估算过了，交足公粮后，每口人多给三十斤谷子、六十斤苞米还有富余。”

我一头雾水：“为啥不明着来？”

“明着？那是烧裤裆灭虱子——祸害自个儿，也会让社员们多掏买粮食的工分儿，每口人多掏七八块钱，不是小数目。再者，肯定会有人吃完香喷喷的肉，撂下筷子就打厨子，你忘了小黄马的事儿？这暗着来虽然是照顾了群众，但是是瞒产私分，合情却违法。所以，为了照顾大多数社员的利益，也为了咱不傻了吧唧地挨整，咱就变着戏法地不能让那几个吃红肉拉白屎的人知道。这层窗户纸捅不破，他就没辙。”

我不但茅塞顿开，而且觉得特别的震撼。这是良心上、思想上、灵魂上的震撼。自古圣人、贤人都说民以食为天，但圣人、贤人都是自己吃饱喝足了就行，就光知道拍着圆溜溜的肚子去忽悠百姓，去写道德文章吹牛，哪还有贤心和仁义去管老百姓的瘪肚子？哪管百姓吃菜还是咽糠？只有赵二，赵二这家伙。二柱子整天瞎咧咧：“这个赵二真是狠！论胆儿大，比牛卵子都大，就好比会说黑话也能打虎的杨子荣。论话茬子，也相当于开茶馆盼兴旺的阿庆嫂。”

赵二这家伙，他的前大襟儿上写满了狡黠、聪明、倔强、担当和包容。我在他手下当了十六个月的脱产保管员，既学到了许多东西，又特别佩服他。不论从历史、社会及环境的哪个角度去看，他都是这片黑土地上的一棵红高粱。你用再精致的石磨去磨，用再多目的细箩去筛，它也是黑乎乎的高粱米面，任你再怎么巧的手也烙不出白面饼来。因为在他思想的大河里，流淌着的是传统农民的血，是洗不净、吹不散的农村的带着土腥味的风，有择不尽、抹不掉的黑土地的黏糊糊的思维，有赖茅草那种火烧不死，刀砍绝不了根的顽强。所以，我只能用自己有脚气的脑袋瓜子去感叹：“这个瞎了吧唧的赵二！这个狡猾狡猾的农民！”

如果用一句玩笑话形容他，那就是：“孙猴子七十二变大战项羽，也真的算是个能穿越时空，敢与潮流争高下、叱咤风云斗霸王的人物！”

因为这段历史，我们一直交往了多年。

焚狼宴

小　引

1944年深秋，一个普通的夜晚，在伪满洲国西南靠近燕山的辽吉镇发生了一件惊天动地的大事。此事如晴日里一声惊雷，震得关东军和伪满朝野人人张嘴却说不出话。就连杀人如麻的关东军司令山田乙三都惊呼："此女不逊于抗联匪首杨靖宇。有此等逆民，满洲将国无宁日，皇军寝食难安矣！"气得伪满西南战区司令吉野少将如被剁掉了尾巴，疼得直蹦高："一个女人小小的，竟然大大地狡猾！"

事件的主人公马婵娟，在丈夫被枪杀、自己被轮奸后屡遭欺凌，又不甘投井上吊的情况下，顺势设了个迷局，仅用几桌酒席，就把二十七名辽吉镇最有名的人都活活地烧死了。那些老实巴交的人躲在犄角旮旯里感叹："多好一个小媳妇，唉，逼的呀！"汉奸们则心惊肉跳了许久，背后都说："到底是识文断字的，咋学诸葛亮玩上火了哪？刘司令这个老狐狸比曹操都奸诈，也没躲过这一劫？"

当夜，等救援的敌人从残火里抬出肚爆肠流、胳膊腿似炭的残尸时已近午夜，等他们扑到侯家时，发现……

一

虽然喜庆把辽吉镇曲曲折折的六街十八巷都变成了喧嚣的河，任凭唢呐和二踢脚在河上撒着欢儿地流淌、蹦高。但新娘子的心却像那对红烛在摇头垂泪，把泪水流向如冰的心底。因为与表哥相比，新郎官像个马猴子，让她浑身直起鸡皮疙瘩。因为她出身书香门第，饱读诗书，又在奉天读过一年女子学堂，去表爷爷的大帅府玩过，和少帅表叔下过棋。如果不是中途辍学，说不定这时她正和流亡的同学们在重庆或者延安，做着自己愿意做的事。如果不是刘文屡屡逼婚，她也不会匆匆地嫁给这个丑八怪。在咀嚼着苦与恨的同时，她还预感到刘文的魔爪正悄悄向她伸来，生死未卜的日子会把悲喜苦涩毫不客气地向自己砸来。

揭起红盖头后，侯占山眼前蓦然一亮。祖宗！一朵含苞带露的牡丹哪，一比较，貂蝉算个啥！但嘤嘤哭泣的新娘子把凉飕飕的目光如箭般射来，一看就是个连阎王也敢挠两把的人。这急得他像猴子吃辣椒，抓耳挠腮直跳高。

马氏手握剪子，把裤腰绑得死死的。

侯占山丑，那是狗肉将军张宗昌手下六个白俄兵的功劳。那一夜，六个老毛子叽里呱啦说笑着在她娘身上作了一夜，就留下了这个宝贝。他貌似猴子，却精得像孙悟空，一双大眼睛滴溜溜的，满是聪明伶俐。但他就一个毛病，胆儿小，放个炮仗腿都哆嗦。娶了仙女马氏，侯占山像是一脚踢出个金元宝，美得他睡不着觉、闭不上嘴。虽说守着水灵灵的鲜桃却吃不到，但他无怨言。他觉得是自己这张猴子脸对不起这如花似玉的仙女。

二

上花轿前，马氏把爷爷的大胡子哭得直抖。她说：“我恨！恨什么？只有爷爷懂。”她恨有情人难成眷属，恨刘文，恨“满洲国”。马氏心中凄苦，也思恋表哥。打开记忆的闸门儿，流出的都是让人流连忘返的老相片儿。

爷爷是她的启蒙师傅。这个清末的举人博学刚毅，一把白胡子里藏的全是子曰、经史和岁月沧桑，教给她的都是杨家将、岳飞、文天祥等人忠君保国的故事。爷爷是玉帝的一把刻刀，把她和表哥这两块顽石都精雕细琢成了世间的美玉，都有了一颗玲珑剔透的心。她尤其觉得自己这宁折不弯的烈性更像爷爷。

三天回门时，趁爷爷去法空寺与智清长老吟咏“国破山河在，城春草木深”时，在爷爷的书房里她初尝禁果。性情顽劣、敢说敢做的表哥咬了她的舌尖和脖颈儿，还用那不讲理的手游走于自己的胸前。她主动地把自己心甘情愿地送给了孟浪又风流倜傥的表哥。她觉得只有这样才能救活自己那颗枯死的心。

三

婚后两个月，公婆出人意料地拉着手唱着“老伴老伴等等我，阎王爷那儿还搭伙”，忽然去极乐世界了。听人讲，公婆为人吝啬、凶悍，待扛活的、榜青的还不及牛马，举手打、张嘴骂，饭食长年是糠饽饽、菜饼子、咸萝卜。

街坊邻居夸马氏美丽而精明。

公婆走了，她就嘱咐侯占山对下人要好，要改善伙食，要将心比心，六两换半斤。可是，人心不足蛇吞象。没多长时间，长工们欺负她心慈面软，竟然怠工偷懒，致使田地荒芜。吃饭也挑眼抹刺儿。她不声不响地暗地里观察，又拽着丈夫坐上大胶车去地里转了一圈儿。

第二天，她叫来打头的人。

坐在太师椅上，她和颜悦色地问："你来侯家多少年了？"

对方垂手恭立："十三年了。"

"侯家待你薄吗？有啥亏欠？"

对方有些心虚，说："回少奶奶，没有。"

"那你是看我们年少无知好欺负，还是痴茶呆傻不识数？人做事要对得起良心，你可知道？"

"请少奶奶明示。"对方头上开始冒汗。

马氏绵里藏针，说："我念你是老人儿，忍气吞声了多日。君子以诚报德，小人以怨报德。你——"

打头的汗流浃背，扑通一声跪地。

她传命伙房："晚饭煮粥，米粒儿要一个跟一个跑。明早菜团子稀饭，晌午糠饽饽稀饭，晚上稀粥，连吃三天。"

第三天晚上，她和丈夫无声地出现在人前。

李山说："财主有几个不黑心的，这么累还给吃稀的。"见了她后却像个耗子哧溜一下钻到了人背后。

她高声说："李山，别藏头露尾的。你爹被鬼子打死，你家无隔夜粮，是少东家买棺材、送米吧？你爹才死几天？张保田，不是我小肚鸡肠翻旧账，你娘让鬼子活活糟蹋死，你爹上了吊，难关是咋过的？"

二人当时跪下。

瞅着面红耳赤的人们，她响亮地说："我要跟老少爷们儿说几句掏心窝子话。从古到今，穷人恨有钱人虽恨得咬牙切齿、眼出血，但还都像光棍子盼媳妇儿似的盼着变成有钱人。有钱人都是缺德作损、不拉人屎的王八蛋吗？

穷人都是善良之辈吗？坑蒙拐骗抽的，阴损蔫坏踹寡妇门的，扳着狗腚亲嘴儿不知香臭的——咱不能两根肠子闲三根半时见口汤都磕头作揖，可吃饱了一转脸儿就打厨子。扛活咋地？我太爷就是扛活出身，你们谁不知道？人穷人富都得有志气，都应凭良心做事做人！”

从此，田间院儿里全都板板正正。她给伙计们加了一成工钱。

马氏是有名的厉害精。

刚从奉天回来的小婵娟一身女学生装，亭亭玉立，如出水嫩荷。一天，她挎个装把剪子的小篮子徜徉在人如流水的集上。突然，她觉得有只手在肆无忌惮地揉摸她那浑圆的屁股。激愤的她并未回头，而是啪的一巴掌打掉了那爪子，那人却跑到她面前嬉皮笑脸地叫妹子，还把臭烘烘的猪蛋子嘴凑了上来。小婵娟看清了，是刘文。她听说过，此人土匪出身，专欺男霸女、讹人钱财，曾被人一刀捅豁腮帮子，落个歪歪嘴。她顿时怒从心起。随着一声怪叫，刘文脸上鲜血滴答答地流下。他一手捂着脸，一手来抓婵娟，却见嗖的一晃，一把锋利的剪子直奔他眼睛而来，吓得他扭头就跑，嘴里喊着：“小厉害精，你等着！”小婵娟跳起脚骂：“畜生，姑奶奶等着你！”还把剪子嗖地撇了过去。从此，马家小厉害威名远扬。

四

鬼子的刺刀把世界挑得像叫花子的衣裳，破破烂烂没法穿，但日子这条河还是驮着苦难匆忙奔流，在凄风苦雨中流过哆哆嗦嗦的大地，心惊肉跳地想着有今天没明天的日子。

一天，刘文领着两个鬼子兵来收“祭天照大神”捐。刚进大门就听见马氏正在念诵古诗：“国破无家信，天秋有雁群。”声音朗朗，抑扬顿挫，这是她多年的习惯。

鬼子兵问："什么的干活？"

刘文不怀好意地说："这是骂皇军的话。"

鬼子兵立马现出了凶狠，骂道："八嘎，猪，死啦死啦的有！"说着就抖着刺刀直奔侯占山。吓得侯占山顿时浑身筛糠，坐在地上。刘文奔过去一通猛踹狂踢，侯占山耳、鼻、嘴血流如泉，脑袋成了血葫芦，发出杀猪般的惨叫。

哭叫声让马氏像头受了伤的母狮子，咬牙切齿地冲上去拼命。所有的人都以为她疯了。冷不防，刘文的脸上留下了数条血痕。

仇恨之火烧焦了她的五脏六腑。

日本兵骂着"八嘎呀路"，抬手就是三枪。

这时她已被家人死死拖回，但还在捶打前胸，跳脚怒骂。

子弹贴着侯占山的头皮呼啸飞过。

这三枪把侯占山眼睛里的聪明和机灵全吓去了爪哇国，从此他变得痴呆无语，不但把马氏教他的"能持苏武节，不受马超勋""五湖春水接遥天，国破君亡不记年"等曾经烂熟于心的古诗全忘了，而且连个"人之初"也背不出来了。

这一刻，仇恨占据了她的心。她咬牙切齿地发誓，说此仇不报誓不为人。

街坊邻里们纷纷骂东洋鬼子都是马配驴生的；骂汉奸们把日本人当爹，都是秦桧的种。

五

马氏身材高挑且凸凹有致，像一串儿熟透的夜来香葡萄，翠叶红果，娇艳鲜亮。但夜夜独守空房的她只有向枕头诉说着孤苦，刚强的她只能让泪水流向心底。她不知道，一场灾难正悄悄向她扑来。

马氏的心上压了块石头，非常沉重，可无可奈何的现实也只能让她发出声声叹息。她问自己："好端端的东三省咋就成了'满洲国'？咋就成了日本人的'共荣圈'和'王道乐土'？可老百姓不但没有荣没有乐，而且连喘口气都比拉憋肚还费劲、还难。"

感慨着世事，马氏从沉闷的空气中影影绰绰地预感到，这个家就像那天空上的云彩，正孕育着一场风暴。她听表哥说过，刘文当过刽子手和土匪，曾经不眨眼地一口气砍下十二个抗日义勇军俘虏的头，还在几百人面前亲手表演过活扒人皮。那是赵尚志部队里一个誓死不降的好汉。其惨烈让在场的人无不浑身哆嗦、腿打战，捂着脸哭，而刘文却时不时喝几盅酒、抽口烟，还说那人的惨叫比二人转、河北梆子都好听。最后，刘文掏出那好汉的心去做下酒菜，原因是那好汉差点儿踢碎他的卵子。无论他走到何处，稍有姿色的女人都难逃其魔爪。在"围剿"抗联时，抗联的子弹打瞎了他的左眼。在入关帮助王辑唐"扫荡"八路军时，冀东邓支队的手榴弹炸歪了他的鼻子，却没有灭了他。

七月天，水缸出汗，地冒烟。

树荫下的微凉让侯占山很惬意。他正在不眨眼地盯着那些来来往往的蚂蚁。看着这些忙忙碌碌的小东西，他好像回到了童年，好像又和小伙伴们在河边打水仗、抓小鱼儿、逮蚂蚱，脸上挂着开心的笑。

马氏在看《三国演义》孔明火烧上方谷一段。自从丈夫被打傻后，她一直琢磨着报仇，可自己拈笔赋诗在行，却连菜刀都不会耍，咋报仇？自己连个说话的人都没有，上哪去找"上方谷"？即便有"上方谷"，又咋把刘文引进去？火药、地雷藏哪？种种难题如堆乱线，理不出头。再透过窗户看着吃饱了就知道不饿的丈夫，马氏心如猫抓，像坐在热鏊子上一样难受。

这时，大门口传来大皮靴的响声，接着就看见刘文和胖镇长旁若无人地说笑而来，后面跟着两个端枪的日本兵。刘文曾经不止一次说过："日本人是我亲爹，‘满洲国’就是我的家，在我的宅院里我想干啥就干啥。”

老厨子像兔子见了狼，强摁着心跳赶紧迎接。还没容他开口，刘文就大声地说：“本司令听说你们内当家的还没开苞呢，我体谅体谅这小美人儿的苦衷，让她好好享受享受。”厨子是个忠心耿耿的老头，听了这话，像是当头挨了一棒子，立马蒙了圈，顿时就觉得裤裆一热，湿了半条裤腿。那个歪鼻子当即哈哈大笑，说：“真他妈的窝囊，见了本司令撒哪门子尿哪？几年前，马婵娟趁着老子去‘剿匪’，匆匆忙忙嫁给了那个臭狗屎，让老子闹心了半年。今天本司令这犁杖来慰劳她的新荒地，你是刷刷锅哪还是装气迷？”说着，飞起大皮靴铁锤砸西瓜似的猛踹厨子的脸。

马氏在屋里看得真切，就跑向厨房找菜刀，她想与其拼死，也决不受辱。就在她要抹脖子时，刘文却抢前一步，用东洋刀打落了菜刀……

马氏撕心裂肺的哭叫声唤醒了牙掉、鼻子扁、昏过去的厨子。他挣扎着爬起来，晕头转向、慌慌张张地跑去救人。屋门口的两把刺刀唰地伸了过来，刀刃在阳光下明晃晃耀眼，刀尖戳着他的胸脯，一步步把他逼到院外，直到被一块石头绊倒，摔昏过去。

就在鬼子兵用刺刀顶走厨子的时候，不知是马氏的哭喊声，还是刘文的狂笑声，刺醒了侯占山那已经麻木的神经，猛然间，他像受了电击一般，浑身一热一震，蓦然清醒。顿时，尖叫的枪子儿、带血的刺刀、恶鬼似的刘文、屈辱的往事，拉洋片似的闪电般闯进他的脑海，在瞬间唤起了沉睡在心底的仇恨，仿佛是长长的一梦醒来，凌辱尽在眼前。尤其是媳妇儿凄厉的叫声更让他热血沸腾，他觉得脑袋发胀欲裂，胸腔如有岩浆喷涌，仿佛冥冥中有人在喊：“报仇！报仇！”这话像是老烟鬼抽足了大烟，顿时让他浑身有力，血脉贲张。只见他抓起树下的一把铁锹，像一头发怒的豹子，纵身跃起，敏捷地扑向屋中。

随后响起两声枪响和一声惨叫。

伙计们收工回来，觉得院中的空气里弥漫着血腥气。

看着头中两弹、手握铁锹、大眼睛还直直地向苍天问话的东家，伙计们无不掩面痛哭。

六

昏迷中，马氏好像走在地狱里。阴风惨惨之中，她拼命地抓挠着，却什么也抓不住，像是悬吊在深深的枯井中，又像被黑白无常掐住了脖子，喘不出气。在凄惶中，又有数百条毒蛇缠绕、啃咬着她，吓得她想哭却喊不出声。又有几个青面獠牙的小鬼正往烧红的鏊子上拖她，她只有痛苦地挣扎。她还看见一群小鬼把许多叫花子都塞进了一个大铁桶里，还压上盖儿。她清楚地看见，鬼群里的刘文领着胖镇长正围在一起吃侯占山的心肝，正吃得兴高采烈，嘴角滴血。她听见刘文说："老子吃完他再吃你。"她想骂，又想去拼命，却又被毒蛇缠住了。她觉得心被鬼掏走了，只有刚强的血还在胸中哇哇大哭。

她在恐怖中怕得要死时，突然脖子上的绳子断了。她终于喘了口长长的气。

她在众人的呼唤中醒来。

七

侯占山的丧礼惊动了八乡。马氏命人去外面雇了许多讨饭的来壮声势，还让他们打着灯笼走在前面。唢呐呜咽，纸人纸马排出半条街。等到警察出面阻止时，人已下葬。

警察说："你们大白天打灯笼，这是寒碜'满洲国'、骂皇军、埋汰皇上。"

马氏怒斥："皇上的忠臣、皇军的司令在'王道乐土'上轮奸民女、草菅人命，皇军、皇上怎么不管？我找谁去说理？'共荣圈'里不许发葬冤死鬼？还有天理吗？这事办了，杀剐由你们！”

丧事完毕，马氏觉得自己一下老了十几岁，且已疲惫不堪。

夜，深沉得让人丢魂儿，来陪伴她的爹娘还在悄悄地叹气。

劳累让她和觉赌气。她的思绪哗啦啦地流过惶恐滩头，流进文天祥的零丁洋里。

她六岁启蒙，爷爷从子曰、诗书教她到儒、道、史。她这只凤凰本应在奉天城读书，可是‘满洲国’来了，折断了她梦中飞翔的翅膀。后来，又是刘文逼得自己一家人连睡觉都尽是噩梦。如今，多少人家住在狗窝似的地窨子里，每天荒野里坟头成片、满耳哭声。人们头顶着炸雷，在刺刀下哆哆嗦嗦地活着。她恨那个徒有其名的少帅表叔，不是大帅的种，不叫个爷儿们！几十万大军一瞬间如溃堤之水，跑了个干干净净。她恨自己没用，不能像花木兰、梁红玉那样替爷去出征，万里赴戎机……想到激动时，她掐自己的胳膊，拧自己的大腿，留下一块块瘀紫。

婚后，她这只笼中鸟总想要飞回蓝天，但现实的绳索把她捆得像粽子。聊以自慰的是丑丈夫没傻之前从不嫌弃表哥的那帮兄弟。他们神出鬼没地来去，她大把地撒银子帮那边买急用的。恨不得把铜子儿穿肋条上的丈夫从不说半句话。这就是深明大义。这也是最让她无比感激和无比怀念的。

想着往事，到鸡叫时，她才迷糊着睡了。

迷糊中，她好像看见表哥带着队伍来了。这让她惊喜和激动，她用《相思曲》热情欢迎他。因为听人们传说，他在冀东带领武工队袭击鬼子、劫兵车、打警署，吓得鬼子和汉奸心惊肉跳、坐立不安。汉奸们连打赌都说：“谁要是说话不算数，出门儿就碰上吕春生！”表哥也让阎王爷叫去过好几回，又都跑了回来。她听说后把枕头都哭湿了。现在见了面，她顿时热泪如雨，猛地扑进表哥的怀抱，不顾羞涩地一口口亲着他。表哥也紧紧地把她搂在怀里。两个人瞬间便融为一体，仿佛天地间的一切都不复存在，仿佛世界只属于他俩。

梦乡里的表哥带来了明媚的阳光，这让她的心里顿时充满了灿烂。这阳光驱走了几天来的郁闷和阴霾。她看见翅膀上闪着金彩的燕子衔着歌声向自己翩翩飞来。

几年前，表哥领一个叫张子岳的人来养伤，她不顾丈夫的反对，自作主张，冒着杀头的危险把他们安置在冬暖夏凉的菜窖里，杀鸡割肉，煎药熬汤，伺候祖宗似的供奉着。打那以后，表哥的人就把这里当成了大车店。她总是心甘情愿，满腔热情，满心欢喜。

八

刘文唆使胖镇长一帮汉奸变戏法似的折腾她家，时不时就凶神恶煞般的突然光临。亏得她胆大心细，早有防范，总能机智巧妙地东遮西掩，但也被敲诈成了痨病秧子，连连吐血。

历经风风雨雨，尽显沧桑的侯宅，拖着疲惫的身躯，在夜那阴谋重重的怀里打着哀叹声睡着了。

启明星还打着哈欠，天边刚泛出一丝丝白。

刘文带着鬼子闯进了侯家。

这个索命无常进门就喊："快！交出八路来。不然就抓东家，让太君的狼狗问话。"

长工们都恨这群畜生，但个个早已腿肚子酥麻转筋，只能哆嗦着腿赔笑脸儿，点头哈腰说好话。

刘文说："皇军接到报告：前天你家来的俩短工是八路，你们必须交人，不然——"

打头的捶胸顿足喊冤枉，说压根儿就没来过啥短工。

刘文阴阳怪气地说："是吗？你是说皇军撒谎？那可是要死了死了的！

咱去宪兵队跟皇军说说？”

打头的只有连连鞠躬辩解。

刘文又说：“那是有人糊弄皇军？我回去向大太君解释一下吧，不过可不一定好使。告诉你们内当家的，好好地商量商量，我要盘下你家的烧锅，我三天后听响儿，咋样？咱们明人不讲暗话，响鼓别使重槌，别看你家傻小子差点儿劈死我，但太君那儿我替你们先扛着。”他瞅了一眼一身臭汗，像块木头的人，奸笑着说了声：“仨油拿啦！”

晌午时，胖镇长来了。他和刘文强奸马氏，又打死了侯占山，但这事儿他没当吃棵辣葱。那算个屁事儿？

这次他只带着两个狼狗似的警察，连敲带打，明警暗示，他要买点心铺子，但没说“仨油拿啦”。

马氏独坐静思，万念俱灰中往事又拉开了洋片，感慨着“国破家亡欲何之，西子湖畔有我师”，咀嚼着死不了、活不起的滋味，她恨不得拎起菜刀去拼命。但自己死了也未必报得了这血海深仇。自己可以去找表哥当个女八路，可以扬眉吐气地杀鬼子，可她不能把可怜的娘家人扔给刘文去剜眼抽筋地任意糟蹋。这些天来，或者说自打丈夫被吓傻时起，她一直琢磨的事蓦然有了头绪，送上门的“上方谷”和火药都有了，接下来是咋让狼入“谷”了。

侯家数次劫难和残酷的现实逼着马氏在心中策划了一个惊天的计划。

精明，让她在不动声色中把一切谋划得妥妥当当。

九

三天期限已到。

算着时辰，她搬把椅子坐在院子中央。红袄、绣鞋，她临阵不慌。

傍晌，刘文和胖镇长带领人马气势汹汹而来。虽然他们曾在这个院子里强奸和杀人，但是毫无愧色，还气壮如牛。面对两个恬不知耻的恶鬼，她不理不睬。直到二人叉腰、瞪眼儿，立在离她咫尺远处，她才开口。

“我静候二位多时了。”她像对自己的鞋说话，“我合计过了，你们都是日本人的左膀右臂，撒泡尿能冲了半座城，跺跺脚大街两头颤。二位要的烧锅铺子，是想明抢暗夺还是便宜买？即便是抢夺，我也给。因为你们有刀有枪有日本人，你们强奸我、杀我男人我都喊不了冤、告不了状，一点儿买卖又算什么？”

刘歪歪不作声，胖镇长说：“买，买，买！‘满洲国’也是清平世界、朗朗乾坤。买！”

马氏略一沉吟后说：“二位给个价吧。”

胖子说：“你说，客随主便。”

马氏低头半晌后说：“那烧锅每天流的可是白花花的银子，窖里光十年陈就一万多斤。这样吧，一万二。点心铺子连油、面全带，三百五。两个铺子各要现洋一百，余下的要广聚源的银票。”

这时刘文使了个动作，俩人走向远处，商量：“真他妈的便宜，那也得杀杀价。三天后抓她个通匪，连人带钱都是咱的。咱这叫明买暗抢！”于是返回来说：“咱们嘎巴溜丢脆，全鞍马连鞭儿递，烧锅铺子九千，点心铺子三百！”

马氏见两人正顺着道往“上方谷”走，装作不情愿地说：“那也得容我盘下账，把里赊外欠整得利索了不留尾巴。其实呀，两位就是强要我也得给，胳膊拧不过大腿不是？这买是给了我天大的面子。这样吧，后天傍晚，我在烧锅柜上备下三桌六盘六碗儿和陈年老窖候着两位长官。咱们也讨个好彩头，来个六六大顺。行不行？”

就像备好了长枪短炮去打兔子，做梦也没想到，大肥兔子咣的一下子自个儿撞树上了，两人反倒王八瞅绿豆——大眼瞪上了小眼儿。

马氏看了，生怕鱼不咬钩，就发出震耳的大笑，说："瞧瞧两位的样儿，你们就是这里的活阎王，你们让谁半夜死，谁敢活到五更？侯家今天想借此攀个高枝儿，今后仰仗二位了。"说罢，她指着两人身后的人说，"后天下晚儿二位也可多请几位做中人，也让日本人尝尝咱关东六顶六的硬席。"

马氏的大笑让两人有点儿不自在，但又听她说得头头是道，没啥毛病，心想："有枪就是草头王，傍着日本人咱就是爷，还怕你个娘儿们反了天？这铜帮铁底的'满洲国'，谅你个小娘儿们也弄不成啥事儿，孙悟空啥时候也跳不出如来佛手心。"于是两人假仁假义地说："我们哥俩是不是买卖公平，钱上没跟你计较吧？既然你爽快，那就这么定了。哎，你比爷们儿还豪爽仗义。顺水扯篷好行船，识时务者为俊杰。行！咱烧锅柜上不见不散。"

送走那帮东西后，她吩咐："关大门！杀猪！全家不分上下，不论男女老少，大碗酒、大块肉连飨三天！"

十

第二天，马氏早早料理完一切。她悄悄地回了趟娘家，请他们去帮自己做伴儿。又串小巷、绕正门，敲开舅姥爷的药铺，软磨硬泡地买了几包药。

夜静时，马氏与爹娘相对而坐。

沉默半晌后，她突然哭了。她爹娘只有轻声劝解。不一会儿，她止住泪水说："如今小日本儿不把咱当人，老百姓吃橡子面、穿更生布还得配给，两口子一条裤子，十八九的大姑娘腰上只围块破羊皮，这是人过的日子吗？有点儿良心的财主们也全像咱家一样，连做梦都是棒打税，狗咬捐，没钱凉水蘸皮鞭，谁家吃点儿白面都是经济犯。前街的赵四只说了句'这些王八犊子还让不让人活了'，就被抓了劳工；鬼子刀挑了小孩儿，媳妇儿上了吊。"

她爹急头白脸地说："你说这些想干啥？侯家这份家业来之不易，你可不能瞎整！那些杂种是不把人当人，可咱忍着顺着不就结了？忍字心上一把刀，不忍不饶祸才到。”

马氏长长地叹口气，说：“蚂蚁尚知贪生，我能不知？都说好死不如赖活着，可眼下是人家不让你赖着活。现今是石头砸鸟窝，鸟死蛋也碎。他们今天绕你的铺子、烧锅，后天就来谋你的地和宅院。拱手相送没准儿还要杀人灭口呢，如有半个不字儿，八路的帽子、辣椒水、红烙铁、老虎凳，早就预备好了等着你哪。爹，咱且不说宁愿站着死，不愿跪着生，可现今是站着跪着都一样，生死不由己，咱选哪一样？”

他爹自知理短，小声嘀咕：“都是春生那帮人惹的祸。”

马氏不由得长长地唉了一声：“远的咱说不清，爷爷常讲的日俄之战你知道吧？那是咱皇上弄过他们娘儿们还是张大帅踢过他们皇上？还有，你说眼下的日子和张大帅时比差了多少倍？是不是天差地？”

他爹低头无语。

接着找来长工、厨子等人，她笑容可掬地对大伙说：“穷点儿富点儿咱都是人家的奴隶，这世道啥样大伙心里都明白。侯家流年不利遇上点儿事儿，想要速回辽阳老家，只好让多年的老伙计们各谋生路了，实在是对不住。侯家内里空空，我把现有的牛马骡驴车、箱柜被褥，拉了个单子，给各位抵工钱。虽说是实物，但都多出工钱几倍。但有一条，两天内侯家大门紧锁，只许进，不许出，要在后天夜深人静时走，且三日内须守口如瓶，不能张扬。”又特意叮嘱打头的，“这事就交你掌管了。”

她爹娘预感到将有大事来临，只得烧香磕头，拜佛保佑。

十一

第三天午饭吃饺子，几日来极少吃喝、面罩乌云的马氏吃得津津有味，面泛红晕，又显现出了昔日风采。

饭后，她叫来表哥介绍来的两个伙计，她知道他们可靠。她让两人提出二十坛陈年老酒和一大桶豆油送到柜上，又加固了烧锅大厅的门窗，要保证壮汉撞不破，然后摆下三桌筵席。她把一包药交给两人后俯首嘱咐，必须如此如此方才妥当。

太阳将落时，马氏梳妆打扮整齐后告诉父母："夜里等我回来吃饭，炒两个菜，有话说。"

来到烧锅前厅，她端坐在太师椅上，但心里却咚咚打鼓：这上方谷里一切就绪，司马父子能否入谷？入了谷，火药能不能按计点着？

她表面镇静，心里却是十五个桶打水——七上八下的。

少顷，戴墨镜的刘文陪着一个鬼子军官叽里咕噜地说笑而来，后边簇拥着十来个鬼子兵。相跟着，胖镇长也腆着肚子，领着警备队长、警察署长等一群人到了。

马氏忙把众人迎进灯火辉煌的厅中。她春风满面地说："几位长官真给面子，今儿个能招待这么多皇军和长官，侯家真是坟茔地冒青烟——祖上有德呀！快坐，快坐！长官，咱们是先陪皇军喝酒呢，还是先把契约文书办了？"

胖镇长粗声大气地说："先办文书吧，也好陪太君喝个心满意足、一醉方休！"

几个汉奸都说："对对对！"

刘文叽里呱啦对鬼子军官翻了一通，那个模样斯文的家伙连喊："哟西！哟西！"

马氏郑重其事，双手接过写好的契约，看完后又像舍不得宝贝似的画了押，然后笑眯眯地盯着那两个人。

刘文忙从怀中取出银票递过来，心想："臭娘儿们，跟老子玩鬼画符！先借你手存存，不出三天，就让你连人带钱统统归老子！傻子那一锹差点儿劈死我，此仇怎能不报？”脸上却笑得嘴邪眼歪。

胖镇长也随声递过大洋，心里却说：“妈的，狐假虎威是智慧，老子连上吊绳都给你备好了。”

马氏把大洋递给两个伙计。她见鬼子们都已被酒香勾引出了哈喇子，就大声说：“快！上菜！给皇军们斟酒！”

俩伙计手脚麻利地举坛斟酒。七十多度的陈年老窖醇香四溢，沁人心脾。

马氏端杯理鬓，肃穆朗言：“诸位长官，民女不才，今日因无奈而抛头露面，素面俗言，还望海涵。今晚这第一杯酒，我敬诸位和这些连自家日子都不过了，舍家弃娘丢了祖宗，不远万里跑我们这儿建设‘王道乐土’的皇军。我要用侯家的十年陈酿招待各位，一定要让各位高高兴兴而来，乐乐呵呵地回家！我先饮为敬！”说罢，一两的瓷盅她一饮而尽。

馋虫早已拱得舌头流汗，鬼子汉奸们都干了杯，都喊好酒。唯有那二人似心存疑虑，但见马氏话语诚恳，喝得又那么爽快，这才把心放进肚子里。

第二杯酒，马氏敬俩恶鬼。她说：“世上最得意的买卖，讲究的是心甘情愿，皆大欢喜，而不是计较寸短尺长。我虽是一介女流，也想往远处看，侯家今后还要靠二位多多关照，共同发财。也愿二位仗着皇军的威风步步高升，红运齐天。”她瞥见刘文正在阴沉沉地盯着她冷笑，心中一凛，心想：“要想送他们去望乡台就必须要稳住他，只要三杯下肚，他就到了鬼门关。”她告诫自己：“沉住气，九十九拜都叩了，千万别差这一哆嗦。”于是她走近刘文，伸手拍着他的肩膀说：“刘司令，你对皇军忠心耿耿，几次差点儿丢了性命，‘满洲国’难找第二个你。我敬你一杯！”说罢替刘文端起酒杯，当地碰了一下。

刘文有一妻十三妾，建了七个淫窝，平日深居简出，出则兴师动众或乔装打扮。听了马氏的话，他心想：“今天这些人哪个不是阎王的座上宾、混世的魔王，还怕你个小娘儿们不成？”就坏笑着说：“美人儿，老子想你想得鼻子都歪了。今日良宵美酒伴佳人，难得，要干咱就整两个鸳鸯杯，喝完了咱俩再入一回洞房。”旁边的汉奸们听了都一窝蜂地大声起哄。

马氏心想：“畜生，这屋就是你们的望乡台！”她故作豪爽，连说：“好，好，好，就依刘司令。那这两杯也请各位相陪。”刘文抓着她的手揉搓着，非要喝交杯酒。马氏不想在这关键之时出半点儿差池，就说：“好！干！”

那个鬼子军官羡慕得直竖大拇指。众人也都异口同声地大喊：“好！好！英雄美酒伴佳人，喝！真是女中豪杰！”

酒过数巡，马氏知道鬼已入瓮，给他们翅膀也飞不了了。

她的心中便有几分兴奋和几许悲壮。她兴奋的是夙愿即偿，报仇雪恨的时候终于到了。自己一个弱女子，手无寸铁却能灭了群狼，这既长了中国人的志气，又灭灭鬼子的威风，让魔鬼们知道中国的老百姓不是孬种，也有顶天立地之人。她自豪自己挥手之间就能让一群杀人不眨眼的恶魔葬身火海，这虽然比不上诸葛亮火烧赤壁，但是终于把憋了多年的恶气撒了出来，心情真敞亮。她觉得自己既对得起爷爷，又对得起表哥和他那些弟兄了。自己不愧对天、不愧对地、不愧对祖宗。今天，可以让有良心的中国人都扬眉吐气一把。凭这就值！人生自古谁无死，留取丹心照汗青。忍气吞声活，何如笑着死！

想到这，她摆着手说：“不敢当！不敢当！要论女中豪杰，古有花木兰、梁红玉杀辽抗金，保家卫国，千古传颂。民女才疏学浅，武不能挥刀杀敌，文又空误了少年时光，无以报国，实在惭愧。来，咱们再干一杯！”

马氏见鬼子汉奸们已经个个醉眼迷离，脚软筋麻，连拔枪的力气都没了，她知道是蒙汗药发作了。她指着鬼子对两个伙计说：“快泼油！这些东洋恶狼天天抓劳工、‘出荷’粮、‘出荷’牛羊马，逼得多少人倾家荡产？别的不知道，光抓劳工就让多少人家破人亡？那个刘文更是个认贼作父的人渣败类，为了一杯酒、一碗肉就可以出卖祖宗，就可以帮助强盗去祸害自己的兄弟姐妹，就可以丧尽天良！这都是些秦桧的孝子贤孙。今儿个报仇的时候到了，多泼！”

两个伙计把豆油一瓢瓢地泼在恶狼身上，又把十几坛子酒全倒在了地上，屋中立马酒气弥漫呛鼻。马氏一脸憎恨和鄙视，拿起一根燃着的蜡烛，果断地扔到地下。顿时，无数条火蛇摇头摆尾，欢快地扑到狼身上，熊熊烈焰扭秧歌似的狂舞。

两个伙计劝她一起进山，她坚决地说：“不行！家里还有俩老人哪，不能把他俩扔给鬼子去凌迟活剐。你们带上钱和银票快走，广聚源关内也有分号。你们告诉我表哥：马婵娟是个有血性的中国人，为了我，也为了咱中国人，一定要狠狠地打鬼子！”说完推他们快走。

等闻讯赶来救援的鬼子和汉奸在残火中抬出二十七具焦尸，再杀气腾腾地扑到侯家时，偌大一个宅院早已空空荡荡。只有正房炕上躺着三具尸体。其中，马氏衣衫整洁，面施薄粉，容态安详，如同熟睡一般。参事官黑田中佐气得嗷嗷蹦高，喊着让人焚尸扬灰。

侯宅墙上有马氏血书：“弱女雪国耻，焚琴为烹狼！”

杀 猪

一

眨眼的工夫，刀子似的寒风就把日子刮进了能冻掉下巴的腊月。

清晨，猪的尖叫声惊醒了沉睡的村庄。猪的惨叫和缕缕的炊烟纠缠在一起，就把寂寞的日子搅起了阵阵波澜。

刘小眼儿的舌头像蝎子，听着猪叫，他奸笑着说："亲家杀猪了。咱就是能掐算，这饿没白挨。你说他是二呀，还是火轮船打哆嗦——浪大催的，年年显欠儿，先杀猪，还整流水席，拿香掉下巴的肉当泔水祸祸，这不是给牛接生——扯犊子吗？"他把嘴撇得像个歪把子瓢。

"大枣核"忙接茬说："拿着好东西胡糟蹋，就是嘚瑟！要不咋说穷大方哪。当几年劳模就忘姓了，还处处显欠儿干累活，真是鸟腚绑个鸡翅子——净装大尾巴鹰。你先把瘪肚子楦成球，咱吃孙喝孙不谢孙。"说着从红漆大柜里掏出个挂满油渍、猪大肠似的布袋子扔给男人。

一天没吃饭的刘小眼儿又灌了半瓢凉水，然后抹抹嘴，揉着肚子说："吃不穷，喝不穷，算计不到才受穷。哼！人们苦一年了，个个都是饿狼，见了肉眼珠子都冒绿光。几天的流水席下来，血脖子加一角子肉都不宽绰。真是灯边立筷子——愣充光棍。全村人都管你叫爹有屁用？刘小眼袖手弓背，满脸的褶子里都藏着得意。”

九爷的篱笆小院里，长着连鬓胡子的“铁算盘”正猫腰撅腚地给猪吹气，腮帮子鼓得像个刺猬，头上几条青筋像蚯蚓在蠕动。一袋烟工夫，那口三百来斤的大肥猪就成了大肉球儿。九奶奶紧倒着解放脚，里里外外地忙活着。她嘴脚齐上阵，片刻不闲地指挥着儿媳妇们兑荞面浆口、剁葱、剥蒜，准备灌血肠子。娘仨忙得像冰上的尜，被活计抽得滴溜溜乱转。

蹲在猪食槽上抽烟的九爷在思谋着什么。他的脸上被洒了一抹东方红，显得刚毅又淡然。一袋烟过后，他啪啪地磕去烟灰，麻利地把烟口袋绳往烟袋杆儿上一绕，然后背着手请客去了。

腊月这个吝啬鬼从指缝中把几丝阳光洒在九爷那瘦而阳刚、挺拔的身上。烟口袋在屁后一悠一荡，像个尾巴。九爷看着刷在墙上的“自力更生，艰苦奋斗”等标语，思谋着：人们累了一年，也熬了一年，自家早点儿把猪杀了，让老少爷们儿先解解馋。大伙坐在热炕头上，吃着猪肉炖酸菜粉条子和血肠，再整上几盅、划上几拳，敞怀冒汗，美滋滋地唠唠心里嗑，汗水就洗光了一年的劳累，就把平日里那些磕磕绊绊的疙瘩扣都化开了。邻里也好，亲友也罢，都手拉手地往前奔，多好！虽说眼下集体和个人的日子都是胖子穿小袄——挺紧巴，但比起万恶的旧社会，还不是像进了天堂？

想到先杀猪，九爷心里跟明镜似的。要是往后挨半个月再杀，起码能省下三十斤肉。三十斤肉得有一大盆，在庄稼院儿里也是不小的事呢，老两口也心疼。但这不是穷大方，他自有他的主张。他就是看不上那些从肋条上掰铜子儿的嘎咕人。他想，人在人堆儿里就得把腰板儿拔得直直的，走路说话要让大伙都竖大拇指，不能没张嘴先脸红，矮半截，那活着就没意思了。他用思想张罗着请客的细节。东屋老辈儿一桌稍微挤点儿，西屋是姑爷他们小辈儿。每天两桌，连请四天。九爷兴冲冲地盘算着。

二

老杏树上喜鹊们叽叽喳喳地聊着爷爷胡子里的故事。一群家雀儿欢蹦乱跳地藏猫猫、过家家，弄得篱笆院儿里满满的喜气儿往外窜。肉的香味儿伴着热气儿也挤出来凑热闹。确切地说是从上门坎上的天窗里，冲过凋零的蜘蛛网，绕过贴着“勤俭持家”旧春联的横批后溢出来，很快就弥漫了半条街，让凑热闹打尜儿、弹球儿、打啪叽的小嘎们，把鼻子抽得一瘪一鼓的，一口一口地咽唾沫。九奶奶守着锅台煮血肠。她说这是细致活，得看好火候，要是煮崩了，成了一锅血块子，咋请客。锅台后是一大盆熟肉方子，一巴掌厚的膘子，颤颤巍巍的闪着瓷瓷实实、白白亮亮的光。

穿蓝棉袄、扎黑腰带的刘小眼儿来了。他二闺女是九爷的二儿媳妇。

九奶奶直起腰热情地说：“哟，亲家来了，亲家婆哪？快进屋，今儿个这炕热乎，往里坐抽烟。”

刘小眼儿的笑里掺着水，但笑平了许多褶子。他眨巴着一条缝的眼睛说：“她吃汤药哪，我干点儿啥？”

“铁算盘”正在劈猪，黄菜叶般的脸上汗珠子噼里啪啦地掉。他善于就高骑驴：“盼接班人就来个儿子，铁匠炉烤饼子——火色儿真好。剔肉！”

这正中刘小眼儿下怀，却装作不情愿：“养儿防老，咋摊上你这二货，还指望你给我指路扛幡儿。得，算老子倒霉！”

“铁算盘”忙活半天了，巴不得歇歇，说：“老鳖能治水，龙王打个盹儿，算是得你继了。我这嘴都累瓢扇了，可得歇歇。”说着就脱鞋上炕，盘腿大坐去喝茶。

刘小眼儿吭哧瘪肚地和姑爷把两扇猪肉抬进仓房，吩咐说：“你拿个笸箩来就行，这活年年都是我干，你忙别的去吧，顺手关上门，太冷！”他嫌姑爷碍事儿。

喝了会儿水，“铁算盘”去解手。九爷的大儿子国良是他大姑爷。他给人杀猪有铁规矩：二百斤以上的猪要二斤肥肉、一尺半长大肠头，小点儿的要一斤肉、一尺大肠头。既然是铁规矩，就得连亲爹都不认。村里三个杀猪匠，唯独他孬种。因此请他的人便像屁嘣豆子那么稀罕。俗话说：“人情都在人心里。”那两位杀猪匠虽说是白帮忙，但吃完喝好临走时，主家都是盛上半瓦盆杀猪菜和粗肠、细肠、一方子熟肉，说：“受了一天累，闹闹嚷嚷地也没吃好，让孩子们尝尝血肠有滋味不。”杀猪人总是半推半就地谦让：“这是扯不？咱们谁和谁？在家也是抠脚丫子瞅房笆，邻邻居居的干点儿活怕啥，咋还学屎壳郎，连吃带推着？那还不如找‘铁算盘’哪！”说笑着，推辞着，在暖心暖肺的客气中彼此间就多了份亲近。九爷杀猪年年都请“铁算盘”，这是看在孩子的面儿上，也是为了亲戚间的和睦，他不想为几斤肉得罪亲家。

“铁算盘”挺贼，撒尿回来，他蹑着脚，趴着仓房小窗的窟窿眼儿往里看。就这一眼，就乐得他屁滋滋响，心想：“损犊子，癞蛤蟆难产——够你看的，看爷咋弄你。”他像没事儿一样进屋，又在亲家婆的热情招呼下上炕卷烟，有一句没两句地唠着队里的收成和故事。

刘小眼儿剔完肉，乍撒着油手进屋，眨巴着小眼儿冲着“铁算盘”咧嘴一乐：“亲家，跟嘎鱼似的网网不见，忙啥呢？”

“铁算盘”装傻打哈哈：“咱老背兴，挣吃挣喝穷挣命，忙活这几张嘴呗！”

洗完手，刘小眼儿又说：“亲家坐着，我得回去看看。”

“你这老骨头老肉的踹都踹不回去了。”“铁算盘”一脸坏笑逗咳嗽。

“唉，我那半口子有病，熬药呢，真得回去。”刘小眼儿抬腿就要走。

“可别扯了，你那胖娘儿们也就我稀罕。”“铁算盘”话快腿更快，哧溜一下跳到门口伸手拦着，“这就放桌了走啥走？香个跟头的肉不吃，二呀？”

“去去就来，撒谎是犊子！”刘小眼儿急得火上房，心里把“铁算盘”八辈祖宗都骂了几遍，恨不得一脚就把他踹回姥姥家。

三

正闹着，一帮客人堵住了门，九爷笑着往炕上推众人，说：“地下窄巴，都往炕里坐。”九爷的热情是真诚热烈的一盆火，让人无法拒绝。

刘小眼儿像家里招了贼，心里蹿火，小眼睛眨巴得像滚珠。他想借尿道开溜，“铁算盘”却小偷拔烟袋——把他跟上了，硬把他推到炕头。

村中德高望重的刘二爷、赵三爷自然是上座。他俩吧嗒着大烟袋，话也从忽红忽暗的烟袋锅里不紧不慢地飘出来。他俩都是有威望的人，说话自然就带着几分威严，好像柳条沟老母猪拱碾盘、家雀刨房檐的事都该他们管。抽着烟，刘二爷清清嗓子咳嗽一声，呸地吐口痰后对“铁算盘”说：“邦子的事儿有点儿头绪没？”

邦子是“铁算盘”的大儿子，是他捧不起、扔不了的一块心病。刘二爷一问，“铁算盘”刚还笑眯眯的脸立马就浮上了阴云，心上像压了盘磨，打个唉声后说：“傻的乎地，谁给？”

三爷像数落儿女般那么不客气：“你别成天价净扒拉你那小九九，啥都整得那么精。邦子快三十了吧？”

“铁算盘”的精明百里闻名。人们说他连家里那头黑叫驴有多少根毛都知道。刘小眼儿就不止一次埋汰他：“我这个拐把子亲家，精！也忒奸了，一分钱都能抠到骨头，得有一百个心眼儿。前年五月节他杀猪，我借了三斤四两肉。八月节时还他，我刚到家，他就拎着肉找上门儿，说不够称。我问缺多少。他说：‘三斤三两还不欢气。五月借八月还，按理该还三斤半，亲戚里道的不多还也就罢了，咋也不能少吧？”

“铁算盘”家上房盖儿的故事，是刘小眼儿在十里八村埋汰“铁算盘”的一道最有特色的菜。

东北有个习俗，盖房搭屋兴大伙儿帮工唠忙。尤其是上房盖那天，跟娶媳妇那么热闹，全生产队放假。男女老少都起早来到，借盆借碗，淘米压面蒸黏糕，烧火择菜，切菜炒菜，搬桌子搬凳。男劳力们和泥、上泥、编笆、踩泥、踩土、抹泥。男女社员们编着故事绕着半里地的弯儿骂人，荤的素的全都扯，皴的牙碜的齐上阵，谁也都不激不恼不在意。场面热闹红火，又没人偷懒。这天东家都杀口猪，都是半年前就谋划好的，单等这天杀了，实实在在地整六个硬菜，炒四炖俩，六六大顺嘛！猪肉炖粉条子可劲儿造。这天人越多，东家越高兴，说：“一辈子能盖儿回房，就图个喜庆吉利年年顺！”

看看“铁算盘”爷几个起早贪黑鼓捣着把墙垛好了，缘山墙固好了檩子，队长赵二出于对群众的关心，就主动去问：“算盘叔啥时候上房盖儿呀？提前咳嗽一声，大伙好放假帮工。”

“铁算盘”笑呵呵地回答：“谢谢队长啦！不急，赶趟。”

几天后，人们发现房子已经上了盖儿。虽说只完成了三分之一的活，但人们也把唾沫儿星子喷出二里多地。

原来，头几天他们全家人就戴着星星挖土和泥，听着鸡叫捆秫秸把子，准备好了一切。这天晚上，在家雀儿刚睡觉、公鸡正做梦时，“铁算盘”就把闺女、姑爷、儿子、媳妇儿都叫来，老婆孩子揉着眼睛、打着哈欠齐上阵。东方冒红、炊烟袅袅时，他家已经收兵用膳了。在饭桌上，他对嗔着脸，低头就着咸菜扒饭的国良大发感慨：“整那么大个排场有屁用？杀猪宰羊闹闹哄哄的，真是的，一百多口子吃大户似的，多大的破费？一口猪够咱家吃一年的。过日子就怕有账不会算，泼米又撒面。”

东北民风历来大气豪爽，因此“铁算盘”的光辉形象就成了人们饭桌上轰不走的苍蝇，挺嗝应。再加上刘小眼儿炒这道菜时总是多添花椒、大料和咸盐，还要狠狠撒一把辣椒面儿。

刘二爷吧嗒着烟说：“卜家窑有个妮子，虽不太明白，但还透气儿。你有心思就打听打听，托个媒人，兴许能成。咋也得有个接续不是？”

铁算盘低着头说：“唉，还打听啥，人家不膈应咱这潮种就行了。”

邦子有半个心眼儿，不精也不全傻。问三加二等于几，他脑袋晃得像拨浪鼓。拿仨苞米棒子，再搁上俩，问：“几个？”他伸出一个巴掌，瞅着你乐。但他活计好，种、铲、趟、割都在行。春天种地出八副犁，队长让邦子也扶犁杖。他把鞭子拴上新鞭梢，抽得鞭花炸响，“叭叭”的声音在微醺的暖风中格外清脆，吓得小鸟喳喳叫着振翅高飞。这是邦子最开心的时候。领头的副队长说：“哎，邦子，往后就你拨牛套犁杖。”邦子像接了圣旨，麻溜地去干活。扯闲篇儿的都说：“看，都说邦子不识数？你看他套犁杖，花狸虎配小滑头，黑犍子配大懒蛋，弯弯角配豁耳朵，从没差过。你说怪不怪？”

赵三爷接茬说：“前几天不是换盅了吗？”说完瞅着介绍人刘小眼儿。刘小眼儿却低头抽烟，像是聋了。赵三爷又说：“刘常有，算盘子欠你酒吧？先那个咋黄了？”

“三叔，这话可屈良心啦，都寻思我花官钱放私骆驼——想多蹭点儿酒吧？这回我可是后老婆打孩子——使真劲了。本来铁成的事儿，都是邦子那两句话整的。”

大伙都问是啥话。

刘小眼儿没回了家，一肚子臭气没处撒，正憋得抓耳挠腮心口疼，恨不得嚼了“铁算盘”，心想：“坏我事儿，你是铁公鸡，老子是钢锉，薅不下毛也得让你秃噜皮。我臊死你，呵碜死你。”于是，他灶王爷上西天——照实秃噜了。他绘声绘色地描述了那天的过程："换盅这天，邦子在他娘的看管下倒是没出啥错。满酒时，邦子娘在外面教了好几遍才让他进屋。邦子娘对炕上的新亲说：'让孩子满盅酒吧！'邦子楞不出地拿过壶洒洒拉拉就倒。他娘说：'这是你老丈人，记住啦？记住啦，老丈人！'第二天，女方家也预备饭招待没过门儿的姑爷。去时，邦子拎一斤核桃酥、一棒子酒、一斤红糖和两盒一毛六的香烟，凑了四合礼儿。饭桌上，我说：'邦子，给你老丈人倒盅酒！'他就憨不腾地说：'老丈人喝酒。'小鼻子、小眼睛，留着两撇黄胡子的老丈人一本正经地纠正：'叫岳父！'邦子听了嘿嘿一笑：'瞅你那个熊样，咋还俩名呢？'黄胡子气得嗞嗞哈哈，脸红一阵白一阵儿，不知说啥好。饭桌上邦子头也不抬，横搂猛造一个点儿，造了个四鼻子汗流才撂筷儿。那家的妇女就挺客气地问我：'他叔，你吃好了？'邦子以为问他哪，皴手一撩衣襟儿，露出锅底一样的肚皮，啪啪地拍拍着说：'小肚子奔儿奔儿的，谁糊弄你谁是王八羔子！'就这，就黄汤了。这能怨我吗？"刘小眼儿脸上刻满了无辜和委屈，样子比屈死鬼还冤。他表演的戏生动形象，臊得"铁算盘"把脑袋立马扎进了裤裆。

四

这时，放桌子上菜了，国林、国良走马灯似的忙着擦盅子烫酒。

斟上酒，赵三爷举筷子招呼："古人说：'忠厚传家久，睦邻处世长。'老九舍了前胸顾脊梁，年年豁出猪肉请大伙儿，他不知道喂个猪不容易？不知道省下肉自己吃着香？他图的啥？还不是心里装着老少爷们儿！老九有肉不能埋在饭底下，人情都在人心上，谁心都有一本账，咱们得知道是咋回事。"刘二爷也说："是呀，老九厚道，又热心肠，凡事都先想着亲友邻居。队里干活不耍奸使滑，处事不霸不坏，既不占便宜取巧，也不整乌七八糟的歪门邪道。咱大队谁不伸大拇指？”说着话，俩老爷子慢条斯理地端盅“吱”抿了一口，很有派。刘二爷像在自家，用筷子指着大盘大碗让着：“吃！吃肉吃血肠子，垫垫底儿再喝。”

俩儿媳妇小跑着添菜，在外屋小声叨咕：“妈哪，真能吃，俩人紧着添还供不上呢。”九奶奶紧着使眼色儿：“小声点儿！熬一年了，肠子瘦得比纸儿都薄，比玻璃还光溜，哪人不得一大碗肉？哪年不这样！”俩媳妇儿冲婆婆伸了下舌头后又赶紧去忙。

压住了馋虫、打住了心荒，人们就张罗着喝酒。人们照例先敬俩老爷子。他俩都是眼皮儿不挑地地抿一小口，不慌不忙地撂盅子，文绉绉地吃肉。赵三爷边吃边抽烟，还用烟袋指着众人说：“你们吃、喝，老九杀猪也算喜事儿，整！”

三盅过后，“铁算盘”摩挲着连片胡子说：“俩老爷子慢用，我们哥儿个闹哧一会儿？”

他是把劲儿往刘小眼儿那儿使，心里恨恨地想：“你刚才差点儿让老子钻耗子洞。都说拿酒待人没恶意，今天非让你吐血，非让你大姑娘养汉——呵碜死娘家！”他又想起了二儿子结婚那天的事：那天下晚儿，西屋搅酒闹着洞房，他公母俩就忙不迭地查对礼单。当看到“刘常有红线袜一双”时，老婆就急了：“这耗子眼儿真不是人揍的，瘦狗蹿稀——净可一头泛沫，尽往死门子里整，属狗衙门的——兴进不兴出！”

想到这儿，“铁算盘”就说：“刘亲家，咱们哥俩最投缘。为邦子的事儿，你没少操心受累，今儿个借老亲家的酒谢承你，干两盅！”说着端起盅和刘小眼儿的盅一碰，一仰脖儿先干了，说，“先干为敬！”

刘小眼儿不愿意了：“亲家，也没问人家愿不愿意就硬整，这要是女的准去公社告你！这酒师出无名，我不喝。”

“铁算盘”心眼儿小，脸儿也急，熊掌般的大手在刘小眼儿鼻子前比画着：

“就你那模样,做梦吧?有那事也是抬举你!喝不喝?别给个鸡蛋不知道轻,扛个碌碡不嫌沉。你掂量着来!”

刘小眼儿心里明镜儿似的，知道“铁算盘”明摆着是找别扭。自己三小子结婚，铁算盘随礼是一对胰子盒、一对小镜子，一块两毛五。“铁算盘”的二儿子结婚，自家随了一双红线袜子，六毛八，大姑娘放屁——有点儿不好意思。可细寻思，够意思顶屁用，过日子省一分是一分。他有心不喝，又怕这家伙虎不拉儿的，那熊掌轻轻一撩就能把脸整胖了。光棍儿别吃眼前亏，他只好像嚼黄连似的龇牙咧嘴干了两盅。

“铁算盘”想三拳打死镇关西，便摩挲着胡子说：“亲家，这些年借驴使笤帚的没少麻烦你。亲友处事是争着不足、让着有余，来而不往不是溜子。为了好，大敬小。你是哥，再陪我整两盅?”

“铁算盘”话里有话，刘小眼儿脸上呼呼冒火。他理短在前，病汉子硬不起来，心里又藏着事儿，就小眼睛紧挤咕：“我这三盅的量，再喝就完犊子了，你是祸祸我呢?就是把龙说的嗷嗷叫我也不喝!”

“铁算盘”的战术是笑脸儿哈人，整死人不偿命：“亲家，面子事儿，稀里糊涂别较劲儿。来，就干俩，算兄弟求你了。酒是牤牛散，酒壮怂人胆。喝!喝!”软中带硬，话里有刺儿。

再喝就多了，怀里的东西露了馅，就新媳妇典礼时尿裤子——砢碜大了。不喝吧，让他瞎咧咧，更寒碜。都怪自己刚才拿邦子磕碜他。刘小眼儿肠子疼、屁眼儿疼，像曹操走华容道，更像哑葫芦钻腚——进退两难。他心想，这不是霸王硬上弓吗?这跟被人讹了还敬礼问好有啥两样?他那脸儿像块皱巴巴的尿布，一挤就滋滋出水。

赵二知道他俩都是占不着便宜就算吃亏的主，都是瘸驴配着破口袋——一摊破货。“铁算盘”的故事很多。前年腊月初，“铁算盘”表哥通知“铁算盘”明天吃猪肉，为此“铁算盘”一天没吃饭。第二天早上，“铁算盘”

去扒墙头，见表哥一家人正脚打后脑勺地收拾猪，就回家躺在炕头上等肉吃。肚子实在饿得难受，他就灌凉水。眼巴巴盼到表哥来请，几乎扶墙走的“铁算盘”可劲地造，最后愣是弯不下腰。喝凉水、吃肥肉能不拉稀？三天稀把他拉脱了相。今天又撒尿又揉土，把刘小眼儿祸祸成三孙子，有点儿过了。看在九爷面儿上，赵二也得打个和。

赵二毕竟是队长，有觉悟，说出的话都带着七分政治、三分世故。他先敬了刘二爷和爹，又对九爷说：“九叔，在队里你是老劳模，是有名的老黄牛，听毛主席话，任劳任怨跟党走。那年你在徕歹沟放牛，天下大雪，碰上俩恶狼截道。你靠根榆木棍子，准点儿说是靠一颗红心，愣是打跑了狼。集体的牛连根毛都没少，自个儿却让狼掏得开花露絮，还跑丢了鞋，被冻掉小脚趾头。连旗长都夸你是龙梅玉荣式的好榜样。你思想好，从不耍心眼儿。就说这年年杀猪给大伙解馋吧，你的目的是为咱贫下中农团结和睦，一心跟着党干社会主义。谁要不服你，良心都有病。来！我敬你老。”

这时阳光透过窗户，染红了赵二笑嘻嘻的脸。他又斟满酒盅端起，眯缝着绿豆眼儿对“铁算盘”开玩笑：“叔，你勤俭持家过日子挺好，这是党提倡的，值得学习。但你家年年杀猪二十三，灶王爷借光上西天，老婆孩子关门儿造，撑得眼根儿往上翻。这叫脱离群众。多年的媳妇不生孩儿，光进不出咋行？今年你也请大伙儿吃点儿血肠子？来，我敬你一盅！”这让“铁算盘”有点儿呛不住劲儿，脸唰地红到了脖子根儿，好像蒙了。

赵二总是低着头走路，好像是在前大襟上找故事。他说话又臭又冲，就像蛤蟆拱烟，整一口能呛你个跟头。“铁算盘”知道赵二的厉害，只好咬着牙干了。

“铁算盘”从没请过客。全家人一年只吃两顿肉。年年腊月二十三杀猪。自家人累一天，然后敞开肚皮猛造。大年初一，猪肉炖粉条子整一大锅，全家又吃得下巴流汗，直打饱嗝。

“铁算盘”和刘小眼儿多年来一直是弯刀对着瓢切菜——别扭。刘小眼儿背后总埋汰他：“那家伙过日子是房笆开门儿、灶火坑打井，上炕认得自个儿的老娘们儿，下地认识一双鞋。大事小情噼里啪啦先拨拉算盘子。过日子贼抠搜，放屁嘣出个豆也得找半天。”

“铁算盘”也不闲着，背后也臭派刘小眼儿：“瓜子里的臭虫——原本就不是好仁儿。他是叨叨木打前失——全仗嘴支着，说句话绿豆眼儿紧挤咕。你看他贼眉鼠眼的揍相，见根葱叶都想掐半截。”他看见了刘小眼儿的猫腻，知道他作作扭扭的是怕喝高了丢坷碜，就想让他敲锣找孩子——连打家什带丢人。他数着哪，已经八盅了。再来个后腚炮，让他露原形，省得那张臭嘴叭叭叭地乱得咕。邦子的事儿，“铁算盘”自个儿心里有数，这家什是奶奶打孙子——不使真劲儿。今天刘小眼儿不该在大伙前连炒带卖恶心人。想到这，“铁算盘”就对九爷和刘小眼儿说：“来，咱们仨亲家整几盅。亲家好比一挂车，少个轱辘就没辙。全中国，咱哥仨最亲，共同整一个！”

俩亲家把个针头线脑都当成牛，平日里你掐我踹，让九爷既反感又着急，总想打打和，让亲家们重归于好。他豁出好东西请客为的就是这个。此时他想起了六尺巷的故事，大家伙要是都多谦让，少钩心斗角使绊子，把心思都用在干社会主义上该多好。于是，他实心诚意地说：“可不是咋地，你说得真对！齐心协力土变金，众人拾柴火焰高，亲戚邻里团结互助最重要！我敬两个亲家一盅，我先喝！”

最着急上火的是刘小眼儿，他心想：“老寒腿遇上三九天，妇女蹚河来例假，这是越怕越来事儿，一帮人瞅着不喝又没理由。九亲家傻帽加实在，就‘铁算盘’这犊子净整事儿。”他知道“铁算盘”这关没钱过不去，上坟烧报纸糊弄不了这鬼，还不如反客为主、以进为退，蒙混过关。刘小眼儿的拿手戏是保媒拉纤、能说会道，十里八村也是个人物。他灵机一动，挤咕着眼睛，嘿嘿一笑：“嗨，啥叫‘好比’？亲家就是一挂车，沿着大道往前奔，翻山越岭也蹚河。你俩干了，我舍命陪君子，整一半儿！”

赵二也想成全事儿，就敲边鼓：“你们是儿女忠亲，一年才凑几回热闹，喝点儿酒还费这驴劲！就是敌敌畏，整两盅能咋地？”

“大狗小狗都是犬，队长的面子你都不给？”“铁算盘”借刀杀人，刘二爷烦这俩货的为人，闭着眼睛说：“拿三捏四的，用酒待人哪有恶意？老九多实诚个人儿，血肠子猪肉往饱了管，他不傻不茶图的啥？还想咋地？喝吧！喝吧！”

坐在针毡上的刘小眼儿已经汗如雨下，他挤咕着眼睛，用袖子抹汗，解开两个扣子，咽耗子药似的喝了两盅。他就二两的量，心里装着事儿，又在姑爷的面前受了窝囊气，酒劲儿忽地就蹿上来了，就觉得辣心辣肝、火烧火燎地难受，脑瓜子立马蒙了圈，想下地回家，一转身，一迷糊，栽在炕头打起了鼾声。

五

酒桌上的景儿九爷全看在眼里，心里就有了许许多多的感慨和想法。他曾和老伴说过：“咱这俩亲家都是贼拉奸的人精，为了针头线脑、小小不然的事，整天你蹬我踹地掐，有啥意思？亲朋邻里的，你帮我扶，该多好？”

九爷张罗着让国良烫酒。

三爷瞅着二爷说：“可中了，都吃饱喝足了，妇女孩子们都伺候一天了，散了吧！”俩人拎着烟袋就下地，大伙也跟着下地。

九爷还拦着问：“真的吃好喝好了？”

众人都说：“半个猪都造了，还没好？”

想着说书人讲的杀敌一千，自损八百，“铁算盘”觉得虽把刘小眼儿整成了犊子，但自己也没囫囵了。他说啥也不让姑爷送，但心里明白腿打飙，在连摔两个跟头，把二斤肥肉和一截猪大肠都沾满土后，还是由姑爷搀着，跟头拌蒜地走了。他知道刘小眼儿是凉水煮饺子——肯定得露馅儿，就很得意：“这酒喝得……有劲儿，呃——有……劲儿！”

送完客人，撤完桌，九爷说：“赶紧热菜，你们娘儿个也吃，都累一天了。”正说着，刘小眼儿挠着胸脯子，蹬着炕席，一翻身就扯开了腰带，接着三两把又拽开了衣大襟。他心里猫抓似的难受。

九爷过来想喊“亲家，起来喝点儿茶，解解酒”，可一下就傻了眼，呆呆愣愣地站着，张开的嘴闭不上了。

刘小眼儿那敞开的怀里掉出了油渍麻花的一条布口袋，里边儿装着拳头粗、二尺多长一条肥肉。国林张嘴想说啥，被九爷瞪了一眼，就呼哧呼哧地蹲到灶火坑去生气了。国林媳妇儿惦记喝多的爹，进屋一看，臊得两手捂脸，哭着跑回了西屋。

九爷把亲家扶坐起来。怕他醒了磨不开面儿，把那条肉口袋还盘在他腰间，系好蒜母疙瘩扣儿，系好腰带。刘小眼还吧唧着嘴说：“可不……喝了，还是肉……肉香！回家……吃……肉……吃肉……”

国林没好气地背着刘小眼儿走了。

九爷那颗磊落善良的心和傻目瞪眼的思想紧紧地纠缠在一起。

知青笔记

小　序

在 20 世纪中叶有一个特殊的群体——知青。他们像一峰峰骆驼，驮着咸涩苦辣走过戈壁，用芨芨草和沙棘编织花篮，用风雨吟诗，用霜刀雪剑塑魂，挣扎着坚强走过思想的沙漠和痛苦。他们用美好的年华激活农村的一潭死水，使它生机盎然。

他们朝气蓬勃地奋进在茫茫的荒原，铿锵的脚步踏醒了早春沉睡的荒野，叮当的驼铃唱笑了山花。

他们用激情燃烧生命，也用岁月燃烧青春。他们对无情的岁月有过留恋，甚至反戈一击。他们是特殊年代沉淀下的一串时光符号。这串符号永镌历史。

初识山村

1974 年 7 月，一辆患气管炎和关节炎的客车，哈喇着嗓子喘着粗气，在长满酒刺疙瘩的麻脸路上晃悠着。在用器官撒泼、埋汰那些坑坑洼洼的同时，它也把乘客们都摇晃得五迷三道，昏昏欲睡。

客车终于费劲地爬到了终点。在噼啪地放了几个响屁后，客车吐着黑烟，扔下漫天的尘土，又像个醉汉一样一瘸一拐地走了。孤零零的我蔫了吧唧地站在街上，像个喝大了的傻瓜，茫然地东张西望。正在闹心找不见北的时候，是车上好心的邻座帮我找了辆顺风驴车，拉上我去了我人生中又一个新的驿站，那个叫西巴彦塔拉的营子。

通过愉快的交谈，我知道赶车的是个蒙古族人，四十多岁，名字叫万喜。他是大队的保管，是个说话还脸红的汉子。我叫他万叔。万叔话虽然很少，但从脸上和话中都体现出实在，我们唠得非常投缘，有说有笑的，好像是老熟人。毛驴儿甩着灵巧的尾巴当拂尘，用来驱赶那些轮着番来叮肉吸血的蚊蝇和瞎眼蠓。它脚步轻盈，还时不时地打着响亮的喷嚏。小胶车的轮子走在山路上，轮子沙沙响，像是唱着一曲快乐的驴吉普之歌。

毛驴车载着斜阳和我，来到了我陌生的新家。

大队院里一溜八间土房，万叔安排我住进了最西边的那间，说："这间屋是专门给下乡干部住的。春天旗里招工，老知青全都走了。集体户的房子让那帮小子造得炕吭哧瘪肚，锅台龇牙咧嘴，门窗跑肚拉稀，没法住了。你就住这儿吧，估计张书记准能同意。"

我仔细端详我这新家：屋子中间有个土炉子，靠西墙有一桌一椅，靠北墙是一铺可住五六人的火炕，外间是厨房兼杂物间。放下东西，万叔就帮我点炉子烧水、扫地、擦桌子，擦风雨给窗玻璃上画的五花脸。他还有点儿不好意思地说："最近公社没来人，也没收拾。"

万叔见活计差不离了，说先回家一趟，一会儿叫我去他家吃。他不容我客气，说："你屁股还没沾炕，头齐脚不齐的，明后天再开火吧。"万叔前脚刚走，还没容我喘口气，后脚就来了个人。

来人的脸像块黑豆饼子上抹了油，放着黑光。我暗忖：在这百分之九十九点九的人都像瘦狗的年月里，这张胖脸绝非凡人所能拥有。我赶紧忙着让坐，并自报家门。没想到，他的几句丧言乱语弄得我像刚入狱的武松，卯不知榫地就被打了三十杀威棒。他看了一眼变得很干净的屋子，问："新来的青年？你挺牛啊，住上高间了。谁让你住的？"

他这问话像伏天的大粪坑，臭得我直嘎巴嘴不知说啥好，也让我如牛犊子掉坑里——蒙了圈。我不知道他是哪个庙的神，也是第一次听见这样的屁，面对茫然不知所措的我，他像一只挺立红冠、奓起翅子的斗鸡，骄横地斜视着我。在像蹿稀似的喷出一摊黏痰后，他迈着蟹步而去，屁股后留下了《沙家浜》的唱词："这小刁，一点儿面子——"

一条波光粼粼又伴着依依杨柳的小河，突然闯入一条凶恶寻衅的黑鱼棒子，河面顿时水浑虾蹿，一片混乱。

一口气儿还没喘匀，一头的晦气还没来得及洗去，突然间，不远处人声沸腾，还有许多狗在起哄，把寂静如死水的山村喊出了出大殡的动静。这让我有幸不用买票，观看了一幕悲壮又惊叹的大戏。

只见一群男女老少，簇拥着一个疾步如飞、怒不可遏的壮汉，壮汉用怒气当脚，"咣"地踹开一家的木大门。他用骂猪打驴的语气喊："狗日的刘生，滚出来，今天老子活劈了你个畜生！"

其音其情此景绝不亚于鸳鸯楼上杀得红花四溅、血肉横飞的武松。那汉子蹦着高喊着要劈了刘生。在几次叫阵仍不见人影后，铁锹就变身为魔鬼，愤怒让驴球马蛋臭狗屎噼里啪啦满院飞，于是那家的门窗便魂不附体，落花流水。小院儿里犄角旮旯都在演戏，鸡欢歌、狗高唱，锣鼓喧天，热闹无比。

这时，一个稍胖的中年妇女披头散发、叽里咕噜地跑出屋，跪在地上抱着那汉子的腿撒泼打滚儿，说："有种就先劈了我们娘几个！小母猪挨劁——好日子没了，我也不和这瘪犊子过了。刘生，你他妈的是飞机掉翅子——不是好嘚瑟，是火轮船打哆嗦——浪大催的！你溜门子、钻窟窿，是屁眼子拔罐子——嘬得紧死得快，咋不让老天爷打雷劈了你！”女人急昏了头。她这络腮胡子吃炒面——里挑外撅的一通乱骂，惹得人们不住地笑。

我是傻小子看戏——不明白事儿，心却咕咚咕咚直蹦高。我心里想，这地方真野蛮，那汉子的铁锹比程咬金的板斧还狠。他跳着高骂的刘生是谁？那个刘生倘若在家，这是否会酿成一桩血案？那汉子为什么那样狂野？我真不敢想象，觉得不可思议。我问自己，怎么来了这个鬼地方？

我一夜无眠。

初见大队支书

第二天，在霞光灿烂的时候，迎着款款微笑的晨风，闻着农家小院飘出的淡淡菜花香，欣赏着沿街那些争先恐后爬出篱笆的豆荚花和金黄娇艳的向日葵，看着蝴蝶在红花绿叶间纷飞、燕子啾啾低舞，我胆胆怵怵地去大队张书记家报到。

一只穿黄缎子衣裳的大狗，十二分热情地窜出来迎接我。我就哆嗦着腿喊，一个十多岁的瘦小子应声而出，很厉害地喝住狗，眼光却直勾勾地钓住我拎的人参酒和鱼罐头。三间土房，院里满是没法躲的鸡屎猪粪。

一个刀条脸、小眼睛黑而亮的中年人坐在炕里抽烟。听完了我的自我介绍后，他盯了一眼礼物，面无表情地说：“来就来吧，还拿啥东西？坐吧。你的事儿万喜说了，把屋收拾好啦？”话语中透出通情达理的体贴和关怀，然后又说，“歇两天就去一队吧，那个队汉人多，说话唠嗑方便些。田队长是个厚道人，他会照顾你的。年轻人得好好干，别学之前那些孩子偷摸神搂的。咱这地方穷点儿，凑合着来吧。”

我向他说了，黑脸儿胖子反对我住在大队。

抽着烟沉默半晌后，他慢条斯理地说：“那是大队会计刘生，六月六不算节。你住你的，听夜猫子叫还能不睡觉？”

张书记的话让我温暖又感动。

刘生？壮汉砸的竟然是他家！想着昨天的武打戏，我又生出了莫名的快意。这一夜我好梦连连。

第二天清晨，我登上了村后的小山。村庄就在脚下，新鲜的空气中满是花草特有的清香，一缕缕炊烟，一声声马嘶牛喊猪羊叫，小村荡漾出一首首欢快又热烈的农家晨曲。朝霞下还未散去的云雾缥缈蒸腾，远处山峦起伏，似真似幻，似是海市蜃楼；望不尽的田野在旭日晨晖的映衬下，显得雄阔浩荡又生机盎然。村东的小河蜿蜒着向南流去，河水在初升阳光的照耀下粼波闪闪，宛如一条银龙在蜿蜒跃动。

新朋友长生告诉我：“咱这是个半农半牧大队，蒙古族多，汉族少。每年的八月是牧业结算年度，大队要杀牛庆祝。”平时的日子如同清水煮白菜，杀牛庆丰收那天，是一年中他们最盼望和最留恋的一天。

在碧绿如海、百花盛开的大草甸子上，支起三口大锅煮肉。全村男女老幼纷纷出动，摔跤赛马，唱歌跳舞，欢呼声，喝彩声，把节日的气氛一步步推向高潮。肉煮好时，馋虫在舌头上急不可待。人们大块儿吃肉，放声欢笑。长生的诉说让人沉入遐思，我闭上眼睛想象着：在如海一样辽阔的草原上，姑娘和孩子们的笑脸像鲜花儿一样在柔风中盛开，明艳而热烈。兴致勃勃的鸟儿衔着欢乐的歌声在阳光里面播撒，人们的好心情乘着嘹亮的歌声在阳光中飞行。浓浓的肉香伴随着欢声笑语飘逸四方，一直飘出很远很远。

老 田

田队长大眼睛、络腮胡子，日子冲刷出的沟壑在他的脸上任意纵横，风霜把他的脸庞亲吻得黑红，生活的艰难和毅力的坚强把他那双大手写满了茧子，这些足以证明他是个一流的庄稼把式。

收工时，老田常拽我去他家吃饭，理由是：“一个也得赶，两个也是放，还差多双筷子？”话是这么说，我每次来，田嫂都要炒几个鸡蛋。后来人可能不会知道，那个年代鸡蛋有多金贵。它是坐月子人、病人、贵客才有资格吃的好东西。老田总是实实在在拣大块的给我夹，自己只是象征性地吃一点儿。这让我的鼻子发酸、心感动。

他是1968年的通辽知青，二十八岁的他已是三个孩子父亲。他在八年前来此插队，第三年就和能干又聪明、漂亮的大队妇联主任兼赤脚医生结了婚。岁月之歌把他唱成了一个地道的庄稼汉，难怪没人提及他的知青身份，因为他已经完全融入了这片土地。想象着漂亮贤惠的田嫂，想到老田那烟熏火燎一般粗糙的面孔，我羡慕生活所具有的强悍的征服力，也叹息社会环境改造生灵的同化力，在它那铜墙铁壁面前，有多少人敢说不，敢不躬身屈从？他响应了领袖的号召，也赢得了许多荣誉和掌声，但家贫如洗。

我仿佛看见一头健壮的耕牛在躬身奋蹄，前蹬后刨，日复一日，年复一年。黑土地在老牛和犁杖的努力耕耘下，硕果累累。牛，还能再强健多久？理想虽然是个美少女，但是总有一天会变得满脸褶子，再多的雪花膏也抹不平。我想起了自己写的诗：

车轱辘般的日子
转白了车夫的胡子
转淡了他的欲望
也把弯弯曲曲的车辙
刻在了人生的脸上
生活是一条河
车夫赶着它

唱着沧桑的歌
歌里有忧伤也有欢乐

说起老知青，田胡子告诉我，南村还有一个扎了根儿的北京知青，叫柳迎春。还有过一个疯了的黄豆豆。

第二年夏天，已经是三个孩儿爹的老田，作为工农兵学员去了盟卫校，是大队和公社共同推荐的，带着工分，工分是大队额外照顾的。

柳迎春

柳迎春来的第一年秋，队长让他去碾房帮两个女知青轧荞面。那头倔驴不听招呼，怎么喊也不站下。他们乍撒着手干着急。这时一个老人走过来“吁”了一声，驴立马就立正了。老人又喊了声“驾”，驴又像秒针似的转起了圈儿。这让柳迎春觉得非常不可思议，佩服得五体投地。他像小和尚拜佛那般虔诚，说：“大爷，您真了不起，您还会说驴话哪！”把老人气得胡子一撅一撅地冲了天。说驴话的故事很快传遍了全旗，甚至衍生出许多版本。

知青下乡后要享受一年供应粮待遇，每人每月有五斤白面、二两豆油。

六月农忙，户长派他去公社粮库买粮。在几个油瓶子都灌得满满的之后，还剩下少许豆油。粮库胖保管看他木讷，就举着油提子不怀好意地问：“咋整，咋整？还剩这一口咋整？往哪儿倒？快点儿，我忙着呢！”

人为制造的紧张弄得柳迎春不知所措，有点儿蒙。长这么大他第一次买粮。初中毕业的他，高中的未知数方程、化学、物理都是小菜一碟，大学的微积分他去解也不费吹灰之力。可这样的难题还是第一次，请示户长又来不及，他不知道该怎么办才好。他像逛王府井时突然内急又找不到厕所一样，脸憋得通红，还出了一身溲汗。

胖子心想：“皇上家也出二百五，北京人咋地，上等地也有秕子。屁！蠢，吃屎都赶不上热乎的。”肚子里的坏水又噌噌冒：“快点儿，我忙啊！咋整？咋整？”

柳迎春窘促得热汗淋漓。胖子猫戏耗子似的把油提子举到他鼻子下，油香钻进鼻孔。他记起了儿时母亲拌凉菜常常要滴几滴香油，被逼生智，他问：“大叔，能喝吗？”

胖子憋住坏笑，坚定而明确地回答：“能！”

胖子派个工人骑自行车跟着。还没出村儿，柳迎春就急惶惶地跳下驴车，人还没站稳就蹿了一裤裆油。

“文化大革命”前，柳迎春的父亲是中央乐团的首席小提琴手，家境优裕。他是一个数学天才，不谙世事又木讷单纯，像个没经过一点儿风雨的小家雀。

好奇心驱使我一睹真神。跑了十几里路，我找到了蓬头垢面的三间光腚子土房。

瓶底厚的镜片后面的眼珠子好像不会转动，他泥像似的对着陌生人。我数了一下参差不齐、脏兮兮的孩子，六个。屋里的情形让我张开的嘴无法闭上。一对描花木箱子已看不清本色，炕上碗、筷、枕头正玩兵捉将的游戏。地下放着一群前长眼、后咧嘴的鞋。望着秃顶、苍颜、目光狐疑的他，我谎称过路，然后落荒而逃。

路上我写了一首诗：

问问灵魂
问问自己
你
刚刚启动的人生列车
离终点还有几许
是命运的安排
是前缘的恶续

你这样作践自己

让一颗本该璀璨的数学之星坠落

让一颗本该闪烁的珍珠

被癞蛤蟆吞进肚里

那一刻我的心真像刀口上撒了盐。想象着在国家一流的大剧场里，乐坛顶尖高手的指尖上，每一个音符都牵动着多少人的心弦，他是艺术殿堂上的明珠。红丝绒大幕缓缓拉开，掌声雷动，万众瞩目。而他的儿子却在茫茫的草原深处受到历史（抑或人为）如此的愚弄。这到底是他的悲哀还是社会的悲哀?

据说，柳迎春来这里的第二年，由于没了供应的细粮和油，集体户的生活水平直线下降，于是男女青年们就各择其友，分了若干小灶。柳迎春的脑袋里只有数理化，他的思想里白茫茫、空荡荡的，不懂得人情世故，也不知道日子的路有多长，更没有任何生产和生存技能，所以就成了独立支队。

他两个肩膀扛着一张木讷的嘴到处游而无击。于是，在刘二牛的设计教唆下，刘二牛那个力气多于心眼儿十倍、思维跟不上眼睛的当妇女队长的女儿，在一天午饭后，在她家的西屋，她麻利地给让两盅烧刀子整得晕头转向的柳迎春脱衣解带……

阿登仓

阿登仓家曾是本村最大的地主。他爹有前后眼，为了不给他留下任何麻烦，在临解放时，就连抽带赌把万贯家财踢蹬个精光。第二年斗地主，真的就和阿登仓没半毛钱的关系。

他爷爷是年轻时从山东潍坊逃荒来的，有点儿钱后，那脾气大过草原上的王爷。脾气大不要紧，但他刻薄又吝啬，所以名声顶风能臭出四十里。许多老年人说："亏他在'满洲国'就死了，要不土改时不五马分尸也得被马活活拖死。"

他有四个奶奶。他爷爷一个人吃饺子要四个老婆守着四口锅，每口锅每次只准煮两个春蚕大的饺子，一锅接一锅地煮，说饺子凉了不如吃溲饭。有一天，大老婆跟他商量："今儿个没白面了，用荞面将就点儿吧？"他一听，像屁眼儿挨了烫，一翘腚，一脚把酒桌踹下炕："奶奶个熊，你们这些浑蛋王八羔子成心害俺！那荞面拉嗓子，俺能咽下去？"

阿登仓的哑巴老婆是个响当当的造人机器，十二年生了十个，轻轻松松地把家弄成了个有苦说不出的丐帮。

王红卫说："心软当不了刽子手，不杀穷人不富。"他们就在黑黢黢的夜色里，钓鱼似的钓走了阿登仓的大黑狗，黑灯瞎火中挥汗如雨地扒皮烀肉，弄得小村子的半空中弥漫着香喷喷的狗肉味。这香味儿引来了发情的野狗、眼冒绿火的狐狸和瞪着眼儿的黄皮子，全都绕着集体户转圈儿跳舞，想整点儿残羹剩饭。王红卫他们胡吹乱侃，谈笑风生，从刘邦出身痞子说到樊哙生吃狗腿，还说喝狗血、吃狗肉、喝烧酒能得道成仙。刘生出身混球世家，肚子里全是蛔虫，他黑脸泛红，说过去有个不知道自己有多少老婆和多少兵的军阀叫张宗昌，他就天天喝烧酒，啃狗傢子。王红卫羡慕地直吧唧嘴："啧啧，要是早爬出来三十年，咱也扯旗拉绺子，也天天吃鸡、夜夜杀狗，也整上一群娘儿们。"

狗肠子、狗尿泡都吃光了，他们就学周扒皮，半夜去偷鸡。

鸡屁股是阿登仓的茶叶口袋。鸡没了，茶叶口袋就无聊地唱空城计。阿登仓心知肚明，就是王红卫他们干的，但只能蹲在墙根儿抹眼泪。实在憋急了，就趁着猪在墙根迷迷糊糊睡觉时，把两头猪剪成了花和尚，然后拿着猪毛去供销社卖。供销店经理孙胖子瞅着那二两猪毛就嘿嘿乐："这能卖几分钱？"

阿登仓不走也不说话，红着脸，嘴一咧一咧地要哭。

孙胖子也知道他那个熊日子，就转身称了一斤茶叶末，说：“你真孬，咋就不去削他们？人熊被人欺，马善被人骑。”说着把茶叶递给他，“拿去喝吧，算我上辈子欠你的。”

阿登仓连个谢字也说不出，只是嘿嘿笑。

孙胖子心软面善，从不用秤杆子撅人。

这时王红卫的瘦伙计来买酒。孙胖子说：“早发昏去了，刚卖没。”

瘦子人小却是老江湖，他嗅着鼻子往柜台里看，说：“孙哥，整二斤吧，面子事儿，一会儿你也去喝点儿。”

“屁的面子！二斤？二两都没有。”

孙胖子低头噼里啪啦的拨拉算盘子儿。那小子一看没戏，扭头就走，出了门儿，呸了口涶沫，又骂了句什么。孙胖子正拿眼盯着呢，立马大步撵了出去，指着他喊：“再骂个我听听！一个个偷鸡摸狗的货，有娘生没娘教养的东西！狼不吃死孩子——活人惯的，没人收拾你们是吧？”

那小子没敢回头，步子却嗖嗖的快。众人哈哈大笑。

田队长摩挲着大胡子说：“行，胖子真有尿，真敢撅棍儿，真解嘎吱。”

阿登仓像秦琼赎回黄膘马，笑出了黄鼻涕。

阿登仓的爷爷有洁癖，碗底上粘了一点儿嘎巴就摔碗骂人，最后扣了厨子一个月工钱。据老人说，可能是在 1944 年的腊月，老财主突然就死了，比吃毒药还快。所以，阿登仓的爹，一个游手好闲、只懂吃喝玩乐的家伙就成了接班人。没用两年，他爹就把家造完了，把锅吊起来当钟打，还没给十六岁的阿登仓混上个暖被窝的媳妇儿，反倒赠送他个雇农成分。打小娇生惯养的阿登仓后来才凑合着捡了个哑巴媳妇儿，把日子整得一地鸡毛、一片荒凉。

雇农阿登仓没继承他爷的光荣传统。

哑巴媳妇个子高，智商矮。炕席上有一层小孩留下的黑色的屎印尿迹，还有尘土与菜汤的混合物。被子上有黄、黑、绿几种色儿，组成奇形怪状的地图。屋里成了苍蝇的繁殖场，勾肩搭背交尾的，振翅高歌的，嗡嗡念经的，苍蝇们忙成一片。

公社罗主任第一次来这里视察工作时，对大队和小队的干部说："真正的革命派就是要和纯粹的贫下中农亲如一家，今后，我下来都要和贫下中农吃住在一起。"说话时已近饭时间，张书记就大声吩咐田胡子，"阿登仓是纯粹的雇农，午饭就安排到他家吧。你去说一声，让他家好好准备准备。"

据说，罗主任进屋后立马就跑了出来，慌忙中脚下踩了泡稀狗屎，摔了个四仰八叉，身上沾满了花花绿绿的鸡粪鸭屎。

黄豆豆

田胡子给我讲了黄豆豆的故事。

她和柳迎春都是1968年时来的北京知青，父母都是高干。"文化大革命"初期，她的父亲死在狱中，母亲被下放到离井冈山不远的地方，哥哥插队到陕北黄土高坡，她来了内蒙古。那时十六岁的她体重只有七十斤，来阵风，一不小心都能把她刮出半里地。她没日没夜地想念亲人，常常为天各一方的家人偷偷哭泣。繁重的劳动和艰苦的环境她能咬牙挺住，但孤独和思念才是她最难缠的天敌。这个孩子做梦都想与母亲团聚，但梦终归是梦。人有悲欢离合，月有阴晴圆缺，人间的事儿哪能尽如人之所愿。可怜她那细嫩的翅膀却承受着生活给予的太多的沉重，可怜她柔弱又单纯的思想上总有个千斤的磨盘压得她身心俱疲，喘不过气来。

村里有个娘儿们叫罗二浪。

"浪"这个字在东北是骂女人或夸女人时专用的字，其意一为淫荡；二为半贬半褒；三为张扬无忌火辣辣，比如那首脍炙人口的《大姑娘美大姑娘浪》，就淋漓尽致地唱出了东北人的粗犷、豪放和张扬。

这个字用在罗二浪这儿，就饽饽蘸屎，变了味儿。她九岁当童养媳。她的公公刘三秧子，外号“穷人美”，扛活不着调，耪青也是三天打鱼，两天晒网，但在娘儿们身上却是夜夜深耕不辍，常常弄得猫号狗叫。穷人家一条炕上挤着七八口子，日子久了，小猫小狗便也无师自通。

土改时，十八岁的罗二浪已有二子一女，至于仨孩子总共有几个爹，则连她也是糊里糊涂地弄不清楚。她早年被人们叫“风箱”，后来时代进步了，又有个文明一些的外号，叫“拉锁”，意思都是一拉即开。但是，不论风也好，浪也罢，谁都离不开吃喝拉撒睡。她有个爱抽羊角风的四小子，是个光有力气却只有五分心眼儿的家伙。给半傻不茶的小子说媳妇儿就成了罗二浪最大的心病。她寻思，就算是根狗尾巴草也得结个籽儿，也应留个根儿。

一天，黄豆豆随社员们去薅草。六月天赛过窑姐的脸，说变立马就变。近晌午时，突然狂风骤起，惊雷闪电用鞭子赶着乌云翻滚而至，接着就噼噼啪啪下起了豆粒大的雨点子。队长说：“雨一时半会儿停不了，收工！”人群立马像炸了群的羊，都撒欢尥蹶子，豁出命地跑。

大雨倾盆，道路泥泞，黄豆豆一身泥水一脸泪，跌跌撞撞，连着摔了几跤。这时，有人拽起她，拉着她走。黄豆豆一看，原来是人高马大的罗二浪。

罗二浪家就在村南口，她把黄豆豆领进家，拿过分不清本色儿的毛巾让黄豆豆擦雨水，又找出旧衣裤让冷嘚瑟瑟发抖的黄豆豆换上。换上干衣裳的黄豆豆脸上渐渐有了血色，乌青的嘴唇也缓过劲儿了。黄豆豆对眼前这个壮牛般的女人甚至生出了感念，感谢她给了自己这些温暖，虽然她曾听老乡们讲了能装一火车的这个女人的脏事儿。

这时，罗二浪那缺心眼儿的四儿子也进了家。如果说，之前罗二浪的举动是善意的，那从她四儿子进屋那一刻起，罪恶的念头便蹿了出来。

自小生活在阴沟里的罗二浪，此刻想的是趁着阳光被遮蔽这一刻，让癞蛤蟆吃一口天鹅肉，尝尝滋味儿，癞蛤蟆说不定就会得道成仙。黑老鸹永远也不可能与金凤凰同巢，但眼下人人讨厌的傻子偏偏就有了千载难逢的机会，如果先把这个金凤凰占了，凭自己这些年构建的关系网，再多使点儿幺蛾子，让四儿子强娶了她，那自己就成了王母娘娘的屁——有神气儿。她觉得自己的想法可以，前有车、后有辙，大伯子不就把柳迎春硬整成姑爷了吗？奇迹都是人创造的。

于是，她唆使并帮助儿子强奸了黄豆豆。

雨声掩盖了悲痛绝望又撕心裂肺的哭喊声，挣扎反抗全无济于事，一只羊羔怎么可能敌过两头恶狼？

黄豆豆精神失常了，黑咕隆咚地起来就跑，还说着含糊不清又莫名其妙的话，不吃不喝，时哭时笑时时闹。集体户的哥哥姐姐们义愤填膺，他们把黄豆豆突然疯了的原因做了分析总结后告到了公社。公社就派那个很有两下子的特派员“忙不了”下来走家串户，明察暗访，经过两天的仔细排查和认真分析，亮闪闪的手铐铐走了罗二浪娘俩。

李雪华

这期间，我认识了赤脚医生李雪华。短发齐耳的她有一张红扑扑的苹果脸，一笑俩酒窝，黑宝石一样的眸子清澈明亮，穿着干净利落，给人一种英姿飒爽的感觉。一来二往，我被她的善良朴实、聪明开朗和善解人意所感动。于是就有了月下牵手、促膝长谈。我们把童趣中的陈芝麻烂谷子，把快乐里的追蝴蝶扑蚂蚱，把烦恼时的风风雨雨，还有日子中许多的沟沟坎坎、磕磕碰碰，张家的刀子嘴豆腐心，李家最爱看的《三国演义》，统统拾掇出来，或品评，或欣赏，或者当风干肉去咀嚼。重要的是，我们把青春的理想当止痛片吃，于是生活就没了苦闷，日子消弭了许多的劳累，也把生活嚼得有滋有味、乐乐呵呵。

月亮像个丰腴而滋润的白玉盘，静静地挂在树梢上，映出一地温柔的清晖。我俩携手闲庭信步地登上小山。山下沉睡的村庄像个安详稳重的少妇。皎洁的月光下，巴彦河闪着银波，弹着琴、唱着歌奔向远方。朗月清风把日子和思想雕琢得平淡而舒心。我们俩的心也如那山岩里奔涌出的山泉，跳跃，纯净。

我们静静地相依而坐，任凭那微风捧着浪花汩汩地流过思维，流过心底。良久，她才用调皮中藏有狡黠的话问我："你说再过几十年我们俩会怎样？"

这真是一道难解的方程。

我的思维中二元一次方程和判断方程齐上阵，仍然是模模糊糊的，只好顾左右而言他："车轮子总是往前转，到那时候——"

她却因迁就我而转变思路，说："我听北京的知青说，高干家庭已经有能看电影的收音机了。我国的卫星不是已经唱着《东方红》飞向了浩瀚的宇宙吗？不久的将来，咱们的宇航员没准还能唱着《国际歌》、哼着《大刀进行曲》潇洒地登上月球。还有……"

她的话富有哲理，让我非常佩服。我佩服她那穿越时空的诗人般的想象力。她又说起我们初次在这里赏月漫谈。她说："那时就觉得自己是世界上最幸福的人。罗密欧和朱丽叶、梁山伯与祝英台都是悲剧，我不要！我要紧紧地抓住你，一辈子不撒手。哼！你就是孙猴子，也逃不出我手心。"

她又说起有一次我俩送来送去，回家已是凌晨四点。我问："老人没发现？"她骄傲地说："哼！智慧万能，能骗过上帝，也能炸毁碉堡。我用饼子堵狗嘴。"这让我的心泛起快乐的浪花，说："咱当个地下工作者真不易，还得贿赂狗。"

她依着我的肩，温顺得像只漂亮的小鹿，一动不动地看着远方。她在想几十年后的美好和幸福。

时空行走

晚上，风魔任性地肆虐，把房子摇得颤颤悠悠，吓得窗玻璃呜呜咽咽，还把炕洞里的热情吸溜得干干净净。我裹紧被子，绻缩成一团，免得那点儿可怜的体温也被它吸光。窗外是地动山摇的世界，屋内的黑暗则变成幽灵控制了我，揪住我的心用力撕扯。浑浑噩噩中，我进入了时空隧道。

我的思绪骑着马致远那匹瘦骨嶙峋的老马，在寒夜中踽踽独行，走进往事的圈子。

月亮像我儿时吮过的刘婶的大奶子，肥肥的，圆圆的，放出瓷瓷实实的光。踏着如水的清晖，我和刘祥、狗蛋儿去偷瓜。在地头上，我们共表决心：“下定决心来偷瓜，不怕牺牲往里爬。”正当我们抱着瓜美滋滋地往回爬时，晴天霹雳，一声炸雷在身后响起，一团火光，一股硝烟。我转回身一看，二赖子正高高地举起洋炮，感觉他有点儿威风凛凛，好像得意扬扬。我喊“一、二”后，我们便齐刷刷地掏出直挺挺的小鸡鸡，那清亮亮的水柱似子弹，带着藐视、挑战和嘲笑射向二赖子，虽然射程只有一米多。二赖子下流喊：“童子尿，赛好酒，爷们儿喝了有劲头，我和你娘睡三宿。”

我们仨怒不可遏地喊出了电影《箭杆河边》的台词儿：“二赖子，想发财，扔了锄头做买卖，赔了一个精光净，穿条裤子露着腚。”

思绪骑着瘦马从田间瓜地跳跃着回到了小学校。

轰轰烈烈的“文化大革命”让我们这些“红小兵”也疯狂起来。在老师的带领下，晕头转向又欢欣鼓舞的我们使劲地敲锣打鼓，蹦着高喊着不解其意的“打倒！砸烂！火烧”，给校长，给大队和公社领导送“大字报”，给他们戴上高高的白纸糊成的帽子，上面是老师写的他们的名字，名字还打上红叉。

生产队里忆苦思甜，大人们低声齐唱："万恶的旧社会，穷人血泪仇。"苦大仇深的许二虎站在台上，声泪俱下地控诉本家地主许胖子曾经多次揍过他，还骂他吃赛过猪，干活不如狗。他一把鼻涕一把泪，还大口地表演吞咽糠菜团子，说："旧社会连这个都吃不上。"说着话，颤巍巍的山羊胡子就挂上了一条清亮亮的蚕宝宝。兴高采烈时他就跑了调，露出了不着调的二虎气："新社会好，不兴打骂不裹脚，妇女实行打巴刀（离婚）。可是，旧社会有钱随便逛窑子，扛活的黏糕豆包造得饱。""造反司令"王林只好黑着脸把他赶下台。

恍惚间，我看见游行的队伍过来了，浩浩荡荡，锣鼓喧天，红旗招展。社员们都扔下锄头来参加大游行、大批斗，这样每人可记十工分。跟着玩儿还挣工分，只有傻子才不干。王林激动地高喊："宁要社会主义的草，不要资本主义的苗！"

我还看见公社那个姓仇的书记撅着屁股，脖子上挂着三十斤重的大牌子，上面写着："刘邓的忠实走狗，彭德怀的黑干将。"他身材瘦小，像匹病马驹子。据说他身上有五个枪眼儿和两个刺刀窟窿。此刻，他的阴阳头上伤痕累累，鼻眼淌着黑紫的血。他的手被用铁丝拧在背后，疼得龇牙咧嘴。王林挥舞着"红宝书"，像面对仇人，义愤填膺地说："这个十六岁就混进红军队伍的阶级异己分子为什么姓仇？因为他从娘胎里就仇恨共产党，仇恨毛主席，所以他才混进革命队伍！"

那时，我们所谓的上学就像二溜子打鱼，喝一天酒要晒两天网。后来公社成立中学。老师们领着我们雄关万道真如铁，而今艰难从头越。好在我们这些滥竽充数的学生不用考试，傻小子喝粥连锅端，都上了高中。接下来又是"查教育回潮"等既像绕口令，又像变魔术似的运动。人们像一滴滴海水，被一波又一波哗哗哗的巨浪抛向空中，然后又摔落在金黄松软的沙滩上，或是身不由己地随波逐流，却又万般地无奈。

思绪骑着瘦马，又飞进时空隧道。我看见苍须皓髯的孔子在唱吟：“子在川上曰，逝者如斯夫。”这句话很含蓄。我不知道有几个人读懂或理解了世事的沧桑和人生的感慨或对往事的感悟。刘禹锡似乎遇见了不顺心的事儿，也有些伤感地在那磨叨：“人世几回伤往事，山形依旧枕寒流。”我想这是告诉那些匆忙如蚁的人们：“人生苦短，但自然永恒。”

瘦马在时空中拼命地穿梭跳跃。我看见了秃着头，颓废又自暴自弃的柳迎春，还有柔弱无力的黄豆豆。我骑着瘦马在寒冷中走出梦乡。我听见马致远老先生的泪水哗哗地响，他边走边哭，吟诵着：“古道西风瘦马。夕阳西下，断肠人在天涯。”我听见有声音来自远方：“苍穹渺渺，大地浩瀚，人生百年，”

有人问：“逆境中你如何解读人生？”

是啊，工作、饭碗，它像海市蜃楼，金碧辉煌却又朦朦胧胧，它在远方向我招手。我磕磕绊绊地奋进在荒凉空旷的茫茫荒野。我看见桂香、赵二、刘祥，还有雪华、王主任、张书记、万叔和长生在向我打招呼。

寒号鸟流着清鼻涕诅咒寒冷，瑟瑟抖抖地吟着：“云横秦岭家何在，雪拥蓝关马不前……”它殷切地盼望着明天那火红的朝霞。

一轮旭日喷薄而出时，我听见有人在吟咏：“有志者，事竟成，破釜沉舟，百二秦关终属楚。”

快乐时光

日子的巨轮被亿万双平凡的手推动前行，时缓时快。人们在平凡中向生活贡献着自己的青春和年华、智慧和心血；社会在平凡中为人们创造更好的条件。人们在平凡中生活、创造，从古至今，循环往复。

日子在平凡中酿造着酸甜苦辣。

儿时的摇篮曲把日子摇成了一条潺潺的河。它在奶奶沙哑的喉咙中舒畅地流淌，它载着雪华温情的呵护和喟叹的船扬帆起航，它也把重复繁重的生活唱成了粼粼而去的轻歌曼调。

冬天这个老顽童还没闹腾够，羞涩的春姑娘就来了。虽然她脚步婀娜，姗姗来迟，但向阳处、小河边儿已泛出一簇簇葱翠碧绿的小草，在努力地张扬着生命之绿色。车轱辘菜舒展着圆圆的碧玉般的叶子，诉说着生命的顽强；黄瓜香绽开了玉米粒大的花瓣，光亮鲜黄，十分醒目，艳得浪漫恣肆。大自然向人们展示着春的美丽，诉说着自己的好心情，也书写着青春的快乐时光。我忘情地看着它，半跪在地上去嗅。呀，好清香啊！有一股淡淡的黄瓜的清香沁人心脾，好爽啊！再抬头西望，只见漫山遍野的杏花一片片、一坡坡，淡红、粉白，云蒸霞蔚，浩渺如烟，摄魂动魄，让人不得不感叹大自然的壮美和雄奇。春天又一次赋予大自然新的生命，让它们生机勃勃、激情澎湃、昂扬向上。

长生、雪华、我等人组织了一个青年突击队，并向田胡子要了二十亩地。这意味着我们要牺牲自己的休息时间，去完成从播种、铲草、薅草、趟草、拔草、放垄到秋收的一系列劳动。

望着生机盎然、蓬勃向上的青纱帐，我们仿佛听到了玉米咔咔拔节的声音，这使我们的心情如庄稼那么茂盛。虽然是义务劳动，但是伙伴们都觉得无比自豪，因为奉献是快乐的，因为这里洒满了我们辛勤的汗水。噌噌往高猛蹿的玉米唱着壮美顽强的生命之歌，歌声里也寄托着我们的理想和希望，因为这里留下了一群热血青年的自强不息的足迹。因为这平凡中也寓意着不平凡的未来和壮美，因为劳动推动着历史的车轮，这就是我们平凡人的生活，这就是我们的贡献。

未听河畔蛙入梦，眼前田野遍秋声。转瞬间凉风乍起，山野的犄角旮旯里都弥漫着秋的香气；花儿醉了睡了，要睡到明年春来；大雁在秋香的微醺中，唱着留恋的歌谣南飞了。大地醉了，捧出了火红的高粱、金灿灿的玉米、沉甸甸的谷穗。大山也陶醉了，漫山红叶是它害羞的笑脸。

同类人都有着同样的基因，这是无可辩驳的生命本源。出于关怀和照顾，田胡子让我去护秋。劳累了一天的自然界和人们一样，都早早地歇息了。唯有雄蝉还时不时地向恋人唱着情歌。远处间歇着有火堆燃起，那是邻队的伙计们玩的东山点火、西山睡觉的把戏。我也用半枯的蒿草燃起了一堆篝火。望着寂寞的夜空，在噼啪作响的火光中我想起了张打油。于是，诗就成了我的好伙计。斟酌再三，我对着熊熊燃烧的火堆和直奔星空的白烟，凑出了几句打水诗：

火堆相伴唱秋风，
怀抱砂枪数繁星。
吴刚携酒解残局，
偷棋悔子脸先红。

刘二之死

浅秋时节，村里发生一件大事——刘二死了。

刘二因媳妇的病闹了一屁股饥荒，他的窘境仅次于阿登仓。他家所有的开销全靠六只母鸡。日子就在一锅苦菜中慢慢地、静静地煎熬着。

去年夏天，他带媳妇去旗医院看病。大夫说转大医院吧，或许还有希望。于是，刘二就回来筹钱。大队凑，小队挤，央亲告友，总共借了一百八十元，因为家家的日子都是一张白纸，户户都熬着同一锅菜粥。

马瘦毛长，钢人遇到烈火也弯腰。他只得去求村中唯一的富户。刘生撂下脸，吧嗒吧嗒地抽烟，吱儿吱儿地喝茶，拿捏够了才说：“别磨叽了，借你五十块吧！利钱你掂量着办，但年根儿底下必须还！我家有说道，钱不在穷人家过年。”

在盟医院住了二十天，刘二媳妇的病不见转轻，钱也没剩几毛。大夫说："还是回家养吧。"刘二的眼泪唰唰往下流。他媳妇也哭着说："雪上加霜，腊月塌房，我去趴火车道吧！"一个房间的病友们都陪着落泪。

寒风挟裹着口子的悲欢与忧愁，不情愿地走进了腊月。为了还刘生的债，刘二把一家人望眼欲穿的年猪提前杀了。他一算计，卖了猪肉，还完刘生和几个亲戚的钱，帮忙的人也只能吃猪头，自家留四个猪蹄子过年。他心如火烧刀绞，觉得枉为汉子，觉得对不住家人。他叹口气，眼圈儿就红了，心想：穷汉子难，难过年，一分钱憋倒英雄汉。唉，衣裳薄了盼太阳，哪能都是北风寒。盼吧！

到了供销社，孙胖子通情达理，非常同情他，明明是二等猪，却照顾他，给了一等价。他攥着钱傻站了半天，才咬着牙给媳妇买了一双袜子，给两个儿子买挂小鞭儿、一张红纸和五毛钱的糖球。这就是一家人大眼瞪小眼盼来的年货。钱还没焐热乎就还了饥荒。

秋天到了，刘生家要挖个菜窖，就理直气壮地喊来刘二。无可奈何的刘二心想，去年借了你五十元没半年就还了，还像奴才似的给你打了半年短工，后来你又使弯弯绕，要了我一只下蛋鸡。

身疲力竭地挖着菜窖，如雨的汗水揉搓着痛哭流涕的心，刘二的脑海里浮现的是黄世仁，他劝刘二："就算当初借了阎王债吧！"

破房最怕连阴雨，漏船偏遇顶头风。一天晚上收工，刘生迎面拦住了正在生病的刘二，说："哎，你小子忒不讲究，活还没完，咋不见影儿了，你得把菜窖上了盖儿啊！"

刘二有气无力地赔着笑说："大哥，这几天我家里的和我都病了，实在没法去。"

刘生不听他解释，说："瞅你那熊样，你媳妇不没死吗？借钱时你像个孙子，现在还上钱了，就像牛起来，不想当孙子了？"

刘二是个有血性的人，这些侮辱人的话让他血涌脑门子，但他压着火说：“大哥，你口上积点儿德，咋能张嘴就骂人？再说这两年你家的脏活累活——”

话没落地，刘二的脸上已挨了重重一耳光。“骂你？穷种，老子还要打你！”这时已聚了半街人，大伙都纷纷上前劝解。

有人架着昏昏沉沉的刘二回家。他只觉得神情恍惚，耳朵嗡嗡响，进了屋就一头栽倒在炕上，瞪着眼睛直勾勾地看房顶。那一耳光把他仅有的一点儿自尊打没了。半夜时，他还唉声叹气，对着烟儿聊故事。

小油灯下，媳妇儿一针针纳着鞋底子，时不时瞅他一眼，亮天时才打了个盹。

他媳妇怎么也想不到，打个盹的工夫天就塌了。正是公鸡报晓的时候。

他媳妇一个盹儿醒来觉得不对劲儿，就用手去推他，这一推却如被锥子扎了一样，土屋里顿时一片号啕大哭——刘二是用纳鞋绳和烟袋杆绞死了自己。

夜里，思绪的瘦马又在黑暗中踟蹰。我的思想与一位哲人对话。他说：“人，在重压之下挣扎，心灵会扭曲，性格也变得脆弱。就像一株草，一滴水能让他滋润挺拔。如果这滴水凝成冰，也会将草压折。”

浮躁的青春

我在气管炎客车上认识的邻座是公社主任王立山，他和秘书老李来下乡。大队里无油少醋，没办法，只好杀了只羊。

正要吃饭时刘生来了。进了屋，他先笑容满面，嘻嘻哈哈地套近乎：“哎呀，王主任来了，我闻着膻味就来了。”说着就抢上前握住王立山的手，显得无比亲近。

王立山瞅着手上的烟说：“这是说我弄了一身羊粪呗！”

刘生知道自己的话引起了歧义，连忙辩解道：“不是不是，我是说杀羊自然有膻味。正好我这有两棒子八加一，咱们把它造了。酒逢知己千杯少，大伙乐和乐和。”

王主任沉着脸说：“好像还有话不投机半句多呢！不喝，不喝，晚上还有会哪！”

刘生厚着脸皮反客为主，一边忙着烫酒，一边殷勤备至地吩咐万叔：“兄弟，麻烦你再炒盘肉。主任辛辛苦苦为了咱们操心受累，咱们咋也得热情招待。”

万叔为难地搓着手说：“主任不让炒，说得细水长流，做个油吃就行，不能搞特殊。”

刘生却埋汰上了万叔：“兄弟，不是哥说你，你就是个死心眼儿，你当主任是和尚啊？”

王主任的脸沉下有半尺长，说：“不用炒了，告诉你谁张罗谁吃。小王，盛饭！”

刘生却像个拉客的窑姐，上前死乞白赖夺饭碗，觍着脸说：“不多喝，少整点儿，真是数星星盼月亮地从心里想你。少喝两盅不误事儿。大人有大脸儿，老母猪还有个长瓜脸儿哪，主任咋也得给我个面子吧？从你挨专政到站起来，咱哥俩还一盅没喝呢。”

因为我和雪华有约，也膈应刘生，就急于脱身。刘生却一把扯住我说：“主任来了咋也得陪两盅。”

我只好笑脸相求：“刘会计，我不会喝，沾酒就醉。”

“废嗑，不醉还叫喝酒？年轻人，打铁烫糊卵子，你得知道眉高眼低。”

他这恶毒的脏话让人恶心。我扭头看见外面有只狗正在小便，心想就当闻个狗屁吧，只好硬着头皮咬着牙留下来。

王主任坚持不喝。

李秘书为人圆滑，他深知刘生背后的枝枝蔓蔓和故事有几里长，就打着哈哈出面解围：“主任，鸠山设宴和咱交朋友，三杯两盅善应酬。来，来，主任，就喝几盅不误事儿。”

王主任碍于老李的面子，闷葫芦似的喝了两盅，而且一句话也没说，然后招呼盛饭。

刘生帮厨洒了一身油，挺嗑碜，但为了找个台阶遮遮丑，他就非要和我喝。他刚才的脏话已经往我心口塞了一把草，但我只能忍着火婉拒。他却像老太太蒸豆包——没黏的就掏笨的，拿我撒气：“你这小犊子不仗义，你一个臭知青也敢目中无人？”说着，就“叭”的把盅子蹾在桌上。

见他恼羞成怒，我站在地上红着脸说：“我真不会喝。行！既然刘会计这么抬举我，我干两盅算是道歉，行吧？”说着就端起两盅酒一饮而尽，然后转身欲走。

刘生却像癞皮狗一样不依不饶：“走？往哪走？你也忒不识抬举了，水大漫不过桥，风大刮不走山。”他啪啪拍着桌子，弄得碗筷都叮当跳舞。他是学项庄舞剑，借题大施淫威：“你是龙得先给我盘着，是虎你得给我老实卧着，你小子算个灯还是算个蜡？油梭子发白，你三辈子活十八天半，才穿几天活裆裤子？妈的，喝！”

那一刻，如此的羞辱让我真觉得心如刀割，但转而一想，雪花膏再香也干不过韭菜合子。我穿着新鞋，为啥非要踩你这泡臭狗屎，于是就转身向外走。

谁知他偏偏不依不饶，又狠狠搡了我一把，那架势就像狗疯了要咬人，进而又猫戏耗子地逼问：“你个臭知青，有啥牛的？我看你是敬酒不吃吃罚酒，挑粪桶唱小曲儿——臭嘚瑟。骂你？老子今天打你！”他的嘴像个尿壶，尿沫子喷了我一脸，还真的举起了手。

忍无可忍。汹涌而上的热血让我的冷静和克制都撒丫子跑了，幼稚而倔强的冲动和愤怒喷薄而出。他的“打”字像把钩子，勾出了我的冲动。我的手掌在空中迅速地舞出一道优美的弧线，“啪！”清脆响亮，力重千斤。随后，我的手掌又在他的左脸重复了一次上述动作。

这两个连贯的动作漂亮得令人赏心悦目，让人陶醉。

在众人的目瞪口呆中，我挥了挥麻而痛的手掌，看了眼跳脚发疯的刘生，转身走进了夜色。

此事如晴天一声雷，在小村上空震荡了许久。刘生在家窝了十多天，等脸消了肿后才好意思出屋。他到处扬言要整死我。

为此，王主任在回公社前，曾在小油灯下和我深谈。他语重心长地说：“年轻人有正义感，敢打疯狗我很赞赏，但你年轻，这么气盛不行啊。人际关系最复杂，这后面藏着很多不为人知的东西。刘生为啥那么狂？依张书记的性格早就想撸他，你眼前这条小河看着不起眼儿，它这儿一刮风，十里外都能起浪。”他似乎意犹未尽，盯着我说，“我觉得你这孩子不错，才说这些。以后有事儿就去找我，打电话也行。”

送走王主任，我陷入了沉思。孔子说；“血气方刚，戒之在斗。”我一个插队的知青，对这样的人渣逞一时之勇，说明自己的内心缺乏一种在理性制约下的自信与镇定，实质是一种浮躁的表现。油灯下，我写了日记：“活性炭，水质滤清剂，能吸附水中杂质，去污浊，使水清净……”

收获喜悦

秋天，我这一个兵兼独立支队司令的集体户，要从凤凰岭大队并过来十四名通辽知青。为了是否并户，我找了张书记。他对我说：“这几天我就琢磨这个问题。人家都是大营子人，如果你并过去，你孤身一人，他们难免欺生，难免闹矛盾。你还是和现在一样，自成一户吧。”张书记的话是由衷之言，推心置腹，也正合我心中所愿。

远山红枫似火，山榆树依然一头深绿，白桦树却一夜之间变出一头金黄，还有满山遍野的红高粱和金灿灿的谷子，远远望去真是美不胜收。秋真的变成了一位丰乳肥臀的美丽少妇，摇曳多姿，流光溢彩，让人赏心悦目又深深陶醉。这是大自然的慷慨赠予，也是对劳动者勤奋付出的回报。

田胡子领着小队班子给我们的实验田估产，查棵数、称棒子、反复丈量后，王会计的算盘噼里啪啦一通脆响后，报出结果：每亩六百九十斤。那时全旗的玉米单产还不到四百斤。顿时，我们激动得像孩子，流着热泪跳起来。是啊！每个玉米穗上都浸染着我们努力的汗水。那金灿灿的玉米证明着我们辛勤的付出，万里长空和朵朵白云见证着我们的艰辛，苍茫大地和巍巍青山感知到我们的忠诚。金色的秋天是金色的希望。它告诉我们，生活虽然遍地荆棘，虽然也有辛酸苦涩和愁肠百结，但是也五光十色、绚丽多彩，也有挥之不去的快乐和美好。

大雁驮着忙碌和劳累南飞故里后，西伯利亚的寒风循着成吉思汗的足迹，带着淘小子的冰汆和牧马人的烧酒如约而至。

十二月初的一个清早，太阳还在蒙头大睡，天色还朦朦胧胧，世界却在纷纷扬扬地下雪。我在前面奋力清扫，那飘飘洒洒的雪花像一群俏丽而又顽皮的白精灵，一会儿又在我身后铺下一片礼花；我还堆了个大眼睛、高鼻子很威武的雪人。这时大队的电话蓦然响起。

“丁零零——丁零零——”它坚持不懈地喊人。我急忙开门去接。电话那边儿的人说他是王立山。当听出是我后，他说有要紧事，让我马上去公社。

我不知道王主任为什么叫我，就急急忙忙地借来牧业主任的枣红马，上马挥鞭，雪原上就飘起了一团跃动的火焰。

北国风光，万里雪飘，天地间一片寂静，只有雪花儿在潇潇洒洒尽情地撒欢儿起舞，把大地弄成了一个缥缈的仙境。寂静中，只有缕缕炊烟顶着雪花的压力，在顽强地舒展着身腰，奋发地爬向空中，证明着自己不屈的精神。

这是一首情感交融的抒情诗，是一幅挥洒自如的大写意——好一幅雪霁山水大泼墨。

见面后，王主任没有客套，开门见山地说："这次党委给你们大队一个全民所有制招工名额，招工表是乡邮员捎去的，那天恰好刘生一个人在，他就擅作主张送给通辽知青了。但你小子很幸运，幸亏张书记为这事亲自来找公社。党委经过研究后，决定把这唯一的机动指标给你。"

踏着皑皑白雪，枣红马徐徐而行，犹如浪涛中的一叶扁舟。小舟上装载着我人生的第一次丰收——一张招工表。天道酬勤，它就是证明。十五名知青两个名额（包括这张特殊的），让我又想起了那句："苦心人，天不负，卧薪尝胆，三千越甲可吞吴。"

我的确幸运。我在当天的日记里只写了一句话："飞雪邀约着春天，感谢好人！"

张书记

万叔曾对我说过，在"文化大革命"把"旧世界"砸得乱七八糟、落花流水时，我们村这条小船儿能够稳稳当当地前行，是因为咱们村有定海神针。

当时公社的罗司令派两个人来串联。那俩小子在大队部说，要联络成立什么"造反战斗队"。张书记听说后立马下炕穿鞋。姑娘儿子不让去，怕他惹事儿。他问："啥叫惹事儿？听蝲蝲蛄叫还不种庄稼啦？等他们闹得乌烟瘴气，打这个砸那个时就不好收拾了。到时候连地都没人种，吃返销粮、嚼大碴子就都舒心了？"

一进大队部，他就看见两个红袖标跷着二郎腿，正和刘生、杜冷几个家伙唠得眉飞色舞。见张书记进屋了，刘生他们当时就闭火哑巴了。扯过一条板凳坐下，卷着烟，他漫不经心地说："咋哑巴了，接着整。"然后睨视着这个瘦柴火棒。

那俩小子像群臣前的李莲英，目中无人地问：“你是哪个衙门挑泔水的？”

张书记笑笑说：“我呀没挑过泔水，是放牲口的。”

那俩家伙以为是来了个羊倌呢，斜眼看他说：“你走吧，别瞎掺和，我们研究正事呢！”

抽了口烟，张书记装疯卖傻地问：“啥正事？我问问行不？”

俩小子不耐烦了，瞪眼歪脖地讥讽道：“我们正在商量‘造反派’的军国大事，你放羊的懂个蛋，别嘚瑟。”

张书记又笑了，反问道：“造反？造谁的反？”他指着刘生他们几个，“造这几个懒蛋二流子的反？”他又指着外屋的社员们说，“还是造他们的反？”

杜冷他们原本见了张书记就像耗子见猫，又看外面站了好多人，连屁都没敢放一个，就臊眉搭眼地走了。

张书记呵呵笑着对俩傻了眼的小子说：“公社那么大的戏台还不够你们作？快回去吧，这儿不管饭。”

那俩小子才知道这个瘦家伙是小镰刀搂草——不是善茬子。回去后，他俩添油加醋地一汇报，罗司令气得直咬牙，这还了得，这是白骨精照镜子——目中无人，立马命人明天去把张书记揪来游街示众。这时有个人过来劝他：“司令，老张在那儿就是张作霖，你当了大总统也难赢。”罗司令听后立刻出了一身汗。

听完万叔讲的故事，那个刀条脸、眼睛小而亮的瘦汉子在我心中顿时高大起来。

犹大的晚餐

日子总是在匆忙中反反复复地咀嚼着酸甜苦辣，把生活难为得龇牙咧嘴。

忽然间，我想起第一天坐着万叔的驴吉普，来到这里后看见的那场大戏。这一直是个存疑。因为一直忙着追风赶月亮，因为一直忙着下地锄草读文章，所以让我的好奇心一直忘了去问戏的内容和模样。是万叔为我解开了这个疑问，向我道清了事情的原委。

原来，刘生趁五队社员赵江去修水库时，强奸了赵江俊俏又泼实能干的媳妇彩凤。在搏斗中，彩凤犯了羊角风。醒来后，彩凤大哭痛骂，拿起菜刀就砍，吓得刘生像个丧家狗，仓皇逃窜。彩凤拎着菜刀追。刘生只恨自己的爹少给安了两条腿，那惊魂的一刀，差一指头就砍在屁股上。几天后，在高粱地里躲灾时，刘生还觉得头皮窣窣麻，后背嗖嗖凉。虽然说提上裤子不认账，但那一刀真要是砍上了，这辈子就真完犊子了。

彩凤是个烈性子，没砍上三条腿的刘生就要上吊。在她已经系好绳子站在凳子上时，是邻居王嫂跑丢了一只鞋救了她。

第四天，赵江回来了。听完媳妇儿的哭诉后，赵江扯过铁锹，就怒气冲冲地去了刘家。正是刘生在大队部，向新来乍到两眼一抹黑的我大要威风的时候。

那时正是“夕阳与长天一色，晚霞与孤鹜齐飞”的时候，满天金红色的彩霞给愤怒的赵江披上了一袭血色战袍，把这个悲伤至极的农民衬托得苍凉悲壮。

刘生欺负我而错过时间，侥幸逃过一劫，却把十个魂儿吓丢了九个半。他在高粱地里藏了三天。

此事让我既愤恨又感慨，我在日记里这样写道：“真是生活无常，水流无形，日子无情，时间逼迫着历史必须对那些不守规矩的龌龊之人做出惩罚或处以绞刑。”

在我填完那张招工表，准备去旗里体检时，大队党支部召开了党员大会，宣布免去刘生会计职务，回三小队劳动。

这家伙当时就急了，比枪子儿下的兔子蹦得还高，叫着号要去告状。张书记坐在那，稳稳当当的像座山。他用烟袋锅敲敲桌子，话语不紧不慢：“刘生，你先坐下，坐下！吹胡子瞪眼睛能挡事儿？你一个高蹦房上去又能咋地？发昏挡住了死吗？”

刘生的脸由紫变白，头冒冷汗，心慌气短，一屁股坐下，却闹了个仰八叉。他忘了刚才踢倒了凳子。

张书记慢条斯理地说：“法院大门是敞着的，告状是你的自由。但是你听我说完再去告也不晚。小鬼有啥瞒不过阎王，咱请上面来查查账，咋样？还有，你出去告状也很累，也不容易，也得吃饭是吧，也不能挨饿。这样吧，大队出张介绍信，再送给你五十斤全国粮票。但有一条你得先整明白了再去，刘二的死和赵江家的事你讨不讨愧？要我说呀，做回人不容易，还是得厚道点儿，衣裳没穿坏让人先戳破了，活着还有个啥劲儿？”

张书记的话慢悠悠，不温不火，却像尖刀。刘生唇角抽搐，直嘎巴嘴。

此后，刘生大半年闭门不出。

万叔还告诉我，罗二浪就是刘生的亲娘，也是罗主任的亲姑；柳迎春的老丈人刘二牛是刘生的亲叔。

我失声而叹：“瞧这一家子，都能写篇小说了。”

舞动的红纱巾

体检回来后，老少爷们儿听说我要走了，都有点儿依依不舍。五百四十天里，我和他们结下了掰不开、丢不掉的情谊。

万叔杀了鸡，非要和我喝两盅，这个蒙古族汉子耿直倔强，善良忠厚。万婶也一直把我当子侄待。她长得白净稍胖，非常干净利落。和万叔站在一块儿，两张脸，一个像新出锅的白馒头，一个如同甸子上的黑牛粪坨。他们和和睦睦，小日子像村东的小河，一直静悄悄又欢乐地流着。这一年多，他们夫妇一直像侍候自留地、像关心儿子似的照顾我。

那几天下大雪，王德友大哥趟着半尺多深的雪，把棉裤弄湿了半截，弄得泥头脏腿，累得张嘴直喘，才打了只野兔，又杀鸭子、煮鸡蛋，知心话和惜别泪，陪我俩喝得酩酊大醉。

雪华最早知道我要走。我让她和老人商量，明确一下我们的关系。她的笑像六月里的花儿娇艳欲滴，非常灿烂。这是我们盼了许久的愿望，这是漫漫长夜后那喷薄而出的红霞。但天不遂人愿，老人说乡村姑娘应对不了城里人（其实是老人托亲戚暗访，一个丧良心的人说我母亲刁蛮，再贤惠的媳妇也得受气），任由雪华磨破嘴皮说破天，就是不答应。雪华情绪低落，苹果脸顿时失去了光彩，泪水奔流。我的心情一如那阴云笼罩的混蛋天空，也特别灰暗。

傍晚，雪华来了，因为明早就要分手了。在我人生最艰难的岁月中，她一直尽最大可能，用真情来照顾我。她把我的脏与不脏的衣服，都要拿回家去洗，还要熨得平平整整。我问她是怎么熨的。她说："买了个头号的搪瓷缸子，倒上开水，就是好熨斗。"我仿佛看见忙碌了一天的她，在小油灯下，烧水，认真又耐心地反反复复地熨衣服。汗水湿了她的苹果脸。

她用纯真、善良的心爱护我。她说起了那次我生病高烧，烧得胡言乱语，在谁都不知道时，是她路过窗前偶然的一瞥，发现了躺在炕上的我似乎是病了。于是进屋忙着先量体温。后来她告诉我，当时她真的很害怕，因为我的体温是三十九度，嘴唇干裂发白。虽然那时我们只是认识，从来没说过话，但医生的职责和善良促使她给我喂水、吃药、打针，并且送来煮鸡蛋。直到两天后我逐渐好了。

她用敦厚又温暖似火的心一直呵护我。她每次往诊回来都要到大队看我一眼，哪怕我不在。她说哪怕是看一眼我写的字（来到不久我就用仿毛体写了张毛主席的《水调歌头・重上井冈山》和《七律・长征》等装饰小屋），都觉得我在她身边，也里才踏实，回家后才能入睡。这些事，这些话，都一直萦绕在我的胸中，让我的心暖和和的。人世间还有比这更宝贵的情谊吗?她是我寒夜里盼望的太阳。她的纯洁像白玉，她比观世音菩萨还善良。她是羔羊，温顺又谨遵父命，不敢越雷池半步，是个大孝女孩儿。

我还清晰记得，那次我因淋雨而感冒，整整昏睡了一宿半天。梦里都是电影《沙漠追匪记》里骄阳肆虐的炙烤和吃不到嘴的红瓤大西瓜。那天中午，她巡诊顺路到大队取报纸，路过窗下时（后来她说真是缘分），只一眼就觉得我的情况异常，因为屋内凌乱，而我平时是很干净的。于是她就进去看了看，就量体温，打针。于是就有了今天。

人的最大伤痛是万念俱灰，因为它痛彻骨髓。我带着无可奈何的天真问她："真的是没有一点儿挽回的余地吗？"

她黑宝石般的眸子黯淡无光，并且默默地垂下了头。太阳凝滞，风儿也不呼吸，时间仿佛过了一万年。半晌后，她缓缓地抬起头，眼含泪水，看着我，颤抖的声音如蚊鸣："父命难违，父命如天。"

她的话把我送到绝望悬崖的边缘，脚下就是无底深渊，我只能仰天长叹，徒唤奈何。

这时，泪水最能理解和抚慰我们，因为它能宣泄感情，也是最直接、最痛快的表达方式。泪水不像血，随便扎一刀都能涌出，因为泪水来自心底。我们只有让泪水肆意地哗啦啦流，用它来清洗和慰藉心伤。

天黑了，我几次催促她回家，她却像一尊端坐在莲花上的观世音端庄而美丽，一动不动。对我的劝说，她好像没听见一样。她用力握住我的手，久久不肯撒开。她低着那装满如珠妙语又充满智慧的头颅，任凭清亮亮圣水般的泪滴大珠小珠落玉盘，继而珠碎盘裂，敲得人痛不欲生。

寒风呜呜地吼着，冷酷而无情。大杨树也万般无奈地颤抖着身躯，眼巴巴地目送着可怜兮兮的我们。我送她到家门口。那盏跳跃着橘黄色光的油灯还亮着，是小妹在等她。我难舍难分地推她进院，她恋恋不舍地抓住我的手不放。我狠下心，一再示意她进院，她才一步三回头地向院里挪去。她慢腾腾地走出十几步后，又转过身不顾一切地跑过来抓住我，好像一松手我就会飞去。她紧紧地抱住我，仰着脸喃喃地说："明天我就不送你了，我害怕，怕自己哭哭啼啼不吉利，你能理解吗？"她的泪水又如泉涌般奔流，说，"要分手了，你能亲我一下吗？"她的声音颤抖，明显是在克制。

寒风中，我把她紧紧地拥在怀里，她的身子颤抖得非常厉害。刹那间，两颗期盼许久又激情四射的心融在了一起，在激烈地碰撞，发出了惊天动地、石破天惊的轰然巨响。月亮闭上了眼睛，大地不再喧嚣，天空知趣地屏住了气息，风儿不声不响，树也哭了，不晃不摇。仿佛一切都不复存在。

回到住了五百四十天的屋内，我静静地坐在椅子上，朝着她家的方向。我的心幻化成她那清亮的眸子。我端端正正地坐着，泥塑木雕一般，一直坐到天明。

第二天一早，万叔、田胡子和一大群人都来相送，一遍遍地道别，一次次地挥手。长生赶着驴车，我慢慢地离开了乡亲们。很远了，我仍在回头寻找。突然，在村后的小山顶上，在我们畅谈往事、畅想人生的地方，我看见了她。我连忙挥手，她定定地站着，像尊石雕，像一棵树。太远，看不清她的脸，我想此刻她和我是一样的心情、一样的表情。突然，她挥动起一条红纱巾，一下一下地挥舞着。那是我送给她的，她非常喜欢，却一直没舍得用过。

太阳冉冉升起，红纱巾映衬着艳丽的朝霞。泪眼模糊，唯见蓝天下那飘舞着的红头巾。渐渐地我看见她的身体融入了那轮旭日，火红的头巾和绚丽多彩的朝霞融为一体，染红了半边天空，辉煌灿烂，光彩夺目。

望着那朝霞中似火的红头巾，我这能把心中的千言万语告诉天空中盘旋飞舞的鹰，只能说给蓝天上渐飘渐远的白云，让白云给心一个交代。

辘轳·人·井

一

背如弯弓的张顺站在村中央的老榆树下。他的脸上雕满复杂的沟沟坎坎。他又好像是远行归来的瘦马，驮的满是旅途的疲惫和沉重的记忆。他身旁是一口干涸并被圈起的老井，辘轳还依然屹立。寒风摇着冻僵的树枝，把年根儿摇出一地的匆忙，把日子摇成一片片落叶，也摇出了年糕、豆包和炖肉的香味儿。辘轳与张顺说着沉重且苦涩的话题。它说："老伙计，你年年来看我，没必要啦！往事这个东西，沉重的就该放下，扛久了会压垮你。思想这个东西只能要好的，苦的烂的必须扔掉。"

张顺拍了拍辘轳，辘轳颤了一下，周身发出些响声，好似久远的沧桑在抖落，又好像是红尘坠地的呻吟。他幽幽地说："伙计，那个腊月那一天，你是知道的。"

辘轳说："是呀！那时柳条沟一百多户人家只有这一口深五丈、用两万八千块石条砌成的老井，所以挑水要排队。那时我还身强力壮，每天吱吱呀呀地唱个不停。冬天，这老井井口冰冻如山，壮汉站上去都提心吊胆，生怕一不小心就出溜到井里去。”

这时，他的清鼻涕流过了河。这让他觉得突兀和难堪，不好意思地说：“我得回去吃药，咋说着话就感冒了。”

望着夕阳里踽踽独行的背影驮着苍凉，辘轳发出一声长叹：“这个张顺呀！”

二

这时，一阵风刮了过来，辘轳知道是桂云来了。桂云的魂总是害臊似的躲在风里和它说话。她总是絮絮叨叨说个不停，好在双方都不怕冷。好在它早已听惯了她讲故事。

她总说，张顺是个好人，但就是那一点……所以才有了那些事儿。

辘轳咳嗽着说：“人哪，不管是骑马的、坐轿的，还是舞笔的、捋锄杠的，都有本难念的经，但有一条，有良心的才有人性，才配披这张人皮。”

这戳到了桂云的伤疤，她的声音里好像飘着雪花，冰凉，还飘飘忽忽地。她说：“你这堆朽木头咋会说这么有道道又难听的话？”

辘轳说：“你不懂，我这把老骨头在这夏陪日头春陪月，秋陪金风冬陪雪，啥没见过？啥不懂？有些事儿和话只是不说而已！就说小六子第一次碰你吧。那年的七月，村里来了电影队，放的是《沙漠追匪记》和《天仙配》。这在那时候赛过过年，把小山村闹得像锅开水，哗的一下沸腾了。小孩子们呼哥喊弟、欢呼雀跃，满街疯跑。西天的彩霞燃烧得如火如荼，孩子们早早就去占地方。大姑娘小媳妇们精心梳洗巧打扮，穿上压箱底的花布衫和新鞋袜，笑成一朵花儿地等着。人们踮着脚尖盼来了打着饱嗝的放映员。偌大的场地里鸦雀无声，只有电影的声音。那年六子才十四吧？他像只找食儿的耗子，悄悄地溜到你的身后，偷摸你的大腿根儿。那年你十八岁？”

桂云笑了，笑里带着枯草悲风的味道，说：“你本是几块木头，却真成了精。我本是人，却成了鬼。咱俩在这说六十年前的陈芝麻烂谷子，没意思。”

辘轳知道桂云在遮羞，知道她寂寞得如荒野枯草，总想知道些村子里张三李四的鸡零狗碎。

辘轳说：“那你懂张顺还是懂六子？”

桂云说：“活着时觉得挺懂的。六子说要杀张顺，却在你这救了张顺。我又不懂了，不懂张顺是六子死后他每年的今天都来这儿转转，是心里念着他吗？按理说他该恨六子，因为六子在他头上种的那么大一棵树，绿油油地晃眼。”

辘轳说：“你没文化，又被欲望弄得潮了吧唧的。人沾上邪欲便少了人性，但醒悟就是悔过。六子是善良战胜邪恶而浴火重生，佛称涅槃；张顺是感叹六子人性归来。因为你凡事只看表面而不求其义，所以你对他俩都不懂。好了，我累了，要歇歇。”

三

桂云虽为没文化的幽灵，但游荡了几十年也悟透了许多事。当年因欲望过重而淫而滥而折寿，蠢人都是事后诸葛亮，悔之已晚。

当时她知道六子，当然也知道自己。六子壮而赖。自己长相不错且胸大、屁股大，人称“三大浪”。

自己为姑娘时本分，可结婚几年后，却把静如深潭的山村闹出了波涛汹涌、澎澎湃湃的动静。村里的娘们儿说她离了男人就抓心挠肝没法活了。张顺是教师，是文明人，就是体格不行。自己夜夜求欢，把张顺弄得像个皮影人子，整天没精打采的，像个瞌睡虫。而自己却总是不过瘾。每当张顺在梦乡逛悠时，自己就想，人和人就是不一样，张顺他爹六十岁还壮得像牛，婆婆生的大胖小子比自己的四妞还小两个月。你说张顺这银样镴枪头咋就那么不中用，三天两头交不上作业。

好事成双。张顺半拉身子不好使，嘴斜眼歪流哈喇子，连吃饭都困难。她守着盏半死不活的灯，陪着个半生不熟的物，就觉得浑身躁得慌，没着没落的。她就想六子。

想到这，桂云忽然打了个冷战，看了眼打瞌睡的辘轳，她觉得很没意思很尴尬，就随着惨惨的风凄凄而去。

四

张顺回家吃粒快克后一头倒在炕上。几十年了，有本事的人意气风发，都说往事如歌，而自己回头却是破鞋烂袜和绿帽子。“文化大革命”第一年，他是个四六不懂的初中生，热血沸腾地唱《东方红》《国际歌》，下定决心不怕牺牲，喊“数风流人物，还看今朝”。他跟在别人屁股后去送“大字报”，给公社书记戴高帽子游街。后来，不想乐极生悲，在一次两派的舌战中，自己一不小心说了句不适合形势的话，立马被人抓住把柄，稀里糊涂中也被游了街，还不知被哪个兔崽子踢坏了哪个零件，趴了半年炕后落了个腰疼的病根儿。

第二年，他娶了桂云。那时六子是铁棍一根，除了偷青瓜绿枣，就是看蚂蚁上树，听耗子打架，要不就哼几段不着调儿的样板戏。那时候人们连个戏匣子都没有。大喇叭里整天放的都是些整不明白又稀里糊涂的口诛笔伐，再就是把耳朵磨起了茧子的样板戏。

接下来是自己闹了个半身不遂。再接下来，就难以启齿了。但是思想这个东西不行，越想忘的事就越想，因为那不是你最得意的事，就是你最耻辱的事。唉，反正这把年纪了，就当写回忆录了。想到这，他不由得咧嘴笑了，笑里满是酸涩和黄连味。回忆录都是写英雄好汉，写叱咤风云的光荣历史，没有写这个的。唉，权当是为人生，为“人” 和“人性”做个注释吧。

坦率地说吧，他病了不久，六子和桂云就滚到了一起。开始还偷偷摸摸，后来就像用胶粘上了，掰都掰不开。当时自己听见他俩那些毫无顾忌的话语和动静时，肺都气炸了，把能摸到的东西都摔了。桂云更干脆：“离婚！这日子我也不愿过，能和六子乐乐呵呵的就行。”

傻子挨打没本事呀，他只能抹着鼻涕拍炕席。男子汉那点儿指甲大的自尊和脾气也就跑到交趾国去做梦了。那时他真的想杀六子，可惜下不了炕。

想到这，张顺哭了。他自己也搞不清楚是男人的自尊在哭，还是为六子生命最后一刻的闪光而哭，反正把自己哭得稀里哗啦、一塌糊涂。

五

桂云的魂儿好像听到了丈夫的哭声，心里不免酸酸的。她虽然像镳铲说的没文化，但好歹也有个猪脑袋，里边也塞点儿胡思乱想。现在想来，人性这个东西，守规矩时是头温顺的老黄牛，耕地拉车，一直到死。但一走岔道了，那就是妖和狼，就会不要脸。人连脸都不要了自然就没了良心，没了善良就只有缺德。魂儿想，这就是没文化的人对人性的理解吧。

所以她和六子才把那本该鸦雀无声的偷情弄成像发情的驴那般哽儿啊乱叫。有时六子要走，自己却搂着不放：“我都不怕，你怕个啥？！”

是六子的死惊醒了自己。好比大冬天被人泼了一脸水，一激灵，这才唤回了心底仅存的一点儿良知，拽回了已死的善良。这才知道放纵欲望必然少了人性，这太可怕。应该说六子是自杀的。从那时起，她才觉得自己同时伤害了两个人和两个家，所以才回过头来对张顺真情实意地好，但老天不多给她机会了。

张顺的表哥是省里的大夫，回家时来看表弟，张顺哭成了一个泪人。表哥说："脑血栓不难治。我回去后给你寄药，你只要按时吃仨月，保你下地。"

张顺吃了表哥的仙丹妙药后，奇迹般地能下地走了，后来逐渐能干活了。

六

桂云又想到了自己的死。

村里都说张顺人当有好报，愿他俩白头到老。但是，在六子走后的第二年夏天，她和张顺去打山杏。满山遍野的山杏压弯了树枝，把青翠的山谷染成了一幅画，好看得不得了。但他俩不是来看景的。打了杏回去捂几天，摊上一场，用碌碡一串，然后晒晒扬扬，再挑挑拣拣，卖到供销社，就买回来蓝哔叽花布、花袜子和小镜子。

那天他们带了四条麻袋和两条口袋，准备跑两趟。但还没打上一麻袋，突然，她觉得小腿肚子上先是一凉，接着就是说不出滋味的钻心的疼。她低头一看，魂都吓飞了，是条拳头粗的野鸡脖子长虫。在她那令人汗毛倒立的尖叫声中，在她疼得一抬脚时，缠在腿上的长虫嗖地钻进草丛，唰的一声没影了。

她应声倒地。

七

张顺多年来一直纳闷，也感到不可思议，就是桂云死后自己一次都没梦过她。新婚的甜蜜，中间的龃龉，六子死后，桂云在人性与良知的召唤下醒悟了，开始对他百般的关爱……这些都烙在灵魂，是剜不去的痛和爱。但为什么梦里从来没她，张顺对此一直惶恐不解。但今天他却想起了桂云的死。

那时他的身体已经复原。那一簇簇红彤彤的山杏让人有说不出的兴奋，把大簸箕放在半人高的杏树下，左手一拢，右手拿短棍啪啪地打，几下子就是半簸箕。因为今年山杏大丰收，生产队放三天假，漫山遍野都有人在忙。因为这是在打钱，眼前红彤彤的不是杏，是人民币啊！这时他听见了桂云的惊叫，就冲了过去。桂云随声倒地，但在张顺眼中却是慢镜头：桂云仰面朝天，慢悠悠地，右手的棍子在霞光中画出了一道漂亮的弧线抛了出去。到跟前时，他看到桂云右手的指甲抠进肉里，而她的两眼直直地瞪着天空，而清晨的天空上什么都没有，包括云和风。张顺看她的右腿，小腿肚子上有巴掌大的一片乌紫。长虫咬人的事哪儿都不少，树多草深，踩上就挨咬，结局多是一场虚惊，因为东北的长虫多数无毒。

但也有让人恐怖的。说有个砍柴人，拎着新磨的镰，踏着晨曦，听着鸟唱，兴冲冲地去砍柴。当他行至一块巨大的卧牛石时，突然左腿肚子先麻后疼，他知道被长虫咬了。他很镇定，坐在石头上提起裤腿，腿肚子的乌黑已有拳头大了，还在扩大。他没犹豫，右手执镰刀，左手抓肉，一闭眼、一咬牙，把碗大一块肉割了下来。他的惨叫声震荡山谷，也叫来了牛倌，牛倌背他回的家。

接下来的事让人头皮发麻。第二天，牛倌又来到距卧牛石十步左右的地方，他看见那块碗大的肉已经膨胀了。由于好奇，他就捡块石头砸去。“砰”的一声，黑沫四溅，牛倌气绝而亡。

张顺知道这个故事，他没有刀，于是就大叫：“来人呀！”声音凄厉。接着就跑来几个人，只见张顺正在用力地嘬伤口，吐出来的是紫黑的血水。众人牵驴套车，抬上人打驴飞跑。到家时，人早已死了。

张顺伏尸大哭。

从此，他变成了孤驼，独自在思想的沙漠里跋涉，唯有项下的铜铃在击打着寂寞，在与黄沙探讨着人生和人性。此后，每到六子的忌日，他都去和辘轳用心灵对话，讨论罪孽与良知。他知道百年辘轳之所以还站在那，成了村里的一道亮丽的风景，是因为老古董久历沧桑，早已看穿了红尘。但只有张顺知道，它有灵性、懂哲理，它每时每刻都在审视着村中的善恶美丑。它也愿意和张顺聊。

八

张顺记得那个腊月，家家都在淘米、轧面、做豆腐、杀猪，蒸年糕、豆包，买年货，都忙得脚跟儿踢屁股，年味儿已溢满了山村的犄角旮旯，连风里、炊烟里都飘着年的欢乐。

张顺能挑水了，虽然随时会被风刮倒。

吱吱呀呀的辘轳发出痛苦的呻吟。老井井口像座冰山，里面黑洞洞的，深不见底，像个龇牙咧嘴的妖魔，随时都要吃人。几个半大小子在斜阳下抹着鼻涕打冰尜，唱着顺口溜：“二十八，把面发。辘轳是神缸是家，缸里没水锅骂妈……”

冤家路窄，张顺正好排在六子后边儿。他觉着像吃了苍蝇那么恶心，就想回家。一想起桂云那些沾满屎的话和轻蔑的眼神儿，就红着脸回到原处。

轮到六子时，他用屁股对张顺说：“你先打，我抽根烟。”

对这个浑蛋，张顺恨不得咬下他两块肉下酒，只可惜没有二两劲儿，就没动。

六子背迎寒风卷着烟，望着蓝灰色没有丝毫热情的天空和哆哆嗦嗦的太阳，背着风用双手捧成避风罩，点燃，深吸一口，又徐徐从鼻孔喷出两缕悠然的烟儿。他健壮如牛，黑红脸，和如绿豆芽的张顺比，像牛和羊。

后边的人不耐烦了，张顺只好先来。他使出吃奶的劲儿才咿咿呀呀地摇上第一桶，却浑身是汗，腿不停地发抖。六子斜眼看，像看一只病趴下的狗。

辘轳吱吱扭扭地哭着。第二桶摇到半路，张顺额上青筋像条条蚯蚓在抖，他觉得心要从嗓子眼儿跳出来，腿哆嗦得就要撑不住了。他知道仇人正站在一旁看笑话，笑他不中用。他觉得那不屑一顾的表情像针，刺得他的心滋滋淌血。他更知道，只要一松手，肯定会被那飞速反转的辘轳送进地狱，那正是仇人期盼已久的，可自己连二两力气也没了，头昏脑涨，天旋地转，腿颤身抖……

这时，他听见身后一声大吼——

九

张顺醒来，先入耳的是六子爹娘要死要活的恸哭。六子娘的白发在风中像枯草在抖动。她拍着井口的冰，涕泪滂沱，儿长儿短地要跟儿去。

老井口上，六子爹抹着纵横的老泪，木呆呆地看人们打捞。

六子被捞上来了。他的脸上没一点儿血色，像睡觉。

正是夕阳落山的时候，难得的火烧云给了人们些许安慰般的暖意。半天的红霞扇动着火红的翅膀放肆地飞舞着。霞光映在老井口上，也照在六子苍白的脸上，为他罩上了一层红晕，为他送行化妆。他似乎告诉人们："我刚去洗个澡，洗去了我的污垢和龌龊，我终于能理直气壮地在大街上走一回了。老井口让我心安。"

这一刻，往事在六子的眼前闪过：一年级时，他掏来浑身通红、吱儿吱儿叫的小耗子，塞进女生书包里，吓得人家号啕大哭；腊月里，老蔫儿叔一步一喘地挑水，到家后却发现水桶里漂着一只半尺长的死耗子，那是六子的杰作……

一片哭声，哭得寒风哆嗦夕阳落。这让六子的灵魂略感不安，心想：说书人说，救人一命胜造七级浮屠，我以命抵过，这和哪吒剔肉还父差不多，把恩怨扯平了。人生如棋局，落子无悔，你们哭什么？

十

辘轳说：“当时都看得真切，就在你要倒下的一瞬间，六子大吼：‘闪——’他扑上去推你，由于用力太猛，脚一滑，还没喊出‘开’来，‘哗啦啦’，身不由己的我，就……”

张顺问：“是飞转的你把他送走了，你不忏悔？”

辘轳说：“《央掘魔罗经》里讲，央掘魔罗因为受了邪师的教导，要杀一千人，用手指作为花鬘，以求生天。后来杀了九百九十九人，独缺一人时，刚好遇母亲来送饭给他，就想要杀害母亲。这时，刚好有人告诉佛陀，佛陀观央掘魔罗得度因缘成熟，又为了不令他因为杀母而下地狱，则得度因缘就没有了，所以就出现在央掘魔罗的前面不远之处，就教化他。央掘魔罗醒悟，将剑及指鬘丢弃，如蛇腹行于地，向佛顶礼，乞求原谅。佛陀为他说微妙法，之后，央掘魔罗乞求出家，佛陀就收他为徒。经过了一阵子的修行，央掘魔罗解脱证得阿罗汉果。当然，佛也不再追究他的罪责了。”

张顺默然。

1974年的那场雪

一、报到

清晨的朝霞婀娜出巡，其绚丽灿烂得像个满身珠光宝气的新娘子，黛眉红唇，明眸皓齿，招人喜欢。晨起的风甜丝丝的，清新中带有微凉，爽得让鸟儿们叽叽喳喳闹个不停，似乎是给树叶上晶莹透亮的露珠儿和蝈蝈、螳螂讲故事。

生产队用半口锅当钟喊人们上工。刚毕业的我踏着钟声来小队报到。

下地前的空闲是社员们的开心一刻。四间一明的筒子房，男女老少或坐或站或蹲，悠闲地抽着烟，聊着陈芝麻烂谷子、七荤八素的事。笑声是馅儿饼，馅儿里掺和的都是酸甜苦辣，人们却吃得津津有味。大老粗就粗在野上，荤嗑儿寒碜得对不上牙，能让小媳妇抬不起头，红晕从头发梢染到脖颈儿，捂着脸笑，可笑起来又恣肆得能把天整个窟窿，文明人叫穿云破雾。姑娘媳妇们扎着堆儿，叽叽喳喳像大杨树上的麻雀，说到私密处就叽叽嘎嘎打滚儿放泼，前仰后合地笑，脸上的羞涩像老秋的树柿子熟得透透的，稍微一碰，流出的都是放肆和泼辣。

她们的衣服虽然满是烟熏火燎和鸡毛蒜皮的味道，甚至还打着青黄不接的补丁，但是她们并不灰头土脸。这些半边天们，人人阳光灿烂。这些粗犷的喧闹足以让人感到日子的平和与快乐。所以，那些用灶火煮不熟的艰辛苦涩，都随着这快乐的炊烟云消雾散。

我从小在农村长大，知道这儿不是一个光产粮食的地方，这儿的犄角旮旯里都有它独特的、沾满野性的甚至是诗意的乡俗文化。初来乍到，你可能会厌恶，但潜下心来你就能体会出那些村夫粗语中的智慧、魅力和那肆无忌惮的笑声带来的惬意。

队长赵二正坐在炕上吞云吐雾，绿豆眼儿瞅人眯成一条缝，说我："哎呀，高中生呀！咱这破鸡窝用不上梁柁，你只能当椽子啦，想干点儿啥？"

我知道这货尽正话反说，竟一时嘎巴嘴没话。他却眼露坏笑："还指着你这棵高草出菜呢。"我与他初次接触，不知他的钱褡子里卖的啥药，只能在心里骂他："瞎种，噘嘴骡子不值个驴钱！"

饲养员大白乎正兴高采烈地和二柱子他们侃得火热。这家伙是个天才表演家，说笑话如吃黄豆喝凉水——响屁咣咣的。此刻，他正在跟一大群人讲荤段子，男社员们都拍屁股叫好，说："老马，再白乎几句！"

这时赵二喊道："时间不早了，下地了，别扯啦。"又对我说，"哎，知青们不是说'一颗红心献给党，两手茧子撸锄杠'吗？咱得先翻过这个坡再爬那道梁，正好公社要民工修大桥，你去吧。"

二、出发

第二天，我们二十多人坐着大马车去了桥工地。

望着和天空一样辽阔雄浑的大草原，你会觉得它的风都带着科尔沁的清新豪爽，空气中夹杂着野草和野花迷人的魅力，不仅让你觉得心情舒畅惬意，还会引出你灵魂深处许多的遐想。

草原似碧绿碧绿的大海，浪涛起伏；羊群、牛群和马群是浩荡的渔船，是片片飘荡的白帆，风儿吹过时，船儿起伏，白帆悠悠。再仰看那一碧如洗的蓝天，那时而急奔、时而漫步畅游的白云，谲诡变幻着形态各异的动物：或奔马，或调皮的猫狗飞禽。

听着车老板子把鞭花儿甩得“叭叭”脆响，催着马蹄儿“嗒嗒”地敲地，我一边咀嚼着津津有味又风干了的往事，一边想象着大桥的壮观，心里真有一种“大江东去，浪淘尽，千古风流人物”的感慨。

马车向荷叶花大草原驶去。那波涛汹涌的花海在阳光的照耀下，让人不能不远远地就生出对美的敬畏。这花海看起来不仅是花的海，还是千年不朽的浮雕。这里有多少东西已成为化石，成为清风，成为流云，也成为永生，成为时间，成为我四十六年后的今天。

三、鲁北河的故事

茫茫荒野，浩瀚无际。带有野性的张扬而急急奔走，忙着去老辽河赴宴的鲁北河，边跑边发出哗啦啦的笑声。河两岸是一望无际的沼泽，那里的芦苇浩荡无际，随风起伏，波澜壮阔，鱼虾结伴游在其中，还边走边玩儿。野鸭子拍翅欢歌，白云下鹭鹤共彩霞齐飞。夜晚，狐狼那蓝幽幽的目光与萤火虫共舞。

我们修的是具有战略意义的国防工程，是辽宁丹东至内蒙古锡林浩特的战备公路，是针对苏修和蒙古的防御工程。这座待建的大桥就是这条战备公路的咽喉。

工地北距科尔沁重镇鲁北三十公里。

鲁北乃战略要冲。往南，举步就是孝庄皇太后的娘家，远眺东南是沈阳努尔哈赤的故宫和张作霖的大帅府；再往西南，可见秦皇岛外打鱼船；向北两步就到明朝都尉府乌里雅斯泰，举目可眺蒙古野驼伴大漠孤烟。回首千年，《辽史》曾记载："豫州，横帐陈工牧地，南至上京三百里，户五百。"这就是在鲁北镇北四十公处的豫州古城遗址，也是当年大辽屯兵养军马之处。近代，张大帅当了东北王，经略蒙疆时在此驻兵一营。凡此种种，都说明这片水泊荒野之地的重要性。可以说，这片草原上的一丘荒冢、一棵老榆树、一道沟堑都能讲出一火车的故事。

所谓的工地，只有几排临时搭建的地窝棚，它们像被父母遗弃了的几个孩子，孤孤零零地站在莽莽苍苍的荒野上。我的心顿时比吞了冰块儿还凉，一路上的畅想顷刻间都化为白云，飞向了遥远的蓝天。"这个瞎种！"我在心里狠狠地骂赵二。

工地指挥部下有两个连。一连长是公社干部老王。二连是道老杜连，有许多天津知青。他们让我了解了外面更大的世界，知道外面还有更多的精彩。他们让我知道了九河下梢的天津卫，海河、金刚桥、劝业场，三条石、外国租界、狗不理包子和老天津卫许许多多的趣闻轶事。

比如说民国初年，天津卫突然蹿出个傻巴，有一条神出鬼没、出神入化的神鞭——一条五尺多长、油光锃亮的大辫子，舞起来神鬼莫测，指哪打哪，不差分毫，曾把个叫陈保国的小混混扫成玻璃花眼。这大辫子还有千斤的力道，胳膊粗的树，"啪"的一下，立马斩折，刀削一般。这个土里土气、一脑袋高粱花子的傻小子用此绝世功夫，惩治了多少的地痞恶霸。

他们又说还有一种混混们专门吓人的功夫，能让人毛发倒立，能让你的心从屁眼儿溜之大吉。清朝末年，津门混混闹事儿。他们在帮主的一声号令下，齐聚衙门前，跪了黑压压一片。他们不说一句话，却有阵阵的"吱吱"声，由远及近，由弱变强，"吱吱吱，吱吱吱"，其动静让人头皮发麻、手脚发凉，直打冷战，把大堂上的大老爷当场吓尿了裤子，衙役们个个腿打哆嗦、脸白如纸。人们说这功夫叫耗子磨牙，是津门绝技。

在离桥工地不远的河里有十几斤重的大鲤鱼、四尺多长的大黏鱼，河边儿的泥坎里有一窝窝的嘎鱼。天鹅、野鸭等水鸟在芦苇丛中嬉戏，青蛙没日没夜地高声歌唱，草虫高低音和鸣，野花争奇斗艳。大自然美丽多姿、丰富多彩，我们的生活条件却如生了一身疥癣的人，有着说不出又抓挠不得的尴尬与无奈。

住下的第二天，湿疹子便毫不客气地慰问了每个人。用“大乱乱”李斗的话说是：“介鸡（滋）味好，好，好得很，让人恨不得用石头搓，搓得鲜血直流。”还有，这儿的蚊子个儿大，捉它百八十个的就能炸一盘下酒菜。这些吸血鬼飞来飞去，像战斗机，人被叮上了，立马就是芸豆大的红疙瘩。白天，还有瞎眼儿蠓时时偷袭，它们和蚊子都是一个太爷的孙子，都来自一个系统，有着近亲血缘。李斗舔着贱舌子说：“这疙瘩蚊鸡真细药（是尿）比蝎记（蝎子）还霸道。”

没过几天，人们又因水土不服开始拉肚子。有人笑称为“窜鞭杆子稀”，实际是严重脱水。“大乱乱”的爷爷是先生（大夫），受仙人指路，他也沾了些许仙气儿，略微有点儿半仙之体，就鼓捣点儿草药汤让大伙喝，还一本正经地说：“以（你）们有蹦（病）得吃奥（药），不吃我的奥你们就得屎（死）。”

草原七月，飞金流火。我们这些朝气蓬勃的小青年儿风华正茂，满怀揣的都是理想和抱负。尽管有着千难万苦，我们也都咬牙嚼碎咽下去，也都照样像倔强的驴子撅着尾巴拉套不松劲。

我们赤膊上阵，肩挑车推，汗流浃背。工地上的大喇叭反复播送的全是鼓舞干劲的《毛主席语录》“下定决心，不怕牺牲”和让人热血沸腾的革命歌曲：“我们年轻人，有颗火热的心……”“学习雷锋好榜样，忠于革命忠于党……”还有《打靶歌》：“日落西山红霞飞，战士打靶把营归，胸前的红花映彩霞，愉快的歌声满天飞……”

政治动员加上雄壮的歌声，渲染烘托出了让人心潮澎湃、斗志昂扬的热烈氛围，让我们这群年轻的社会主义接班人不知疲倦地把劳动竞赛当大馇子饭，不但天天吃，而且还不顾腰酸背痛肩膀肿顿顿吃，太累的时候就唱歌，唱：“我们是共产主义接班人……”抬不动腿、迈不开步时，就把《毛主席语录》当止痛片吃，集体背上几句，吼上几嗓子：“下定决心，不怕牺牲！”人连牺牲都不怕还怕累？所以我们又精神抖擞了。

太阳，好像谁挖了他家祖坟，处处故意和劳动者做对，发着狠咬牙切齿地往下泼火，把我们烤得浑身起泡，把我们晒秃噜皮，如同蛇蜕一样，一层又一层地蜕。毒日头的炙烤，让我们都成了地地道道的刚果人。

王富这家伙，每天风不吹日不晒，舒舒服服地做点儿饭，居然还冷嘲热讽，说我们：“个个潮气蓬勃，都是猪鼻子里插大葱——装象。”

在阴雨天的地窝棚里，连空气一拧都能滋滋出水，潮湿充满了恶毒，把所有的裤褂都穿上还冷得直哆嗦。老王住在连部，有厨房的大灶烧火炕，屋内不泛潮气，干爽舒适。他是饱汉子不知饿汉子饥，阴雨天也不让大伙休息一下，放松放松，却阴沉着脸，像是谁欠他二百吊钱似的，拿着几张《人民日报》，背着手，迈着四方步踱进我们的大窝棚。他见缝插针地说要斗私批修，读报学报，要积极配合上边的政治形势，要反击“右倾翻案风”。他谆谆教导我们：“斗私要触及灵魂，要狠斗私字一闪念，把它掐死在娘胎中。无私才无畏，斗私要学武松，要狠，三拳两脚要它命。还要学杨子荣打虎上山，浑身是胆雄赳赳，甘洒热血写春秋。斗私就要在灵魂深处爆发革命。”

这家伙是老师出身，有三寸不烂之舌。当时我想：革命在灵魂怎么爆发？是不在沉默中死亡就在沉默中爆发？他说：“批修好办，提高警惕，全民皆兵，备战备荒就行，因为帝、修、反已经日薄西山，气息奄奄，是秋后的蚂蚱——蹦跶不了几天了。关键是反修防修。要防微杜渐，就要斗私。这是一个对立的统一体，所以斗私要学雷锋甘当螺丝钉，拧到哪儿都不松。对私字还要‘宜将剩勇追穷寇，不可沽名学霸王’。”这家伙的嘴像条鱼，在河里游得怡然自得，把水搅得白浪滔滔。

散会后，我们就披着潮湿的被子继续侃。

艰苦的环境里，人们只有把舌头当斧子，把艰辛当木头去砍（侃），使劲儿砍，直到把木头砍得没个孩子模样还不罢手。所谓的侃，无非就是把笑话当椒盐佐料，用苦日子蘸着吃，就这也能吃得有滋有味儿，也能吃出好心情。

老实巴交的张文讲了个“扯”的故事：“有个挑货郎，起早贪黑地干，从不住店，找个人家说几句好话就对付一宿。有一天，他到天墨黑墨黑的才找到人家。这家人是两双筷子——四根光棍儿，屋内屋外的区别就是外面风大，屋里风小。他问那家老头：‘大爷，天都冷了咋不糊窗户？’老头说：‘我家四个光棍子，一到夜里就闹心，睡不着就瞎扯。’‘都扯啥？’‘唉，啥都扯：王母娘娘抱棒槌——捡大的玩儿；牛郎织女；猪八戒背媳妇……扯高兴了，就扯窗户纸卷烟抽。’”

年轻人不懂，都说：“这是啥破故事，没劲儿！”结过婚的则嘿嘿坏笑。人们侃得高兴，思绪像狂奔的野马收不蹄儿。我一下子秃噜出：“斗私批修风雷激，战天斗地靠学习。四海翻腾云水怒，苞米面儿肚子的确良裤。”刘祥说：“中国电影新闻简报，朝鲜电影哭哭笑笑——”冷不防指导员老肖从门外蹿进屋，乍撒着手，那架势就像他家房子着了火：“你们这些小犊子，耗子日咕猫，活得不耐烦啦？”他做出水蛇腰状，“这要是上纲上线抓你个现行，去白干队是轻灾祸。任说玄的，不整闲的。紧睁眼，慢说话。谁说张三昨天吹死一头大母牛、李四咬疯了狗，顶多说你吹牛，吹倒泰山也不犯法。可谁要是吃错药瞎说实话，就得吃不了兜着走，就倒霉！”看我们一脸茫然，他又说，“咋和你们这些虎玩意儿待在一个壕沟里，真倒了天霉！”老肖忠厚，口头禅是“都是一个壕沟的战友”。

连侃大天都要小心翼翼，我不由感叹：“唉！人哪，真像罐头瓶里的鱼，无奈地游着还不断地碰壁。鱼儿会不会想念平静的河水和咆哮的大海？”我问着自己，心思却飞出了千里之外。

四、河畔盛宴

我问指导员：“水蛇腰啥意思？”

四顾无人后，他小声说：“老王外号‘老左’，是个扛着鸡毛当令箭的人，他能把针鼻儿整成斗大的窟窿，还好上纲上线儿整阶级斗争。”

食堂有俩炊事员，王富和小姚。

王富十九岁时家人给他定了亲，姑娘身体匀称健壮，鸭蛋儿脸红扑扑的，衬着一双大眼睛。他娘美得合不上嘴，连走路都嗖嗖带风，格外欢实。

她和亲家婆商量，接姑娘来住几天。第二天，王富娘让姑娘在家拆棉袄，她去供销店买盐。这工夫王富回来了。他坐在姑娘对面儿，眼珠像蚊子叮在鸭蛋脸儿上，叮得人家脸红心跳，面如桃花。他心里就生出了想法，想把生米煮熟了，就去拉人家的手。姑娘左闪右躲，他索性摁倒姑娘，楞要霸王硬上弓。姑娘也不是善茬，狠狠地给他脸上留下三道血印子，又扇两个大耳光后哭着跑了。

他爹气得抖着胡子，像打驴似的削折了三根棍子，骂他是活牲口。从此他就坏了名声，成了臭狗屎。他爹想着“不孝有三，无后为大”的古训，还是委屈着哭着喊着，费了猪弄趴下大象、蛆拱倒酱缸的力气，守着鸡屁股抠出五十多个鸡蛋，外加四斤白面、一只鸡去贿赂媒婆，这才给他连蒙带哄加忽悠，用一头叫驴外加两节花柜，给他淘换来个媳妇。

小姚是人精，见谁都称兄道弟。王富是“老左”的亲戚，指导员是小姚的表叔。

王富有九个心眼儿，做的饭半生不熟；菜是涮锅水味，还能咸倒驴。众人的意见如河水哗哗地流："昨天的炖茄子是泔水味儿，今天倒像劫了盐车。大碴子顿顿生米芯子，嚼不烂，囫囵咽。"吃得刘祥胃疼，像孕妇哇哇吐酸水，小脸儿白得像曹操。

我问："这王富真有老猪腰子，油盐不进，谁说都不好使，为啥饭总是那么硬？"

刘祥说："棉裤套皮裤必定有缘故，这滚刀肉没好杂碎。"

工地上时间紧、任务重，就一个字——累！

没有现代化工具，一切都靠肩抬锹挖。桥墩如人的脊梁，浇铸最关键，必须抓时间抢速度，一气呵成，不能有任何闪失。浇筑前，先要挖出十几米深的大坑把龙骨竖起，支好模后再抽水抢铸。高出地面后要把龙骨外的模板一节节地用土围填起来筑成斜坡马道，然后车推人抬去浇铸混凝土。年轻人热血一腔易沸腾，政治课如冲锋号，那边儿嘀嘀嗒嗒一响，这边儿阶级觉悟立马提高三丈，把积极性拱得嗷嗷叫，如火浇油噌噌往上蹿，其热度能照亮夜空，

有一天浇筑桥墩子，大伙一口气工作了六个小时，人人都累得像朽栅栏，风一吹就散了架；个个像蹦上沙滩的鱼，张着大嘴紧捯气儿。

大碴子让人腮帮子抽筋儿，清水茄子一股子锅锈味儿，人人都是龇牙咧嘴强对付。刘祥我们几个血气方刚的牛犊子想打抱不平，给众人讨公道，因为大伙提的意见不如个屁臭，没人理。"老左"拿群众意见不当耳边风。我们思之再三，觉得不能再忍了，就说："走，再找去！"

真是厨房有人吃好饭，都是炖茄子，连部的内容却丰富了许多，油汪汪的茄子伴着鲜红的辣椒。老王黑着脸。这家伙除了大讲斗私批修，就是绷着一张阶级斗争脸训人，把谁都当成"地富反坏右"。指导员被辣得咝咝哈哈，鼻子滴汗。他先替人挡子弹："又是伙食的事儿吧？"小姚忙笑嘻嘻地

说："今天太忙了，是欠点儿火候，以后多添点儿牛粪就好了。"王富的角瓜脸煞白，拱肩缩背，一副活不起、死不了的样儿。刘祥说那是跑马闹的。王富北后骂我："王浩这小犊子，狗咬耗子净管闲事儿，有点儿不知天高地厚。让他三根肠子闲着两根半，看他蹦跶不。"

王富的脸像蔫巴茄子，从褶子里跳出了恶语："闲得净扯淡，猪多没好食知道不？狗尿苔上不了金銮殿。大馇子谁能整出来馒头？车破怨马瘦？"

"公鸡当不了大元帅，小家雀儿充啥老黄莺？干不了别狗戴帽子——装人。"情绪激动的刘祥逼视着王富。

王富像个巫婆，撇着嘴，一扭脸，一股口水落在我脚边儿。他瞅着房笆自言自语："六十来号人都没事儿，哎呀，河边长草，多嘴是驴，小样！阎王爷喝糊涂了，让你投错胎啦！这要是托生到高干家，你得天天吃饺子。"

刘祥火力更猛："不是神你撤供，谁稀罕那干巴馃子？想当婊子你就别怕，狗尿苔装啥灵芝草。阎王爷不糊涂，能有你这个混蛋？为啥让人家大姑娘挠那样？还装啥犊子？"

被揭短打脸，王富像咬破了苦胆，嘴咧得像瓢却说不出半句话，脸阴得要下雨，只能用筷子敲碗，用眼光狠狠扎人。空气里都是火药味儿，稍有碰撞就炸。

刘旭嗔着脸，破大盆端得挺稳："有话好好说，不许污蔑人格，吃完饭斗私批修！"

我像头犟驴，毫不畏惧："好好说你听吗？毛主席说革命不是请客吃饭，不能温良恭俭让。斗！早该斗了，你们把酒盅子都捏扁了，是不是搞特权？看谁怕斗？我们一群傻狍子出大力流大汗，没黑没白拼命干，怕你斗？整！往旗指挥部整，谁要不斗是孬种。"

王富自知理短，顿时闭口无言。他黑脸冒汗，活像被掐着嗉子的小公鸡。

指导员是耗子胆儿，落个树叶怕砸脑袋，忙不迭地往外推我们："萧何月下追韩信，都是为了刘皇帝。这扯不？都是一个壕沟里的战友。”

刘祥说：“早就该斗斗了。和尚不撞钟，算哪个庙挑酸泔水的？少扯犊子，谁是你战友？别臊你二大爷了。”阿庆嫂骂刁德一，整得胡传魁五迷三道。

连部的饭吃成了鸿门宴，赢的没赢，输的没输，弄了一身溲汗。

伺机较量，垓下之战一触即发！

骄阳似火讲故事，花草发蔫儿无心听。几天的加班夜战，使我筋疲力尽，浑身酸痛，午睡梦中突然被人推醒，原来是刘祥。我不舍梦境，外面有几个哥儿们拎水桶拿绳子在招手，刘祥学电影的台词儿说：“悄悄地进去，打枪的不要。”

钻进红柳丛，来到河边儿，我才恍然大悟——抓鱼。因为水大，所以指挥部三令五申：“禁止摸鱼洗澡！”

河水激情四射，浪花张牙舞爪、汹涌澎湃。这阵式让我发晕发怵，但刘祥却从容镇定。他先用绳子绑块石头试试水的深度，结果测得水深约两米。我说：“这很危险，不行咱收兵吧？”他却从容不迫，先把绳子系在腰上，然后让我抓紧另一头。只见刘祥跳入河中，一会儿扎猛子沉入水中，一会儿浮出水面换气。我们怦怦直跳的心都系在了他那大泥鳅般的身上，眼睛里除了紧张还有期待：紧张是水急浪高，怕他有闪失；期待是盼他能捉到一条或几条十几斤的大鲤鱼。但看着他像浪里白条张俊一般身手矫捷时，我们的心也随着时间放慢了脚步。这时，刘祥抓住岸边一根垂下的柳枝说：“水急，鱼跑得比箭还快，摸堑吧！”说着就在靠岸处摸索。

突然，刘祥脸上写满了兴奋。只见他双手在水下使劲儿，接着用力一抛，哗的一声，晴空下甩出一道阳光与水珠孕育出的五颜六色的绚丽彩虹，只见一条约一米长的大鲶鱼跃过彩虹、随着水花啪的一声摔在草丛里。这条被抛到另一个世界的鱼，虽然稀里糊涂就当了俘虏，却是难免在惊慌之后产生愤怒，它活蹦乱跳，负隅顽抗。但猪八戒终归斗不过如来佛，它终于被制服，虽然还在甩尾鼓腮地挣扎。不一会儿，刘祥又摸了一条较小的鲶鱼。我看执着的太阳还热情不减，就喊大伙："拾柴垒灶，赶紧炖鱼。"半桶河水一把盐，刘祥瞅着满满的一桶鱼说："人自然的造化，天赐的美味儿，天下一绝。"

缕缕白烟在阳光下袅袅而行，随着滔滔河水奔向了老辽河。还没开锅，就有鲜美的味道荡漾飘逸，直往鼻子里钻。"馋涎欲滴"此时是个太文明的词儿了，谁都不敢张口说话，因为怕口水不受控制地倾泻而出。大伙摩拳擦掌正要吃鱼时，"大乱乱"却悄然出现了。他说话唾沫星子赛过喷雾器，让人烦。刘祥去食堂偷盐，被他如贼般尾随而至。如果说行走沙漠里水为琼浆，那么我们现在的胃和咕噜咕噜喊饿的肠子，都瘦成了一张张薄薄的纸，眼前的清水煮鱼已经胜过御宴。刘祥说："猪八戒吃几个人参果算什么！看哥儿们的清水鱼，天上难找，皇宫难寻。"

丰盛的鲶鱼宴让我们奋不顾身，汗如水洗；让我们的舌头和肠肚手舞足蹈，欢欣鼓舞；让我们近于荒芜的思想有了一点儿可资慰藉的满足，我们衷心地为今天意外的胃肠丰收而三呼万岁！

"大乱乱"抚摸着滚瓜溜圆的肚子还意犹未尽，他拎过炖鱼水桶，底儿朝上控净残汤喝下，津津有味地吧唧嘴："金好七（真好吃），赶上下馆记（馆子）了。"其实他没下过馆子，只是把馆子当作一切美味的代称。这七人中只有我下过馆子，还是旗里最大的馆子。

那是高二的一个星期天，同宿舍的八个哥儿们突发豪情："咱们下馆子去！"于是就去了旗里最大的人民饭店，总共凑了一元六毛钱，每人一大碗亮闪闪、颤巍巍的白面条子。卤子少就猛浇酱油，吃得我们几个穷学生风卷残云，额头冒汗。女服务员那狠毒的白眼仁儿赛尖刀，扎得我至今心底滴血，手脚发凉。

鸿门宴后，食堂的饭仍是时好时坏。王富总用白眼仁儿瞅我，我的菜也明显比别人少。伙伴们都抱不平，骂：“这犊子狗仗人势，欺人太甚，真拿豆包不当干粮。”

我就说笑话宽己并转移注意力：“有家地主，骡马成群却相当节俭，吃饭从来没菜，在桌子上方吊块盐，扒口饭只许看一眼。谁多看就是贪便宜，不挨打就得少吃半碗饭。”

有人说：“咱的胃不是钢的，总吃生米芯子谁受得了？咱再去找连长提意见，他不愿意咱也得说。”

刘祥接茬：“对！魔高一尺，道高一丈，杨子荣收拾小炉匠！王富属狗，一瞅咱们就龇牙咧嘴，一见官儿小尾巴就紧晃悠，还顿顿给他放后老婆油剁辣椒。”

老王对王富的怂恿让众人的不满膨胀发酵。

乌云匆匆，电闪雷鸣，暴风雨马上要来。

五、尊严

两个多月来我们只改善过一次伙食，解了次馋。那还是管理员昧良心买了口瘟猪，用肉当药引子炖了一锅西葫芦，但毕竟上面浮着一层油，毕竟有肉香飘飘而至，虽然每人只有杏核大那么几块肉。刘祥说：“蚂蚱腿也是腥货，造！”于是人人吃得满头大汗，个个像孕妇，也算是安慰了一次怨声载道的肠胃。听说余下的肉都炼了油，连部人的嘴巴比以前更亮了。

暴风雨真的来了。

中秋节前各大队送来羊、菜、米慰问。

过节这天，天蓝云白，秋高气爽。真如刘老夫子吟诵的那样：“晴空一鹤排云上，便引诗情到碧霄。”大伙的心情也晌晴晌晴的，一碧万里。

伙房在杀羊。肉香像个荡妇，肆无忌惮地飘来荡去，勾引着饥饿汉子，让人直咽唾沫。“大乱乱”说：“咱细新山里的姑季，苦熬干修，都忘了又是霞味了，吃口得香个跟头。”有人学他：“就怕香洗你。”也有人说：“这大羯子，少说得出四十斤肉，去了昧起点儿，每人能摊半斤。”人们的思想和欲望都在望肉兴叹，为鲜肥的羊肉浮想联翩，兴奋不已。一高兴一激动就有人唱起了歌：“北京的金山上光芒照四方……巴扎嘿！”刘祥领着几个人扭着秧歌唱道：“猪哇，羊啊，送到哪里去——”

终于收工了，哥儿们开玩笑：“羊肉炖茄子，撑死老爷子。”

刘祥把裤腰带扣松了一下，说：“肠子瘦如纸，可别撑坏了胶皮口袋。”

进了食堂，凭经验就知道又是生米芯子。我就咽着口水打哈哈：“姚哥，哥儿们都成王连举了，行行好，咱还得学大寨战天斗地哪！”

小姚说：“兄弟，今天忙得脚打后脑勺，将就一顿。”他搓着手，像小孩做错了事儿。那边王富恼了，啪的一声把菜扣到我的菜盆里，弄得菜汤四溅。他瞪着牛眼说：“就你小子事儿多，臭虫肿卵子，多大个蛋事儿？看谁眼皮子发青咋地？庄稼活爱干不干，少扯淡！今天我就是鸠山，你别敬酒不吃吃罚酒！”说完勺子敲菜盆，“咣”的又是一声，还气呼呼地看着我。

他的屁话让我热血直冲脑门儿，我定定地看了他有一分钟。伙计们都眼冒蓝光，有人在后面捅我腰，意思是：“整！怕他啥！”这反倒让我冷静了，用理智的手摁住了不平之火，大声说：“咱们今儿个高兴，吃肉！”转身向外走。刘祥几个人撵了上来：“哎，看你菜里有肉吗？”我下意识地用筷子翻了一下，却连指甲大一块儿肉也没看见。刘祥说：“他特意挑了一勺茄子给你，这是欺负人。他是鸠山？咱就看他这魔有多高。”我的脸像被人抽了，火辣辣的。这是污辱，是轻蔑，是挑衅，超出了我的忍受底线。

气愤是魔鬼，我的理智被魔鬼撵得丢盔弃甲，落花流水，还怂恿着我义愤填膺。大伙簇拥着我去连部。

连部的几个人正守着一大盆肉，在兴致勃勃地喝酒。见了蜂拥而至又面色苍白的我们，他们都有些不自在，就连忙招呼："来，来，一起喝，一起喝。"

我情绪激动，把菜盆放到老王面前："你老人家也欣赏一下我过节的饭菜。你斗私批修整得好，大块儿肉、大碗酒，欢天喜地。我们那边儿一盆菜汤眼巴巴。斗私批修就是瞎眼蠓专叮瘦马？我们都在给社会主义搬砖运瓦，没什么高低贵贱吧？凭什么克扣、挤对我们？你们吃的这盆肉是从家带来的？"

牤牛散已经把老王拱得脸红脖子粗，让他忘了尴尬，也忘了斗私批修，他汗如雨下，酒盅焊在手上撒不开却没忘幽默，粗着嗓子顾左右而言他："张军长，看在党国的面儿上……"

我不愿意看那黑脸，转身而去。

指导员一看事儿不好，光着脚丫子边跑边喊："王浩，站住，哎，站住，都是一个壕沟的战友，这是扯不——"

刘祥说："少扯淡！一个壕沟儿的还整好几样待遇？就是小猪头欠收拾！"

我们年轻人有颗火热的心，铺路架桥不怕苦累，忍潮湿斗酷暑无怨无悔，但绝不能任人欺负和藐视。吃老山参不一定救命，一口羊肉喂耗子也未必能长半两，树活一张皮，我们争的是尊严，因为自尊是人的精神脊梁，断了脊梁就是狗！

王富看见众人拥我而来，心中已知端倪。要是明白人，一句软话是春风，就能吹出花红柳绿。好话一句三冬暖，恶语半句盛夏寒。但他利令智昏，有恃无恐，瞪着眼牛哄哄地叫阵："找连长？没有九碗量，敢上景阳冈？你是公鸡能成大元帅，还是老母猪能当领头兵？人多？屎壳郎多，一泡尿呲飞了，一只好虎能拦路，一百只黑瞎子五十对熊。"

老王挤在人堆里紧着给王富使眼色儿，意思是："祖宗，长点儿眼色儿吧，可别傻子放火不怕大。"然后大声喊："都别扯了，一会儿开会斗私批修！"

可是王富整反了，以为表哥挤咕眼儿是鼓励他，就更加嚣张："咋地？

有种把老子的家什磕俩眼儿当笛子吹？有尿你可劲儿呲！”说着，长勺一下一下地敲盆沿，敲出来的全是叫板、挑衅和轻蔑。

他的脏话和蔑视彻底激怒了我，我想起了阿尔巴尼亚电影的台词：“大地在颤抖，空气仿佛在燃烧。”空气真的燃烧了。他搞突然袭击，嗖地抡起勺子。我机灵地后退闪身，捡起一块带着余烬的木板，全身的劲儿早已憋足，就在勺子将要砸到我时，我手中的板子“咔”的一声，准确无误又毫不客气地砍在他的手腕上。“当啷”一声，勺子落地。我的双手猛地回抡，木板带着欢快的风声，也带着愉悦和凛凛威风，用呼啸撕裂近乎凝固的空气，然后发出一声冷嘲热讽的尖叫……

顿时，屋里的大地仿佛颤抖，众人都看得目瞪口呆。

沉寂数秒，王富的脸变了颜色。天津哥们儿闻讯而来。两邻相近，这里风吹，那边就会草动，这边儿打个哈欠，那边儿准有人伸懒腰。黄哥挤到人前，用手指着发呆的王富骂道：“就你这样的，早就该打！就你这熊样，还敢欺负人？瞧你做的这饭，当是喂猪呢？”说着举手要打，吓得王富连连后退。看见有人主持公道，我扔下木板向外走去。

身后传来一片叫好声。有人用筷子敲着饭盒唱起了京剧：“穿林海，跨雪原，气冲霄汉……”

刘祥觉得我心慈手软，觉得意犹未尽，就愤愤地说王富：“你明明是个山炮，还硬装什么日本鬼子，就你这两下子还当鸠山？在‘满洲国’，你也是狗腿子，给脸不要脸！”

也有人喊：“哎！鸠山哪？回日本儿了吧？咋变成王连举了？”

老王的酒劲儿跟着汗水跑了个干净。他本想要耍威风镇唬一下，但一看这群起而攻之痛打落水狗的阵势，心想自己喝酒吃肉满嘴流油，是媒婆子肿嘴了，现在上上下下正大批特批资产阶级法权，事儿闹大了就得挨整，也没法再斗私批修了，还是先躲哪儿眯会儿吧，免得引火烧身不合算。于是，他钻到河边柳棵子里去解手，支棱着耳朵蹲了半个小时。

王富傻了，蹲在地上好几分钟没出声，继而号啕大哭。

黄哥说：“你爹让你这样克扣人？”

王富只是哭：“呜——呜——”

指导员也说王富：“瞅你这熊样，打铁烤煳屁股，用腚眼子看火色儿？你刚才的尿哪？小嘴儿叭叭的，少说一句憋死你？跟人家小伙子叫叫。”

“大乱乱”人瘦，有个缝儿就能挤进挤出。他打心眼里嗝应王富，就挤到跟前，眨巴着眼说：“你不冬就不冬，家雀斗不过老黄扔。小冒离拉套，没药了吧？”

老王从柳树棵子里溜回来就发蔫儿，但还是瘦驴不倒槽——硬撑着，专拣软柿子捏。他黑着脸训“大乱乱”：“去，去！一边儿去！刚一脚踩死个贱舌子，谁的裤裆撕了又蹦出个你？”

“大乱乱”也仗着人多势众，反唇相讥：“斗西批修哇！”

到底是公社干部，沉得住气，老王不恼：“扯啥玩意儿！散了，都赶紧散了，当《红灯记》看呢？都回去歇着！”但没人理他，大伙还是围着王富当猴看，指指点点，七嘴八舌。

指导员就出来解围。他蹲下，看着王富说：“我讲个嗑吧。有个二货，八分心眼儿，专和他爹拧着干。爹说打狗他撵鸡，让他往东偏向西。春天种地，道太远，扛犁杖回家又忒费劲，寻思半天就把它藏了起来。知道啥是藏吧？傍黑回家一进院儿，他爹小声问：‘犁杖藏哪了？’他却粗声大气能听二里地：‘磨石沟！’他爹拿烟袋削他脑袋骂：‘你这下雨天搂的潮种！’那年头贼多，他爹一夜没睡好。第二天一大早，爷俩牵牛就上地了。他俩把磨石沟的树和草都数了两遍，连个犁杖把也没有。他爹以为潮种搁忘了，忍住气问：‘你到点藏哪啦？’他才想起保密，声儿小得如蚊子：‘就藏这儿啦——’”

众人都解其意，都在笑声中离去。

这时，天津哥们儿拿来奶豆腐慰问我。黄哥说："杨子荣整趴下小炉匠，你给大伙出了口恶气儿！"

老王还把干部架子端得四平八稳，装作若无其事，让指导员出面给他擦屁股。大伙正在议论着他的笑话时，他和小姚端着一盆热乎乎的羊肉来了，笑着说："王浩，吃点儿，雨过天晴日头红。年轻人就得像龙驹子，抓一把吱吱叫才是好样的。蔫坏的谁都不待见。可是，炮仗脾气也不好，容易崩自己的手。"

"大乱乱"哪里人多往哪儿钻，他瞅着指导员说："哼，属毛离的，牵叫不走打叫快。"

黄哥在旁边儿也说："还差不多，大过节的，让人家喝涮锅水，凭嘛？凭嘛？这叫喝兵血。你们都属鬼子，都欠打。像我们剁那跛驴，你们就都老实了。"

指导员来好像要借机说点儿什么，听黄哥说喝兵血就架不住劲了，脸像块红布，汗也冒出来了。他催促我："就着热乎快吃。唉！年轻人就是火气盛。这咋说的，都是一个壕沟里的战友。"边说边起身紧走，像急着拉肚子。

刘祥追着说："你问问连长，还斗私批修不？破大盆使劲儿端着吧。"

一板子砍掉王富气势汹汹的铁勺子，我那带着风声的板子却突然画出个漂亮的弧线而改变路线，"啪"的一下砸在案板上，当时却吓坏了众人，也吓傻了王富，以为我疯了，以为王富必定会头破血流，惨不忍睹。继而，他们都明白了我的用意：警告、震慑。

这种刹那间变冲动为理智的做法既让他感动，又让他知道这警告的分量，让王富不由得变嚣张为悔恨，痛哭流涕。

黄大哥说的剁驴，也是由杀羊引起的。

道老杜公社的连长叫满达，四十多岁，一条腿有点儿瘸，络腮胡，高个子，很彪悍，是那种大碗喝酒、大块吃肉，醉了唱、唱完睡的汉子。牧区牛羊遍地，隔三岔五杀羊，但每次大伙只能吃一顿，连部的人却天天过年、顿顿酒肉。

天津哥们儿忍了很久，隐忍和积怨如溃堤之水，扫荡一切。

一天午饭时，黄哥带头闯到屋内，理直气壮地端走了桌上的肉盆。他们前脚刚出门，后脑勺就沾满了满达恶毒的骂。这帮海河里洗澡，见惯租界洋场的哥们什么世面没见过，欺侮超过其忍耐底线时个个都敢玩命。他们扭身冲进伙房，操起菜刀和杀羊刀，叫喊着非要剁了瘸驴。一帮身强力壮的牧民死死堵住门说好话。还有人拎来菜板子，用刀垛着叫阵：“瘸驴，有种出来，爷爷垛了你！你整天喝酒吃肉，拿我们不当人，这回让你知道知道嘛是群众的威力！出来！看爷敢不敢剁！”满达吓得六神无主，悄没声地从后窗户钻出去，再没回来。

六、1974年的第一场雪

这是1974年的第一场雪，只是比往年早了一些。老天爷慷慨解囊，愣往下撒白面，整得满世界纷纷扬扬、朦朦胧胧，天和地好像夫妻俩打架，抱在一起扯不开，分不清谁是谁。年轻人心里不藏事儿，昨天的沉重和不快就像天上的阴云，风一吹就都跑到天涯海角玩去了。

冰天雪地，冷，我们架起火，边烤边漫无边际地聊。东北人把聊天叫扯，瞎扯、胡扯、扯犊子。也叫侃，比如说红卫兵胡批乱侃，有胡说八道的意思。我们先是扯《红岩》，说江姐、许云峰的坚强勇敢。再扯东北抗日联军，赞赵一曼、杨靖宇的坚贞报国、视死如归。后又说到抗联诗歌：“火烤胸前暖，风吹背后寒，战马踟蹰不向前——”再就是把陈芝麻烂谷子的少年往事抖搂出来当破布扯，把思想扯得乱七八糟、一地鸡毛，把日子的苦与痛扯得稀碎稀碎的。接着又唠起小说。有人说：“小说里有毒，不许看。咱们水平太凹，整不明白。就说《烈火金刚》吧，就是写抗日打鬼子。那肖飞、史更新他们多有种，都是顶天立地的汉子。他们神出鬼没地打鬼子，就像后老婆打孩子，那个狠，打得鬼子让狼掏了一样，鬼哭狼嚎。毒在哪呢？啥样？对了，可能是写汉奸写得太像了。比如何大拿爷俩。何少武他小妈和鬼子军官有一腿，何大拿生闷气，儿子就劝他爹：‘她那玩意儿闲也是闲着，捅不坏帮、整不漏底的，就当慰劳皇军了。’真是个牲口！”

大家正扯得忘乎所以欢天喜地，望风的嘘了一声。

是王富和小姚来了。他俩砸冰弄了些鲫鱼，一锅炖了，给连部和自己留一碗，余下的都端来了。王富皮笑肉不笑地对我说：“大侄子，不打不成交，你小子比关公、秦琼都仗义！要散伙了，炖点儿鱼，咱爷们儿一个锅里搅马勺有半年了，风风雨雨的都不容易。”他抽口烟，停了一会，“咱以前都是误会，你那一板子真削上，我这张脸今后就是鞋底子，就彻底瓢扇、彻底蒙圈了，就没法见人了，你给叔留了面子。”

我也给他搭梯子：“你那生米芯子把人都吃瘸了，提点儿意见还胡搅蛮缠。说到根儿是生活的条件差，是苦日子闹得人心不顺，要是猪肉炖粉条子可劲儿造，哪能有那事儿？”

他红着脸挠脑袋，讪讪地笑：“不为了多挣点儿工分儿，谁来遭这个罪？蚊叮虫咬、蹿稀跑肚的能不烦吗？唉！”说完眼圈儿就红了，挺伤心的。

小姚也说：“那天我腿都哆嗦了，不图稀来这儿下雨天都挣十二分吗？分儿，分儿，社员小命根儿。还说啥呀？后来我说：‘老王哪，活计累，小伙子们又不会藏奸耍滑。在家馋急了，还能炒个鸡蛋酱或是搓顿咯豆吃，最不济的大葱蘸酱还可劲造哪，可在这儿馋急了只能啃脚趾头。’”

王富说：“唉！我脑瓜子让门挤了，尿壶装酱油——整差壶了。都怨我，喂狗忘了猫，不对，是喂猫忘了狗，也不对！他妈的，这嘴。”

虽然低头吃着鱼，我的心里也似浪涛在奔走，也想了很多。世事如棋，自古同理。目前时局一会儿风一会儿雨的。我们充其量是这个社会的一群挑夫，可道路崎岖泥泞，又不能撂挑子，无奈中只能挣扎。艰苦的环境和生活容易让人心理失衡，产生浮躁。王富的蛮横自私只是一种表象，根儿在灵魂深处藏着，它是重压下灵魂扭曲的表现。

连部的小锅被我一板子砸碎了，再也没人锔。除了偶尔念念报纸，老王没再喊斗私批修。丢尽脸的王富阴着脸，谁都不理。躺在炕上，他把往事翻来覆去当饼烙。他生在旧社会，长在红旗下。在身板儿赛犴牛，憋得哞哞直叫时，正赶上“大跃进”放“卫星”。“卫星”是个啥，谁也不知道。有人说进入共产主义了。白天集体热热闹闹干活，饭时嘻嘻哈哈奔食堂，连碗都不洗，吃完甩手就走。牛，那阵子真牛！黏糕、豆包、饸饹可劲造，别整到肚皮外去就行。大食堂这好日子没闹上一年，就把一座山活活地吃空了。就好比一个杠杠的棒小伙，啪唧一下就趴下了，成了病秧子。

造光了就得挨饿，老天爷也帮不了。

后来，赶上修桥，要民工，由表哥带队，自己就是奔这火头军来的。当初小姚他俩合计，把饭硬点捞，一斤米出一斤六两饭，半年就能整二百多斤，能喂一口肥猪。做梦也没想到，碰上了两个刺儿头，没打着狐狸反惹一身骚。整来整去，落个光腚骂街——丢人现眼，弄了半天囟子比面条儿还贵。唉！以前是有点儿过了，兔子急了还咬棵草哪，皇上都不差饿兵。说到根儿上，现在的年轻人都有文化、有思想，不好惹，往后没种别提溜茄子了。耗子是耗子，猫是猫，是肉都怕刀。唉！

七、热血为谁写春秋

“文化大革命”接近尾声，但政治形势仍是云随风走，常幻无形。

有一天，赵二和我闲唠。我第一次听见谨慎的他发了慨叹：“这几年是穷汉子搬家紧折腾，把见识少的折腾麻了，把见过阵势的折腾滑了，把年轻人运动得半疯半傻。今天评、明天批，老百姓知道哪个球该不该踢，跟着起哄瞎踢呗！”我心中暗忖：“这个瞎家伙，有点儿思想。”

寒风一晃悠身子就把以经有些麻木的日子刮进了数九。这时，大队组织共青团员和民兵进行大会战，任务是劈石筑坝。大队领导发出号召：“党员、团员要发挥先锋和模范作用，要带头组织劳动竞赛。”身为民兵副连长的刘祥自然是不甘落后，他代表他的二排首先挑战，叫着号要和我们排比赛。还发出了“红旗飘飘战鼓擂，张思德烧炭为了谁？学习愚公筑大坝，不立新功誓不回”的豪言壮语。有位诗人说：“有年轻人的地方就有歌声和快乐。”于是，我们也意气风发地扔了狗皮帽子，斗志昂扬地甩掉棉袄，“战斗”进行得热火朝天，忘我的拼搏让这些听见号角就冲锋的战马头上热气腾腾像蒸笼。这场景感动着每一个人，让人不由自主地热血沸腾，这是一种无法遏制的青春之火，喷发出来的都是激情，真可谓激情如炽。

刘祥自小就像棵长在风口石崖上的小树，饱尝了劲风霜雪的磨砺，因此他才心气高，一心要奔往外面的世界，想当名解放军战士。他说过：“咱五尺五的汉子立着是根顶梁柱，倒地也要砸个坑，干啥咱都不能落下风。”还说：“我要是参了军，非闹个团长师长的干干，不想当将军的就不是好兵。”我说他野心大。他不以为然，说出的话像诗，又极富感染力：“不想当将军能是好兵？关键时得豁出个半斤八两，我自巍然立潮头，甘洒热血写春秋！”他一心忘我，要为祖国谱写春秋，上天只好无奈地说：“好，写吧。”他也豪气干云：“写！”

于是就写出了不幸。刘祥和王军摔到十米多高的石坝下去了，下面是乱石堆。黑夜中只有流萤缝夜幕，不见月牙露露头。新筑的大坝上人来往如梭，为了比赛的号召和立下的誓言，自然要多装快跑。可抬的太重，靠边儿时一脚不慎就踩滑了。脸盆大的石头硌在刘祥腰上。

在旗医院，天津医疗队给他切了左肾，定了脊椎严重挫裂伤。医生说：“保住命了，幸运！”

我的心很沉重。六口之家，他是顶梁柱。爸爸去世早，母亲领着他们兄妹五人艰难度日。柱子折了，这家人怎么办？还有二十一岁就残了的他。

几天后大坝筑成。那天，坝上坝下红旗招展，锣鼓喧天。“热烈庆祝拦洪蓄水大坝胜利竣工”的大红横幅格外醒目张扬，衬托它的还有“人定胜天，下定决心”等标语和彩旗。剪彩大会的场面在凛冽的寒风中彰显出欢快隆重和热烈。但此时有谁提起、有谁知道，我的好哥们儿，一个勇于为信仰、为青春的理想而战的有志青年，奉献了火红的青春和五光十色的梦，为建大坝而摔残了。今天这里彩旗飘飘，歌声飞扬，孤独的他无聊地躺在医院里，用寂寞的心对着发呆的思想说话，用痛苦数着眼泪似的药滴。

刘祥的母亲饮泣无语，而我欲哭无泪。

前几天刘祥还兴奋地对我说：“冬梅娘已同意他们处对象了，哥儿们走好运了。”冬梅与他青梅竹马，两小无猜。但冬梅娘却嫌他家不富裕，一直棒打鸳鸯。想到这，我捶胸顿足，放声大哭。我问他：“兄弟，你这张灰头土脸的废船票,还能否登上那风雨飘摇的小船儿？哥儿们,你走的是狗屎运！”

这也让我想起了天津哥儿们“眼镜”的话：“是狂热的时代造就了狂热的人。”据说，为此他差点儿被打成“现行反革命”。我觉得“眼镜”特别了不起，因为他能用冷静的哲学思维去剖析事物的本因。这时，灵魂急匆匆赶来为刘祥占卜，一通故弄玄虚后只说了一个字：“酸！”

我却像吃了半筐苣荬菜，胃苦苦的。

唉！这 1974 年的第一场雪，只是比往年早了一些。

神枪大虎

一

1946年五月，春像一个负约的少女，羞涩得姗姗来迟。

墙根儿和地边儿的向阳处，草芽芽已经顽强地拱了出来，给大地带来了一抹绿色。太阳阴着半红不黄的脸，整得满世界没有一丝儿热情。虽说已过了谷雨，但穷人还没脱去开花露絮的棉衣。

大虎一家在村北种苞米。

远处尘土飞扬。随着一阵擂鼓般的马蹄声，一彪人马如旋风般刮来。

胡子头二东家率领人马打地边路过。策马来到跟前儿，他把大虎仔细一瞧，立马相中了这个像牤牛似的小伙子。他心想，这小子举手抬脚都有股子利索劲儿。尤其是眉眼间的那种机警和倔强更让他喜欢。他用马鞭子敲敲大虎的肩膀说：“愿不愿意走南闯北、吃香喝辣地享福去？”

大虎往后挪了两步，眼里满是疑惑：“你是干啥的？”

二东家哈哈大笑，把手中的鞭子向后一扬：“告诉他，爷是干啥的！”

三徕歹（东北方言，意思是狼）走过来：“哎！你小子没听说过二爷二东家？咱掌柜的在这方圆儿百里可是赫赫有名，跺下脚都山摇地动啊！他看你小犊子是块料才搭理你，你可别有眼不识泰山。跟上二爷就能骑大马、挎洋炮，到哪儿都是爷！没酒没肉不吃饭，不强起你土里刨食，一脑袋高粱花子？”

这些话让大虎有些心动，心想，自己都十八岁了，还没过上一天好日子。小鬼子把人们整得想死找不着上吊绳，想活又活不起。好在苏联老毛子来了，从飞机撒下些红绿纸儿后就往下扔炸弹，牛了十几年的鬼子才像受了惊的兔子一蹦十八条垄地跑了。炸弹炸起的土还没落净就来了八路，鼓励动员穷哥们儿，还帮穷人翻身闹革命，减租减息斗地主。八路还没站稳脚跟，紧跟着就来了国民党，专杀八路和挑头整地主的。他们把人的脑袋割下来吊在村中的老榆树上，在木板上写着：“穷光蛋，让你翻身！”随后又遍地闹起了胡子，整得人们把心提在嗓子眼上，支棱着耳朵过日子。有时候半夜三更睡得五迷三道的，那叩地如雷的马蹄声就由远而近，让人心里哆嗦、腿抽筋儿，接着就是“叭叭”的几枪打进谁家里，整得人们像头顶上悬着炸雷，还得哆哆嗦嗦地去给这些胡子遛马杀鸡，稍不随意就是一顿暴打。

大虎心想：“当就当，当胡子有啥不好？现说能混个肚子圆、不挨冻，挨打不提心吊胆，还没人敢欺侮你。人活着不就图个心气儿顺，图个扬眉吐气吗？”想到儿，他心一横，一咬牙、一跺脚说：“中！跟你们干！”

二东家这会儿已经骑马走出十几步了，听见这话，一勒嚼子回马近前，眯起眼，盯着大虎看了一会儿，啥也没说，抡圆马鞭子搂头盖顶就是四鞭子。大虎脸上立马就凸出四道血印子，但这小子没躲没闪、没哭没喊，而是瞪着一双喷火的眼睛，猫腰嗖地抄起镐头，做出了要拼命的架势。

二东家非但没恼，反而哈哈大笑说：“好小子，有种，是个当胡子的料！给他马！”说罢打马绝尘飞去。

二

胡子打家劫舍靠的是心黑手狠。二东家常训示手下："不杀穷人不富是千年的规矩，光棍下生就有七十二个土包跟着。这些贱骨头，你不打他，他就不给你杀鸡包饺子！"

入伙后大虎给自己立了规矩：一、吃大户但是不挑头。那些地主老财有几个是善良之辈，个个蛇蝎心肠，人人男盗女娼，霸来东家的还惦着抢西家的，穷人向他要口饭吃还放狗咬，不收拾他们天理都不容。二、不能祸害穷人。老百姓都到了活不了、死不起的地步，谁再祸害他们就是丧尽天良。背地里他对几个把兄弟说："咱都是苦出身，家里都有爹娘姐妹，虽然说被个穷字儿逼上梁山，但是咱可别做那万人骂的缺德事儿，就算给祖上积点儿德，也是给自个儿留个后路。"

大虎能吃苦，因为二叔说过，吃得苦中苦，方得甜上甜，没点儿真本事到哪也是窝囊废。为了练枪法，他爬冰卧雪，没黑没白地练。白天打石头、飞鸟，黑天打香火。靠着勤苦和坚忍，半年下来，一支汉阳造在他手上已经是随心所欲、百发百中了。不管多烈性子的马落到他手上，不出几天都让他整得绵羊般服服帖帖。他身上从来没断过伤，都是被马摔的。这豪横劲儿让伙计们刮目相看。加上他年轻气盛、性烈如火，入伙虽晚，却轻易没人敢惹。

二东家暗笑得了一员虎将，对他人说："这小犊子抗摔抗打像铁人，有种！还有心劲儿、有狠劲儿，是天生当胡子的料！"

三

1946 年腊月。

俗话说："三九四九，打骂不走；腊七腊八，冻死俩仨。"天冷得吐口唾沫还没落地儿就成了冰坨。这天，他们住在一个小村里。

二东家去撒尿，回来时嘶嘶哈哈直跺脚，说："老天爷发啥邪火，成心要冻死人？你们出去尿尿时得拿个棍儿，边尿边敲老二，不然就冻成冰棍儿了。"

前几天，二东家伏击并杀害了区小队的三个干部。那几天，大虎因为拉肚子，所以没参加伏击。二东家命人把三人的脑袋割下，挂到村口的大树上，写上："穷棒子翻身的下场！"然后，二东家带着人一翅子飞到了这儿。为了防八路袭击，二东家安排人在村外大路边放哨，还是老规矩，一炷香一换岗。除了二东家，其余人都得站岗放哨。

半夜时，轮到大虎站岗。

他的下一班是三徕歹。这人仗着有二东家撑腰，总狗仗狼势欺负人。大虎不买他的账。他也很少招惹大虎。有一次，他不但抢了人家两件衣裳和二升荞面，还把人家十六岁的姑娘给祸害了。这事儿让大虎恨得牙根痒痒，心里总憋着一口气。

下半夜，是数九最冷的时候。呼呼的北风扎得人心哆嗦。连狗都夹着尾巴弓着腰，一打一龇牙，懒得叫唤。所以老百姓叫这时辰是狗龇牙的时候。

大虎的大皮袄一会工夫就被风打透了，毡疙瘩皮手闷子都不当事儿，连眉毛都上了一层霜，手脚像被猫咬。该换岗了，大虎却不见三徕歹人影。他又强挨了一会儿，还不见三徕歹人影。大虎心里就有了火，跺脚蹦高，实在挺不住了就掉头往回跑。

大虎进屋一看，香灰早都凉了，三徕歹抱着枪正呼哈大睡。大虎心里的火苗子呼地蹿上了房，他上前一把扯下三徕歹的枪。

梦里的三徕歹正在张灯结彩地拜天地，正美滋滋地准备入洞房呢。忽然一阵风呼啦一下把好梦给刮跑了，他稍一愣神，张嘴就骂："哪个损犊子坏我好事儿？妈的！不想活啦！找死呢！”

话音儿还没落地儿，冰冷的枪口已顶到脸上，他猛然一激灵，瞅见大虎喷火的眼睛，但还瘦驴拉硬屎——瞎逞能：“干啥，想造反哪！还不快把那枪放下！”

旁边的伙计都来劝架。大虎咔嚓一拉枪栓，说：“谁要是乱动，我就崩了他！”声音里透着狠劲儿。

三徕歹一听，知道大虎动真格的了，冷汗一下就冒了出来，猪肚子脸也白了，腔调立马软了：“大侄子，大侄子，自家人有话好说，快别这样。”

大虎横眉立目：“说你个奶奶！欺负人也不睁开狗眼，别人都是铁打泥捏的？就你知道炕头热乎？我是傻狍子是不是？你这王八犊子！”

大虎说着，把枪用力一顶，三徕歹头上立马就起个酒盅大的紫疙瘩，疼得他龇牙咧嘴，心想：“光棍不吃眼前亏，肚子疼别怨灶王爷，这小子真要急了，我就完了”

三徕歹的口气更软了：“好侄子，我一时糊涂，睡过了头，我替你多站两回岗行不？”看着大虎眼喷怒火，他立马改口，“三回！三回！我替你站三回！好大侄子，快把家什放下，这可不是闹着玩儿的。”

旁边的伙计纷纷说情，大虎才心有不甘地收起枪。

四

1947 年夏，天刚蒙蒙亮，二东家率领十几骑人马来到了东罕山脚下，在山后设好拴马桩[1]，然后在山前选了个居高临下又是行人必经之路的地方布下了口袋阵。口袋阵呈东西向。众匪埋伏在沟的南北两侧。

天很热，蝈蝈、山草驴在草丛里比赛似的吱吱吱叫得山响。身着鲜艳花衣服的蝴蝶炫耀似的到处飞舞。小鸟们婉转在枝头，正有滋有味、兴致盎然

[1] 拴马桩指由一个人或几个人在隐蔽的地方牵马。

地展示着歌喉。白色、黄色、蓝色和紫色的野菊花竞相怒放，显得很热烈、很自在。远处的山谷一片寂静。阳光下风和日丽，大自然呈现一派勃勃生机。

二东家位居最高点，一切都在他的掌控之中。他心想："李司令您就擎好吧！咱这见面礼可不薄。"他对身边的人说："咱这回也六指划拳——露一小手，癞蛤蟆上供桌——露回脸儿。"为了万无一失，他严令："各就各位，没我的命令不准开枪，违者家法无情。开火后要先打马，尽量捉活的去请赏，到时候白花花的大洋人人有份儿。"

大虎在大榆树上负责瞭望。

二东家躺在狍皮褥子上抽大烟。三徕歹扎泡递水侍候着。

在树上站得腰酸腿麻也不见个人影儿，大虎想下去遛遛腿儿。这时远处有黑影出现。

渐渐地，大虎看清了。来人有六个人，都骑马挎枪，走得很慢。

大虎对下面喊："来了！"

众匪立马就精神了，"咔嚓，咔嚓"地把子弹推上膛。

来人越来越近，五百米，三百米……

他突然看见一个人，非常清楚：骑红马领头的不是二叔吗？和他并排的人骑白马，挎短枪，膀阔腰圆。他想："别看错了，不是做梦吧？"他掐腮帮子、揉眼睛，又仔细看，没错！

他知道二叔是共产党的区长，咋在这儿碰上了？二叔危险了，咋整？

想到这儿，他脑门直冒汗，后脊梁嗖嗖冒凉风。

咋整？咋整？他觉得头胀得像笆斗子，心里叨咕："二叔，二叔……"眼瞅着六骑人马就要钻口袋了。哎呀！再走个百八十步就玩完啦，枪子儿不长眼，一阵乱枪，二叔就……

不容多想，他用最快的速度跑向二东家。二东家的盒子炮已经举起，心想："数到三就搂火。再有一袋烟工夫，就官儿和钱都齐了。"他仿佛看见李司令拍着肩膀夸自己，还有白花花的大洋。

这时大虎扯了他一下，小声说："掌柜的，不能打！"

二东家恶狠狠地问："说啥？"

大虎急得眼泪汪汪地给二东家磕了个响头，说："掌柜的，真不能打！我二叔在里哪！"

"少扯淡！你二叔咋啦？你二叔给老子官儿还是给袁大头？误了大事，老子连你一块收拾！你二叔算个鸟，今天就打他！"二东家转身就要开枪。

可一眨眼，大虎的匣子枪顶住了二东家的耳根子，戳得他肉疼。大虎恶声恶气地说："掌柜的，那可是我亲叔。你不仁就别怪我不义！你要是高抬贵手放他一马，让我给你当牛做马当孙子都中！要不然——"

话音儿让人脊梁骨嗖嗖冒凉气儿。

二东家当时腿肚子就抽了筋儿，咧着嘴一动没敢动。他知道，这小子的虎劲儿上来，天也敢整个窟窿。枪炮一响，先死的准是自己个儿。所以就举枪张嘴僵住了，活像庙里的泥像。

众匪们也在纳闷：人都进口袋啦，咋不开火？但没有命令，他们不敢乱来。

六个八路一进沟塘子，就觉得这两坡夹一沟的地形非常不利，就打马紧跑，眨眼工夫就冲出了沟。

眼瞅着煮熟的鸭子噗噗啦啦地飞上天，二东家像让驴踢了脑袋，半天没缓过神儿来。

众匪都围了过来问。

二东家心里的火噌地窜起三丈高："老子崩了你个兔崽子！"他叭叭开了几枪，子弹贴着大虎的头皮儿嗖嗖飞过。

二东家厉声喝道："拿下！"

三徕歹像抢孝帽子，让人像绑粽子似的把大虎捆了个结实，骂道："妈的，耗子亲猫嘴儿——不知死活的东西，你是耗子娶猫当姑爷——临死还嘚瑟！”然后又说，“掌柜的，这犊子是魏延转世，送他回姥姥家算了！”

二东家想了想没吭气儿，黑着脸，撒气儿似的向天空狠狠搂了几枪，说：“撤！”

五

回到住处，三徕歹对吞云吐雾的二东家说：“掌柜的，山门不幸出逆种，把大虎崩了算了，以后不定作啥大卤哪！这不，营长团长没了，银子也没了。这真是个祸害。”

脸上挂霜的二东家放下烟枪叹口气：“唉！要不是看他对我有救命之恩，崩他还不是二拇指一动弹？你想过没有，这小子枪头子又狠又准，留着今后兴许有用。”他嘴上虽这么说，但心里却对大虎埋下了杀机。

二东家说的救命之恩是去年冬天的事。

那次打响窑[1]，窑里有个刘炮头枪头子准，百八十步打鸡蛋一枪一个，还尽使炸子儿。

当时胡子离围墙有三箭之遥。

二东家正勒马和窑主徐老财儿叫板。

刘炮头趁二东家不注意，举枪就打。

大虎眼观六路，眼疾手快，手起枪响，叭的一声，枪子儿先打在刘炮头的右肩上。刘炮头年轻时跟张大帅混过，也是滚刀肉，虽然脑门上立马汗珠子直滚，但他牙一咬、嘴一咧，愣是没哼没叫没扔枪，只是手抖了那么一点点儿，枪口就稍稍低了那么一点点儿。随着刘炮头的枪声，二东家骑的大白马的脸上就被炸出了个碗大的窟窿，二东家也一声惨叫和马一起摔倒。

二东家虽说也是从死人堆里滚出来的，但这一惊一吓整得他魂飞魄散，比死人只多半口气。

[1] 响窑指有围墙和炮台的村庄。

三徕歹吓得腿肚子转了筋，裤裆一热，一泡尿顺着马镫嗞嗞流下。

二东家知道，刘炮头这一枪是掏他的心。

趴了半个月的炕，二东家还梦见阎王爷的脸儿，脸像用黄表纸一样。他几个月才缓过神儿来。

事后他和家人说：“当时要不是大虎出手快，你们现在正哭哭咧咧地给我烧纸哪！”

从这往后，遇到啥事他都高看大虎一眼。因为大虎那一枪表面看是和徐老财儿打了个平手，实际是赢了。

六

后来的又一枪，不仅给大虎整来了一百五十块袁大头，还让他威震黑道，远近闻名。

那次也是打响窑，双方一搭话就较上了劲儿。

正是东方刚冒红时，二东家命人递上一枪叫门令，随后只听围墙上立马有几声锣响，土围子四个角上立马回应了几枪，这是告诉来人：“老子这有准备，你少嘚瑟！”随后窑头王山东出现在南门楼上。他让人在围墙上立了三个酒壶，壶上各放一个鸡蛋，然后牛哄哄地喊道：“朋友，看见了吧？要是真有能耐就打！只准三枪！要是都打中了俺认输！俺出五十块袁大头交个朋友，算是弟兄们的辛苦钱。要是有一个不碎，那咱们就各不相扰，今后井水不犯河水。咋样？”说完拱手抱拳。

王山东头戴黑缎子瓜皮帽，上面有个鸽子蛋大的红玛瑙帽顶子，在朝阳下一闪一闪地发出耀眼的红光，如一朵红花般醒目。

大虎对二东家说：“问问，打碎他脑瓜上那红球，给咱二百大洋行不？”

二东家看了看那三个影影绰绰的鸡蛋，心里已有三分退意。他小声问大虎:“小子,没把握的咱可别干,可别落个敲锣找孩子——连打家什带丢人!”

大虎信心十足地说:“你就等着数钱吧!如果栽了,你咋削我都行!”

二东家马脸上立马笑开了花。他高声喊道;“朋友!听好了,要是一枪把你那小红球球打碎了,给咱二百大洋多吗?”

那边儿的人好像没明白啥意思,一下都呆愣了。

还没等他们缓过神儿来,随着叭的一声脆响,帽顶子变为一团红雨,像天女散花,不知碎了多少块儿,煞是好看。

王山东随着一声:“哎哟——俺那娘哟!”咕咚一声趴在了墙上,裤裆处一热就连稀带干都造出来了,淅沥沥的湿了一大片。

墙上的人磕头作揖,好说歹说给了二东家一百五十块袁大头。

随后这件事儿在方圆百里传得神乎其神。二东家牛得像鸿门宴上的霸王:“哼!这叫不战而屈人之兵,自古就有讲究!”他还常常吹牛,“咱手下有能人!想当年张翼德横矛立马,一声大吼,桥塌水断流,吓退曹兵百万。他妈的,谁敢不服!”

这前后两枪让大虎在江湖上威名大振,挣足了面子和身价。

七

匪首二东家是大地主出身,伪满时当过区长,和伪旗公署警务科长洪富僧格是把兄弟,日本人称他二人是扎旗双雄。他心狠手辣,无恶不作,多年霸占小姨子,还和亲表妹明铺暗盖,还把有怨言的连襟以反“满”之名送给日本人,让日本人整死了。

去年八月节时,小鬼子撒丫子滚犊子了。刚撂倒庄稼,八路军的人来了。有个叫范玉的八路军为了更好地开展工作,就和二东家的表弟范三徕歹认了本家哥们儿,还给三徕歹的娘磕了头。三徕歹明知二东家和自己娘儿们有一腿，但为了讨好这个混世魔王，恨不得再娶个媳妇儿送给他。

大年初一早上，范玉跑了三十多里路，拎着两包芙蓉糕来拜年。

三徕歹却动了坏心思。他热情地把范玉推到炕里，让媳妇儿赶紧整菜，说："我和大哥喝两盅。"说着就出去了。一袋烟工夫，却有两支枪捅破窗户纸，又有三个人进屋跳上炕，不容分说就把范玉捆了，还塞上嘴，装进口袋抬走了。后来有人说在徕歹沟有个捆着的死尸，脑袋都让人砸烂了。

小日本一倒台，二东家看共产党还没扎下根儿，国民党又没到，正是乱哄哄的时候，就串通了几个地痞和伪警察拉绺子，到处打家劫舍，搞得八方不安、怨声载道。

就在这时，共产党领着穷人闹土改，分了二东家家的地和浮财。这使他对共产党恨入骨髓，就连续制造几起血案，杀了八路军两个区干部、三个贫协主席和三名区小队员。他曾恶毒地说："穷棒子也想翻身？我成全你们，让你们去阎王爷那里翻！"

去年开春，他勾结几个大绺子共三百多人，去攻打他老家，想消灭那里的八路军县大队。没想到打了三天四夜也没攻进村子，还死伤二十多人。几个绺子的头儿本想捞一票，一看没戏，就凉锅贴饼子，都溜了。二东家让八路军打了个落花流水。

这让他耿耿于怀，总想报仇雪恨。

时间不长，国民党中央军攻占了开鲁。

他想去投奔原伪蒙疆自治委员会副委员长、后又被蒋介石封为第十路军总司令的李守信，无奈人少枪破。他心想，本小利就薄，没法讨封，咋也得整个见面礼才好。

正犹豫时，他接到密报，说新来的八路军县长要去巨力黑。

他决定在东罕山下设伏。

县长、县长，黄金万两！这样再去投奔李守信就银子和美女都有了，没准还整个营长团长的干干，不比当个草头王强吗？

他打定主意，干！八路军，你敢分我的家，我就杀你的人，杀一个也是杀，杀一群也是杀！

八

想到这些往事，二东家沉吟许久后吩咐："把鳖犊子押来！"

二东家脸上写满威严，咳嗽一声说："小犊子坏了绺子大事，你知道不？你放跑的不光是你二叔，还有八路的一个大官儿，按罪当死！你想过没有？毙你、剐你、扒你皮都不为过，你服不？但是，自古都说忠孝难两全，你冒杀头之险救了你叔，难得你一片孝心。这回饶你，一是看在'孝'字儿上；二是念你几次有功，姑且饶你一次。但是，死罪可免，活罪不饶，没了规矩不成方圆，打三十扁担你服不服？"

大虎梗着脖子说："为了我叔，中！脑袋掉了才碗大个疤。"

二东家跺脚甩袖子说："好！算你有种！"然后转身抽大烟去了。

打手是三徕歹的心腹，下手很狠。

噼噼啪啪，大虎额头上血管凸起，眼睛冒火，痛骂三徕歹。

三十扁担，打得大虎皮开肉绽，趴了一个多月的炕。

在养伤的日子里，他常常思谋：从根儿上想，狗肉贴不到羊身上，自个儿不当狼，早晚就得喂狼。二叔这事儿给自个儿提了个醒儿，炸群儿是早晚的事儿。他在心里埋下了仇恨的种子。

在八路军的根据地，十月末，天已冷了，战士们还穿着单衣。

县长兼县大队政委凡文才是个从枪林弹雨中闯出来的老战士，遵照毛主席"让开大路占领两厢，开辟、巩固东北根据地"的指示，受冀热辽军区领导派遣来这里开展工作。

土匪罕山设伏，大虎舍命救叔，阴差阳错演了出错中缘。大虎做梦也没想到，他两次救了共产党的县长，后来还一起干了件大事儿立了功。

刚组建的县大队不足百人，只有几个凡文才从老根据地带来的骨干，其余都是新兵。

南面通辽有国民党新委任的蒙奸中将司令包天一率领的几百人的部队，开鲁有国民党李守信用美式装备武装的半正规军，周围还有几十帮大大小小的伪军降军和绺子，犬牙交错，形势严峻，像沙漠中迷了路又绝粮断水。那些乌七八糟的降军和绺子有奶就是娘，还都和李守信有着藤缠树的瓜葛。

县大队也连打带劝收编过几帮，但没几天就都叛逃而去，原因是八路太穷，纪律又严，太受约束。

老百姓编顺口溜说八路军："掌子鞋破皮袄、马瘦枪破人挺好！"而胡子们则是："打粳米，骂白面，要酒要肉要鸡蛋。"

在这种严峻的形势下，凡文才和其他同志带领工作队，费了九牛二虎的力气，终于筹措到一笔款子，准备去白城子我军的被服厂买县大队急需的冬装。经过开会研究决定，由凡文才亲自带八名战士和两辆马车去白城子。

九

这消息又被二东家侦知。他暗中筹划，推测时间，择地设伏，张网以待。

事先，他还给喽啰们上劲儿打气儿，说："小子们，打赢这仗，咱就去投李司令，我保你们人人官升三级。到那时咱是要风得风，要雨有雨，咱们馆子吃、窑子睡，人人都小辫子拴秤砣——打腰！到那时咱到哪都是爷！这叫宁在大树扳一把，背靠大树好乘凉！咱灭了八路享福去！"

这天下午，乌云弥漫，阴风惨惨。

凡县长率战士押着冬装、物资和装备归来。前车装有松江省军区拨给的三十支步枪、十支短枪、两箱子弹和几十套棉衣。后车上装着上千斤面粉和几十套棉衣。凡县长压阵，坐在后面这辆车上。两车相距十几米。

义和背梁是必经之路。这座山坡陡梁峭，树木参天，杂草繁茂，两山夹一沟。这段沟谷虽长不过二百米，但出了沟塘子又是上坡路，两边山高林密，可谓一夫当关，万夫莫开！

两辆车来到沟底时，凡县长蓦地有种不祥的感觉像阴云一样涌上心头："这兵家绝地——"

"叭！叭！叭！"枪声骤响。

怕啥来啥且如炸雷般突然。凭着近百次战斗经验，凡县长暗暗叫苦："如此绝地，插翅难逃。"

他立马稳住了情绪，他知道战友们都在看他，关键时刻千万要镇静。他命令战士们下车、卧倒。

有两名战士挂彩了。

这时枪声骤停，有个公鸭嗓喊话："下边的人听着！爷爷我是二东家！你们被包了饺子，小命都在我手心里攥着哪！识相的扔家伙投降，我保证不打不杀。愿意跟我干的，包你天天吃香喝辣，年年当新姑爷。不愿意的，我放你去过好日子。不然别怪爷爷手黑，明年的今天就是你们的周年！"

沟里一片沉寂，只有马蹄子刨地声和响鼻声。

凡县长趴在大车下面，四下打量，观察地形。

狭长的沟槽两面是陡峭的山，把山路两头一堵，连只鸟都飞不出去。

虎陷深阱，兵家大忌。敌人居高临下，俯视一切。

拼命一抟也不过是网不破而鱼死。

强攻突围，没有强火力掩护根本不行。战士们手里只有几支步枪，怎么办？车上的物资枪弹都是部队当前最需要的，这些东西一旦落入敌手，这些土匪便如虎添翼，会给革命带来更大的损失。

凡县长在飞快地思索："怎么办？怎么办？"

这时，土匪们听不见回话，又是一阵枪声，打得土沫飞扬，石头上冒火星子，敌人在催促、警告。

接着又是沉默。山谷中难耐的沉寂。

十

太阳像个红了吧唧的鸡蛋黄子挂在西边。

凡县长紧锁眉头，大滴的汗珠子不断流下。他在紧张快速地盘算着如何最大限度地保存实力、减少损失，他的心火烧火燎地难受。他知道，战士们都在等他拿主意。他告诫自己："情况万分紧急，容不得犹豫，镇定，千万不能慌！"

二东家骄狂，有些不耐烦。他对身边的大虎说："打那匹红稍子马！"

但大虎瞄的却是后车的红马，他想，得饶人处且饶人，少作孽，多积德，这样前车兴许有九死一生的戏。"叭"的一枪，子弹从右眼进、左眼出，后车的红马咕咚倒地。

二东家厉声大叫："下边听着，你们现在是煮熟的鸭子，都在我的枪口之下，爷爷没耐心了。我查十个数，再不做决断就一个不留！"

二东家大声数数："一——"

"慢！"凡县长在车下答话，"上边的听着，我叫凡文才，是共产党的县长，老八路。共产党里没孬种，更没有投降的习惯。但今天情况特殊，如果你能答应我的条件，我就跟你走，杀剐由你！"

二东家知道，那次被大虎放跑的就是这个姓凡的大官儿。

二东家对他的话有些不屑。他心想：猫爪子下的耗子也敢龇牙？他不假思索地说："穷八路，死到临头了还嘚瑟啥？说吧，老子听听！"

“怕死就不当八路！老子从闹革命那天起，就没打算活着。你要是不答应，我就炸车，然后拼个鱼死网破，让你连根毛都捞不到，看你拿啥去领赏！告诉你，我的身价比这两车破棉衣值老多钱。孙子，你别拿豆包不当干粮。”

在二东家眼里，这些东西就是裤裆里抓蛤蟆——手到擒来，这就像一群狼围住几只肥羊，明摆着是瘸骡子拉车——没个跑。他有些不耐烦，就说：“有话说，有屁快放！”

凡县长一字一板地说：“你把两车东西和人都放了，我跟你走。就这条件！”

嘿嘿嘿一阵冷笑后，二东家骄狂地说：“不行！大白天说梦活，真是熟鸭子肉烂嘴硬。你现在是笼里的鸡，这事得我说了算！”

凡县长哈哈大笑，笑声在山谷间嗡嗡回响。

“孙子，你真不了解八爷的脾气。我刚才说了，我炸车烧车后拼命，让你落个鸡飞蛋打，瞎子救火白忙活，信不信由你！”口气像石头砸碌碡，咣咣生响。

这时，三徕歹像长虫哧溜一下钻过来：“哥呀，这凡文才是老八路又是县长，他肯定比这百八十套棉衣值钱。拿下他，李司令一高兴，没准给你个团长干呢！这些八路愣是把日本人给整趴蛋了。真要是整急了，他真的炸车拼光了人，咱不真白忙乎了？”

三徕歹的话如醍醐灌顶，二东家一下子清醒了。这让他进退两难。这次打伏击为的就是捞点儿本钱，如果凡文才真的炸了车又跟他拼命，岂不是竹篮打水一场空？拎着些死人脑袋多晦气，逮个活县长多划算。

沉吟良久，他有些不情愿，说：“前边那车可以，后边的人车不能走。”口气明显软了。

凡文才不买账，口气不容置疑：“不行！就留我！”

仗着刀把子在手，二东家发狠地喊：“穷八路，那就等着死吧！”

凡文才说："孙子，老子们就是都死了也不能让你占便宜。一排长，二班长，准备好手榴弹，预备——"

三徕歹急了，大喊道："哎，等等，都等等！"

他有他的小算盘：与其待在这钻山沟、蹲苇塘子，不如去投国民党吃香的喝辣的，作威作福。

他火燎猴腚似的说："哎呀呀，哥呀，到嘴的肥肉不能吐，可千万别和银子作对。咱们脑袋掖在裤腰里图个啥？有了银子才能吃香喝辣，一阵乱枪整下堆死尸倒容易，也痛快，可咱跟哪个爹要钱去？这一个县长能顶一营兵，留他足矣！哥，小不忍则乱大谋，可不能错了章程！"

二东家低头思谋："可也对。这整天的杀人越货就是为了钱，把这伙八路都灭了，是痛快了，可拿死人的脑袋和拿个活县太爷，就像抬个死虎和绑个活老虎，差着成色呢。"想到这儿，他喊："老子打了一辈子鹰，今儿个让鹰扦了眼！你是光脚不怕穿鞋的，算你穷八路狠！我应你，赶紧让人倒车，只准拿衣裳。都依你了，再说别的就不好使了，晚了别怨我变卦！"

十一

凡县长心中高兴。他原打算只要保住同志们和武器弹药，因为人和枪是革命的种子和本钱，现在达到目的了，自己就是牺牲了也值。想到这，他大声说："你说话算话，我也应你！我的人过山后你才能下来。"

他想让战友们尽快脱离危险，防止土匪追杀。

一手举捆手榴弹，一手拉着弦，他指挥战士们搬运。

看着马车翻过山梁，他轻轻地叹口气，放下了手榴弹，支旱烟抽着，喷出一口烟雾。他眼前还晃动着战友们那满含热泪的目光。此时他想的是自己一个沂蒙山的小羊倌儿，扔下鞭子，软磨硬泡地参加了八路，从通信员到营长，大小仗打了近百次，身上让鬼子捅过窟窿，屁股上让炮弹皮削过肉。革命就要胜利了，却在这小阴沟里翻了船。死有什么？多年的枪林弹雨、出生入死，他早已把生死置之度外。“人生自古谁无死，留取丹心照汗青。”只是这么死有点儿窝囊。

“我倒要好好瞧瞧这共党的县长是啥面捏的，这么牛。”这公鸭嗓打断了凡文才的沉思，二东家晃着马鞭子来到跟前。

凡县长昂首坐在车上抽着烟，眯眼看着如血的残阳，欣赏着青山夕照。

二东家歪着脑袋想：这穷八路就是不一样！这小子虽穿着打补丁的灰军装，但不失威武，一看就不像肉眼凡胎的二迷糊。怪不得日本人和国民党打了多少年都没灭了他们，还越打越多。想到这儿，他脸挂奸诈，嘎嘎一通怪笑，说：“臭八路，哎呀，还是个县长。县长县长，惊堂木一响，黄金万两。千里来做官，为的吃和穿。瞅瞅你这穷酸样。哎，我就整不明白，你说说你们吃饱了撑的，鼓捣着穷光蛋们闹翻身。这穷鬼要是翻了身，那天下还不得乱了套？你说这不是嘚瑟吗？”

他见凡文才不屑一顾，一脸傲然，就来了气，喊道：“来人，给我绑了！”

十几匹马挟裹着马车，飞一样蹿过山梁。

十二

太阳在西山上露着半张火红的脸，晃晃悠悠，恋恋不舍。

一个小村的大户人家屋里，众匪正在吃羊肉、喝烧酒。

大虎从屋里出来，快步走到车前对凡县长说：“我叫王大虎，你们三区的王区长是我叔。”然后又仔细端详着凡文才说：“我瞅你眼熟，好像在哪儿见过。”

凡县长机警地把他打量了一遍，没说什么。

大虎看他反剪双臂，就解开绳子，把手在前面捆上，又把件白茬皮袄给他穿上。凡县长舒服了许多。这让他对眼前这个年轻土匪有了好感。

大虎又拿来张烙饼和块熟羊肝说：“赶紧吃吧，下顿不知啥时候呢。”不一会儿又端来碗热汤。

凡文才不由得多看了几眼这黑脸大眼睛的土匪。

吃饱喝足了，土匪们又是一路狂奔。

马背上，大虎在记忆里搜寻着这张似曾相识的面孔，他终于想了起来。

鸡叫时，他们来到一个小村子住下。

大虎又端来一碗热面汤。

这时凡文才说话了：“小兄弟，谢谢！”

“唉，谢啥，谁还没个三难九灾的。你为了救弟兄能豁出命，我佩服你，像个大丈夫！”

“小小年纪咋干这个？”

“说这干啥？”

“小兄弟，信我的，别干了，投八路去！”

三徕歹出来撒尿，见他们俩说话就骂：“他妈的！癞蛤蟆上菜墩子——充啥大块肉？你跟这黏黏糊糊地想干啥？你是不是黄赤郎子给小鸡儿拜年？”见大虎瞪他，就骂骂咧咧地走了。

大虎凑近凡县长，急切地问：“前年七月，有六骑人马从巴音塔拉往东走，我二叔骑红马，你骑白马，从罕山下的沟塘子里打马跑过，是不是？”

“你咋这么清楚？”凡县长瞪大了眼睛。

“是我——”

“上马，上马！扯绺子！”门口传来了二东家催命似的喊声。

天亮后，他们来到开鲁城。

见了李守信，二东家一通神吹，说这伏击战打得真惨，死了七八个弟兄，但也打死了十几个八路军，然后郑重其事地把凡县长当份大礼献上。

十三

投了国民党军，二东家被委了个保安团的连长。这出乎他的意料，就像儿子找到了亲爹，可爹又不认，让他很失望，也很伤心。

李司令没给枪炮弹药，没给补充人马，赏银也只有二百块大洋，实际上是没瞧得起他这几个虾兵蟹将。

李司令皮笑肉不笑地说："老兄，非常时期，先维持着。国军在东北这儿仗打得太窝囊，兄弟我也挺难。咱们来日方长，来日方长！"

之后，李司令便没有了音信儿，这虽使二东家心里很不是滋味，但又无可奈何，只好忍气吞声。背地里他对三徕歹说："唉！你看咱现在，连人家的看门儿狗都不如。早知如此，何必当初？难怪人家都说宁做鸡头，不做牛尾。"他一脸的后悔无奈，之后便靠狂嫖滥赌打发日子。

大虎对他们像泼水那样遭贱银子感到困惑不解。三徕歹露出一脸不屑，说："爷们儿这是寡妇养孩子有老底儿。再说了，钱是啥？钱是冤种，越花越涌。没了咱再抢！"三徕歹这时当了连副，坑蒙拐骗偷，吃喝嫖赌抽，混得如鱼得水。

大虎整日闷闷不乐。

当初，他当胡子原本是图个吃饱喝足、不挨欺负，做梦也没想趟这么深的浑水，有这么多埋汰事儿，加之和三徕歹冰火不同炉，他觉得浑身像是沾了哈拉海刺儿，像猫爪挠心一样难受。烦闷时他就和胡有有几个好兄弟喝点儿小酒。

有一次，胡有有偷偷地告诉他，二东家骂那个凡县长是王八吃秤砣，像块茅坑里的石头。军法处过了他几次堂，压杠子、辣椒水都用上了，愣是死不投降。大虎心里对凡县长又多了份敬重。

二东家总觉着大虎这个倔驴和他不是一路，明里暗里总拧着劲儿，就想起了罕山放跑八路军的事儿，他想："要不是这犊子当啷那么一杠子，兴许现在会更好。"他看大虎就总像是蜈蚣瞅公鸡儿，早晚是祸害。

三徕歹对大虎一直像有杀父之仇，他一见大虎就像屁股长疖子——坐卧不安。

虽然今不如昔，但是有国军罩着，留着大虎没啥用了。什么神枪，狗屁！

他俩就设了个局。

转眼过了一个多月。

一天下午，二东家让大虎去东城外送信。二东家乐呵呵地说："咱和这小子做点儿买卖，整几个钱儿改善伙食。你务必亲手把信交给赵掌柜。"

城门有国民党军执法队检查。

大虎路过一个酒馆儿时，忽然门帘儿一撩，一只手把他扯进屋。大虎一惊，立马掏出枪，那人忙说："大哥！是我。"

大虎嘘了一口气儿："有有，你吓我一跳。"

胡有有瘦小机灵，是二东家的勤务兵，也是大虎的把兄弟。

胡有有撵走了跑堂的，眼盯四外，像蚊子一样跟大虎说了些什么。只见大虎脸色一变，牙嘎巴儿嘎巴儿响，鼻子尖上沁出了汗珠子，右手不由自主地抓紧了枪把子。胡有有急切地说："走北门儿！东门儿那儿挖了坑就等你去跳呢！王爷选马，越快越好！"说着从怀里掏出两块大洋，"哥，千万别回营房了，远走高飞，后会有期！"

大虎抱拳施礼后快步离去，他选了一个僻静的胡同。

突然，前面传来哭喊声。在一个小院里，有个军官敞着怀和一个女人抢包袱。那女人边哭边骂："你这个天杀雷劈的畜生，祸害了我闺女还抢东西，不让人活啦！不得好死的畜生！"

军官把女人扯倒猛踢，然后大摇大摆扬长而去，身后留下了女人的哀号。

大虎看清了，那个军官是三徕歹。他恨透了这个畜生，想着新仇旧恨，他骂道："该死的兔子蹦不出萝卜地，老子顺捎送你回姥姥家！"趁对方还没走出胡同，大虎照准他的后脑勺扣动了扳机。然后他使出了吃奶的劲儿，冲出胡同飞奔而去。他知道三徕歹死了，二东家第一个就怀疑他，一定会谎报军情，然后到处抓他。

十四

大虎镇定自若地混出城，然后像鹿一样飞快地消失。

他藏在一个长满蒿草的深坑内。

果然不出所料，没用半个时辰，就听见城里像一锅粥似的乱了套，集合号、口哨声不断传来。

原来，午饭时二东家和三徕歹商量，利用大虎是个睁眼瞎，伪造了一份军事情报让大虎去送。二东家买通了执法队的少校队长曹大疤瘌，让他截而杀之。这事让沏茶送水的胡有有听了个清楚。

二东家借刀杀人，比蝎子的毒针还可怕，这让大虎心里直冒凉气儿。

五天后，大虎回到了家。没几个月，传来开鲁解放的消息。大虎听说二东家乘八路军攻城最激烈时化装逃走，而凡县长终于被救。在缴获的国民党军档案里发现一份文件，其中写道："凡文才系顽固不化的共党分子，拟予枪决，以儆效尤。"

十五

局势错综复杂，又有绺子来拉大虎入伙。看着乡亲们家家无隔日粮，人人破衣露絮、面黄肌瘦，他感到很惶惑，叹口长气，又入了绺子。

因为名望和经历，大虎很快就成了头儿。

他一改绺子以前见啥抢啥的习惯，提出去远处吃大户。他说：“到坝后去，大牧主们牛马满坡满沟，咱端回一群来换枪炮子弹，换衣裳、大米、白面，肥吃肥喝，一年都富富有余，还犯得上在穷人肋条骨上剐肉吃，整得穷百姓哭哭号号的？咱们不能吃柿子捡软的捏，专熊没尿的！”

几个月后，县大队派人劝降，来人带着他二叔的信，信中劝他认清形势：“千万不可糊涂行事，共产党是为穷人打天下，八路军是咱穷人的军队。国民党虽说有美国鬼子的帮助，全是洋枪洋炮新家伙，那他们都干不过共产党。美式装备的李守信厉害不，还不是被消灭了？你们那几杆破枪还闹哄啥？赶快弃暗投明才是正道。”

反复念了几遍信，他认为还是二叔说得在理。他觉得光拉这十几个人马投共产党有点儿对不住二叔。

经过几番周折，他上门说服了报号“三合好” 的李德山。

喝着酒，李德山对大虎说：“我是佩服你才和你走一条道。这是听人劝吃饱饭。可你想过没有，咱哥们真要是扔了这八斤半，今后咋吃饭？”

大虎说：“老哥，老天爷饿不死瞎家雀儿。咱堂堂七尺汉子，站着是座山，卧下是道岭，别人能活，咱比谁差？真是的！不抢不夺咱就不能活了？再者说了，咱谁也不是生下来就非得当胡子，过去是世道太乱，没法活逼的。现今共产党掌了天下，以后世道太平了，咱也犯不上像个瞎家雀似的乱扑棱了。再者，你没听人说识时务者为俊杰吗？啥叫俊杰？明事理，不一头撞南墙、不钻牛犄角的就是俊杰！”

李德山说：“你说得有道理。中！中！中！哥听你的！”

按照事先讲好的条件，他们大清早就到了五道沟。

这是个大户人家的宅子。院里院外有许多老百姓赶来看热闹。房顶有四个哨兵警戒，还架着一挺机关枪。院里有三十多人持枪列队等待。

他们三十几骑人马来到离大门几十步远时飞身下马。

让大虎倍感意外又惊喜万分的是，他又见到了凡县长。

凡县长大喊：“大虎，看看我是谁？”

抬头一看，那个虎背熊腰的汉子正大步走来，大虎快步迎上，两双大手紧紧地握在一起。半晌，凡县长拍拍大虎的肩膀说：“回来就好！回来就好！不容易啊，不容易！今后就是一家人了。”

欢迎仪式后是酒席款待。

酒过三巡，大虎有些伤感。

他对凡县长说：“唉！这往后就回家种地了，再也摸不着枪了，真想再过把瘾。”

凡县长爽朗地说：“中！咱俩几年前就已经认识，但没机会深唠，早就听说你是神枪大虎，但无缘目睹，今天也让我开开眼，乐和乐和！”

院内，在距大门约百十米处放了张条桌，桌上倒扣仨酒盅，盅底上放着家雀蛋。怕看不清目标，每个雀蛋上都粘了手指盖大的红纸。

大虎谦让，让凡县长先打。

凡县长说：“不必客气，主随客便，你先打！”

大虎取来自己的枪，也不瞄准儿，端枪便打，“叭！叭！”枪响蛋碎，引来一片叫好声。这让他有些激动，稍一分神，第三枪响，雀蛋碎了，酒盅也落了地。

大虎脸有些红。

那边又重新摆上。凡县长端起枪看着他笑了笑，说：“献丑啦！”三声枪响后，三个红点没了，酒盅都在，自然又是一片欢呼。

大虎觉得没面子，提议出去打鸟，说：“还是打活靶子过瘾！”

凡县长掏出匣子枪递给大虎：“打鸟用这个好使。”

俩人在离一棵大榆树约三十米处站下。

大虎举枪就打下一只麻雀。其余的鸟呼啦一声都飞了。他抬手又是两枪，连着打下了两只飞鸟。

俩人又走向另外一棵树。

小鸟没胆儿，早已吓得魂不附体，未及人走进，便都哄的一声飞了。

凡县长不慌不忙地举起枪。随着“叭叭”两声脆响，两只飞着的麻雀扑啦着从空中落下。

大虎看了哈哈大笑，对凡县长说：“我真服了！怪不得我二叔铁了心跟你们闹革命，难怪你们八路军掌子鞋破皮袄，愣是把那些洋枪洋炮的国民党打败了，原来共产党里藏龙卧虎。义和背梁一战是我亲眼所见，英雄好汉！佩服！佩服！”说罢哈哈大笑。

凡县长也开怀大笑。

大虎突然想起罕山设伏的事儿，就一五一十地说了整个经过。凡县长动情地说：“共产党人不讲迷信讲良心，也信缘分，真是难得！”

十六

大虎正要走，忽见一匹马飞驰而来。

马鞍上滚落下来一个年轻人，在急急地向凡县长说什么。大虎只听见说什么二东家，心中不觉一震，心想，终于有他的踪影了。

只听凡县长高喊：“集合！紧急集合！”声音里带着愤怒。

他知道准是有急事，要打技。他略一思谋，向凡县长走去。

“我现在不是胡子了，要是信得过就说实话，是不是二东家又作妖了？”

凡县长一脸怒容，显得有些焦躁，看了他一眼，说：“他又杀了我们的区干部，我这就去收拾他！”

大虎说："让我也去吧，咋也多个帮手。再说对二东家，我知道的咋也比你们多。"

三十余骑风驰电掣，赶到出事地点时，二东家一伙早无影踪。经过仔细询问，有人说那九骑人马往南跑了。

当他们来到一个蒙古族小村时天已经黑了，只好宿营。

小土屋内昏灯如豆，凡文才眉头紧锁，陷入沉思。

对于这股新匪，县大队已有所侦知。但新政权初建，千头万绪，百废待兴。剿匪反霸，恢复治安，巩固政权，发展生产，恢复经济，发动群众，培养干部，事无巨细，纷繁复杂，忙得天昏地黑。

不是冤家不聚头。这不，还没等腾出手来剿匪，这个恶贯满盈的家伙竟然先下毒手，又欠血债。

明天能否找到土匪？找到后能否彻底剿灭？这些悍匪飞马快枪又狡猾，而县大队由于不断地向前方输送兵源、马匹、物资，所以马匹始终处于勉强维持的情况，而土匪的马都是百里挑一。他知道双方的战马无法相提并论。

战场拼杀，胜，追敌俘获要看马匹优劣；败，马就是救命的活佛。虽然从人马的数量上我方占绝对优势，但新兵多缺乏训练，这让他最为担忧。

稍感宽慰的是大虎的归抚和主动参与，因为大虎比较了解二东家的活动规律。重要的是大虎马好枪准，这使他心里多了几分胜算的把握，紧皱的眉舒展了。

夏日夜短，东方刚露出一抹鱼肚白，镰刀似的残月还挂在天上，打着哈欠像是没睡醒。那些没回家的星星还对它挤眉弄眼。

集合好人马，望着那茫茫的大草原，凡县长有些茫然。

土匪的去向一无所知，连个方向也没有，不能南辕北辙吧？

大虎猛然想起一件事儿，忙告诉凡县长："二东家有个磕头兄弟叫仁钦，家就在往西四十里的希伯花。他会不会去那里避风头？"

凡县长说："狡兔三窟嘛！好！咱就去碰碰。你给大伙说几句，今儿个这仗该咋打。"

大虎大声地说："见了影就先一通快枪猛打，这叫敲山震虎，下马威！距离远打人不好打，马给的扇子面大，马废了人还能跑？"

马蹄挟起疾风，呼啸远去。很快就看见了那个升起缕缕炊烟的蒙古营子希伯花。

出人意料的是还没等他们靠近，有一彪人马突然向北蹿去。狡猾的二东家放了游动哨，先跑了。

逃的，恨马少生了两条腿。

追的，恨不得马肋生翅。

十七

苍茫辽阔的大草原上朝阳初升，洒满霞光。刚才还沉寞寂寥，顷刻间便狼突虎逐，铁蹄翻飞，战马啸啸，杀声四起，枪声震耳。草原愤怒了、沸腾了。

二东家跑在最前面。他的白马叫"草上飞"，跑起来履地如箭，自称日行八百。

二东家边逃边回头，看见后面有三四十骑紧咬不放，就有些慌。他想，这回坏了，这是赖黏糕粘帘子啦。都怪自个儿性子太急，干啥忙着杀那俩共产党。这回要是栽了，哭瞎眼也找不着姥姥家。

他举起匣子枪向天空叭地打了一枪。这是暗号。他身后那八骑听到枪声后，呈扇子面向左右散开而逃。

这招厉害，目的是让你分散人马，各自为战，不易追击。

凡县长一看，马上传令给与之并进的赵队长："三四个人追一个，够得上就先打马！"

大虎骑着匹枣红马，他盯的目标始终是二东家。这时，他超越凡县长已有百米之遥，但离“草上飞”还有一里多的距离。他知道再这样肯定撵不上。一是“草上飞”名副其实，跑起来像风在草尖上掠过。二是自己的马已经跑了几十里路，现在已经汗如水洗，这说明马已经体力不支。

他咬了咬牙，一狠心从贴衣口袋里掏出个油纸包，掰下杏核大一块大烟膏，然后一哈腰塞进马嘴，并轻轻地拍了拍马头。

他本不愿这样，也实在舍不得毁了这匹好马，但不这样就根本撵不上“草上飞”。再有一袋烟工夫，二东家就会消失在茫茫的天边，让人连个马屁味儿都闻不着。要不然，咋叫“草上飞”哪?

鼻喷热气、口角漾着白沫的枣红马在嚼了大烟膏后，血脉贲张，鬃毛飞扬，蹄下生风，像是插了翅膀。

距离在缩短。

大虎回头看，凡县长已落后很远。顾不得太多了，他伏鞍策马紧追不舍。

这时二东家回头一看，心中不由一惊：“神马呀，真撵上了？”他顺过步枪，拧回身就是一枪。这一枪，狠，也来得突然。

大虎没先开枪，是想再靠近些，把握更大。但就在二东家拧过身的刹那间，大虎已知其意，就来了个镫里藏身，把身子侧贴在马的左肚皮上。

子弹带着尖啸，擦着大虎扳着鞍桥的右手飞过。子弹掠过，在大虎手背上留下一道灼痕。

大虎迅速跨鞍，顺手也回敬去一枪。只见二东家身子震动手一抖，他第二枪的子弹打在了大虎马前的草地上，一道火光，一团烟尘。

二东家左臂受伤，大枪落地。只见他右手狠狠挥鞭，那马便似鼓了风的帆、受了惊的鹿，飞起一般。

大虎急了。如果这样，一眨眼的工夫那小子就没影了。他定定神，喘口气，两腿夹紧马肚子，蹬住镫，攥稳枪。

在飞驰的马背上打枪，根本无法瞄准，靠的是感觉，是枪顺手，手应心，心随意，意传神。所以，神枪手们靠的都是在击发那一瞬间的感觉。

“叭”的一声枪响。

这一枪正打在“草上飞”的后胯上。高速奔驰中，突然重要零件不听使唤，马就轰然栽倒，人像箭一样射出去三丈多远。

大虎长长地舒出口气，放慢了速度，但双手还紧握枪瞄着前面，他怕狡猾的二东家诈死。策马近前，大虎绕着二东家转了两圈儿，只见二东家直挺挺躺着地上，脸上血肉模糊，已经面目全非。

他还是不敢大意。这时，凡县长和一名战士飞马赶来。

战士用手拭了试鼻息说：“死了。”

回头看了看死尸，大虎心生感慨。三年前，他受了这狗东西的蛊惑，扔下镐头就跟他当了胡子。浑浑噩噩，几生几死，经历了那么多事儿，自个儿也练了一手好枪法，今天这狗东西又做了自己的枪下鬼。唉！

此战大捷。

凡县长表扬说：“这次剿匪的胜利，大虎功不可没。这是他走向新生后的首功。他自告奋勇主动请战，为民除了一大祸害，应该表彰！”

十八

中秋时节，凡县长奉调前方。临行前，他带警卫员来看大虎。

这是一个艳阳天，秋高气爽，万里无云。碧蓝如洗的天空中，雁阵行行。人们在收获解放后的第一个丰收。

在村长的引领下，他们在村北的庄稼地里见面。

大虎在割黄豆。

盘腿坐在曾经饱受蹂躏和苦难，而今散发着新粮香味的地上，他俩像坐在热炕头上，又像久别重逢的老朋友，都大口地抽着旱烟，喷出的烟雾袅袅而去。

凡县长亲切地问：“咋样？”

大虎仍是那么爽朗，笑起来声如铜钟：“挺好！挺好！咱本来就是穷小子，跟着坏人当了几年胡子，走错了道，虽说没作过孽，但也死了好几个死。直到碰上了你们这才找着正道。你看，现在干活有劲、日子舒心，睡觉也踏实了，多好！当胡子那阵，睡觉都得睁着一只眼，支棱着耳朵，哎呀呀——”

接着，俩人又说起那次比枪法打飞鸟和追剿二东家的事。凡县长说：“罕山沟设伏之事，我和你二叔都找人调查过，确有其事，毫无夸大。要不是你，就不会有你二叔和我的今天。消灭二东家那一仗也多亏了你，要不然还真让他给跑了。奋勇杀敌，为民除害，你有功啊！”

大虎笑笑说：“真可惜我那匹枣红马了。”

凡县长说：“你够条汉子，我没看走眼。可惜你没听我的话跟我去参加部队，这也是你我之间唯一的遗憾！”

大虎黑红的脸膛上满是真诚，他抠起一把散发着芳香的黑土放在鼻子下闻闻，笑呵呵地说：“三辈儿不离姥姥家根儿，咱祖祖辈辈都是庄稼汉，就是跟土地亲，还是好好的种地吧，多打粮，支援你们打胜仗，不一样吗？”

说到高兴处，俩人都开怀大笑。

笑声惊飞了树上的小鸟。

小鸟振翅飞向高空，在蓝天白云下啾啾鸣唱，歌声传出很远很远。

地主别传

一

夜幕把阴谋和丑陋都聚拢在怀里，使黑夜变得青面獠牙，既可憎又让人心惊胆战。无畏又帅气的黎明就伸出能拨云破雾的手，毫不犹豫地撕破夜幕，东方的鱼肚白就姗姗而来。于成龙的哈欠里沾满了黏稠的疲惫，按约定他从黎明的怀抱里走近王玉龙。借着朦胧的微光，打量着戳在眼前的半截塔，王玉龙心想，看这人的面瓜样，这家伙不像是个懒人。所以，俩人的对话也就简单直接：“你自个儿去油葫芦耪地吧，知道那儿吗？”“知道。”虽然只有两个字，但是于成龙的回答让人觉得比老牛还慢，比破菜刀还钝。王玉龙觉得他说句话比扛个碌碡、比便秘都费劲儿。

一问一答后，于成龙就成了王玉龙的长工。

披着寂寞无语的黎明，于成龙大步流星地走了，好似急着去坐酒席，肩上的锄头无可奈何地望着启明星咧嘴苦笑。这时，黎明以把溃退的夜幕逐渐变淡。迎着微弱的风，用脚步打掉草尖上晶莹的露珠，于成龙心想：“风真是个有本事的东西，它能把云彩归拢到一起，再撒上一把籽儿就有了雨。有了雨，庄稼就能蹦着高地往上长，就会规规矩矩得开花结果。还有，咱来到这个世上就是个受罪的命，只要东家不孬种掉腰子，咱也就不能偷奸耍滑。做人必须要有良心，你省下那点儿力气，它也不会下崽儿。”

于成龙媳妇的思想却总和他的思想尿不到一壶。她骂他是头笨驴，连个蹶子都不会撂，就会弓腰蹬地、四蹄子淌汗地傻干，还说“我咋就嫁了你这么个傻种，吃屎都赶不上热乎的。”

他憨乎乎地嘿嘿笑，说：“我打娘胎里出来脑袋就晕晕乎乎的，上炕认得娘，下地只认识鞋，可不就是个拉磨驴？”

于是，媳妇就发出比蹿稀还难受的叹息：“唉！瞧咱这日子过的，就像一根朽绳子，一拽就断。真是老牛破车疙瘩套，车轱辘瓢扇吱嘎叫。”

王玉龙暗自在虎山上观察了三天。三天中，他看见于成龙除了喝水抹汗，就是弓腰挥锄，片刻不歇，而且每天都是在星星眨着眼时上工，在月亮打呼噜时回家。他在心里不由得发出感叹：“这家伙，对待活计像孝子伺候亲爹。这说明这家伙是真的实在，实在得像碌碡砸碾盘——实（石）打实（石）。在这腥风血雨、妖魔横行、人心不古的年月里，想找个这样能尽心尽力做事的人，比找个人参娃娃，比上天摘星星都难。世事维艰，人心叵测，穷人也不都值得可怜，有不少懒蛋二溜子，在鬼子的‘怀柔’和汉奸的利诱下，为了一时的苟且而不惜拿着良心去换一壶烧酒和半斤肉。”

王玉龙高兴，高兴自己没看走眼。他觉得于成龙是个能托付大事的好帮手，于是三天过后主动给他增加了四成工钱。

二

于成龙的胆儿像芝麻粒儿，关于他胆小如鼠的故事能捡几挑筐。

有一回，他和媳妇路过瓜地。太阳骄傲地挂在晴空，放出的光贼辣辣地热，烫得人肉疼。一阵阵瓜香慢腾腾地笼罩着寂静的田野，又随着微风丝丝缕缕地扑鼻上脸。他媳妇又渴又馋，吧唧着绵鱼嘴，眼睛放光，非让他去摘个瓜吃。他像个闷葫芦，一声不响地勾着头走路。媳妇就骂他："你这个死种加倔驴，半截塔跳蚤胆。青瓜绿枣，谁见谁咬，这是千年的规矩，你怕啥！"被逼无奈，在叹了几口长气，左顾右盼确信周围只有微微的风以及跳去窜来的蚂蚱和刀螂后，他才鬼鬼祟祟、蹑手蹑脚地过去摘了两个香瓜。蹲在玉米地里吃的时候，他的还心慌慌张张的，腿直哆嗦，气得媳妇连踹他两脚，骂他："呸！孬样，偷瓜摘枣不算贼，哆嗦个啥呀！"

多年前，他还是光棍儿一条时，给丁虎家扛活。有一天，在天罩上一层黑纱时，张四叫他，说东家爷俩要他俩帮他们去干点儿营生，回来后每人赏半斗高粱米。当他看见丁虎爹挎着枪、扛着撬棍，丁虎拎斧子、扛大锤的架势，他那灌了半瓢糨糊的脑袋却灵光一现地意识到这爷俩是耗子日咕豆杵子——不干好营生，立马腿肚子就转了筋，瘫倒在地。丁虎爹像狼审羊一样问他咋了。他哼哼唧唧地说："兴许是吃馊饭，也有可能是凉水喝多了，小肚子疼，腿肚子也疼。"丁虎爹就让扛着锹镐的张四架起他走，说起来走走就好了。但他拖拖拉拉直不起腰，说着就臊气哄哄地尿湿了裤子。气得丁虎爹大骂他："老母猪做梦胡噜噜，今晚上要是不去，这半年的工钱就是烧纸料子上坟——化火了，还得王八羔子折个儿——立马滚犊子！"

多少天后的半夜里，躺在自家的小窝棚里，他那长了一片苣麻菜的思想还在吧嗒吧嗒地掉眼泪，他心疼那半年的工钱——三斗苞米，但他不后悔。傻人有傻福。自打那天晚上之后，人们就再也没见过张四。后来听人说是丁家爷俩带他去掘一个大户人家老太爷的新坟，说是坟里的老太爷光一个扳指儿就值几百大洋。他们不知道人家的坟是上好的红砖砌的，还用糯米加红糖熬成稀粥拌石灰灌缝，那墓如同铜墙铁壁杠杠的硬，比外国人的洋灰还硬。

他们三个人大锤、撬棍齐上阵，直溜整了一个多时辰还没见着棺材影。正在他们累得四蹄子淌汗，骂这老种死了还住这么尿性的房子时，耳边就叭叭地响起了枪声。三人虽然跑得比兔子还快，但是也没子弹快。虎了吧唧又好贪小便宜的张四没跑过枪子儿，后脑勺让枪子儿给钻了个窟窿。丁虎爹肩膀也让枪子儿给凿了个洞。张四家里人三天不见人影，就去丁家找人。丁虎他爹说:“我也是昨天晚上才听说，你家老四伙同他人去盗墓，让人家给崩了。我倒了八辈子血霉，雇了这么个贼种来扛活。这不是让我无缘无故地吃瓜落吗？”

有一次，王玉龙让于成龙杀鸡。公鸡边叫边拍着翅膀转着弯儿跑，他也转着圈儿追，费了攀山越岭的力气终于抓住了那只大公鸡。他像喝多了酒，脸红得像抹了猪血，攥菜刀的手哆嗦得比打摆子还匀称，头上还冒了汗。最后，他咬牙闭眼，在鸡脖子狠狠抹了一刀，接着手一松，刀哐当落地。望着脖颈滴血还直着脖子满院号叫乱跑的大公鸡，歪脖子抱膀瞅热闹的王玉龙就笑他笨，说他：“论干活你一个顶俩，可五大三粗个男子汉咋是个耗子胆儿，都不如个老娘儿们！你能干成鸟蛋个事儿？”

三

一年后，王玉龙却和于成龙成了掏心换肺的好兄弟。

榆木脑袋柳木舌的他，在和东家说掏心窝子话时，他的话却成篓子地往外搬，说到高兴处还放肆地笑。他说:“我最佩服的人有两个。一个是听我爹说，于家有个烧石灰的老祖宗很牛，有几句词儿整得硬，百世留名，让姓于的后人都很有面子，真真是了不起。不像姓秦的人家。听说书先生讲，秦桧有个六十七代孙，考中状元回老家时都替祖宗害臊，说：‘我到此地愧姓秦。’二是张大帅。他原本是一个穿条裤子都露腚的穷光蛋，靠着一股子勇气和狠劲儿，硬生生地整出个铜帮铁底的江山和连阎王和老天爷都啧啧夸奖的日子。

他一生气一跺脚，连三山五岳都乱晃悠，他一发脾气，连日本人都像夹尾巴狗似的。后来张大帅打败了南督军、北大帅的，把天下十五省攥在手心里。啧，啧，那心得比铜盆大，胆儿要赛过十斤大倭瓜！”说起传说中的共产党，于成龙像诸葛亮借来东风——眉飞色舞：“共产党这人更厉害，比岳飞、诸葛亮的本事都大。岳飞说能整平贺兰山，直捣黄龙府，但死得太窝囊。诸葛亮说……”王玉龙拦住话头，十分认真地告诉他：“共产党不是一个人，他们是很大的一群人，是个一心救中国的政党，但这是掉脑袋的话，千万千万不可随便乱说。在‘满洲国’，日本人的眼睛和耳朵比猪身上的虱子都多。”

日夜奔跑的西拉木伦河有些疲倦又有些惶恐不安。在日本鬼子没来时，自己一直是意气风发、风风光光地流淌着。可自从甲午战争开始，小日本就铆足了劲儿，日夜谋划着吞噬自己前后左右那肥得流油的黑土地。特别是九一八事变后，饱经沧桑的西拉木伦河就没睡过一个安安稳稳的囫囵觉。

望着哗啦啦逃难似的奔涌的西拉木伦河水，王玉龙他俩回忆、怀念过去的日子，心里的惆怅也哗啦啦地流淌。

于成龙长声叹息：“张大帅轰隆一炮魂归天，东三省像个大西瓜呱唧一声摔稀烂。一觉还没醒呢，爹跑了娘亡了，咱这儿一眨巴眼就成了‘满洲国’。”

王玉龙告诉他：“皇姑屯事件发生时，我正在奉天念书。第二次直奉大战后，张大帅的霸业登峰造极，当了安国军大元帅，入主中南海。大帅对小日本是小事能忍则忍，大事就大骂‘妈了个巴子’，毫不畏惧也毫不客气。有一回，几个日本兵光天化日之下，闹着玩儿打赌就杀了一个中国人。大帅知道后派人去质问交涉，要求惩办凶手。但鬼子司令官却用一张五千元的银票了事，还说：‘这是给张大帅一个面子！’大帅听了禀报后，当时就吩咐下，当天夜里就杀了三个日本兵。日本鬼子的司令官气势汹汹地上帅府交涉。大帅听他放完屁，哈哈大笑后拿出准备好的三张银票扔给他，说：‘你们日本人的命也是这个价！’所以张大帅就成了他们的眼中钉和绊脚石，鬼子们才丧心病狂地策划了皇姑屯大爆炸，炸碎了好几节车厢，火车的大铁轱辘飞出有半里地，连铁轨都成了麻花。你说这些王八蛋有多狠。可惜的是少帅这个花花公子，小日本在他家杀人放火，他放着家仇国恨不报，却在北京搂着美女跳舞。九一八那天晚上，沈阳城火光遍地，枪炮声惊天，一片血海，他却在北京大戏院听梅兰芳唱戏。所以，东北这个又香又甜的大西瓜才呱唧一声摔得稀烂。不然，哪怕是少帅有他爹一半儿的血性，小鬼子也占不了咱这遍地是宝的东三省，也整不成这个狗日的'满洲国'。小日本儿就是想这样把中国肢解吃掉。"他问支棱着耳朵听的于成龙，"肢解你懂不懂？"

于成龙把头摇得像拨浪鼓。

王玉龙告诉他："就是大卸八块。小日本儿就想让中国人亡国灭种。从戚继光抗倭到甲午海战、日俄血战辽东，他们就像一个歹毒的恶贼，做梦都惦记着怎样灭了善良的富邻，再把其家业据为己有。他们奸淫烧掠，杀人如割草，累累罪恶，笔笔血债，连神仙掰着脚趾头都算不过来，真是罄竹难书。中华民族多少年来屡遭外族欺辱，但唯有日本鬼子祸害中国最凶狠、最惨烈。就说现在的'满洲国'吧，老百姓在滴着血的刺刀下哆哆嗦嗦地苟延残喘，在腥风血雨中哭哭啼啼地当牛做马，就连吃口橡子面、穿几尺更生布还得'配给'。被他们逼得无家可归、四处要饭的人比天上的星星还多，饿尸冻殍更是不计其数。连老娘儿们穷得饿得实在没法活、没路走了，偷偷摸摸地卖一下身子，挣个菜饽饽，还得掰给他们半拉，鬼子汉奸们还美其名曰这是卖淫税。呸！"

于成龙非常非常佩服东家，因为东家的话实诚在理儿，句句都说到了他的心坎儿上。"只可惜这西拉木伦河水没心没肺，还整天哗啦啦忙忙叨叨地跑，要是你能发一回脾气，把鬼子汉奸都冲到大海里去喂王八，那该多解恨！再说，像丁虎爷们儿那样的狗汉奸，都是秦桧、张邦昌的种，都该千刀万剐。这些畜生不认自个儿的祖宗也就罢了，咋也不能往先人的脸上抹屎。中国人要是都抱成团儿，仨人整死一个鬼子，就他们东洋小岛那儿秆籽能搁几掐？"

于成龙像个说书的，一口气说了半篓子话。看着奔跑的浪花，憨人说出了在心底憋屈了许久的傻话和笨心思。

他俩把月亮唠进河里，又唠上西山。于成龙觉得自己的日子和心思早已被日子这盘石磨嚼成了水，又冻成了冰。现在，王玉龙的话如同一缕缕春风，正在抚摸和温暖着他那冻得硬邦邦的思想，一种暖流和快意从冰下活泛起来，并且开始涌动、流淌，汇集成一种叫作力量的东西。

四

夜晚，在那两间勉为其难地支撑着又替主人尽心竭力地遮风挡雨的小马架房里，在那日夜忠诚守望着星空的小土炕上，扯着那床有一百多块补丁的被子，两口子难得地乐呵了一回。之所以说难得，是因为他们必须随着日月那痛苦不堪的脚步去奔波，否则就是死；是因为他们让那昼与夜同的黑暗压制得直不起腰来，连喘口气都费死劲；是因为在这疯狗一样的‘满洲国’里，保甲连坐制就如把活人装进棺材再埋上，禁锢得人们的思想连个哈欠都不能打。哪个老百姓还有心思去乐呵？

于成龙是因为跟着东家举了拳头，所以才高兴。因为高兴，所以用东家给的小米熬了黏糊糊、香喷喷的粥。自从小鬼子霸占了这里后，他家是头一回吃小米粥，之后才有难得的乐呵一次，才把因疲惫而沉沉酣睡的夜，把既同病相怜又同甘共苦的小土炕都弄出了动静，把那破炕席弄得龇牙咧嘴开了花。媳妇笑着听他讲陈胜、吴广“骑青鬃马，舞钩镰枪，活捉豆元帅”的故事逗乐子，还做梦似的说：“太阳啥时候能从西边出来的时候，天上就能扑通一声掉下半斤肥猪肉，让咱家这破锅也知道饺子长得啥模样，让咱们穷人也都整下几亩地。”媳妇虽然长得丑，但似乎比他的肚子要大许多，要豁达，似乎心中能跑马，能看破红尘。他撇着大嘴说：“哼！你脑袋没撞树上吧？

咋就胡说八道哪？这世上的事呀，不能盘算也不能盼。你盼小子，它偏来闺女。命里该你吃三升，整半斗就得蹿稀跑肚脑袋疼。整几亩地，还让天上掉肥肉？掉馅儿饼多好，拿过来就吃。你做梦吧？你脑袋进过水还是让驴踢过？老财们吃肉还挑肥拣瘦、红烧糖醋地整。咱们哪？连稀粥都喝不上溜。唉，老牛能走就得拉套，破车有轱辘就得往前造，但咋也得看着道，别为人家卖了命，栽沟里去了，还不知咋死的就行啦。”

贫贱夫妻百事哀，他们家里穷得仿佛用水洗过，炕上只有一条满是补丁的棉被，地下有几斗谷糠与高粱混磨的杂合面，还有碗、筷、锅灶。小马架子房卑微而提心吊胆又静悄悄地在风雨中挣扎，它那孱弱的身躯只能也别无选择地看着妖魔鬼怪们肆无忌惮地吃人肉、喝人血，然后又狂歌乱舞，所以它只好在咬牙切齿和唉声叹气中熬日子。

小马架房中，确切地说，在这黑如锅底的世界上，唯一能让他们互相安慰或是说唯一能给他们制造那么一点点儿稍纵即逝的快乐的，也只有两口子之间的那点儿事儿。这个憨货偶尔也捅一捅那长满铁锈的脑子，让它冒出一句耐人寻味的话：“还不都是那些狗日的鬼子整的。唉！这熊日子就是破锅熬苣麻菜，熬，熬吧，熬到猴年马月就能熬出香个跟头的红烧肉来。还是东家说得对：‘金兀术也好，小日本也罢，哪个兔崽子想占中国都是痴人说梦，都是兔子尾巴长不了，谁也灭不了中国！’”

五

历史的车轮子磕磕绊绊地转到了 1943 年。这一年对于成龙来说，是既富有传奇，又称得上是多难之秋，也是他经历惊心动魄、九死一生而又写下辉煌的一年。

6 月初的一天，当公鸡还在伸直脖子喔喔地唱着歌时，强悍的黎明就毫不客气地撕碎了黑夜最后的一丝尊严，以高傲的姿态昂然亮相。这时，慵懒的太阳公主刚刚起床，还在梳洗打扮，描眉、画唇、涂胭脂。而朝霞姑娘却袅袅婷婷地扭出了地平线，东方就渐渐地由灰白变为红色。

初夏的晨风如娇女人柔嫩的纤纤细手，微微地、凉凉地拂着于成龙的脸，舒服极了。东家今天委派的活计让他觉得又新鲜又刺激，就像小时候在河岸的泥沟里摸到一条活蹦乱跳的大嘎鱼，让人兴奋得直蹦高，但大嘎鱼脊背上那尖而锋利的刺儿，一不留心就会扎破人的手，哗哗淌血。他边走边琢磨着即将到来的活计，就觉得现在的自己挺牛，真的挺牛。但在那狼和狗比人还多，随时都会被咬断胳膊腿或撕下一块肉的环境中，他又觉得很紧张，觉得手心直出汗，心里像有个小兔子在撞来撞去。

这让他想起了去年腊月，东家派他去三家屯送情报。正是由于那份情报的及时准确，冀东北的李支队才打了一个漂亮又干脆利落的伏击战，且斩获甚丰。但那次如同上刀山、入火海的经历让他八辈子都心惊肉跳忘不了。尤其是回来的路上，正碰上鬼子们报复性的“扫荡”，他们把一个叫汤家窑的村庄变成了杀人场，到处是横躺竖卧的尸体，没脑袋的，没胳膊腿的，吊着的，开膛破肚的……

鬼子们在山上发现还有个他这个活物，就叽里呱啦地又喊又追。那枪子儿在头上脚下“日儿、日儿”地飞，比闹蝗灾时的蚂蚱还密，个个都像追命鬼似的叫着、追着，吓得他七个魂丢了八个半。虽然自己长得憨头笨脚像头牛，但攀陡坡蹿山林子的功夫像狍子那么灵活，像野狸子那么快。他想：“小鬼子，你那三八大盖枪和歪把子机关枪算个屁！老子照样顺顺当当又出色地完成了任务（害怕的事不能说），还受到了东家的奖励。通过这次生与死的考验，咱不是豪气干云地一下就把那跳蚤胆儿扔到了云彩里？”

想着过五关斩六将的豪气事，他踩着凉爽的风来到集上。清晨的集市上人比搬家的蚂蚁还多。到处飘荡着叫卖声，卖菜卖糠的，卖墓中扒来的衣裳的，卖大力丸壮阳药狗皮膏药的，耍猴打把式顶大缸耍大刀的，角落里还有给孩子头上插根儿草卖儿鬻女的，都在喊："贱卖啦，贱卖！谁糊弄人谁就是王八犊子，就是高粱地养的！贱卖，贱卖——"

在这热热闹闹、熙熙攘攘的人群里，于成龙的牛眼睛灵活得像河湾里的泥鳅，飞快地游来游去。在水一样的人流里，他一眼就看见了保长丁虎，这个有奶就是娘的王八蛋，仗着有十数顷好地和烧锅杂货店，把三个老婆扔在家里，自己学西门庆夜夜寻欢狮子楼，顿顿光顾醉八仙等馆子，自称"神探"的他还腆着肚子、跷起大拇指吹牛："咱爷们儿鹿鞭狗蛋天天吃，十二个窑子轮流睡，抽完大烟探消息，领赏常去宪兵队。"于成龙知道这犊子是个吃人饭不拉人屎、丧尽天良的人渣败类，就总是耗子避猫似的躲着他。

六

王玉龙给他讲过丁、王两家的恩怨史。当年，17 岁的丁蚂蟥给东三省总督锡良当亲兵。锡良倒台后，他卷了银子溜回老家。1932 年，山东巨匪刘黑七率万人流窜热河，驻青阳五日，烧杀掳掠，无恶不作，平民家和商铺皆如用水洗过一般。与王家有世仇的丁蚂蟥不仅帮虎谋食、助纣为虐，还雪上加霜，乘风放火。他带着儿子丁龙、丁虎假扮土匪，四出抢劫，又趁机买通刘黑七部的一名营长，派十几个兵从墙外嗖嗖地往王家扔手榴弹，弹片飞入室内，伤了王玉龙的爷爷王立武。半夜，老人死去。是夜，正在王家人悲痛欲绝，忙于张罗丧事之际，丁蚂蟥趁着黑沉沉的夜色，带着俩儿子和那个营长，率队来打王家。幸亏王家有防备，枪来弹往中，丁龙被王家老二一枪打碎了脑袋。

在这场浩劫中得以保全的只有两家。

一是丁家。因为丁蚂蟥主动当狗引路，率队先抢了县政府及财库后，又主动献出五千大洋劳军，又把自己的妻妾及丁龙、丁虎的妻妾任凭刘部的头领们享乐，刘黑七看在他十六岁漂亮又风骚的女儿的面子上才饶过了他。

二是王家。王玉龙父亲曾随张大帅多年征讨，在大帅创业之初舍生忘死，立过汗马功劳，虽然因伤而急流勇退，但是在奉军中威望甚高又多挚友。在刘黑七前锋初至的当天，王父就抢先做了两件事：一是把所有长工的家人和亲戚都接进王家大院，当即修书一封，命一个机灵的长工星夜飞驰新民奉军驻地。二是加高加固院墙。刘部用一天的工夫洗劫了青阳镇及十二乡，遭受奸淫掳掠后的青阳镇惨不忍睹。在洗劫青阳镇后的第二天，刘部便来攻打王家。王家主动打出白旗要求和谈。于是，王家派出管家刘明到挂着刘司令大旗的丁宅谈判。刘匪开价五万大洋。刘明说王家中道衰落，空有其表，还价一万。双方各不让步。刘匪的军师极端狡诈，他绕王家大院侦察过，知道那院墙和炮台的坚固不是刘部能轻易攻克的，因为他们没有重武器，所以才耐着性子谈判。第三天，刘明软磨硬泡让至两万六。第四天上午，当刘匪失去耐性，兽性大发，正要攻打时，镇外枪声四起，还有炮弹呼啸而至，是奉军的援兵到了。刘黑七深知，自己再不跑就成奉军的刀下鬼了，于是就带着丁小姐一溜烟地窜了。

刘黑七西窜承德后，丁蚂蟥为又一次投错了胎而懊恼万分，一个劲儿地抽自己的脸。他不是心疼老婆和儿媳妇们，心想，反正都是些旧尿壶，谁用不是用。他是心疼那白花花的五千大洋和十六岁如花似玉的亲闺女。他贼心不死却恨死了王家，就带领丁虎和长工张四去盗王老太爷的新坟。一个好心人暗中给王家送了口信，王家哥儿们持枪追杀盗墓贼，没打死元凶，却打死了被利诱裹挟的长工张四。

接着就来了日本人，就有了“满洲国”，丁蚂蟥就投靠鬼子，当了伪治安军团长，专打“反满抗日”的人。恰巧王家老大脱离奉军，化名王钟书，回乡秘密组织义勇军抗日。他很快就募集到二十多人，于是就神出鬼没地袭警署、打治安军，把西拉木伦河两岸的鬼子汉奸整得吃饺子不香，却放屁崩坏裤裆。鬼子官鬼冢就委任丁蚂蟥为剿匪司令，率领两百多名伪治安军像抢孝帽子撒欢儿地跑，到处围追堵截。追剿了半年的成绩，除了被对手端掉两个警察所和死了十几个卒子，连个狗蛋都没捡到，对方反倒多了几十人。气急败坏的鬼冢气得七窍加肚脐眼都噌噌冒烟，狠狠地赏了丁蚂蟥几顿大耳光子，有一回还非要砍掉他吃饭的家伙。想着那寒光闪亮的东洋刀，急出一嘴燎泡、动不动就蹿稀的丁蚂蟥就让丁虎带人钻窟窿盗洞地四处侦探。

一天，丁虎得到一份重要情报，爷俩一番耳语后，丁蚂蟥高兴地屁噔噔响。他传下命令："今夜三更吃饭，四更出发，老子带你们捡元宝去。"他骑马带队浩荡前行，天蒙蒙亮时来到了黑风岭下。他在高头大马上盘算："过了前面的沟，再翻过岭就到了地方，咱先神不知鬼不觉地四面合围，然后瓮中捉鳖。只要灭了这伙抗匪，丁家就是老太太筛糠——抖起来了，不但银子和女人大大的有，没准儿就弄个少将干干，再给丁虎弄个县太爷，就真的光宗耀祖了。"可是，人算咋也干不过天算。当他正晃晃悠悠地在马上做梦时，当他和他的队伍刚要走出沟口时，那子弹雨如泼水般从天而降，他连爹都没叫一声，就丧家犬一般急三火四地追大儿子丁龙去了。从此，孤家寡人的丁虎就死心塌地地成了丧家狗。

王玉龙还告诉于成龙，他大哥叫王玉昆，后来带队伍参加了八路军。

七

想着往事，蓦然，于成龙在如水的人流中发现了目标，但他看见丁虎正猫盯耗子似的跟着他要找的目标时，他的后脊梁立马渗出了冷汗。他心想："时运不济，咋碰上他了？可能八成要坏事儿。"他心里想着，脚下就快了许多。

他想越过丁虎，打个马虎眼。但是，干这一行，丁虎是老鸨子接客——轻松加愉快。丁虎的眼光尖得赛锥子，一眼就扎上了急慌慌奔丧似的于成龙，便扭身蹿上去一把扯住他，问他给日本人出夫送粮草的事。丁虎边说话边跷起脚东张西望地找什么。

心如火燎的于成龙低头瞅着才到自个儿心口窝的丁虎，恨不得一拳把这个三寸钉砸到土里，但还得应付他几句。当心乱如麻的于成龙缓过神再找目标时，他的目标早已如一闪而过的流星没了影，呆若木鸡的他只能眼瞅着丁虎一摇一摆地进了北来顺。

八

进了北来顺，丁虎选了一张靠窗的桌子坐下。就有个伙计颠儿颠儿地跑来，躬下身问："丁爷，您来点儿什么？红烧狗鞭还是闷驴三件儿？"

丁虎很不耐烦地摆摆手说："随便！"

伙计旋风般地跑来跑去，上菜，斟酒。

丁虎一边儿想着海棠红那对有十几斤重的大奶子，一边儿悠然自得地喝着开鲁大曲，那两个天生的贼眼球却像钉子般牢牢地钉在了对面的切糕铺。半个时辰前，有两个戴草帽的人跟他擦肩而过。就在那一瞬间，草帽檐下那双滴溜溜警觉的大眼睛，就像那天打碎他哥的枪子儿，"叭"，唤醒了他那睡觉的耳朵和鼻子。他那原本满是八条九饼和女人大腿的脑袋立刻转得像飞旋的骰子。盯梢到这里时，他才理出个乱线头。王钟书，王家大少爷！没错！通缉令上八路军武工队队长的名字清亮亮的，像只灵巧的猴子嗖地蹦出他的脑海，又颤悠悠地跳到桌面儿上。对，就是他！哼，光腚子时候你就没少揍我，扒了皮我也能认出你的骨头！看见你家的狗，我都恨不得咬上两口！

他一边儿回想着那些陈芝麻烂谷子的往事，一边哼着《寡妇思春》，一边探头往窗外吐了口痰，顺便对蹲在门口的二癞子使了个眼色，二癞子立马飞身而去。约两袋烟功夫，当那两人刚走出切糕铺时，前前后后呼啦一下围上了几十人，接着就是喊叫声、噼里啪啦鞭炮一样的枪声和飞蝗般的枪子儿。

于成龙找了一条街也没和目标接上头，他垂头丧气，懊恼万分，抡起巴掌就抽了自己四个耳光。没办好东家的事，就像一马虎就烧了自家的房子，毁了自家的地一样对不起爹娘、对不起祖宗。他咬牙切齿地恨丁虎没人油，也恨自己没用，骂自个儿是个窝囊废。但还没等他到家，就听见北来顺那边响起了爆竹般的枪声。

第二天，王钟书二人被鬼子杀害，其惨烈能让人的心跳出来。

九

1943 年 8 月的一天，于成龙扛着锄头去油葫芦放大垄。脚步声踏醒了迷迷糊糊的黎明，黎明就睡眼惺忪地伸着懒腰打哈欠。迷茫的田野空旷得让人有点儿不知所措，但空气甜丝儿丝儿得让人有点儿陶醉。鲜亮欲滴的露珠儿在草尖花瓣上颤悠悠得有些晃眼，它们滋润得庄稼花草都精神抖擞、郁郁葱葱。清晨的凉爽让人的汗毛都舒坦。田野静悄悄的，静得连不远处西拉木伦河的流水声都声声入耳。晨雾与氤氲的地气相逢，它们如久别的亲人一样热烈拥抱，空气就变得灰蒙蒙的，把远处的庄稼和天地融为一体，朦朦胧胧，浑厚深邃。也把地面弄得湿漉漉的，走起路来让人很惬意，只是疲倦的草虫鸟儿和野花还都沉浸在睡梦中。于成龙心想：“这日子让鬼子闹得连虫鸟都有气无力、没精打采，还有啥心思唱晨曲儿。”

就是这种寂静让他觉得孤独，也有些茫然，让他又一次想到了王钟书的死，因为那惨绝人寰的情景已经深深刻入他的大脑，啥时候想起来便顿时觉得脊梁骨发凉、腿肚子转筋。因此他也更加恨死了日本鬼子。王钟书的死让他像被人抽去大脖筋一样抬不起头来，身子瘦了一大圈儿。

北来顺枪响的第二天，鬼子兵像赶牲口一样把全镇人都圈到了广场上。

广场中央绑着两个遍体鳞伤、模样难辨的人。鬼子官鬼家拄着指挥刀叽里呱啦吼了一通，瘦翻译扯着公鸭嗓喊：“大家听好了，太君说了，这俩八路，认死也不归顺皇军，皇军就成全他们，让他们知道什么是死的快乐。今天不剜心砍头、开膛破肚，不挖眼割鼻、大卸八块，玩点儿新鲜的。”说完一挥手，就有几个伪军抬来长长的条案，把那两个人屁股朝天放上，然后四肢紧绑在四根木桩上。两个鬼子头上扎着带红膏药的白布，光着膀子，手持闪着寒光的柳叶刀。人们，特别是女人和孩子吓得哆哆嗦嗦捂上脸。只见那两个畜生用刀尖非常熟练、非常准确地在那两人的肛门处非常轻巧地一划，立刻有鲜红鲜红的血喷射出来，喷在畜生们的脸上和身上。那两个畜生狞笑着，再用嘴叼着滴血的尖刀，腾出两只魔爪，他们任凭受刑人惨烈的号叫，也任凭受刑人肢体的剧烈抖动，用手活生生地撕扯出两人的大肠头，然后用力地拽着，慢慢地向后退。鲜血淋淋，惨叫入云，除了鬼子和汉奸，所有人无不掩面哭泣，纷纷后退，但又被身后的刺刀逼回原地。

王钟书二人的惨死，再次唤醒了于成龙那被苦日子压迫得早已麻木的心，让他顿时刚强起来。他还时时自责，说：“那天在集市上，如果他早几分钟赶到丁虎之前，或许就能救了钟书大哥，我们的组织也不至于折胳膊断腿，少了个顶梁柱，我真的悔得肠子都青了。”他时不时地用头咚咚地撞墙，泪珠子噼里啪啦的。每到这时，东家都会来劝他：“你不必自责，我们在多如牛毛的特务、密探的眼皮下工作，有损失、有牺牲是不可避免的。只要我们的心不死，只要我们的三寸气在，我们就一定会赢。我们现在虽然弱小得如一丁点儿火星，但是我们是埋在敌人弹药库里的火种，等待时机一到，我们必定会引爆这个军火库，必定会炸得他们粉身碎骨！”

于成龙的悔恨与自责让他发誓：“狗日的鬼子，啥时候让爷爷撞上了，非杀你几个解解心头大恨，也算是为王钟书他们报仇了，也替咱中国人出口气！此仇不报，我于成龙誓不为人！”

十

往日有媳妇做伴儿，说说话，就会觉得少了许多的孤独，就会让这处处隐藏着险恶与暗箭的田野多了一点儿从容或坦然，有时也许会从这些垄沟草丛里整出点儿几里拐弯的故事。可是，今天只有于成龙自己，这些话就只能说给草尖上的露珠听。正在胡思乱想着，一只大眼贼儿嗖的一声从他脚下窜过，头顶上又有两只山雀儿无声地忽忽悠悠地飞过，接着又被缥缈的雾吞进它那幽深的肚子。远处的山和树若隐若现，玉米叶子在微微晃悠，轻轻的风和蒙蒙的雾在亲切交谈，它们独特的语言在空气中飘飘荡荡。路旁的谷穗心事重重，显得有些沉重，好像在对土地鞠躬。眼前是丁虎家的玉米地，前几天前还呈现着鲜红或粉嫩的绒线璎珞，现在都变成暗黑或暗红色。

脚下这条路通往另外一个县城，那里是‘满洲国’伪兴安西省的省城，那里有鬼子的西南军管区司令部。这时，不远处传来了驴叫声。于成龙抬起那整天不说话的牛眼睛仔细一瞧，不远处有人影在晃动。他忽地想到，自己只穿了个裤衩，就十分麻溜地钻进了玉米地。半袋烟工夫，驴蹄子声和说话声渐渐走近。他看见一个小老头戴着瓜皮帽，牵着头黑叫驴，骑驴的女人身上穿着紫花袄、黑裤子，一搭眼就知道是个富家的主。牵驴的和骑驴的像爷儿俩，他们有说有笑地唠着。女人的笑声像喜鹊叫，很开心，也很欢实。只听她说：“哎呀，我这兄弟总算安了家，这比捡个元宝还让人欢喜。”瓜皮帽的声音也透着喜庆：“可不是嘛！你说这个鬼年月，真的没法和张大帅那时候比。眼下家家的日子都恨不得把锅吊起来，说个媳妇难得人想上吊，户户都穷得叮当响。唉！这回可真是去了块心病，老儿子入洞房——大事完毕！”爷儿俩黏黏的话语像粘在了驴蹄子上，踢踢踏踏地走了过去。

于成龙正要从地里钻出来，忽听见了一阵“嗒嗒嗒”的马蹄声骤然而至。

随后，就有一匹红色儿的大洋马，如一团火，又像一阵风似的旋到了黑驴的眼前。只见大洋马上的鬼子兵一勒缰绳，高头大马就突然来了个急停，一立高高，一声嘶鸣。大洋马围着黑驴转了三圈儿后，鬼子兵那络腮胡子的脸突然扭曲着变了形，他一跃翻身下马，那状态就好比醉鬼见了酒、饿死鬼见了红烧肉，那癫狂的神态中含着憋不住的兴奋。他喊着："哟西，花姑娘，花姑娘大大地好！"就一边脱衣裳，一边奔向女人。瓜皮帽急忙伸出胳膊上前阻拦，带着哭腔叫着："太君，使不得，使不得呀！"那个鬼子兵正在欲火焚身的时候，哪能容人来泼水灭火？他骂着"八嘎呀路"，飞起一脚，像踢一截朽木桩子，把瓜皮帽踢出五尺多远。紫花袄挣扎着，厮打着，但哪能抵挡了欲火攻心又心急如焚的鬼子？他狂笑着把紫花袄扛进了苞米地。于成龙清清楚楚地看见了鬼子狞笑着，还腾出一只手揉着紫花袄那圆滚滚的屁股。瓜皮帽龇牙咧嘴地爬起来，两只手捂着小肚子，跌跌撞撞地跟了过去。

把一切都看得仔仔细细，七分愤慨和三分同情鼓励着于成龙的热血沸腾起来，让他仇恨的烈火呼啦啦地烧起来，并且火焰冲天。这愤怒的火烧红了他的眼睛，让他走进了野兽与正义的屠宰场。在离屠宰场还有十几步远的时候，他镇静了一下情绪，大气不喘地站住了。只见瓜皮帽正扯着鬼子兵的胳膊，"皇军爷爷""太君祖宗"地叫着求饶。女人好像被这卯不知榫又突如其来的一切吓傻了，她脸色如纸，枯树般的呆立不动。而心急火燎的鬼子却像喝多了二锅头，红头涨脸，又飞起一脚踹倒了瓜皮帽。在急速地打个滚儿后，灰头土脸的瓜皮帽再次拼尽全力，趔趔趄趄地扑过去，企图让女儿躲过一劫。只见眼睛冒出血珠子的鬼子兵非常麻利地摘下枪，然后抡起枪托狠狠地、非常准确地砸在瓜皮帽的头上。顿时鲜血如小泉眼般咕咚咕咚地从小老头的耳朵、鼻子、眼睛、嘴里往外流，随之他的身子也像个布口袋，软绵绵、慢悠悠地倒下了。鬼子扔下枪，再次扑向紫花袄去扯衣服、扒裤子。女人这时候才发出了几声尖利的、杀猪般的哭号。

于成龙目瞪口呆地目睹了这疯狂、残忍的一幕，他觉得脑袋瓜子在几秒钟内胀得像笆斗子，平日里大而无神的牛眼睛噌噌直冒火星子，他还觉得浑身的血也像那暴雨后的西拉木伦河水，不但涨满了河床，还在拼着命地往外溢。他听到了自己的拳头攥得嘎嘎响，也感到了心在剧烈的哆嗦。

这时，他想起了爷爷的死。听爹讲，那年日俄在辽东开战，爷爷被俄国兵抓了夫，不仅给大鼻子挑子弹箱、扛炮弹、挖战壕，还总被大鼻子的大皮靴咣咣地踢，被枪托子啪啪地砸，受尽了牲口都没受过的虐待。有一天，乘几个大鼻子喝高了打盹时，爷爷钻了高粱地。爷爷做梦也没想到，刚逃出熊掌，又钻进了狼窝，被日本鬼子逮个正着。鬼子们硬说爷爷是俄国人的探子，然后就嘻嘻哈哈闹着玩似的，就把爷爷的胸脯子用刺刀捅成了筛子，留下了十七个黑洞洞的窟窿眼儿。接着他又想起了王钟书的惨死。但于成龙很快就控制住了哆嗦。他觉得周围的空气已经凝固，自己的目光也变得恍恍惚惚，他又觉得有一股暗流在体内聚集和涌动，像马上就要喷发的火山；又觉得有一股热气流把他的心挤压并托举升空。在那一瞬间，他仿佛又看见了汤家窑鬼子的兽行。于是，就在鬼子急不可待地呜哇乱叫，掰开女人雪白的双腿的那一刻，面色刷白、五官挪位的于成龙像箭一般嗖地射出，其快捷迅猛像饿鹰扑兔，连他自己也惊讶万分。他迅猛地抄起地下的枪，手上似乎有了千斤的力气，他觉得枪筒子要被自己攥碎了。于是，枪托子就把晨雾中画出一条闪电般优美的弧线，又用那超音速的气流吹出一声高亢悦耳的口哨，在连续斩断几棵玉米秸，在鬼子眼睛里跳出惊恐的一刹那，“啪！”恶魔的脑袋瓜子已经成了红、黑、白几色儿的肉饼子。

十一

除了女人一声号叫，除了枪托子那优美的闪电般优美的弧线，除了枪托子与风吹出的快乐的口哨，一切都在无声的旷野的怀抱中开始，又在玉米地的神秘与寂静中完成。剧情没有大起大落，也没有说书人形容得惊心动魄。剧情从头至尾一切似乎都顺理成章。四个人都是主角：一个昏死；两个真的去了阎王殿，瓜皮帽受到了阎王爷的优待，鬼子则要在十八层地狱中下油锅；另一个主角则还在剧中流连。唯有两个观众始终没有入戏。

天空还是雾锁烟迷，混沌一片。脚下的土地潮润且疏松。那两个观众——驴和马漫步吃草的声音清晰入耳。似乎是这声音惊醒了于成龙。他看了一眼赤身裸体昏死过去的女人和两个死倒，才觉得自己的脑子像雪后的大地，白茫茫一片，他的腿一软，坐在了地上。

还是黑叫驴或大洋马的响鼻声惊醒了呆若木鸡、汗如水洗的于成龙。他这才觉得自己很虚弱，不仅是身体，还有心。奇怪的是，他又隐约地听见了王钟书那响入云霄的惨叫，也听到了二道梁上的枪声，雾气的氤氲中也飘来了丝丝缕缕硝烟的味道，正是这冥冥之中的枪声和硝烟才让他心中有了种秘而不宣的解脱。他努力让自己镇静下来，身上不仅有了力气，还有了胆量，已经麻木的脑袋又找回了知觉和思维。他蓦然想起说书人的词儿："三十六计，走为上计。"小聪明像根救命稻草，能把人从地狱里扯出来。他没有走来时的路，而是从容地拿了该拿的，然后拎起锄头，横穿苞米地退往河边，造成反方向行走的假象。他跳进哗啦啦奔跑的西拉木伦河，把枪塞进岸边泥堑的深处，然后再逆水蹚河，一直向上游跑去。王玉龙曾经说过，鬼子的狼狗都经过特殊训练，那鼻子贼溜溜的灵，能判案跟踪，能闻着味儿找人，但只要脚进了水里，它就是河里划船——没有一点儿辙。

哗啦啦的河水有些凉意，还用它柔软光滑的手兴高采烈地亲吻抚摸着他的腿肚子，还抚没了脚印儿。他的脚却缺心少肺地在河中拼命地捞取童年那满是快乐的记忆，什么捞小鱼、打水仗。河水还轻轻地唱着歌，但他这会儿哪有心思听，就连蹦带跑地钻进了油葫芦。

十二

每天随着太阳的脚步送到地头的午饭没送来，他知道是鬼子兵封锁了所有的路，就只好啃青棒子，但没了往日那种香甜的感觉，只觉得心头上压着一块磨盘大的石头。这块石头让他站不稳，坐不安。空旷的田野里，秋虫们像正月里的庙会一样的喧嚣聒噪，那声音有点儿振聋发聩。满世界里都是它们的狂喊乱唱，吵得人六神无主、心烦意乱。但它们依然在努力地张扬着自己，显示自己的创作和存在。包括那些偷粮食的大眼贼儿，偷鸡吃的黄皮子、豆杵子和那些地狱里来的鬼子们，田野里充满了神秘和……正在胡思乱想时，他隐约地听见了什么，于是就趴下，左耳贴地。是刚才杀鬼子那个方向，那里有人喊马嘶汽车响，乱糟糟、闹哄哄的，比蛤蟆吵湾还热闹。听到这些后，更让他像热锅上的蚂蚁，烦躁不安。一想到大狼狗那可怕的鼻子和鬼子那滴血的刺刀，他就怕，怕鬼子拎起瓜秧找瓜蛋儿。如果让他们抓去，那红烙铁和大洋狗——跑？那更是不打自招。再说老婆孩子怎么办？

天空一点点儿地染上了墨色，那乱哄哄的蛤蟆吵湾声也逐渐地退去。在玉米地里坐也不直溜、卧也肚子疼的他直到鸟儿打呼噜、蛤蟆说梦话时，他才蓦然醒来，他才知道那些让他惊恐不安的东西暂时走了。于是，那颗悬在嗓子眼的心才扑通一声掉回肚子里。他暗自祈祷：“谢天谢地，谢谢烧石灰的老祖宗！”然后跪地上结结实实地给祖宗叩了三个响头。

后半夜，比要饭花子还狼狈几分的于成龙，像个猫一样悄无声息地溜回王家。身心疲惫得一碰就要散架的他，把忧愁藏在眉头里，颤抖着手把一沓纸交给了王玉龙，并诉说了事情的来龙去脉，然后才略带欣慰地说：“总算是给大哥报了仇，也出了口恶气。”

王玉龙把他那双皴手握得紧紧的，久久不放，然后拿起那沓纸对他说：

“你这才是立下了天大的功劳，这比消灭几百个鬼子都重要。”

被于成龙打死的鬼子是个传令兵。枪没了无所谓，可是那份重要文件没了，那可是天大的事，因为那是绝密级的军事部署，弄不好会死啦死啦的有。参事官鬼冢吓得蹿稀跑肚、脑袋抽筋。军管区的小野次郎少将亲临青阳，坐镇指挥。鬼子们走马灯似的东奔西窜，折腾得上吐下泻，恨不得挖地三尺。据说有八条大狼狗从死人处到河边翻来覆去地闻了无数遍，累得瘫坐一团，最后只能无可奈何地瞅着西拉木伦河水干号。这帮狼狗汪汪汪地开了半天讨论会，最终也没汪汪汪地号出个子丑寅卯。

鬼冢的心比那哗啦啦的河水还急，心想，就是留下点儿脚气狐臭的，也跟着这河水早已跑过了沈阳。现在就是坐飞机、坐炮弹也撵不上了，只怕自己要摊上大事儿了，整不好要上军事法庭。气得他眼珠子要爬出窝窝来，把眼镜片儿拱得直颤抖，吊线风把鼻子也整歪歪了。他用指挥刀一比画，命令：“以三里地为半径，划个大圈儿，把圈内的庄稼全部放倒。”他咬牙切齿地说：“统统的死了死了的，放净水再抓鱼！”

十三

这时，太阳像个生气的猴子，咧着嘴一头从西山栽下去，只留下一个血红血红的大屁股。鬼子们把水放没了，却连个虾米、一片鱼鳞都没找到。

白白忙了十来天，烧了上百家房子，杀了十几个人，抓了几十个人，又赶牲口似的驱赶着成群的人铲平了上千亩苞米地泄愤撒气。狼死了拿狗还愿，鬼子把丁虎二姨太太整得三死三活，女人说她当时吓死了，啥都不知道。鬼子兵就轮流拿她发泄。鬼冢罚丁虎杀光了他家的猪后就宰牛，牛没了杀羊，必须要“大大地犒劳皇军”。丁虎龇牙咧嘴，肝疼肺疼胰子疼却不敢放半个屁。鬼子兵天天过年一般，还把丁虎两个没出阁的妹妹和三姨太传去审，鬼冢先审，然后再按官职大小轮着审。审了三天两宿，审得床铺吱嘎乱响，人吱哇尖叫。丁虎虽然气得火冒三丈，七窍嗞嗞冒烟，肚子也涨得像蛤蟆，却大气儿也不敢喘一声。黏的烫手就抓笨的，他就拿紫花袄出气，骂她：“你这个扫帚星，你裤裆上戴花——浪的，回啥狗屁娘家！你爹死了算个屁，你为啥不看清楚了是谁杀了日本皇军？”一气之下，他把二姨太卖给了窑子。在“嘣”的一声放了个响屁后，他的肚子才稍微小了一点儿。一肚子苍蝇、臭虫憋得他抓耳挠腮，就在街上跳着脚骂：“是哪个潮种王八蛋无事生非？东洋兵在我家苞米地里干的是我的娘儿们，杀的是我丈人，我乐意，碍你啥屁事儿？看你把我家害得——”

那些被烧了房子、铲平了庄稼的地主们也觉得这黑锅背得实在是冤枉，也都咬牙切齿地恨那个杀鬼子的人。张三破口大骂：“是哪个二虎傻蛋多管闲事儿，日本人又没弄你媳妇！兔子拉车，你充啥短尾巴驴？”李四也跺着脚发狠：“傻种！你充好汉杀日本儿，让我们跟你遭罪。找！抓住他非得抽筋扒皮点天灯。”也有人说：“找啥找，准是八路干的。不然的话，这么多日本兵把土都筛了一遍也没找到？”

打吃人狼自古天经地义，狼王、狼弟发疯发狂是它的本性。丁虎甘心认贼作父也无话可说，可这些乡亲们恶毒的咒骂实在让人寒心。于成龙恨不得上吊，他心疼又无可奈何。他委屈、惶惑。他对王玉龙说：“这不是抱着腚亲嘴不知香臭吗？把杀鬼子的人当成罪魁祸首？这和土匪杀了爹奸了娘，却拿打土匪的人撒气有啥区别？”

瓜皮帽那七窍流血的模样刻在于成龙的脑海里，半袋烟前还和女儿有说有笑、活蹦乱跳的一个人，一转眼就让人给灭了，像捻死个蚂蚁。于成龙不禁百感交集直想哭。这些人的态度和丁虎的骂让于成龙明白了，为什么中国人总是受欺负，为什么有那么多的民族败类。他问王玉龙：“中国人的命就那么不值钱？中国的女人这些牲口想奸就奸？中国人是他们像切菜砍瓜那样随便杀的？狗日的强盗，真是饿狼不吃死孩子——大活人惯的！”心情沉重的王玉龙沉默了半晌才说：“要是没有那么多秦桧的孝子贤孙和比菜虫还麻木，给口饭吃就知足、给点儿好处就能卖国卖爹娘的人，中国哪能到这步田地？哪能总让人欺负？”

于成龙还是百思不得其解，他觉得被人塞了一肚子冰，寒心寒肝寒胆。他觉得自己思想和日子都变成了一片残垣断壁。

十四

于成龙的脸色儿像抹了鸡血，一改往日的顺从，他非常委屈地对王玉龙说：“我拿你当亲兄弟，你可好，给我找了个这么要命的狗屁差使。傻瓜都知道，那里是十八层地狱。除了这个活计，你让我去奈何桥、去上吊、去跳井我都没二话！”

王玉龙的脸上一夜之间多出了几十条沟沟坎坎，连眉毛都像要上吊。他说：“我也不想这样，这个主意也在我心里打过三百六十个滚儿，可这是命令，是任务，你懂吗？就是得无条件服从！”

听是听明白了，可于成龙还是犹豫。王玉龙知道去当劳工就是下地狱，也舍不得让他去。可是，上级说这是延安交代下来的任务。他知道此事的分量，心上也压着一盘磨，沉甸甸的，脸就像块冻僵的石头，硬邦邦的。出于理解和同情于成龙，他像掰黄瓜那么脆生地说：“这样吧，把油葫芦给你，谁让咱们兄弟走到一起了哪？”于成龙还是低头不语。王玉龙劝他：“这确实是个送孩子进狼窝的活计，确实危险，也可能是肉包子打狗回不来。真要是那样，你的老婆孩子就由我来养，我另外再给她们六十亩地两头牛。但你也可以不去，咱再另想其他办法。尿咋也憋不死活人！”

把前三百年、后五百载都寻思了几遍，于成龙才打着唉声说：“放出的屁，撒出的气，想打哇哇也晚了，咱要对得起上级的信任，谁让咱入了组织？”

王玉龙的眼里立刻就闪着晶莹的东西，心想：“这才是条汉子，是座塔，是铁塔！”他嘱咐于成龙：“在敌人面前你要学着当狐狸，要后脑勺儿长眼睛，一定得活着回来！咱还要——”

“去吧！”劝着自己，于成龙还是啪啪打自己思想的耳光，打完了又自己安慰自己，只有这样才既对得起东家的东家，又圆了于家几代人的土地梦，老天爷终于掉馅儿饼了，掉肥猪肉了，但同时带来的还有一个碾盘大的雹子，谁知道这雹子能把自己砸成啥样，是吐血断腿，还是粉身碎骨。唉！人遇上事还得往宽处想，不能尽钻牛角尖。钻牛角尖的有几个不被憋死？比如当了大都督的周瑜，为了一个荆州吐血而亡。再比如那个一心想被招安的宋江，最后还不是吊死在了蓼儿洼？

他的脑子像胶皮车的轱辘，飞速地转了几百个圈儿。但在拿到油葫芦地契的那一刻，他又直后悔，因为眼前晃动的都是鬼子的大狼狗和雪亮的刺刀。想着小日本的魔鬼兽行，于成龙又怕又急，心情像武子胥过韶关。

去年腊月，于成龙去三家屯送情报，收信人就是王钟书。第二天回来，他走到半路，正碰见大队的鬼子扫荡汤家窑，差一点儿送了命。亏得他像头敏捷的梨花豹，钻山沟、攀峭壁才侥幸躲过一劫。他目睹了鬼子烧杀掳掠的残暴。最让人发指的是，鬼子们把汤家窑的一个小媳妇祸害够了，又用带火的木棒子从下体插进肚子，还把个三岁的女孩儿扔进翻着花的粥锅里。这些牲口连大肚子孕妇也不放过，糟蹋完了就用刺刀划开肚子，拎出哇哇哭的婴儿挂在树杈上，还拍着手哈哈狂笑。

他知道这是鬼子疯狂地报复。后来才知道，因为王钟书他们的队伍在二道梁子劫了鬼子三辆兵车。鬼子打头的军车在下坡时，咣当一声栽进了一个大坑里。后边儿的两辆汽车像搂不住蹄儿的傻骡子，“哐哐”两声巨响，相继撞在一起，接着就是枪声和手榴弹爆炸声。八路军这次伏击战打死了三十多个鬼子，还有一名少佐，还缴获了所有的枪弹、肉罐头和军大衣。这事儿惊动了关东军司令本庄繁和溥仪皇帝。第二天，就有一队队关东军开过来。他们没找到八路，就像疯狗一样撒泼耍魔，血洗了方圆百里的二十六屯。

十五

1943 年 10 月，也就是玉米地里杀鬼子后的两个来月，于成龙等几百名劳工被押送到了通辽火车站。在雪亮的刺刀下，他们像牲口一样被棍棒打上了闷罐车。火车轰轰隆隆、哐当哐当，一直走了三天三夜，于成龙他们下了火车，又被汽车拉进一座林密岩峭、阴风惨惨的深山。

凿山洞修飞机窝子，抬石头挑土，寒冬腊月住草棚子。橡子面儿窝头不仅牙碜，还常常吃出耗子屎。人们的三根肠子总闲着两根半。鬼子锋利的刺刀在眼前晃来晃去，让人哆哆嗦嗦，连心肝胆都打战。工头用棍子打脑袋，打屁股，比打牲口还狠，打得人鬼哭狼嚎、喊爹叫娘。有人受不住折磨就逃跑，被抓回来后绑在树上，让大狼狗活活咬死。哀声震谷，狐狸听了夹着尾巴逃之夭夭，鸟儿听了扇乎着翅膀赶紧飞走，人听了心胆俱裂。病重干不动活的人，被直接扔下悬崖。

于成龙咬牙切齿，直想拼了这一百多斤，活活咬死几个鬼子。可是，冷静下来后，他从老婆孩子和地，再想到王玉龙交给的任务，还有乡亲们那些抽筋扒皮的话，就只好把这想法当糠饼子嚼碎后咽了。他始终没忘自己的任务。经过几年的锻炼和磨难，他真的不那么二呵呵的了。他的眼睛里长出了翅膀，变成了小鸟，飞遍了四周的山峰沟谷。他在心里记住了这里有多少河流、山头和飞机窝。他耳朵里录下了翻译官和工头们的每一句话，有点儿用的都刻进了脑袋里。因为他有过目不忘、入耳难忘的本事。当年，为了验证他这一特长，东家曾在伸手不见五指的夜里，往他头上套个口袋，让他躺在车上，东家亲自赶车拉着他七拐八绕地走了十几里路，然后问他到了哪儿。他的回答让东家直伸大拇指，夸他憨人神功。所以，王玉龙才派了他这个差使。

一年后，一起去的三百多人只回来四十多人，个个都面黄肌瘦、非伤即残。

十六

听完了他的诉说后，收起两人共同绘制的地图，王玉龙的眼泪哗啦啦地流向心底。死里逃生后，于成龙也悟出了更多的东西："亡国奴就不是人，连牲口都不如。小鬼子不在自个儿家里好好过日子，跑到中国来杀人放火，无恶不作，还要建啥'王道乐土'，屁！就是地狱！呸！小鬼子真不是人揍的！"一向老实的他还破口大骂，"秦始皇真是个大傻瓜，纯粹是猪肉炖粉条子撑的，二锅头喝多了烧的，嘚瑟！寻啥长生不老药？有吗？真是脑子让水灌蒙圈了。让徐福那帮人留下这些祸根，专干那些丧尽天良的事。他们炸死张大帅，把中国祸害得乱七八糟不说，还打架踢裤裆——专要人命。啥时候逮着机会，非再弄死他几个狗日的不可！"

于成龙刚从地狱里逃回来，王玉龙不仅不让他干活，还给钱给粮地照顾、贴补他。于成龙奇迹般的生还让许多人觉得不可思议，都说他是神猫，有九条命。于成龙在王玉龙精心的关照下，很快就恢复了体力。他非常感激这个不像东家的东家。于成龙在这时才告诉东家，那年丁蚂蟥带领张四他们掘坟的口信是他送的，是他隔着门告诉守门人的。东家笑他嘴上有铁将军把门，真是牢靠。他媳妇儿却笑话他是尿壶没嘴儿——尿包一个。媳妇儿不知道他和东家的真实关系，也不知道他们已经是有田地而且是上等好地的主了，只是像夸爹似的夸东家是个打灯笼、用筛子筛都找不到的好人。王玉龙和于成龙有个密约，就是于成龙虽然有了油葫芦这块宝地，但为了工作，他们必须还要保持这雇主和长工的关系，这样才有利于紧密频繁地往来，才不至于让日伪怀疑。

在王玉龙看来,他们已经把命牢牢捆绑在一起,谁也离不开谁了,除非死。

十七

1944 年 11 月的一天夜里，王家老二被绑票。王玉龙冒险救人，却中了贼人的套儿，被劫去赎金，只抬回一具死尸。王家是本县大户，社会关系如老树根纵横盘结，扎满了犄角旮旯。王玉龙左思右想后决定派人去卧底，然后拎着瓜秧找瓜蛋儿，摘完谎花掐瓜蔓，终于弄清了来龙去脉，是丁虎这个卖了心肝肺的汉奸告的密，杀害了王钟书，然后又串通鬼冢的瘦翻译官派人绑了二哥又撕票。

王玉龙的父亲十六岁就给张大帅当卫兵。1921 年，张大帅被北洋政府大总统徐世昌任命为蒙疆宣慰使，辖热河、察哈尔、绥远三个特别区。第一次直奉大战时，他曾在枪林弹雨中冒死救过张大帅把兄弟张景惠的命，至此两人结谊。后来在一次追剿土匪时，王父中枪落马摔断了腿，就乘机告病回乡。张大帅骂着“妈了个巴子”，恋恋不舍地答应了，并嘱咐他：“不论遇上妈了个巴子天大的事，你吭嗽一声就好使！”“满洲国”刚成立时，鬼子曾多次登门造访，软的硬的酸的一齐使，想请他出来给撑个门户当伪县长，但都被老人用各种理由拒绝了。

在一个月隐星稀、夜黑风高的晚上，八路军在冀东北的李运昌支队派来两名武工队员，来为王钟书报仇。他俩手持袖箭（自制小弩），像两条银环蛇悄然无声地游街钻巷摸到了丁家。由于判断失误，错杀了丁虎的儿子，丁虎大老婆发现后跳着脚疯喊抓人。两名队员无奈之下杀她脱身。那天夜里，丁虎在窑子彻夜未归，才捡了一条小命。他和他爹一样，一害怕就蹿稀。在蹿了几天稀后，他火燎腚一样跑到关帝庙，脑袋一蒙圈就糊涂，一糊涂就乱骂："关公关老二你个废物，吃闲粮你不管闲事，老子白给你烧香上供了？求求你了，保佑保佑我家别贪横事了。"

丁虎没想到，这一骂坏菜了。在又一个树木弓身跳舞、蒿草哆嗦呻吟的黑夜，瘦翻译官派人去丁家奸杀了所有女眷，然后把钱财搜得比扫地还干净。此时的丁虎在赌场里输了自己一半的插根棍子都能长出玉米棒子的好地。天亮后有人送信儿，说："你还有心思掷骰子哪？你真贪上横事啦！"他起初还迷迷糊糊、半死不活地以为是闹着玩儿哪，还骂人家："少扯淡！你才有横事儿哪！我和关二儿是把兄弟，有他保佑，曹操来了老子都不怕！"等到清醒后，他一下昏了过去。在赌场的灶火坑趴了三天后，他连猜连蒙地断定，肯定是瘦翻译官借尸作祟，给他来了个包公吃墨枣——黑吃黑。他悔青了肠子，也恨疼了肛门，心想，当初如果不昧下他那五十两大烟膏，也不会有此大祸。他一悔不该太贪心，今后千万别惹惹不起的人；二悔真不该拜把子认这狗屁三哥。他骂着瘦翻译官的爹娘祖宗，有心去找翻译官三哥去拼命，但一想到自己充其量是日本人的干孙子，人家有鬼家当靠山，就呸呸呸，吐掉了带血的牙。丁虎咬碎牙卖了另一半地，却再次把账记到了王家。

风还在唱歌，树还在跳舞，故事还在演绎。又一伙歹人夜袭王家，但还是拖死带伤而去。蛇有蛇道，匪有匪术，卖酒找拎瓶子的要钱。那伙伤筋动骨的歹人认为上了丁虎的当，这哑巴亏不能白吃，于是也让丁虎吐了血。

红了眼的丁虎乘黑从自家的马圈里挖出几年前埋在地下的几根金条，心想："浮财没了怕啥，老子还有地，还有大宅院和烧锅铺子，怕哪个鸟！"他颠颠地跑到伪县公署，把金条悉数送给了鬼家，并言之凿凿："王玉龙一家人都私通八路。我爹对皇军比儿子对爹都孝顺，这么忠心耿耿的好人，就是被他们设套儿打死的。我要替父兄报仇！我用良心担保，他家资匪、窝匪、通匪，是匪属。他家连长工都不是好鸟。我敢作证，那个王钟书就是他家老大王玉昆。我俩从小就是冤家，见面就死尅，抠眼睛、砸脑袋、踢裤裆，我没少挨他欺负。

要是糊弄皇军，我天打五雷轰，我就是狗养的！”丁虎指天发誓。

鬼冢“哟西，哟西”地夸奖丁虎，鼓励他说：“你爹和你都是皇军大大的好朋友。”他像了解自己的手那样清楚丁虎。他知道，这是汉奸惯用的栽赃手段，人收拾人历来是某些中国人的拿手好戏。他心里却想着关东军总司令本庄繁大将的训示：“大日本帝国要征服世界，就必须先征服中国。……要毫不手软地消灭一切对帝国不满的人，哪怕是稍有反抗。你要把支那人当成猪羊一样去杀去砍……”鬼冢是个中国通。九一八事变的前两年，也就是1929年的春天，他就化装成和尚在云中寺“挂单”。他以化缘为由走遍了辽河两岸的九十六屯。他对青阳的政事、经济和军事熟悉得如自己的掌心纹。他手中的各种数字，包括全县有多少神汉巫婆、多少懒蛋二货、多少牛马猪羊，比张大帅的县太爷知道得还要详细。

善于声东击西、一石二鸟的鬼冢决定亲自去王家。对于鬼冢的第四次造访，王老爷子不卑不亢。当听清了对方的来意后，他的脸上风轻云淡、镇定自若，但心中却翻江倒海、波涛汹涌。大儿子的惨死，始终是他刻骨剜心的痛。那天，1943年6月9日，和“九一八”一样，是王家永远的祭日。那天，他这个枪林弹雨无所谓，鬼门关前敢敲门的人，曾两次昏死，都是口吐鲜血。但在此刻，面对着居心叵测的敌人，他还是不露声色，镇静得如一潭深水。他淡然地说：“第一，那个王钟书已被你们验明正身杀死了，怎可无中生有？我大儿子叫王玉昆，左屁股上有拳头大的朱砂记，接生婆崔氏还在，可以作证。第二，他在民国十三年直奉二次大战中战死在廊坊，现有张大帅的抚恤优待书在此。你若不信，还可以去问你们冀东自治政府的殷汝耕、王辑唐，那可都是你们日本人面前的大红人，这可比那条疯狗的诬告陷害可信多少倍！”

他的话有根有据，像石头砸地咚咚作响，把鬼冢想喷的口水给噎了回去。鬼冢本意也是项庄舞剑，投石问路。他深知王家的背景，也深知中国人际关系的博大精深，甚至无所不能。多年来，他虽然一直在暗中盯着王家，明处却不去骚扰，甚至容忍、默许着他家有十来条枪，就是这个原因。他暗想：攻城略地要学司马懿，下棋要知楚河浪高几丈、汉界伏兵多寡。请君入瓮看火候，深山盗宝慢功夫。看在丁虎密报王钟书有功和黄澄澄的金条的面子上，还有梦寐以求想献给天皇陛下的那幅王家祖传的米芾真迹，鬼冢想起了一石三鸟：蝉，螳螂，黄雀。眼珠子一转悠，他心想："草丛里拿弹弓的才是我！"

几天后，王家哥四个都被砸上了叮当作响的脚镣手铐，扔进了耗子遍地跑、臭虫满墙爬的死囚牢，罪名是私藏枪支弹药，有反"满"抗日之嫌。抓人第三天早上，鬼冢接到了来自"新京""国务院"的电报，是"国务总理大臣"张景惠亲署。张景惠力保王家绝非反"满"通匪之人，要求尽快放人。出乎意料，也让鬼冢非常纠结。虽然打心眼里瞧不起汉奸，但是中国顶尖大汉奸的面子连本庄繁、冈村宁次都得给，何况小小的自己？权衡再三，两害取其轻，鬼冢咬着牙，忍着性子，下令放了三人，留下了王玉龙。

鬼冢早就怀疑王玉龙了。全县稍稍有点儿文化、有点儿本事的人他都一清二楚，他觉得王玉龙最可疑，因为这个人既不给皇军做事，又本分得无可挑剔。尤其是前年的绝密文件丢失案，案发前三天，伪县公署的机要员请过病假后就连同密件一起失踪了，查了半年也无头绪。前一段特高科反馈信息，那个机要员在奉天曾与王玉龙有过几个月的校友关系。

十八

经过一夜的思索和布置后，他请王玉龙喝酒。榻榻米上的雕花几上摆着几样果蔬和关西清酒。看见清酒，鬼冢就想起东京都的家，想起自己去过的那些地方，富士山春天盛开的樱花，天龙寺烂漫的红叶和秋色中那古色古香的庙宇。今天，他特意在墙上挂出"满洲国"前任"总理大臣"郑孝胥的同光体书法立轴。一幅写的是秦桧的诗："高贤邈已远，此心谁与论。"另一幅是大汉奸王辑唐访日受到天皇接见后，怀着受宠若惊的感激之情写的诗："春殿从容温慰语，外臣感激此心同"。

王玉龙没接鬼冢的清酒。那两幅字已经让他了解了鬼冢之意。他仰脸哈哈大笑。这笑声让鬼冢手中的酒杯颤抖。这让鬼冢迷惑不解："王桑，何故令君如此大笑？"

王玉龙指着那两幅字说："我笑你识货。"

闻听此语，鬼冢高兴得呵呵直笑，亲昵地拍着王玉龙的肩膀说："王桑，识时务者为俊杰，这是中国的至理名言。"他指着条幅说，"他们都是聪明人，识时务，他们顺应了潮流。诽谤也好，骂也罢，总而言之，历史不会忘记他们。什么叫历史？留下的传说就是历史。"

一丝冷笑像冬天的云浮上王玉龙的脸。他朗声高语："你把这些钉在历史耻辱柱上的阴魂抬出来有何意义？此等民族败类何足道哉？在历史这面镜子前，连魔鬼都无法逃掉，历史又怎能忘得了这些畜生一族？你看看，"他点着秦桧的诗说，"真正的奴颜婢膝，恬不知耻！婊子为自己树贞节牌坊的嘴脸跃然纸上，这种遗臭万年的败类还敢奢谈凛凛此心？再看王辑唐这副卑躬屈膝、奴颜媚骨的自画像，但凡有半点儿民族自尊之人，还有何面目立于天地之间？"他见鬼冢脸变欲语，就做个手势阻止，继续说，"秦桧是遗臭万年的奸佞，郑孝胥与王辑唐是眼前的大汉奸。汉奸捧奸佞，惺惺相惜。真是孝子贤孙古今佞种，丧尽天良狼狈奸朋。"

自取其辱。鬼冢不由得面红耳赤，心中的火腾腾燃烧，但他还是强力地克制着。心中虽然恼怒，但是他把笑容贴在脸上并转移话题说："我们大和民族之所以强大，是因为我们的忠勇爱国之精神，我们能为天皇去玉碎。而你们中国人却不能。你们的许多人为了一根金条就可以出卖祖宗，为了活命可以卖国，为了一碗肉可以出卖朋友甚至妻子。这是我们鄙视你们的原因。现在的中国如一盘散沙，屡受外族欺侮，原因之一就是你们的民族缺乏民族自尊，没有那种奋发向上的坚强意志，官吏皆思贪腐，民商只知苟安享乐。其二是不团结，没有那种居安思危、团结一致的决心和习惯。中国人，一个人单打独斗时个个是英雄好汉；两个人时还能将就，有什么事还能凑合着商量；三个人凑在一起就要钩心斗角整事了；一群人时就该施展拳脚，各亮刀枪了。这样没有素质，没有团结合作精神的民族，焉能不败？”

他得意扬扬地大讲日本的武士道精神，

王玉龙听后冷笑着回敬他：“你说的是过去。现在虽然还有许多民族的败类给你们当狗，但是我们大多数的同胞已经在你们的屠刀下觉醒，我们的反抗已经让你们如坐针毡、寝食难安了。再说，你们的武士道精神只是你们这些侵略狂们穷兵黩武的工具，是把武士道这一狭隘的民族主义当成你们扩张侵略的武器和祭品。你们在无视他人生命的同时，也丧心病狂地把自己变成了虐杀狂和自虐狂，这是一种无可辩驳的、赤裸裸的反人类、反人性的丑恶变态行为。你还有脸自以为是，洋洋自得？”

鬼冢心里的火开始蹿高了，但还是忍着，压住了性子。在转了一圈方步后他问王玉龙：“王桑，你们中国人最大的弱点就是人民没有信仰，眼睛里只有利益，对自己的国家又不忠诚。而我们大和民族是最讲究信仰和忠诚的，所以为了天皇，我们宁为玉碎，也决不为瓦全！”

王玉龙在奉天读书时阅读过一些日本史书。听了鬼冢这些狂妄的犬吠，他浑身起鸡皮疙瘩，就用嘲讽的语气揭日本历史的伤疤：“请不要再说你们那些荒唐无耻的天皇了！据你们的历史记载，在公元1117年，你们的第七十二代天皇白河天皇强行把自己的养女藤原璋子嫁给了自己的孙子鸟羽天皇。说他荒唐，是因为白河天皇和她的养女有着不清不楚的乱伦关系。后来，白河天皇去世，戴了十二年大翡翠绿帽子的鸟羽天皇终于转正了。作为报复，他立刻娶了爷爷的宠妾藤原泰子为皇后。还有，据你们的《大和物语》记载，在你们的清河天皇在位的时候，他相中了大臣藤原长良的女儿藤原高子。但是这个藤原高子很早就认识了皇室的原业平，她不想进宫，无奈这是天皇的命令，最后还是憋憋屈屈地进入了宫里。但是她依然放不下原业平，于是二人就时常幽会。这件事最后被大臣们揭发，一时间成为皇室丑闻。后来原业平离开了皇宫。此后原业平又和平同惟山亲王的女儿有染，这个女儿给原业平生下了不少私生子，后来日本史料给原业平的评语是‘放纵不拘’。对于这样一位让你们疯狂崇拜的狗屎皇族，你们还有什么脸面去奢谈忠诚？还有什么可值得的忠诚？”

这一席话有理有据，让鬼冢这个帝国大学的高才生一时哑口无言，于是就有了九分恼怒，火也窜到了脖颈，但他还是勉强摁住了心头之火。他不甘败阵，就又引经据典，别有用心地用历史做文章：“王桑，中日一衣带水谊最亲，钟张自古雁行伦。中日同宗同文，天照大神才是我们共同的神明。我们文化交流源远流长。现在日满一体，形同唇齿，‘大东亚共荣圈’情比肺肝，日满文化交流有耿光，珍珠埋土不如糠，米芾真迹应该让天皇玩赏。”

十九

王玉龙面庞清秀，地道的一介书生模样。他早年毕业于奉天师范学堂，为人正直、学识渊博，毕业后服务乡梓，任镇小学堂校长多年。“满洲国”成立后，他因强烈的反日心理而自残右手，然后辞职。王玉龙从鬼冢那藏头露尾、闪闪烁烁的眼神里看出了其狼子野心。怒斥魔鬼后油然而生的兴奋，已把他那苍白的面孔染成红色。他舌如利刃，反唇相讥：“天照大神？那是个什么鸟东西？我们中华的始祖是黄帝，他创造了华夏不朽的精神文明和政治文明。而你们所谓的天照大神只是从神话中窃取的一个精神偶像，她那些所谓的发明都是你们从我大唐学去的，她连给我们的黄帝和孔子提鞋都不配！是啊，你们日本人倘若还有那么一丁点儿良心，就应当扪心自问思源深，不该反噬恩祖丧人伦！别忘了，是徐福带去的八百童男和八百童女才结束了你们的原始生活，才留下了你们这些畜生。君若早生千年上，当与徐福论血亲。还有，你们那个狗屁天皇，就是发动这场灭绝人性的侵略战争的罪魁祸首，历史终有一天会审判你们这些战争狂。总有一天，全世界人都会为中国人喝彩！”

如果说痛骂奸佞，鬼冢尚能容忍，那毕竟是汉奸和走狗。但是，整个大和民族华丽的和服猛然间被人剥了个精光，露出了羞与示人的隐私和丑陋，这比骂他爷是狗、他爹是猪、他娘是婊子还狠，这让他难堪得无地自容。

鬼冢的脸色骤然间由羞红变为惨白，且冷汗淋漓。他一把撕下微笑，换成了恼羞成怒，然后猛地举起东洋刀。只听“咔嚓”一声，鲜血飞溅，王玉龙那咬牙切齿、横眉立目的人头已经滚落在地上。鬼冢狞笑着瘫坐在转椅上，大汗淋漓的他，神态像刚上过电刑的精神病人。镇静一会儿后，他在记事本上写道：“砍头，第二百七十七个。”

二十

于成龙凄凉的泪水哗啦啦地流进了他那痛苦不堪的心田。他任由这些恣肆的苦水在肚子里泛滥，因为他的精神大坝垮了，彻底地垮了。

王玉龙的死让他丧魂落魄、六神无主，像被人抽了筋。他两眼红肿，三天水米没沾牙，勾着头跟谁都不说话。他整日神情恍惚，一肚子的话只能和墙讲，和脚后跟讲。他只觉得天也惶惶，地也慌慌，心头一片白茫茫。媳妇见他这样，也觉得他实在可怜，就劝他：“对着灯、对着老天爷说，东家真是少有的好人，待咱也确实不薄，可咱这日子还要过吧，咋也不能转到沟儿里去吧，咋也不能跟他进坟堆儿吧。”他这才晕晕乎乎地喝了碗粥。

丁虎听说王玉龙被杀后，从心底咕噜一声喷出一股三丈长的恶气。他先整挂鞭炮噼里啪啦地放了，又蹿到北来顺赊了顿酒，喝得人事不知。恶气虽出了，但从那天起他却新鞋踩犬粪——走了狗屎运，祸事像粪坑的苍蝇嗡嗡地、不断溜地向他飞来。几天后，一场大火在秋风的亲切关怀和竭尽全力地鼓励帮助下，把他的家和烧锅铺子都烧得片瓦无存，只剩下白茫茫一片。他成了真正的瘪犊子，成了人人厌恶喊打的耗子。

1945 年 8 月 13 日，驴县长派人在四面漏风的庙中，从衣衫破旧、面皮少肉的关帝爷脚下，薅着衣领子把衣衫褴褛、面黄皮皱的丁虎请到伪县署。驴县长虎着脸，仰望着蓝缎子一般的天空，悠闲地抽着哈德门烟卷儿，像对一条癞皮狗说话："老五，我也是没啥法子帮你，这是警察削他爹——公事公办。无论是轮大襟儿，还是抓阄排队，都该你出劳工了。"丁虎人虽然成了臭狗屎，但是那狼心狗肺还算明白。他知道落难的凤凰不如鸡，一场大火烧得自己鸟毛没剩，关二哥一眨巴眼珠子，自己就从神探、保长变成了落水狗。这都怪自己那个狗蛋爹，放着地主不当，让自己的儿子给日本人当啥探子，到头来混成了这副死不甘心、活又活不起的熊样。

丁虎知道讨债鬼来了，不彻底放血必死无疑。无奈之下，他抖了个机灵，说："四哥，你容我一天，我还有六十亩好地，明天就把地契给你。那年咱合伙贩私盐，我不该昧良心少给你十块大洋，今儿个连本带利都还你。看在当初狗卵子砸地拜把子的分上，劳工这事也一块免了吧？今后你就是我四大爷，不！是我亲爹！"说完跪下就哭。

让丁虎闭不上嘴的还在后边。刚打发走阎王爷，又来了小鬼儿。

第二天，公鸡刚叫唤时，胖镇长带两个保安团团丁来看望他。一个团丁用枪捅醒他，没说话就捆粽子似的绑了他，然后说："轮到你出劳工了。"

丁虎立马跪下了，哭丧着脸说："昨天才和四哥说好，没事了，这咋又……"

胖镇长用文明棍杵他脑袋，骂他："你敢拿县长来吓唬老子？县是县，镇是镇，井水不犯河水，两回事！去年在赌场上欠你二十块大洋，第二天就堵住门要，还威胁老子，真不是个人揍的！"

丁虎恍然大悟，又是一个要账的。咋整？除了一身皮，现在真的是干干净净了。他的脑袋一分钟转了八百圈儿，忽然有了主意，说："咱们八个把兄弟，就大哥你最仗义。这样吧，你容我到过晌，一准儿让你满意！"

胖镇长翻着白眼儿说："你？你啥时候拉过人屎、说过人话？不行！"

丁虎就是丁虎，他立马说："大哥，大爷，你让兄弟俩跟着我，行吧？"

胖镇长没了退路，嘱咐两个团丁："盯住了，敢跑就崩了个杂种！"

大个子团丁更坏，用绳子系住了丁虎的腰，在后面跟着。

没办法，为了活命，丁虎只好把自个儿才九岁的姑娘卖到了迎春园，还无羞无耻地对老鸨子说："我这是个闺女还是个雏儿，光破瓜你就能赚上一大笔。"

往昔见了他像迎财神似的老鸨子，今天却冷着脸破口大骂他："你真是个猪狗不如的畜生！我这来来往往的没一个是人的，但没见过比你还不是人的！你真是猪狗不如！驴不压母，你把亲生女儿卖到这千人骑万人压的地方来。老天爷真枉给你披了一身人皮！"

丁虎毫无愧色地拿着八块袁大头去了胖镇长家。他跪地哀求，求胖镇长："看在昔日把兄弟的分上，把劳工的名字随便改一下不就行了？你就改成王家那个长工于成龙。钱虽少了点儿，但也是我卖姑娘的钱啊！"他心里却在想："哪天老子缓过劲来，非活活弄死你儿口子！"

二十一

1945 年 8 月 15 日的早上，听完胖镇长让他去出劳工的口谕，于成龙的脸扭曲得像根儿麻花，比苦瓜和癞蛤蟆还难看。他痛苦不堪，泪如雨下，对媳妇道："宁可上吊跳井去，说啥也不去那人间地狱了。"

媳妇也哭得抽抽搭搭的，说："活人咋也不能让尿憋死，逃吧！"

他觉得浑身冷飕飕的。上次当劳工的情景还一幕一幕地在眼前晃，让他心有余悸。他问媳妇："逃？往哪儿逃？铁蛋子去年钻进北山当了一年的野人，到底没逃出人家的手心，还不是被抓回来让狼狗给活活撕了。唉，要是王玉龙这个主心骨不折，咱顺着他那条线往上捋，他肯定让咱有个躲闪，有个去处。可眼下，咱成了没娘的孩儿，紧要时天装哑巴地也装聋。这上天没梯子，入地找不着门，咱一个肉头俩拳头，咋着也拼不过人家长刀短炮，这可咋整？”

此时，大街上的店铺里正在喊“贱价大甩卖”“卖月饼”“卖西瓜”“卖老婆”“卖孩子”“卖估衣”……这让于成龙觉得满大街都是悲悲切切的风，风里都掺和着小贩们的叫卖声和桂花馅、枣泥馅月饼的香气儿。快过八月节了，汉奸、有钱人都忙着发财，他家却愁得天昏地暗，凄惨得鸟没心情唱歌，狗不敢叫，耗子不出窝。他摸过破菜刀要抹脖子，被媳妇狠狠踹了一脚，说：“老天不灭大傻瓜，天无绝人之路。别看你这破风筝没根绳子牵着，没准儿，八成，九成还能飞回来！”

二十二

1945 年 8 月 15 日这一天对于全体中国人来说，包括汉奸在内，是大悲大喜的一天。这一天发生了什么？在之前的 8 月 9 日，苏联红军百万熊兵和由坦克组成的钢铁洪流，以排山倒海之势冲进中国东北，给日本法西斯敲响了丧钟。这丧钟声让那些丧心病狂的军国主义者成了丧家犬，让日本天皇乖乖地念了投降诏书，向全世界宣布日本无条件投降。

正是这钟声，让在腥风血雨中挣扎了十四年的东北人民终于重见天日，让浴血奋战了十四年、付出几千万人伤亡的中国人终于从噩梦中醒来。

这一天也是那些汉奸走狗们的末日，是他们连哭都找不着姥姥家门，惶惶不可终日的一天。

八月中旬，对于成龙这个倒霉蛋来说，是他非常非常倒霉的几天。比方说，14 日那天他在油葫芦干活。中午，他就掰了两穗苞米，又薅了几颗黄豆一起烧着吃了。然后，他去西拉木伦河边儿喝了一通凉水。傍晚回家的时候，刚进镇子，这个倒霉蛋碰上两个日本人。在路过日本人身边的时候，他那不争气的肚子偏偏放了一串响屁。这串儿屁有多大动静他自己不知道，反正那个日本娘们儿用半生不熟的中国话说："吓死人了，打枪的不要。"这惹恼了旁边那个男鬼子，抡起手里的文明棍儿，骂着"巴嘎"，就往他脑袋上打。日本人"巴嘎"一句，他的脑袋就嘎巴一声，一直把他的脑袋嘎巴出十多个大疙瘩。回到家，于成龙哭丧着脸对媳妇儿说："人要是倒霉，喝凉水都塞牙，这放个屁还惹这么大的祸。亡国奴就真的不是人？这些小鬼子真不是人！"他媳妇儿没啥办法，再心疼他，可疙瘩该疼还是疼，只好帮着他骂了半宿鬼子。

1945 年 8 月 15 日这天早上，于成龙胡思乱想地走在去县劳公所的街上。当他正在为没有绳子去上吊、想抹脖子菜刀又太钝、想逃跑又怕被抓回来喂狼狗的时候，正在他惶恐不安时，猛然间半天云中轰隆隆的雷声滚滚而来，接着就飞来了一个像黄老鸹似的大家伙。那雷声就是从这大铁老鸹肚子里钻出来的。只见大铁老鸹先往日本人住的伪县公署大院儿里扔了几颗大炸弹，接着就来了个天女散花，撒下了飘飘扬扬的花花纸儿。不少胆大的人就跑过去捡。有认字儿的看完后说："这是苏联红军的飞机，撒下来的纸片儿叫传单，这上边写得明明白白的，说小鬼子完犊子了，连他们的皇上都投降了。"

于成龙听得清清楚楚，是小鬼子完犊子了，但他还是壮着胆向那个人问了一遍。在回答是十二分肯定时，又有一出戏更让他乐蒙了圈。他看见从县公署出来两挂大马车，上边都是小鬼子的家眷和东西，后边跟着十几个骑着大洋马蔫头耷脑的鬼子，他们打着马一溜烟地跑了。人们这才相信这一切都是真的，那个大铁老鸹不是瞎扯，不是逗他们玩的。

这时候，于成龙的脑袋一下子清醒了，像是上吊的突然绳子断了，像是掉进井里却被人拽了上来，他知道出劳工这事彻底黄了。

可能是大悲之后呼啦一下从天而降个大喜事儿，可能是喜极生悲，于成龙扑通一声跪下，眼泪如洪水冲破闸门，急慌慌地流出来，那哭声像戏子吊嗓子，有腔有调又响亮，整得看热闹人的鼻涕都流了半尺长。只见他屁股冲天，磕头像鸡啄米，撞得额头滴答流血。

二十三

于成龙又来到王玉龙的坟前，心事重重地盘腿坐下。那座坟，默默无言地蹲守在旷野，静得如一块肃穆的青石。但比这还静的是那些潜伏在他心底的声音，这只有土里的尸骨和他才懂得。他对着坟头说："老伙计，我告诉你，我放了一把大火，把丁虎烧成了丧家狗。而那个鬼冢，在苏联红军的飞机轰炸县城的时候，被炸弹炸死了。现在鬼子败了，滚犊子了，中国又囫囵了。可你把我发展入党后又撇下我，把我扔在这半天云里，上够不着天，下摸不着地，像个断线的风筝。"原来，王玉龙受大哥王钟书的影响早已加入了中国共产党。经过几年的观察和考验，他又发展于成龙入党。

1942年腊月，震撼"满洲国"的二道梁一战就是于成龙送的情报。1943年8月，于成龙打死鬼子通信兵得到的那份情报让我冀北的邓华支队和李运昌支队从容地做了反"扫荡"准备。1943年初，苏联需要掌握日军在中苏及中蒙边境线上修秘密工事的情报。党经过层层斟酌、层层落实，最后由冀热辽特委把这特殊任务交给了王玉龙，要他选一名绝对忠诚、机智的人以出劳工的名义去侦察。10月，于成龙出劳工，侦察记录了鬼子在满洲里附近的秘密工程的规模、地点和地形。这是日军防御工程的一个重要节点，就是针对苏联的。这些侦察对后来苏联红军进攻东北的关东军帮助很大。王玉龙和于成龙都是单线联系，其他的关系于成龙一概不知。王玉龙生前多次嘱咐："此事上不告父母，下不传妻儿。"1944年11月，王玉龙牺牲。后来王玉龙的上级也牺牲了。

此时的于成龙心里像打翻了五味瓶，他一个劲儿地问坟堆儿：“我可咋办？”他对着那死不瞑目、仰望苍天的坟堆自言自语：“本来我是一个傻乎乎的、窝窝囊囊的人，跟着你入了党，有了组织，历尽九死一生。可你撒手而去，现在我联系不上组织了，也没人知道我的身份。现在我是有苦说不出。嚼黄连算个啥，你知道我心里有多苦？”想着说着，他的眼泪就哗啦啦地流下来，接着就发出了呜呜的哭声，一肚子憋闷、委屈的洪水破堤而出，让他哭得昏天黑地。

二十四

小鬼子前脚滚犊子，八路军后脚就到。他们这儿就成了解放区。在这东达吉林、南接辽宁的辽热解放区里，人人都唱着“解放区的天是晴朗朗的天”。

丁虎拿了雇农证，因为他房无一间、地无一垄。在拿到雇农证的当夜，自知罪孽深重的他立马偷偷地把“丁”字改成了“于”，于是他就成了于虎。然后又把早已预备好的铁砂用旺火炒红，再用干布垫湿布托着，一闭眼，狠狠地摁在脸上。他忍着钻心的疼，忍着刺鼻的臭味，反复五次，然后闭门不出。六天后，易容术成功，他成了于大麻子。第二天夜里，丁虎乘着黑夜，悄悄逃走了。后来，他逃到一个叫柳条沟的村子，以于虎的名字在那住下了。

不是冤家不聚头，丁虎做梦也没想到，他会再遇见于成龙。

因为证明人王玉龙等人都牺牲了，没人能证明于成龙的身份，所以于成龙开始时还去县里反映自己的事情，后来他知道事情难处理，也就安心种地，带着家人安心生活了。后来，他把油葫芦的地都处理了，居家搬到了柳条沟。

柳条沟是个只有七八十户人家的小村子。它的日子就像一条平静的小河，河水总是清亮亮地、慢悠悠地往前走。于成龙没有认出柳条沟的于大麻子就是丁虎，因为从那张坑坑洼洼的脸上根本看不出一点儿丁虎的样子。

自从于成龙来到柳条沟那天起，于大麻子就琢磨着怎样才能弄死于成龙，因为他觉得于成龙迟早会认出自己来，对他始终是个威胁。

一天清晨，人们在一觉醒来的时候，一条爆炸性的新闻没用半袋烟的工夫就传遍了整个村子：村里的于大麻子和新搬来的于成龙都死了。村里人都跑去看热闹。这确实是一件前所未有的事。别说是解放以后，就是从立村到现在，也没听说过一块儿死过两个人，而且是脚前脚后，像商量好了似的，一起搭着伙上吊死的。

公安局的人说于大麻子是在半夜时吊死的，比于成龙早半宿。验过尸后，办案人员怀疑是他杀，可后半夜下了场大雨，黎明前才停。风狂雨骤，把大地洗得干干净净，什么痕迹都没留下。

从搬到柳条沟到“文化大革命”开始，于成龙一直老老实实地，从不乱说乱动，每天就是下地干活，对他的过往只字不提。那个他看着眼熟的于虎也中规中矩，处处察言观色，遇见事儿就瘸着腿直往人后缩。

“文化大革命”搅得风起云涌，彻底吹乱了日子的一湖平静。于虎指使人诬告于成龙，说他是日伪的走狗，潜逃于此，伺机再动，指使人打得他鼻青脸肿、皮开肉绽，而自己心里美得快找不见北了。于虎终于按捺不住，窜到前台，张牙舞爪，原形毕露。而且，他发现于成龙最近应该是认出了自己。虽然于成龙看他的眼神儿总是绕着弯儿走，但那表情已经明白地告诉于虎。只是双方都心照不宣，都在用心劲儿在博弈。在暗暗的较力中，彼此都已经听见骨头在咔咔作响，心也在汩汩淌血。

于大麻子抢占了天时、地利和先机，他觉得自己已经稳操胜券。他的心美滋滋又咬牙切齿地说：“哼，天王盖地虎，老子永远是狗，咬死你！”

处在劣势的于成龙虽饱受折磨，但心里憋足了仇恨和怒火。他的心毫不畏惧地说：“等着吧！宝塔镇河妖，狗死还是绳子断，到头来爷一定让你知道。”

最近几个月，“汉奸走狗”于成龙每天给生产队捡粪。东北是个棒打狍子瓢舀鱼的好地方，黑黝黝的土一攥就滴滴答答地流油，缺啥粪？但“造反派”的脾气谁不知道，让你捡你就捡，谁敢多说一个字？他就得挑着筐到处捡。

不想，于成龙捡着捡着就捡了个秘密。村子最后边那家的女人叫玉容，她男人叫朴五，也是被专政对象。于大麻子见玉容有几分姿色，就连哄带蒙加吓唬，说：“要是你敢不从，我一句话就能要了朴五的小命。”于是就顺顺利利地上了炕。他让“造反派”姑爷天天晚上斗朴五，他天天在朴五的炕上与朴五的媳妇厮混。于成龙那颗一蹶不振的心在获得这个情况后，突然间噌噌地冒出一团团火光，让他的身子从上到下热流滚滚，精神大振，像当年杀鬼子时一样，体内如火山迸发，猛然间就聚集了一股力量。在电光火石的一刹那，一个念头在他脑袋里闪了一下，如暴雨中的闪电，像腾空的天马，一个让他自己都瞠目结舌的计划产生了。

二十五

那夜，当姑爷按照指示批斗朴五的时候，于大麻子又来到朴五家。半夜时，在朴五沉重的脚步声敲进院内时，于大麻子才披着棉袄满不在乎地踱出门，还险些和朴五撞上鼻子。他狠狠地骂了句娘。当心满意足、汗毛孔里都漾着愉悦的于大麻子刚拐过墙脚，一根驴缰绳挽成的套儿，嗖的一声套上了他的脖子。他没来得及没哼一声，就在半截塔的汉子后背上两脚悬空乱踢蹬，没蹬几下就翻了白眼，脸也变成了猪肝色。

村后一棵歪脖子老榆树上，吊着死狗一样的于大麻子，舌头长长地伸出。在被勒得翻白眼儿那一刻，他第一想法就是：“完了，这下彻底完犊子了。都怪我贪色，出手慢了。晚饭时都和姑爷商量好了，今晚等我风流过了就下手，明天就是于成龙的祭日。妈的，就慢了半步……”他心有不甘，手脚却不听使唤，只能在心里骂自己的爹，不但没教自己一点儿好，而且安的零件也不行，到这时连挣扎反抗一下的本事都没有，真气死人了，唉！

他感到肛门一热，蹿了满裤裆稀。他知道，凡是他这类人，在大限来到时，都是上边七窍流红，下边拉绿，这是阎王定的规矩，谁也破坏不了。脏？有啥法子？但细一想，他这辈子馆子吃、窑子睡，不亏！日本人在时还挺待见他，虽然老婆妹妹都让日本人玩了，但是那是给他面子，要不然咋和侵略者攀亲戚？就是后来两手空空，都没了，只剩一脸后补的大麻子，到那边可咋办？再说了，那么多冤家对头，哪个是善茬？尤其是那个王钟书。想到王钟书的死，就连他这个油锅里打滚儿、粪坑里睡觉，没人味儿、没人油的东西也觉得后背发凉、腿抽筋。二十多年了，每想到那一幕，于虎总觉得毛骨悚然、心惊肉跳。他庆幸当晚就在破庙里掐死了他派去给宪兵队报信的二赖子。

现在说啥都晚了。人生其实就是赌，赌运气，赌手段，赌心狠手辣，赌心惊肉跳，赌神仙和鬼谁有尿。他这辈子主要靠诈和，但谁也不可能总诈和，那结果必然输得非常惨。这不，应验了，等下就要去十八层地狱受罪了。

他看到魂从耳朵里钻出来，边飞边骂："丁虎，你这个畜生，跟了你到那边也得千鬼唾、万鬼骂，下油锅，被碾子轧……谁再理你，谁就是狗杂种！"

二十六

于成龙确实死了。黎明时，他吊死在村西的榆树林里。王玉龙教他在党旗下宣过誓，说要坚决执行党的纪律，他做到了。说要不怕困难，不怕牺牲，他也出色地做到了。他说："我原先胆小如鼠，经过为八路军送情报、杀鬼子探机密的锻炼，目睹了王钟书的死，才让我变得胆壮如牛，刚才又弄死了丁虎这个汉奸、民族败类、人渣，为王家兄弟，也为正义报了仇，死得值！"

周围一片寂静。他在寂静中彻底告别了这个喧嚣的世界。

第三炮

谨以此献给抗日战争胜利 70 周年。

一

民国二十八年，伪满洲国康德六年，公元 1939 年岁尾。

在一个连鬼都瑟瑟发抖的夜晚，商人打扮的张子岳来到我家。他此行的目的是布置杀“骡子”和我的潜伏事宜。在摇摇晃晃的油灯下，两杯热茶才驱走他浑身的寒冷，疲惫苍白的脸上才略泛红色。他先告诉我几个好消息：一是在今年 5 月的诺门坎事件中，苏军一举消灭了日军 68000 人，这极大地遏制和打击了小鬼子妄图称霸东方的狼子野心；二是 10 月我晋察冀边区军民展开了声势浩大的冬季反“扫荡”，有效地打击了日寇的嚣张气焰；三是我晋察冀军区聂荣臻部，在涞源的黄土岭击毙了日本陆军“名将之花”阿部规秀中将，并歼灭了其主力。这些好消息让我特别振奋，就像夜行人见到了曙光。此前，我一直盼望着参加八路军或抗联，上前线真刀真枪地杀鬼子。

为了强调潜伏的重要，他告诉我，青阳是东北进出关的咽喉，自古就是兵家必争之地，曾在 1924 年直奉二次争雄中留下浓墨重彩的一笔。最后，张子岳说出了那个棘手的任务——杀“骡子”！

他忧心忡忡地说：“青阳是鬼子的‘治安模范县’，其政治、军事、经济及社会都统治得如铁桶一般。狡猾奸诈的‘骡子’指挥侦缉队，连续破坏了我们在辽西的多处交通站。庆幸的是几个单线联系的叛徒都是微静脉，才没造成大失血。”他说，“根据情报分析，在‘骡子’的背后，肯定有个神秘人在幕后操纵。这只无形而有力的手掐得我们喘不过气来。现在我们的力量还很弱，经受不起任何闪失。你的任务是养精蓄锐，待机而战，寻机先剁掉神秘人的手，也就是‘骡子’。再设法揭开神秘人的面纱，杀掉他。这样，鬼子的‘模范县’就成了一堆臭狗屎。”

说起“骡子”，我的眼前都是他那机警伪善的马脸和闪烁狡诈的眼神儿。这眼神儿就像手榴弹的弦，系在我的神经上，真不知道它何时就炸。我问张子岳：“怎么办？在怡春院那次……”“骡子”狗东西现在红得发紫，比疯狗还狂，万一让他发现什么蛛丝马迹，这个手榴弹一炸，必然对我们造成极大的损失。

思忖良久，他说：“庆父不死，鲁难未已。善于捕风捉影的‘骡子’嗅觉比狐狸还灵，又有神秘人指挥，我们现在像鸡蛋在石头上跳舞，毫不安全。在这之前我们已组织了两次暗杀，但都被他逃脱。这家伙就像盯着羊群的狼，多疑奸诈，布疑阵、挖陷阱，狡兔三窟，让我们两次行动均损兵折将。组织上考虑到你俩是并肩长大的同宗兄弟，彼此了解较深，有着诸多的便利条件，所以才决定让你谋个万全之策，除掉他！”他又语重心长地嘱咐，“时局危艰，现在的老百姓已被鬼子弄到连上吊绳都买不起的地步。敌人鹰犬遍地，连空气中都弥漫着血腥和阴谋。我们要保护好自己，绝不能让狗闻到一点儿味儿，就是熬干二两脑浆子也得完成任务。”

他说:“老山参之所以宝贵，是因为它隐藏得巧妙，与周围环境融为一体。有所为、有所不为才是大智慧。你要知道，情报工作是日本人最重视、最得心应手的秘密武器。他们从幕府时代就开始研究和发展情报工作，并置于军事之上。这个民族，只要是情报工作需要，任何有悖于人伦常理的事情，他们都视为正常并能得到谅解。譬如大特务川岛浪速，把老朋友肃亲王的十四格格收为养女，又奸污了十一岁的她，并把她培养成一流的特务，就是有名的川岛芳子，也叫金碧辉。因为他们把情报工作视为民族生存的重要手段，所以他们培养出的特务也都是世界一流的，你睡觉都要睁一只眼睛。”他又嘱咐我，“你先把身份职业化、社会化，弄个买卖铺子。先物色几个可靠的伙计，再认真考验和培养他们，但不能暴露出任何企图。要多结交些三教九流的朋友，要切忌张扬，不引人注目。你家在青阳几十年，社会关系如渔网纵横交织，要用好你爹的招牌，狐假虎威也是智慧。”

我爹的确是青阳的一个人物，不是他的会长身份，而是他的网阵能网住鲨鱼、鲫鱼和嘎鱼。我爷爷能从公牛的肚子里吹出牛犊子，能吹得老树连根拔。他说:“我那大小子有种、豪爽，能看风使舵，把船整得四平八稳不仄歪。那东西把钱当谷秕子喂猪又喂鸡，还喝遍辽宁省，拳划关东州，三教九流都有朋友。宋朝的赵普听说过吧?他跟皇帝吹牛，说他用半部《论语》治天下。我儿子把全部《论语》整得嘎嘎的，你说他道行得有多深?跟你说吧，他能借龙王的定海神针，会给孙悟空念紧箍咒。”

就说一件事吧。那时还没有我。外号“三秧子”的我三叔是个把铜子儿当磨盘的家伙。有一天，他在街上看了衙门的缉赏告示，举告一个新党，赏金八十。这让他非常激动，一拍脑门儿一蹦高。当夜，衙门就收购了两个“新党”。第二天夜里，赌兴万丈的他被人捆年猪似的绑了票，赎金一千大洋，期限两天，晚一个时辰就卸一个零件。

我爷疼儿子，更心疼银子，急得唉声叹气直跺脚，咬牙放屁流鼻涕。我爹却眉不皱、眼不眨，像个局外人，有心没肺地搂着大烟枪咕噜咕噜的喷云吐雾。气得我爷蹦着高地骂他。过完烟瘾，我爹端过紫砂壶，咂巴着茶香，小啜儿口后才不动声色地写了封信让女仆送走，然后又把京剧桥段唱得有滋有味、有板有眼："一轮明月照窗下，陈宫心中乱如麻……"

第二天傍晚，"三秧子"乐呵呵地回来了，原来被吓傻了。县衙前挂出了三个滴着鲜血的木笼子。

二

三个月后，我的铺子永鑫贸易货栈挂牌开张。青阳街大十字拐角，狂飙的鞭炮炸响了半条街，却没有驱走天空的阴郁和沉闷。

商会会长的大公子浪子回头做买卖，捧场的人像赶便宜集，又像蚂蚁聚餐，黑压压一片。人们打着哈哈，拱手作揖，说着"恭喜发财"。

我站在门口迎宾，对每一位都笑脸相迎，致谢作揖。

烘托气氛的还有说书馆儿刘瞎子送的一尺宽、五尺长的大红对联，上写"买卖兴隆通四海，财源茂盛达三江"，横批是"恭喜发财"。话虽是老套路，但书法却像得了"书圣"父子真传，姿态殊异，圆转自如又遒美健秀，大有龙跳天门、虎卧凤阙之势，令人赏心悦目，也给铺子增辉添了喜庆。

刘瞎子不瞎，只不过是眼如一条缝。他的绝活是"现挂"，就是把眼皮子下的事儿随便抓一把过来，就绕着弯儿忽悠，口若悬河，整得浪花四起，让倒霉蛋变哭为笑，嘴咧赛瓢，也让发点儿小财的整天闭不上嘴。比如他夸青阳，就说："咱青阳好啊，是全'满洲国'的'治安模范'，是'康德皇帝'的掌上明珠，是皇军'大东亚共荣圈'里的月亮。咱这儿日子太平，路不拾遗，没有土匪强盗，做生意的没有苛捐杂税，买卖兴隆生意好；老百姓丰衣足食吃得饱。皇军还格外施恩配给橡子面，还配给咱更生布，让人们衣着光鲜，多好啊！前几天，侦缉队的吕队长没费吹灰之力就抓了几个乱匪红胡子，为此还受到了皇军的夸奖：‘哟西，哟西！吕的大大地好，花姑娘的干活。’”他学得惟妙惟肖，台下哄堂大笑。人们笑日本人不知道吕队长是骡子，干不了那活。刘瞎子惊堂木一拍接着说：“就是老天不给太君面子，一场大雪，青阳城就抬出去三十七个‘死倒’。”他还夸我爹和“骡子”，题目叫：“手眼通天吕会长与省长王瑞华莫逆之交，智勇双全吕队长连破匪谍案获皇上褒赏。”刘瞎子因口吐莲花而生意兴隆，整天人来人往。

大隐隐于市。这是我选中此地的主要原因。

这时，马脸上挂着笑容、穿着整齐的“骡子”走过来，大大咧咧地拍着我的肩膀夸奖：“春生兄弟，虎父无犬子。咱吕家人就是有本事，啥都整得亮堂。就看你选这风水宝地，一定能买卖兴隆日进斗金。哥真佩服你。好好干！在青阳谁敢和咱嘚瑟，阎王爷就是他的债主，牛头马面都是他的冤家。”“骡子”灿烂地笑着，心却在咬牙切齿地骂：“你那一脚比他妈的劁猪刀子还狠，直接把我骟成了骡子，守着一群如花似玉的娘儿们都干不成，掐着一截猪大肠干着急出汗，就凭这也饶不了你。还有，那晚上窑子里的那个人是个什么鸟？等老子整完这匪谍案，腾出手来再收拾你们！好饭不怕晚，活蹦乱跳的鱼要蘸佐料吃才美。把兔子吓出心脏病来再吃多有意思。再说了，正野良子和你爹……这年头啥是良心？它值几吊钱？谁给我银子，谁就是我亲爹！不杀你春生，对不起我裆下这玩意儿！”他春风得意又居高临下地笑着。

我知道他的笑里藏着见血封喉的毒刺，想着今后的任务，就一改昔日对他的傲慢，连忙谦恭地拱手称谢：“自家兄弟还如此客气，今后还仰仗你多多关照。”他发福的脸上洋溢着踌躇满志。我装出受宠若惊的样子把他送进屋里。望其背影，想象着他那捉摸不定、车轱辘一样的眼神，我脊背发凉，泛出一身冷汗。这小子自从被我踢碎卵子后，真的变得和赵高一样阴狠毒辣。我知道，怡春院大搜捕那件事他绝对不会善罢甘休。

我一直有些不可思议。这个去年还在妓院当大茶壶，把我当爹供奉，恨不得给我舔屁股的家伙，凭什么没用一年就成了侦缉队长？是他诡计多端太阴险，还是他早就是特务？侦缉队可是仅次于特高科的特殊机关。若按“满洲国”的官佐晋升条例走，他骑赤兔马也没这个速度。现在，他成了我屁股上的一根毒刺，让我寝食难安。怎么办？

我的铺子热热闹闹地开张，我爹对此却如雪夜一般冷。他拧着眉毛，阴着脸，像抽肋条似的借给我八百块钱，之后就没再正眼看我。这让我怅惘，肚子里像撒了辣椒面儿，辣心辣肝地不是滋味。他为什么总是这样？我百思不得其解。我在夜里哭过，也问过自己一千次。他的白眼让我常琢磨，是谁碰了他哪根筋。

我爹吕云卿曾在大连经过商，说一口流利的日语。他城府深，像涧中的潭水，扔下块巨石都溅不起浪花。他总是抿嘴皱眉，脸如铁铸木刻。他长年不在家，也不许家人管我，任我自由自在像一匹野马驹子浑蹄乱咬、放荡不羁。每当我见到那张铁脸后，涌到嗓子眼儿的话就悄无声息地溜了。

他花钱像哗哗泼脏水，但与我娘的话少，少得如浪底淘金。

三

我绞尽脑汁地日思夜想，反复设计、推理、否定，再设计、推理，再否定，杀“骡子”的计划还是一个个肥皂泡，一吹就破。计划像刚孵了几天的蛋，只有几缕血丝儿。

那根毒刺让人坐卧不安，吃饺子都不香。梦里全是浑身中毒，肿得青紫，疼痛难忍，醒来一身冷汗。我直想骂人，可骂谁？身边只有几个绵羊似的伙计。见我脸上阴云密布，他们个个小心翼翼。人们都说天衣无缝，都是扯淡。我心想：天衣也是裁剪出来的，袖子、衣襟也得缝起来，只不过缝得好罢了。

“吕老板发财！”随着喊声，进来一个高颧骨、一脸横肉的黑汉子。他是军需官宁布。因为回扣多，这家伙很快就成了我的主顾和朋友。这小子管酒叫亲爹，每次他亲爹都陪着他高高兴兴、步履蹒跚地回兵营。

还是老习惯，一大碗二锅头，用话下酒。他说蒙古人喝酒，舌头就是好菜。他说他是“兴安西省”扎鲁特人。七年兵营是口大锅，把他熬成了兵油子，也熬成了纯粹的汉人，只是话里还满是野性，不过有时也很幽默。

他多是骑自行车来，但进屋就说：“看，鞋底都磨成了纸儿。”我知道这是讨人情，就笑着说：“你骑马。”他说：“唉！一个账，省鞋费帽子。”马背颠簸，被他形容得生动逼真，让人喷饭。这句话让我笑了好几天。此人能一口气把云彩吹飞。他的话我都是用筛子筛了再听。他说在“滨江省”他曾一次打死仨红胡子[1]，两个是把脑袋揭了壳，一个是正打在心口上，他从上等兵直接升排长。后来在吉林省柳河又打死四个，升连长。他夸这手好枪法是放羊打猎时练的。一杆洋炮打野鸡专打飞起之时，打兔子专在它弓身一蹿时，百发百中。

他说是王爷让他当的兵。王爷说：“‘满洲国’是蒙古人的天下，他让当就当呗。”我问：“王爷是你爹还是你祖宗？”他把嘴撇得像一只破鞋，仿佛对我的无知不屑一顾：“在草原上，一头牛、一只羊、一片云、一棵草都是王爷的。他哪天高兴了想要我妹子，我爹一准连个响屁都不敢放。”

去年，他们这支来自“兴安西省”通辽的“甘支队”，在司令甘珠尔扎布的率领下，去河北迁安、滦县一带帮伪冀东自治政府主席王揖唐“扫荡”八路军邓支队。他受了伤。按理该回老家，可他却花了一笔钱留下来当了伪县公署的军需官。我问他为啥不回家。他说：“那个鬼地方，茫茫大草原，除了牲口还是牲口，就是人少，几十里上百里地没人烟。连个娘儿们都难找，就是有几个模样好点儿的，也都让王爷、公爷、台吉、梅林啥的占了。但那

[1] 抗战时期，东北地区的日本人和土匪把东北抗日联军称为红胡子。

鬼地方就是一样好，见个毡包你推门就进，奶茶、奶豆腐、炒米随便造。”

在酒碗见底儿时，我终于听了一句想听的话:“唉！人家吕队长又发啦！”

我问：“咋回事？”

“人家在朝阳县又抓了个八路的啥，昨晚就送‘新京’啦。哎呀，人走时运马走膘，兔子命大枪打不着。”

“骡子”又欠新债，我心底呼呼蹿火，想了许久才冷静下来。

拎着桂花糖、芙蓉糕和槽子糕，我回家看娘。每隔几天我都回去看她。初升的太阳像个红彤彤的大苹果，我觉得心敞亮。可是一想到愁眉不展的娘，我的心又阴云密布。虽然见到我她总是眉开眼笑、喜上眉梢，但是我不知道她的忧愁来自何方，就像小凌河的水源在何处无从考问，整天哗啦啦地流也流不尽。对此我忧虑不解，只能落花流水般的无可奈何。我娘是大家闺秀，知书达理，畅晓琴棋书画。从我记事起，她对任何人都是娴静、温柔，如深潭静水，临风也无波澜。她的琴声像雪地上一支孤零零的鸟在唱歌，悲悲切切，特别伤心。我和娘曾有如下对话。

“娘，这曲儿像在哭。”

“不是曲儿，是娘的心。”

“心？心会哭？为什么？”

“心是人的戏台，戏由心唱。”

“唱什么戏？”

“唱人！”

“人？哪个人？”

“你还小，不要问，对你没好处。”

那时娘每天教我《三字经》《千字文》，我还没变野。后来我学“三秧子”，驴性了，敢调理师傅。

后来，她皈依了佛门。

四

1940年4月12日。

时光如箭，嗖的就是数天，可我的计划还如瓜蔓儿上的谎花，一个个盛开又枯萎，一条郁郁葱葱的青龙却不见个瓜纽。

眼看着“骡子”这条恶鱼凶残地吞噬一条条同类，再用它们的血染红了脑门儿，我恨自己不是渔翁。“渔翁是胎里带来的吗？”我问自己。我想到了借网。但借谁的网？骆驼走沙漠，祭祀要杀羊。让窑姐榜地、和尚杀猪纯属荒唐。再者说，网纲长短，有无漏洞……我把自己整得精疲力竭。

灵感往往来自于一个偶然或不经意的一瞥——树上叽叽喳喳的麻雀让我茅塞顿开。

螳螂捕蝉——一个想法油然而生。

鬼子阴险毒辣，为了巩固“王道乐土”和“大东亚共荣圈”而使用怀柔政策，把中国人当牛当马。那些被屠夫剔去骨头的中国人，为了几顿饱饭两杯酒，便能舔着强盗滴血的刀叫爹，吮着婊子的奶头叫亲娘。在鬼子的怀柔面具和血腥恐吓中，老子卖儿女、兄弟相残之事屡见不鲜。波诡云谲的环境告诉我细节决定成败，蛛丝赶上寸劲儿也能绊倒骆驼，因此凡事都要慎之又慎。

自从买卖开张的第二天起，我的铺子对面，也就是刘瞎子说书馆的门前就多出了三个摆摊的，一个是吹糖人儿的，一个是卖糖葫芦的，一个是炒瓜子的。六只眼珠子像子弹，随时嗖嗖地往铺子钻。这是“满洲国”情特机关和“骡子”对我的“关心”和“照顾”。好在我谨记领导指示，一天到晚除了领着伙计们和主顾们脸红脖子粗地讨价，丝毫必争地还价，其余时间就是读书。在所有人的眼中，我成了一个纯粹的整天忙忙碌碌，势利而逐利的小商人。其实我的心无时无刻地都悬在嗓子眼儿上，神经整天都绷得像扯满的弓弦。

“骡子”对我的撒手锏来自怡春院。这棵毒刺不除，我不仅是烂掉屁股，身心还会受到威胁，更可能引起并发症，关乎性命。我日夜担心这条疯狗偷偷下口。

我用了好多天把青阳的熟人关系反复过滤和仔细筛选，最终决定去找宋宝钗，因为只有一起摸过阎王鼻子，共同死过一回的人才能共患难，因为他们的血能在一根管子里哗哗奔流，说明必定有着相同的类型的血液。

我和宋宝钗的故事，还要从一年前那桩至今仍让我迷惑不解的婚姻说起。在柏青师傅辞馆后的数年中，我像匹无人能调教的野马驹子，浑作了几年。后来在姥爷的无数次教诲后，我竟然洗心革面，重新做人，再加上我的身材和相貌，我一下变成了读书习武、人见人夸的好小伙子。去年二月，爹给我定亲，是青阳城里名门之秀，叫刘雅秋。她不骄不媚，如出水芙蓉般韵雅淡香。本来说好秋天完婚，奇怪的是，在我娘接她来住了三天后回去不久，家里就给我热热闹闹地完婚了。

响器吹破了天，鞭炮蹦高撒欢儿，红纸屑如红水漫地，上面漂浮着唢呐的笑，把一条街渲染得红红火火、喜气洋洋。喜事儿办得像王母娘娘的蟠桃盛会，新婚之夜，我却如寒冬腊月冷水浇头——她已不是处女。我像平白无故被人打了耳光还往脸上撒尿抹屎一样，羞，恼，无地自容。我的话如勾践剑，能斩人魂魄；又似箭毒木，见血封喉。她用拍着枕头大哭来回答我的恶毒诘责。洞房花烛夜是珍馐美馔、三生积缘、千古一会，本应细品慢尝或像饿狼扑食，一扫羞涩，而我只能扔下筷子不吃饭，拔剑四顾心茫然。盛筵被妒火烧得白茫茫一片，只剩苦酒一杯。

我想写休书，但看见她整日以泪洗面，似乎有天大的冤屈，就打消了那狠毒的念头。但没几天她就疯了，不跑不闹，只是哭哭笑笑地骂“畜生”。然后她被接回了娘家。她的失常让我自责、愧疚，像欠下了良心债，心头的天总是灰蒙蒙的。这致命的一枪正中我的心尖，汩汩淌血。心伤最难修复，十八岁的我虽然从小生性顽劣，稍大后却变得自尊要强。受柏青的影响，我的内心正演绎着金戈铁马的辉煌，但这人生中的第一枪却把我打得摇摇晃晃，把那些美好打得狼狈逃窜。万念俱灰才是最致命的伤。

“骡子”恰逢其时的哄诱如鱼钩上鲜活的蚯蚓，把我钓进了怡春院。在这里，“骡子”端碗来、捧碗去，对我无微不至，像勾践伺候夫差，就差没给我尝屎、擦屁股，就差没叫我亲爹了。他像赵高对始皇帝那样给我灌迷魂汤。他说：“这可是个好地方，能让人忘掉烦恼变成神仙，要不然宋朝的赵构、前朝的光绪等很多皇帝守着三千宠爱，还偷偷摸摸逛窑子？”第二天，他就端来银枪、铜盘和福寿膏，萎靡不振的我立刻腾云驾雾成了忘忧神，在彩云里天马行空，乐此不疲。我像一棵树，把根迷迷糊糊地扎进了温柔乡。

宋宝钗像一朵盛开的牡丹，又像一个饱满鲜嫩的鲜桃，招人喜爱。她不浓妆艳抹、浪语招摇，而是持重淡雅，像个端庄的少妇。据说她从不接客，却对我一见钟情，贴得如狗皮膏药。我被宋宝钗的美丽迷倒。但我迷惑不解：她貌若天仙却做皮肉生意，观音娘娘怎么变成了大母狼？

她亲口对我讲，妓院要想拔头筹得有秘诀，就是要买些俊秀的女孩自己调教，要先教她们识文断字，再教琴棋书画，再教女红刺绣磨性子，然后才让年岁大点儿的妓女教讲房中媚人术，再后来是站在床边看嫖客真枪实弹演练。要让女孩儿们由脸红心跳身哆嗦、尿不自禁，看到面不改色，只当吃了个酸梨为止。老鸨子还厉声告诉女孩儿们：“咱这行从齐国的管仲宰相手中兴起，传了千百代，受过皇封，朝廷允许。上到帝王将相，下到三教九流，男人都离不开咱。啥状元举人秀才，脱了裤子都一样。李师师就把宋徽宗弄得神魂颠倒叫亲娘，那叫能耐。你们的绫罗绸缎、金银财宝都在这床上。”然后，妓院再把这几个莺声燕语娇滴滴、出水新荷嫩生生、能拉金尿银、百分之百的处女捧上天，再待价而沽。直到哪个有钱的嫖客出了天价来开苞。

恩爱中，她向我诉说了自己凄惨的身世。原来，十四岁那年，她的赌棍爹就把像棵枯草的她当成一坨银子还了债，另一个赌鬼转手就把她卖进了妓院。她永远忘不了那个让她含悲忍辱的夜晚。梳妆打扮后，她被鸨母香兰强灌了“断根汤”，被推进一间屋子。咧嘴大笑等待她的是个比她爷爷还老、脸如刀削的畜生，叫那三。那三夺去了她的贞操，还弄得她鲜血不止，又在她干瘦如柴的身上闹了一天两夜。她却七天卧床不起，连喝水都靠人喂。17岁时，她的美貌迷疯了张大帅的一个刘团长。她略施小计，刘团长就把香兰和那三都弄去了爪哇国。有了这个靠山，19 岁的她就经营了这家妓院。

五

“骡子”的眼睛布满蜘蛛网，这是逼着飞虫拼着性命必须撞破它。

送给明天最可心的礼物，就是把今天做到最好。

张子岳临别前“不思蜀”的警告，让我踌躇了许久。但思来想去，我咬着牙决定还得去找宋宝钗。一是她那里是三教九流、黑白两道全都光顾的藏污纳垢之所；二是我考验过她的忠诚。

那是 1938 年 3 月末的一个夜晚。

夜幕中的怡春院，灯红酒绿，莺歌燕舞。烦闷中我出去走走，刚到胡同口就听见一片枪响。鬼子的电棒如鬼火在远处晃动，还有口哨和声嘶力竭的喊叫。我常听人们说这一带总有八路军出没，他们打鬼子、杀汉奸，都是些顶天立地的英雄好汉。正想着，就有个黑影跌跌撞撞地跑过来，喘气赛过风箱。鬼子的枪声和狼嚎鬼叫像只有力的手，不容我多想就推着我跑过去，拽着那人就进了院子。

这突如其来的举动让宋宝钗惊恐发愣，樱桃口张成蛤蟆嘴。我自作主张命令那人：“快！脱衣服！”他腰部中枪。

见我擅自做主，一头雾水又柳眉倒竖、杏眼喷火的宋宝钗气炸了肺，仿佛要咬人。我的脸也扭成了苦瓜，声如厉鬼：“鬼子正在抓他，救人要紧！”大母狼也怕凶神恶煞，宋宝钗只好屏声敛声，摊被脱衣。听见大皮靴橐橐响和“骡子”的讨好声，她一脸黑云要滴水，声音却满是凄怨：“冤家！你想要我的命？”我无言以对，就闪身进了小桃红的房间。

在恐吓、威胁又谩骂地折腾了一大气后，鬼子的皮靴声渐渐远去。我手摁咚咚有声的胸口，终于放下了悬在半空的心。

殷勤的“骡子”来送水，看见从不接客的鸨母屋内坐个生人，他那狐狸般的黄眼球急速转动，随后搭讪着向外走。从他那滴溜溜闪烁着火苗子的眼神中，我读出了复仇的信息，就起身跟了出去。街上空荡荡的，只有风在忽忽悠悠漫不经心地吹着。“骡子”像偷鸡的黄皮子，鬼鬼祟祟地向西关警备队跑去。我风一样地刮回屋。

第二天，街上的人交头接耳，说八路军夜袭洋行，杀了三个鬼子，八路军跑了三个，被鬼子抓住两个。当夜，日军残忍地开膛剜心，杀害了两人。

1940 年 4 月 17 日，在萧瑟刺肤的春寒中，绕过那些驼背弓腰卖春药的摊贩，在带着哭音儿又颤抖的叫卖声中，我硬着头皮走进怡春院。

她春风依旧，只是幽怨的眼神儿如刀子，扎得我眼神儿躲躲闪闪。悲惨的出身，染缸似的社会，让她陷入污浊，但她关键时候舍生忘死救了张子岳，说明她是个有良心的中国人。我拍拍屁股走人，一年没见她，确实决绝，我欠了她天大的情。虽然我心虚理亏，但是我一直感念她。

自从入党后，我还没沾过女人，干柴烈火把我们烧得噼里啪啦，几乎熔化。久别胜新婚。傍晚，我向她提出了要求。她故作嗔怒：“冤家，真是前世的冤家！自从那次鬼子搜捕我就知道，赤兔马遇关公，你的魂儿让那个八路牵走了。不是杀头的事你能想起我？你不怕我拿你换银子？”说着，竟然哭出了一条呜呜咽咽悲伤的河，哭得我像被醋淹过，身心都酸酸的。

以前，我曾劝过她金盆洗手，她顿时泪如泉涌：“我一个孤身弱女，连杀鸡的本事都没有，你以为我愿意？谁不是爹生娘养的？你以为我不敢一把火烧了这脏地方？”我问她为什么冒杀头之险救张子岳。她的回答令人感动：“就因为你敢救他和他敢杀鬼子。我虽然挣脏钱，但是知道谁干净，谁有脊梁骨。‘骡子’领鬼子二次回来，我一口咬定是嫖客，其他一问三不知。畜生们的几把刀戳着我胸口，血流到了肚脐儿，我尿湿了裤子，魂儿都飞到交趾国了。我心想，这回死定了，说实话必死无疑，还得赔上你们，不说也得喂狼狗。死就死吧，眼睛一闭反倒清净。”

六

1940 年 4 月 26 日的中午，宋宝钗约我到怡春院。手眼通天的她，终于挖窟窿盗洞给我找了个叫“飞猫”的杀手。见面一看就知道，这是个行走江湖的练家子，机敏沉稳，瘦脸上一双猫眼似睁似闭，却从缝隙中闪出寒冷的贼光。

“飞猫”的故事我早有耳闻。他是关东第一杀手。刚出道时善使飞镖，镖尖都用钢锉锉出花纹，再用紫皮蒜汁兑酒浸泡，有见血封喉之效。在给张大帅当卫士时，大帅曾骂他：“不坐汽车骑老牛，妈了个巴子，少用那阴损东西！”他就苦练枪法。张大帅死后，他又被少帅的情报科长陈旭东相中，做了少帅的情报官。九一八事变后，他不知去向。

生意谈得像稀里呼噜吃了碗饸饹，但卤子贵得出奇。“飞猫”端详着“骡子”的照片说：“一看这就是个阴鸟。侦缉队是帮啥鸟？这都是日本人的眼珠子和耳朵。这些人非鹰即犬，个个都有半仙之体，这活像阎王殿上取生死簿，你要出大价才行。”为了使命，我咬破苦胆割了肝，忍痛答应了他。见我还心存疑惑，他不经意地捏了一下我的手，痛入骨髓。我知道他有手捏骨碎之功，这是警告。他低声说：“咱们都是哑巴吃饺子——心中有数，你啥也别问，行动时我自会找你。但到时你必须帮我一把才成。你千万别耍小心眼儿，整啥借刀杀人、顺手牵羊的诡计。”他点着照片说，“我敢在鬼子眼皮底下杀他，灭你还不是易如反掌？”说罢他不慌不忙的离去。他的话着实让我出了一身冷汗。

我把这单生意叫“黄雀行动”。

四月里的风是纯粹的疯子，把天地间弄得黄澄澄一片。太阳像个被腌臭的鸡蛋黄子，半绿半黄地挂在天上。街上空无一人，连狗都钻窝里睡觉了。但是铺子对面的三个摊子还在坚守，几串糖葫芦挂满了灰土，糖人儿成了土人儿。卖瓜子的弓肩缩背袖着手。我暗笑：“真是王八给自己贴绿标签！”

五天的时间似燕子穿柳般的飞去。“飞猫”也像飞了一样没有半点儿动静。我心中焦急，一怕他携款潜逃，二担心他万一落入魔掌供出我。这该死的年头，一切都没个定数，连汪精卫、郑孝胥、张景惠、殷汝耕、王辑唐这些前朝名人都像孝子贤孙似的给鬼子看家护院当奴才，何况一个江湖杀手？

1940 年 5 月 1 日。风像个流浪汉在街上晃荡，还时不时地打个旋儿，卷起些草末纸屑玩。

太阳升起一竿子高的时候，一个戴眼镜的警察买了盒“王福记”点心。

一袋烟功夫，一位穿长袍、戴礼帽、戴墨镜的人，手拎“王福记”点心盒子进了铺子，说：“来盒哈达门，再换盒点心。”他扔下钱，拿起烟说，“不用找零。”见我疑惑，他轻声说，“点心盒里有耗子屎。”说罢转身而去。见他转过墙脚，我悄悄地跟了出去，因为我怀疑。盯着他的背影，我加快脚步，拐过一条街后却不见了人影，找遍了整条街也没见个脚印。在回来的巷子里，有个老叫花子眯眼坐在墙根儿，花白胡子被风吹拂着。和他擦肩而过时，我听见“飞猫”的声音：“再管闲事就废了你！”我不禁大惊失色。

我急匆匆回到铺子，打开点心盒子。我心头一颤，里面是颗鬼子造的甜瓜式手雷和“飞猫”的行动指示。我心中不由暗暗惊喜，更为他的化妆和变音术令人叫绝。琢磨着指示，我思索着该如何配合他的行动。现在，我们成了一根绳上的蚂蚱。

七

画家用泼墨大写意的手法染黑了天空，这个时间点也应在他的设计之内。我佩服其计算精细。我换好一身青衣，打绑腿，着软底鞋，在指定时间的前半个时辰，从厕所处纵身翻墙。感谢柏青教会我功夫。按指令绕了个圈子后，我来到侦缉队对面的一个大柴火垛，这是一家地主的后院。我在柴火垛上没费吹灰之力就偎了个深坑，埋住自己。侦缉队的屋里都亮着灯，有人影晃动。

我盯着目标，盘算着退路，紧张和焦灼把时间拉长了百倍。这让我回忆起了和“骡子”的往事。

1927 年，七岁的我和“骡子”一起入塾。师傅是个门牙在唇外站岗、辫子比猪尾巴还细短的小老头。他摇头晃脑：“人之蛆，性本现。”我一本正经，左顾右盼，把“蛆”和“现”念得有十斤重、三丈长，还把顺口溜和蔑视箭一齐射向他的树皮脸：“人之蛆，性本现。狗屎蛋儿，丁小辫儿……”他疑惑呆怔，盯了我好一会儿，嘴唇哆嗦着喃喃自语：“世风日下，人心不古，竖子不可教也。”他用瘦似鸡爪的手颤巍巍地摊开一块破蓝布，包好吃饭的家什——一本乌黑卷边儿的书和戒尺，花白的小辫子一摇一晃，叹着气，踉踉跄跄地走了。

有一天，高我半头的“骡子”和我抢一把木头枪。他虽然聪明伶俐，但是没我胆壮骄横，被我冷不防一记夺魂脚命中卵子。第二天，那里就肿得像个烂紫茄子。我堂叔，一个靠要赖偷讹混吃喝的鼠面瘸子，雇人把儿子抬到我家，跟着起哄架秧子的还有黑压压一大群苍蝇。经过一番放泼打滚儿、跳井上吊抹脖子地折腾后，管家才软心硬嘴地拟就了文书，说：“以后就是烂掉死了也与我家无涉。”堂叔画押后拿着一百块光洋，立马破涕为笑，娶了媳妇似的滚了蛋。此后，堂兄就成了“骡子”，他那根原本预备着开荒种地耕耘播雨的枪，仿佛是火堆边儿的蜡烛，只会低头落泪，又像个汉奸奴才，总是弓着腰，猥猥琐琐地站不直溜。那年我九岁。

以前我对这一脚一直愧疚，但咀嚼着他从引诱我进怡春院到告密，我又百思不得其解。他的恶行是报复我年幼无知时的那一脚，还是另有秘密或是本性使然？他是我族兄，又师出同门，却成为民族的罪人。先贤说“人之初，性本善”，但为什么有那么多恶人？人性的善恶有无题解我无法回答，寻其出处可能比找天河之源还要遥远。这可能是个无解的谜，是个永远的秘密。但我下面的戏会如何出场、如何唱，是险象环生还是噩运难逃，现在的危险能否变成明天的礼物……我不敢想象，也无法揣测。船在激流中是撞礁后粉身碎骨，还是与死神擦肩而过，只能凭运气。去阎王殿杀鬼，死的只能是凶手和帮凶。既然事已至此，撂下枪又不是我的性格。我像个在集上被挤丢的孩子，束手无策，左右彷徨。这时，耳边响起了老乡们在万般无奈时常说的话：“该死该活鸟朝上！”这反而让我镇静了许多。“他妈的鬼子，他妈的神秘人，老子今天就要剁掉你的爪子，再把你这颗‘掌上明珠’抹上屎。老子要钻进牛魔王的肚子，抓你的心，挠你的肝，闹你个翻天覆地！”

突然，有杂乱的惊呼乱叫声传来，惊跑了我的胡思乱想。循声望去，大约在前两条街处有冲天火光，那应该是县公署。接着就是哨子声伴随着嘈杂声。牢记“飞猫”赏给的职责，我转回头盯牢侦缉队，只见十几个人提着手枪跑出大门，还有“骡子”的喝止声。他们站在大门外议论着什么。

顾不得那么多，我掏出鞭炮摊开，再把特制的三米长的药捻子捋开点燃。就在千头的麻雷子差点儿炸碎耳膜时，就在我翻上墙的一瞬间，炮仗的火光照见了我的身影。该死的药捻儿！哪怕再晚零点一秒我就双脚落地，就出了侦缉队的视线。但那零点一秒却钻进了一个夜猫子眼中，随后，就听见叭叭的子弹跟着喊声一齐飞过来。我心想：“完了，中计了，我成了‘飞猫’钓钩上的一块鲜肉，等待我的是鲨鱼的血盆大嘴。怪不得他再三嘱咐我药捻儿的长度。这都是他精心计算过的。这是一箭双雕，既调虎离山，又顺手牵羊灭了我（他教了我万一时的了结之法），这无疑增加了他的安全系数。人心叵测，江湖险恶。这个狗东西！”心里狠狠地骂着，我恨不得把这狡猾的狐狸千刀万剐。

噼里啪啦的脚步声像饺子下锅，叭叭叭的子弹嗖嗖地追我。我知道现在我和“飞猫”的命运已紧紧绑在一起，我只有多调虎离山，他那边才更容易得手，于是来了个就地十八滚，边滚边连连开枪。我的枪声果然又引来了几个侦缉队员，他们声嘶力竭地喊着“抓八路，抓活的”，蜂拥而至。见火候已到，我从怀里掏出香瓜手雷，打开保险奋力一掷，“轰隆”一声巨响后，借助爆炸的烟雾，我像猎狗般纵身而去。最关键时刻，柏青教的功夫如利箭，硬生生把地狱之门射穿，让我钻出了枪林弹雨。

追魂的枪声成了药引子，全城噼噼啪啪响成一锅爆米花。我钻入混乱的救火队伍，趁乱溜回。惊魂未定，就传来了搜索队的砸门声，凶狠劲儿就像砸仇人的脑袋。转眼间，铺子被弄得一片狼藉，柴火垛被挑得乱蓬蓬，水缸也被砸碎了。

镇静的鞭子赶不走恐怖，因为“飞猫”和“骡子”两个人的死活都紧紧抓住我的手。这一点，全城的人中只有宋宝钗和我最清楚。我的眼睛在黑暗中游逛了一夜。

5 月 2 日，太阳露出半张红脸时，伙计们照常开门营业。我心烦意乱地在后屋端着书，心却在全城的旮旯胡同乱跑。说书馆儿里，刘瞎子正在口若悬河、滔滔不绝地“现挂”：“皇帝和皇后婉容‘打巴刀’，皇弟溥杰去日本访问……”

傍晌午时，随着自行车铃声，进屋的又是：“吕老板发财！”宁布！来了瞌睡虫就有人递枕头。我趿着鞋急忙出屋。外面的搜捕还在进行，大街上没有行人。

照例是拿陈芝麻烂谷子当下酒菜，他还是先讲大草原上的嗑儿。我心里急得火上房，表面还得风轻云淡。他说“在大草原上，看见插套马杆子的地方，你千万别去，那是相好的在幽会，谁要是搅了人家的兴头，就会被套马杆儿拖死。”他还吹他太爷当过僧格林沁亲王的兵，跟王爷东征西讨，打长毛、灭捻子，杀人无数。在酒碗见底时，我终于盼来了冰天雪地中的炭火。他说：“刺客是仨人，一个在县公署放火，用的是调虎离山；一个点炮仗又甩炸弹，整了个声东击西；另外一个浑水摸鱼，乘机摸到眼目前，向你哥开了两枪，一枪打脑袋，一枪打胸膛。人们都奇怪没听见枪声，有人说是德国的无声手枪。呸！纯粹是扯淡！要是用棉袄袖子捂住枪口，那声都没大姑娘放屁响！”宁布不屑一顾地说。

“我哥咋样？”我迫不及待地问，像关心亲哥亲爹。

“还能咋样，上西天啦。侦缉队死五伤六。”

“刺客哪？”我追问。

“这小子也真是。”宁布连连摇摇头，非常惋惜，抿口酒后又说，“真是该死的兔子蹦不出萝卜地，他让一颗没长眼睛的流弹打折了腿。”

我的心一下提到嗓子眼儿，我觉得“飞猫”在宪兵队的红烙铁、老虎凳等酷刑的折磨下已招了供，敌人已把铺子围成铁桶……

发现我脸色不对，他问：“你咋啦，脸色儿这么难看？”

隔着柜台，他没发现我的腿不由自主地在哆嗦。他的话提醒了我，我镇静下来，心想：“要是让这有奶就是娘的犊子看出破绽，我可能就会成为他一年的嫖资或一缸酒。这犊子像刘瞎子说书，关键时候卖关子吊你胃口。”

他慢悠悠地端起碗抿酒，把嘴咂巴得像吃了龙肉：“那小子也真是……”

话刚说半截，就进来俩警察，说是查户口。宁布一口喝干酒，抹抹嘴巴走人了。这可把我悬在了半空，心上像坠了个秤砣，一沉到底，以至于对警察的问话回答得驴唇不对马嘴，幸亏平时都认识。

八

次日清晨，县公署祭奠骡子。不管敌人是引鸟入笼，还是放长线钓大鱼，我都必须去。因为与其被炭火慢慢炙烤得七窍流血，还不如纵身一跃，也因为宁布扔下的那半句话。这两天我的铺子像个沉默的铁桶，连个苍蝇都没进过，我又不敢出去瞎打听，因为一个看似可怜兮兮的乞讨者，怀里可能就掖着枪，一抹脸就露出狰狞。

在人群中我见到了我爹。从他脸上我读出了他的心情，我觉得我死了他也未必如此悲痛欲绝，因为他眼里闪着泪花，这是我从没见过的。

主祭人的嘴像厨子的炒勺，炒出了爆肠肚熘肝尖儿。“骡子”还真是干特务的料，一年内他竟然连续破坏了戴笠的三个军统站和我党的两个交通站，连获五枚“康德皇帝”颁发的勋章。看来他真是“死得其所”。

我又遇见了宁布。这小子真是我犯困时的枕头，肚子里的蛔虫。终于有了下回分解。他对我悄悄耳语：“你那狡猾狡猾的哥，像是从炮仗烟里闻出了蹊跷，就留下四个人保护他。但他没想到，进了办公室却挨了黑枪。杀手撞碎窗玻璃蹿出去时，本来眨眨眼就无踪了，可没想到，横空飞来流弹，打折了他的腿，在和抓捕者扭作一团时，他怀里的炸弹响了。”

盗亦有道。我感动得落泪，心中百感交集。几千年来中华民族都没被外族征服，靠的就是这样的脊梁。我为前天夜里的诅咒而惭愧。数年后，在我爹的日记中我知道了他的真实身份。据传，他干得最漂亮一件事，就是谋刺日本关东军高级参谋河本大佐。

1928 年 6 月 4 日凌晨，在沈阳皇姑屯的南满铁路交叉处三洞桥，响了声撼天雷：张大帅乘坐的由京师中南海回奉天的专列被炸得翻身打滚儿，得只剩几个轮子还算囫囵。大帅的把兄弟吴俊升脑浆流出一大碗。大帅被炸出三丈多远，喉咙破裂，昏迷不醒，三小时后死在了大帅府。卫士田志富命不该绝，炸弹响时他去后面行李车取东西，只受了轻伤。与大帅情同父子的他悲痛欲绝，决心报仇。一年后，他从少帅的情报处处长陈旭东处得知，这一切都是由河本这个特务头子策划和导演的。作为大帅的侍卫，迎来送往，沏茶倒水，对河本、土肥原这些帅府常客，他都熟之又熟。但河本却没了踪影，有人说去了天津驻屯军司令部，有人说回了日本军部。经过月余的辛苦奔波和花银子买情报，他终于探到实情。

1929 年初冬，在一个寒冷刺骨的早晨，在大连南满株式会社办公楼下，身着黑色棉袍的田志富来到值班室，向值日官说：“请通报河本大佐，就说老朋友奉天帅府田志富求见。”一刻钟后，有个军官仔细地搜了身后，才引他上了二楼。在楼道尽头，两扇厚重的橡木门悄然打开，他进去后又无声地闭合。这是一套三间一明的大屋，装饰华丽，暖气扑面。只见刀削脸、仁丹胡的河本仰坐在沙发上，呵呵笑完后说：“志富兄，别来无恙？想必是来给大帅报仇吧？我已料到你有今天。英雄！英雄！只可惜你是壮志未酬身先死，空让少帅泪满襟哪！”说罢轻拍一掌，屏风后闪出两人，朝他胸前连开数枪，他仰面倒地。就在那两个人俯身察看他有无气息时，只见他一个鲤鱼打挺弹地而起，左右手同时闪电般的捏碎了两人的喉结。就在河本惊恐地看着这魔幻般的一幕的一刹那，他飞跃近前，双手拧住河本的头，稍一用力，咔嚓一声，河本气绝而亡。然后他迅速脱下棉袍，露出了里面的日本军服。他轻轻打开一扇北窗，翻身攀下水管而去。

一时间，大连震惊，社会疯传他善用金钟罩铁布衫，枪弹不入。后来才知道，他用了块罩胸铁板。

九

农历癸未年（1943年）腊月初二，热辽省委交派一位重要人物来青阳，要交给我一项重要的特殊任务。

借着朦胧的夜色，我把客人带到卧房。“张子岳！”我低声惊叫。因为敌人被一次次出其不意的袭击搞得神经错乱，故而敌人的统治愈发残酷严厉，处处黑如地牢。特务、密探、警察比猪和狗都多，那些卖了良心，拎着人头换鬼子烧酒的人也随处可见。此时此刻见到他，我像久别的孩子见到娘，激动得眼泪哗哗流。

他拍着我的背，笑着说：“天降大任于斯人，丈夫流血不流泪！”

我像个孩子，兴奋得搓着手说：“喜极而泣，喜极而泣。”

从“黄雀行动”到现在，三年的时间像小凌河的水哗啦啦地流走了。岁月如磨刀石，把日子磨去了棱角，也把我数年前的浮躁磨光，让我变得沉稳。以前的我就像一棵七月里的高粱，虽然穗子大、秆儿高，但是脑袋空空，躯干也不结实。在这段时光里，我读了大量的书，拼命地从其中汲取养分。读老子的书要悟“道”，一部《道德经》五千字，读三遍五遍时迷迷糊糊，读十遍八遍时恍恍惚惚，悟透了你才知道它字字珠玑，是智慧的、哲学的、高级的“道”。还有孔子的思想核心是“仁”加“礼”，被誉为“道德文章冠冕一代”的曾国藩的文章……先哲圣贤的著作里全是教人做人处世的哲理和大智慧，像座丰富的智慧宝库，装上一脑袋，几辈都受用无穷。我最喜欢读《三国演义》，里面写的全是两军对垒、三方博弈、六方较力、八面埋伏。曹操既多疑又知人善任，心胸开阔，大忠似奸，他的“诡”用于敌手，对肯用命的马喂黄豆、高粱，不吝封侯赐金。刘备善于招摇撞骗，大奸似忠，惯用收买人心。刘备的诡用于自家伙计；对自称手足，忠心耿耿、死心塌地为他卖命的傻马只喂谷糠干草。再看诸葛亮，借东风、空城计，借荆州气周瑜，死诸葛吓坏活司马，步步陷阱，招招险棋，连墙脚旮旯、鞋壳袖子里都藏着锦囊妙计。

张子岳表扬我成熟了，是个真正的战士。他总结“黄雀行动”：运筹得当，机智灵活地利用爱国的江湖志士，除了“骡子”这个心腹大患。他说：“据悉，骡子早在三年前就被日本特务收买，并在特高科受过一年的特殊训练。”

这次行动的目标是铲除关东军特高科针对我冀北根据地制定的“眠蛇行动”。这个计划像个黑夜鬼，看不见、摸不着，无踪无影。

内线只知道培训地在青阳，对象是从各军管区严格筛选的尉以上青年军官，共有十人，都是精骑射、善格斗之人。主训官是位女性中佐，叫正野良子，此人素以敏捷、严厉、凶狠著称，有“野狼”之名，是武士道高手、日谍巨头川岛速浪和土肥原的女弟子。张子岳说：“在除蛇时还要杀一位代号‘野狼’的资深日谍，‘骡子’就曾是此人手中的木偶，是他策划并指挥破获了多起‘匪谍案’，对辽西我党的地下组织威胁极大，上级命令我们必须除之。”

日伪的残暴严酷随着统治措施的完善而变本加厉，归屯并户、保甲制度、十户联坐，关东军的特高科、宪兵队，伪政府的警察局、侦缉队、密探，再加上领取津贴的地痞流氓，数量对比，我们的力量不及敌人万分之一；优劣对比，敌人如狼似虎，横行无忌，我们则如洞中鼠，提心吊胆、小心翼翼。完成这个任务的难度可想而知。

任务如同紧箍咒箍在头上，我们的时间只有二十七天。

时间带着焦虑，从指缝间倏然滑过。三天是旗舰，我们一无所获。

临近年关，鬼子又不断地搞搜捕戒严和宵禁，我忧虑地对张子岳说：“这真是想过黄河发大水，要上太行雪封山。”

张子岳很镇静地劝我：“焦躁好比是人在发高烧，容易烧出炎症，所以要镇静，要退烧。”

我想想也有道理。为了化解焦虑，我就给张子岳讲我娘说的往事。因为张作霖是她表叔，这位威震中国的显赫近亲值得她炫耀，所以她总是借张家说事儿。当年，第二次直奉大战，我的表姥爷、四十九岁的张大帅把吴佩孚打得屁滚尿流。开战前，吴秀才踌躇满志，胸有成竹地埋下一招绝户棋：命冯玉祥率轻兵急出古北口，迅速占领辽西的青阳和内蒙古的开鲁，以便在山海关一线打得胶着时，老冯的马后炮正好大显神威。可惜他棋输一招：冯玉祥阳奉阴违唱假戏，当正面打成一锅粥时，他一个回马枪杀回北京，囚禁了大总统曹锟，让吴帅的如意算盘落空。

从血战山海关到天津马场大战，张大帅把吴佩孚打得一败涂地。前方大捷，大帅家也风调雨顺，种菠菜收翡翠，把天下十五省都整成了张家窝棚。我爷爷就眼红，说："看人家，金子银子像黄豆高粱，整得仓满囤流，像河套水哗哗地往里流。"我们吕家却赶上了歉年，百亩地只收两斗，还净是秕子，连种子都没收回来。我二叔二秧子死了。那家伙在集上看中了一个十几岁的姑娘，就派人尾随而去，并给人家扔下二两银子，说是下定礼。第三天就带着一帮狐朋狗友去娶亲，还吹吹打打，整得挺热闹。他驴性霸道，却不禁打。姑娘的哥哥一锄头，把二叔白花花的脑浆子打出来了。我爷爷仨儿子，一傻一死，就剩下我爹一个囫囵人。他忧烦得像坐在鏊子上一样没着没落，出去坐席就拿人家的红烧肉出气，还整了半斤二锅头。我爷爷贪便宜换来的是肠肚疼痛，他只好噌噌地跑茅房。生气加嫉妒，他哆嗦着手骂："他妈的，吃几口肉也蹿三天鞭杆子稀，放屁砸肿脚后跟，喝凉水噎得翻白眼儿。"

我爷爷十九岁时曾跟张作霖入过绺子。第二年，一百个现大洋，他把一个受伤的伙计卖给了官府，伙计被忽忽悠悠地送回了太姥姥家。他就连夜携枪款撒丫子狂奔青阳，自戕脸后更姓换名，后来逐渐发家。发家了，他除了逛窑子、买地，就是把钱往肋条上串。逛集时他总会顺手牵羊地顺回些青瓜绿枣或偷人家几个鸡蛋。下馆子偷人家醋壶，伙计讨要，我爷爷恼羞成怒撒了泼，掏出家什就往人家门上撒尿。他逛窑子总给人家半价，说自个儿老了没怎么折腾。窑姐儿骂他："老种！呸！都赶上叫驴了，还说没折腾！再来让你光腚走！"

说起砸二秧子那一锄头，张子岳问："你猜那愣小子是谁？"

我问："谁？"

他说："我！当年的当天，你爷告了官，要我偿命。瘦马拉不动车，没钱只有在大牢等死。当时我有个表哥在奉天做事，听说了这事儿，就义愤填膺地呈了状子。当时的奉天省省长王永江接了状子，亲批：'死者仗势欺人，强抢民女，系恶霸，打死勿论！命犯本应严惩，姑念其舍身救妹，系无奈失手。着该县杖其三十，发来奉天从军。'直奉二次开战，奉系风卷残云地打过长江。我厌倦军旅，就开小差，改名换姓去了湖南。"

十

腊月初七，省委又命速谋计划，春节前务必除"蛇"，因为"蛇"们将在大年初三出洞。

我尤其烦躁，但望着疲惫不堪的伙计们，那种野兔在狼群中潜行、鼠在猫鼻子下觅食的危艰，远非常人所想，我体谅他们，他们把能想到的都做了。我，尤其是张子岳，只能深居简出，"账"只能由他们来催讨。一切只能慎而又慎，一丁点儿的疏忽都将是一场巨大的灾难。难题无解时总会有不安和焦躁，可除了勇敢面对和耐心等待，别无选择。

墙上的皇历又被残忍地扯去三页。时间成了鏊子，煎得人在上面跳脚，心似烟囱，呼呼地冒黑烟。

每晚的分析会照例进行。窗子用棉被堵得严严实实，寂静中，昏黄的油灯无精打采，连灯花的爆裂都非常响亮。沉默许久，一位伙计慢条斯理地分析道："有没有可能藏在警备队等几处高墙深院内？"蓦然回首，峰回路转，新的思路引来一线生机。

万不得已，张子岳决定请示省委，启动内线。为安全计，报只发一个"风"字。上级回答："雨。"

腊月十一早晨，宪兵队斜对过的锦州菜馆。这里主营被康熙皇帝誉为"食林一秀"的锦州小菜。其厅壁挂出了两轴"满洲国"首任"国务总理"郑孝胥的书法立轴。一是北宋王令的《送春》："子规半夜犹啼血，不信东风唤不回。"二为陆游的《临安春雨初霁》："小楼一夜听春雨，深巷明朝卖杏花。"下午二时许，一位日军少佐从宪兵队来到菜馆，他提了一篓什锦小菜而回，前后不过两分钟。

腊月十二中午，昨日那位少佐同几位日军官佐有说有笑地来到杏花邨饭庄。他们只点了熏鱼、生鱼片和寿司米饭团。餐前，那位少佐去了次卫生间。饭食简单，加之军人的麻利，就餐时间短得如风过庭堂。

我和张子岳细研"风"送出的"菜单"。"风"告知，宪兵队的后跨院确实住着十几个神秘人，从未见他们出过院，诸多事项都有专人负责，连宪兵队长都无权过问。情报还说，通过观察，有位男子每周一至周五都准时从商会院儿来宪兵队，朝至晚归，门岗从未阻拦过。

"蛇"洞已确认。但从商会院儿走出的男子是谁？宪兵见官大三级，那院子非常人可入。商会属半官半民的行业组织。因为我爹的声望和干练，无论是赈灾济困、筹措善款、催捐缴税、协调商家纠纷，还是组织慰劳皇军，全都做得有声有色，令各方满意，所以本县的商会就如羊群里的骆驼——特殊。据我所知，商会没有青年男子，我爹公大于私，驻会较多。两个副会长一位是绸缎庄的赵结巴，另一位是海丰贸易公司的刘大拿。三个办事员都是我爹在大连经商时的老伙计，一个瓦房店人，两个朝鲜人。此外，还有一个人叫孔玉兰，是我爹的漂亮女仆兼小老婆。

在思考和制订除蛇方案时，我以出来谈生意为名，连续两天到锦州菜馆实地观察。坐在菜馆的靠窗处，在那个雷打不动的固定时间内，我看见一位穿棉袍、用黑毛围巾遮脸的人出现，他迈着小步快走，看不清眉目，但看步伐体态，我似曾相识。

十一

“风”提供了宪兵队的基本情况及火力兵员状态图。这是个“日”字形大院，前为宪兵队，后是“蛇”窝。宪兵队共十七人。队长中村少佐，下辖两个班十二人，另有 4 名内勤。武器有三挺轻机枪和十七支手枪。前院正房为办公室、审讯室、武器库。西厢房是寝室。东厢房为伙房和餐厅。靠大门东有值班室，一挺机枪长年架在桌上对准大门。后院（“蛇”窝）六间正房，其中有四间一明的大屋。东厢房做寝室。西厢房是厨房、饭厅和仓库。武器不详。前院西侧有角门通后院。宪兵队还有四辆挎斗摩托车、一辆轿车。大门口昼夜设岗。

我和张子岳连夜编制行动方案。我们把敌我兵力配备及武器、可能发生的意外等一次次推测，一遍遍假设，每一个细节都经过反复缜密的设计，最后敲定“调虎离山”之计。只要上级调虎成功，我们这里十五分钟解决战斗。

买卖需由掌柜定夺。敌人的电台监测密如蛛丝，已把天空网住，慎重起见，还是派人送。

腊月十三，交通员把报告送出。张子岳和我一样，眼仁儿罩满了血丝。

他若有所思地问我：“最难忍受的煎熬是什么？”

我有些心不在焉地说：“热锅里的活鱼？”

他略微一顿后说：“是等待。”

见我焦虑，他拍拍我的肩膀说：“关羽温酒斩华雄，长坂坡上有赵云，君复何惧！”他手掌里满是关爱和鼓励，话不多却给人以信心和力量。

我觉得有股暖流涌遍全身，反过来劝慰他：“是的，真正打败敌人的是自己，坚持就是胜利！”

他又问：“你说《三国演义》中最能表现诸葛亮智慧的是哪出戏？”

想了一会儿，我回答：“空城计？”

他说：“对！在危急关头，丝毫的疏忽和慌乱都是灭顶之灾。正是那三尺瑶琴流淌出的从容不迫和镇定才吓退了司马懿。”

接着我们把青阳的敌兵力部署又重新梳理一遍。本县约有鬼子四十人，特务、警察、警备队加第五军管区司令应振复的四个连，总兵力约三百人，共有轻机枪十二挺、掷弹筒六个。最关键的问题是这些“蛇”在“野狼”的野兽全能法的训练下已一年，必然是人人机警如狼、敏捷似豹，个个凶悍无比。

二十五，做豆腐。年，进入倒计时。省委批准了“除蛇计划”。

二十七，宰公鸡。我们的铺子照常营业。傍晚，风尘仆仆的八名行动队员陆续到达，加上我们五人，行动队共十三人。省委考虑周全，怕万一调虎有误，宪兵队门口的那挺机枪就是鬼门关。为了避免枪响引来麻烦，特地选了四名弓弩手。行动人员挤在货栈的小仓库里，枪关保险，人不许抽烟，用手势说话，啃干粮、喝凉水，连火都不敢烧一把。那样敌人会从酒杯中看到蛇影，从黑烟里找出彩虹。他们的鼻子比狼狗的鼻子还灵。在剑拔弩张又焦急的战前等待中，张子岳低声戏语，称我们这是“眠虎梦中斩毒蛇”，引起了无语的笑声，这大大地缓解了人们的紧张情绪。望着摩拳擦掌的战友们，张子岳又说：“鬼冢能否押上家底儿和老婆，就看掌柜的那边把戏唱得热闹与否了。同志们，咱们都在党旗下举过拳头，都有宁折不弯的脊梁，党考验咱的时候到了，能当孬种吗？”众人同仇敌忾，低声齐应：“脑袋掉了碗大的疤，誓把毒蛇全斩杀！”语调沉重，如石夯地，壮士们泪花闪烁。

二十八，穷人去买豆腐渣，富人家家把面发。年，到了破釜沉舟的根儿。

清早，宁布来了。多日不见，这狗东西胖了。他来买紫菜，说急着给皇军做寿司。他没像以往那样慢条斯理地抿酒，也没有神吹海聊，而是三大口就干了那碗酒，然后说：“日本人也真是，借肚子养孩儿让别人疼，真损！”

我假装没听懂，问咋回事。他说：“忙着呢，哪天再说。”骑上马就跑。看着他从没有过的匆忙,直觉告诉我有戏,因此担心和紧张立刻就减轻了许多。

晌午，办年货的人渐渐增多。日子太难，兜里没钱，人流像山洪，来得急去得快，购物却少得可怜，人们戏称“赶穷汉子集”。避开那些锥子一样乱扎乱戳的目光，乘人流混乱，张子岳带一组人像泥鳅般钻进浑水，去锦州菜馆潜伏（刘瞎子门前的几个摊子一年前已撤走）。

焦灼中的太阳像个冻僵的黄蜗牛，畏缩不前。我用心的鞭子狠狠抽它。鞭子舞动，连树梢都发出尖利的呻吟。我怕抽疯自己。黄蜗牛在风中颤抖着，终于爬上了窗西的杨树。我想象着：戏将开演，大幕拉开。“锵锵锵，咚咚哐！”锣鼓开场。接着是刀光剑影，弹如飞蝗，参事官鬼冢的电话会像个报丧鬼，哭爹喊娘。可我的手心还是直出汗。

黄蜗牛终于斜挂在秃了头的杨树枝上。刘瞎子说书馆前有个小叫花子放了两个呲花炮。磷硝挟裹着糠屑迸发出红蓝的烟花，像绽放的牡丹，煞是好看，只可惜瞬间就被风吹得无影无踪。有个挎洋刀的警察骂着娘过来赶他，他用烟头又点着一个麻雷子，边跑边扔向空荡荡的街心。呲花炮是告知有两辆兵车开走，麻雷子是说宪兵队带着机枪也开走了。我的心顿时狂欢跳跃，兴奋不已。

十二

苍天知累，暗为诡道。夜，意味深长，包藏祸心又不怀好意地拉下了黑幕。

弩箭带着风射出，木橛子似的哨兵软绵绵倒地。拖走尸体后，有个队员戴上钢盔，背着三八大盖儿枪，站到哨位上。值班的“风”带领两名弓弩手去正房收拾了另外两名宪兵。完成任务后，这两名弓弩手守着角门，负责清除漏网之鱼和警戒大门。我们十一个人迅速直扑后院。伙房和正房的大屋亮着灯，人影闪动。另外两名持弩队员随张子岳奔向伙房。其余的人则像猫一样避开灯光摸向大屋。

软底布鞋在凛冽的寒风中悄然无声。伴随着手势，我们分别守住走廊和窗口。不料，伙房却传来一声枪响，在风中它像一声二踢脚，响在年根儿并不特别，因为街上零零落落总在响着爆竹。但对我们无异于晴天霹雳，让人心直哆嗦。我觉得浑身出了冷汗。我们规定，不到万不得已绝不开枪，因为城里还有许多的特务暗探和部分警察，枪声就是命令，他们会在短时间内迅速向这里聚拢。

张子岳对我说："麻烦大了！"

话音刚落，更大的麻烦接踵而至。随着叭叭两声枪响，大屋的两盏灯应声而灭。狡猾的毒蛇在报警。

张子岳三人解决了伙房后奔向这里。院里一片漆黑。屋内的敌人已醒悟，眼睛也适应了黑夜的欺骗。

先下手为强。我和张子岳几乎同声命令："手榴弹！"话音没落，跟随着屋里泼水似射出的子弹，有数团黑影同时撞碎玻璃，旋风般刮出，接着就是几个魔术般的滚翻跃到院心。伴随着迅疾的动作，他们手中的枪乱射，撂倒了我们三名队员。再有几秒钟他们就能蹿上前房脊。其行动之果敢、动作之矫捷，绝非一般练武之人所能比，大有鱼死网破、上天入地之势。若让他们逃脱，后果不堪设想。蛇若飞去麻烦大，打狼不成必被吃，祸从天降眨眼间。时间是鱼，果断是熊掌，必须兼得。张子岳和我同时喊："打！前后夹击！"我们十几支匣子枪共同织出一张连鸟都飞不出去的火网。顷刻间，只见飞蛇折翼，纷纷坠地。几乎在同时，东厢房窗户突然喷出一串串火舌，狂泻的弹雨像巨蛇的红信子狂舔队员，"嗒嗒嗒，嗒嗒嗒"，肆无忌惮。更大的麻烦和灾难从天而降，又有数名队员倒下。角门的两名队员见情况危急，就贴着墙根儿，连滚带爬地迅速接近窗口，扔进两颗手榴弹。两声轰响后，狂吼的机枪顿时哑口无言。又有队员向大屋内连扔了十几颗手榴弹。爆炸声过后，硝烟弥漫，一切复归寂静，只有伤员在呻吟。我们分头行动，一组人用最快的速度消灭伤残之敌，一组人包扎受伤的队员。

我和张子岳跑进东厢房。手电光下，腿折胳膊断的机枪被炸飞到床上，一具长发女尸俯卧着，后背在汩汩流血。我扳过尸身细看，不免惊叫出声："孔玉兰！"张子岳见状已知端倪，他略一思索，果断地说："快走，你家有鬼！"拉我转身快撤。

这时，我们听身后传来微弱的嘶喊："我就是野狼，天皇万岁！"话音未落，"叭"的一声枪响，张子岳晃了几晃，俯身倒下。我狂喊着对准孔玉兰打光了弹仓，再哭着去摸张子岳时，他已没了气息。

这一仗我们将"蛇"尽斩。自己死九人（两名重伤员为了不累及同志而饮弹自杀）、轻伤两人，损失惨重。但仇恨不能淹灭理智，我来到门口值班室，按着"风"的要求，向"风"开了两枪，一枪把头皮犁了道深沟，顿时鲜血如注，另一枪打在右胸下方。他倒地昏死。"风"是日共和中共秘密党员，1935年加入我党，受潜伏在日军上层的中村功中将和延安的李克农双重领导。

前后虽不过十二分钟，但我感觉像走过了一个漫长的冬季。远处已有此起彼伏的枪声和哨子声传来。我和余下的同志们像风一样刮进寒夜中。

十三

张子岳牺牲了，"野狼"却未除，我必须杀掉他。

孔玉兰临死前自称野狼，这是不是欲盖弥彰，此地无银三百两？张子岳曾告诫过我："在地狱里生活，睡觉也要睁大一只眼睛。为兵之计，实实虚虚，虚即实，实即虚，乃兵之诡也。”想到商会、家、鬼、野狼、我爹、孔玉兰……我一边急匆匆地往家赶，一边陷入冥思苦想。我仿佛在云雾中徘徊。我觉得广阔天空如同人世，变幻莫测、吉凶无常，时而霞光万道，忽又云飞雾罩、雨骤雷鸣，时而又安然无恙，镇静从容，有时还无动于衷，冷漠地俯视大地。唉，傲视万物的苍穹，你想干什么？你在戏弄、嘲笑我？想到比狐狸还机敏的张子岳和他告诫的“你家有鬼”，我默念着“鬼”，想着那神秘又写满谜语的家，再想到我那从来都高深莫测，一贯神龙见首不见尾的爹，我那颗刚才还在迷惑的心反而瞬间清醒、镇定了，接下来是如何下手和是否下得了手的问题。想到张子岳和那些死去的战友，想到日本鬼子的残暴统治和民族遭受的灾难，我蓦然下定决心：“凡事该了结的必须了结，该面对的就必须勇敢面对。”碾子是碾子，磨是磨。虽然都是千锤万击出深山，但是各有各的坐标和使命。

想到“野狼”，我不禁涌上一丝怅惘。虽然彼此感情比纸还薄，甚至水火不容，但一个“爹”字是极其复杂的。既然此刻谜底已经揭开，那么现在父与子的关系和生死，就由两个亲情的符号变戏法似的成了两种敌对的信仰，变成了残酷的现实，而且还要厮杀，拼个你死我活。现在，脑海就是它们决斗的战场，刀来枪往，叮叮当当，矛和盾都在拼命——井是井，缸是缸。井有泉源，缸是水的驿站，各有各的使命和信仰。井时刻仰望天空，不破碎却是缸的理想。我的信仰不允许我悚惧彷徨，不让我儿女情长。我又一次坚定信心——杀！

进了院，刚迈进我的屋门儿，柏青急步追过来，低声说：“别言语，快！跟我走！”我狐疑，挣扎，拒绝。他说：“吕云卿的人马上就到，你等死吗？”我问：“为什么？”柏青说：“他是‘野狼’。”谜底虽早已亮出，但我还是疑惑和震惊。“你是什么人？”我疑惑重重。柏青语速急促：“别问，没时间了！”我挣扎着说：“我必须杀他！”柏青用他钳子般的手抓住我，让我无法挣扎，并厉声说：“刚才外面的枪声已让他早有准备，我刚偷听了他的电话，特务马上就到，晚半分钟先死的就是你！”

他死死地钳住我的手，不容我反抗，并果断地拉着我七绕八拐，一路小跑，来到一个门口后，他颤抖着手开锁，在挪开一个柜子后，指着一个黑黢黢的洞口说：“这是暗道口，出去后钻过树林翻过山就一直向北。快！快！”说着塞给我一个布包，嘱咐道，“摸着黑翻山越岭要前后长眼。快！”他闪身锁门，小跑离去。

我像枪下的兔子急忙钻进了地道，然后穿树林，连滚带爬上了山梁。回首镇里时，枪声炒豆子般的噼噼啪啪响，手电筒和火把像妖怪的眼睛忽明忽暗，狼喊狗叫，乱哄哄的一片。

十四

二十九，家家户户蒸馒头。上天也与穷人较劲，天冷得能冻掉下巴。在夜那居心叵测、杀机四伏的帷幕中，恶毒的石头把我的脚磨得血肉模糊，不怀好意的荆棘撕得我衣衫褴褛、蓬头垢面，比叫花子还狼狈。一夜的仓皇奔逃，让我的肠肚哭天喊地。我眼前金星乱舞，人昏昏欲睡，两条腿灌满了铅，抬一下都难，只有勉强挣扎着，像一只饿狼蹄子前的小兔子，瑟瑟发抖。

在雄鸡谢幕、晨曦羞涩时，我眼前一群金色的苍蝇飘飘扬扬飞舞而至，接着就是一阵眩晕……

不知过了多久，我才勉强睁开沉重的眼皮，经过打量后发现，我躺在一间地窨子里。一扇毛纸小窗上射进一缕含蓄羞涩的阳光，还有一张干巴枣似的黑脸。是这个叫马宝的老人救了奄奄一息的我。在1943年这个多雪的残冬，这时我已是中共青阳区委负责人。

马宝爷爷告诉我，这是敖汉地界。

我问这里到青阳有多远。

老人颤抖着花白的山羊胡子回答："一百二十里。"

"天哪！我是土行孙？"我用疲惫沙哑的声音喊道。打量着烟熏火燎的小屋和老人沟壑纵横的脸，我又想起了张子岳的告诫："时局危艰，遍地荆棘，人心难测。我们每做指甲大一点儿事都要考虑周全，以防不测。"他讲过一件事：在燕山东北，我们的游击队曾把一个重伤员放在其亲戚家养伤。那是一个深山沟，里边只有零零散散十来户穷人，临走时游击队留下了药物和仅有的九块大洋。但游击队走后，那个看似老实巴交，又曾信誓旦旦指天发誓的放羊汉，第二天就把亲表弟交给了鬼子，然后拿着赏钱风一样没了。

望着连只猫都藏不下的小屋，出于安全和"重赏之下必有勇夫"的考虑，我掏出怀里的布包，把三十六块大洋悉数送给老人，流着泪对他说："我被仇人追杀，万般无奈才流落此地，伤好后定有厚报，只求把我藏在一个安全地方。"

老人在我诚心实意的劝说下勉强收起钱，拿着仅有的一床棉被把我放进深约两米、伸不直腿的萝卜窖里，并把秸秆儿垛挪到水桶粗的窖口上。

第二天，也就是大年三十儿，老人赶穷汉子集，给我买回了白茬皮袄。

在万家团圆的时候，在这个坛子形黑而潮闷的小世界里，我体会着孤独和尺蠖之屈——我想象着革命，思念着蓝蓝的天，感叹着："昔我往矣，杨柳依依；今我来兮，雨雪霏霏。"孤独中，我静默惊诧：历史总有着惊人的相似，昨天的故事今又重复。四年前，我曾把张子岳藏在表妹家的地窖里。

突然，一阵马蹄声打碎了我的想象，接着传来隐隐约约的呵斥声。我的心像受惊的兔子，狂跳奔跑。我用手按着甜瓜式手雷的保险，手在微微颤抖，我做了最坏的打算。这时，我想起了张子岳所说的遍地陷阱中的另一件事。

在冀东北山区，群众基础较好，八路军游击队很活跃。鬼子拉网"清剿"，突击"扫荡"，折腾得精疲力竭都所获不大。为了割断群众与八路军的关系，伤透脑筋的日本鬼子，搜肠刮肚，用尽了毒计。

一个墨染的夜里，在燕山下的一个小村子里，一家农户的小窗棂被敲得嗒嗒直响，敲得主家汉子惊慌失措心直跳，他低声喝问是什么人、想干啥。外面的人带着哭腔，有气无力地说自己是山里的八路军，队伍被打散了，他已经三天水米没打牙了，看在都是中国人的分上，无论如何给口吃的，猪食都行。主家汉子犹豫，说自家也两天没揭锅盖了。那人哀求说：“八路军打鬼子就是救穷人、救中国，做人得有良心！”还叫着主家的名字说，“大哥，咱们是亲戚，你姑父王林的二兄弟是我的表姑丈人。”主家以前住过八路军，知道八路军是咋回事，就开了门，还拿出仅有的两个糠菜饼子。那个饿得脸都绿了的人狼吞虎咽地吃了，喝下一瓢凉水后，满口恩人地走了。天刚蒙蒙亮时，一队鬼子汉奸绑走汉子，杀了他的老婆孩子，还敲锣示众，说这就是私通八路的下场……

咒骂声陪伴着马蹄声终于渐行渐远。我的心才稍微安静。不一会儿，又有几拨人骂骂咧咧，凶来狠去，都被老人好说歹说地哄骗走了。

“感谢马宝老人！”多少年后我一直这样说。

十五

扮成讨饭人，藏好马爷爷给的四块大洋，我一路辗转，于正月十五这天来到凌源县城，找到了同德堂药铺。

在伸手不见五指的夜里，我被人一前一后地领着进山。山路崎岖，我趺趺撞撞，人已气喘如牛，浑身臭汗，寒风一吹，棉衣便硬如铁甲。天蒙蒙亮时，我们才步履蹒跚地走进深山，不久又趺趺撞撞地进入迷宫般的幽谷。小半晌时，终于见到了几个生还的除“蛇”队员和游击队的刘政委，我顿时累瘫在地。

汇报时，我检讨了没杀成“野狼”的原因，辜负了组织的信任和期望，请求处分，也说了柏青救我的过程。我询问柏青身份及他怎么知道吕云卿就是“野狼”。刘政委告诉我，张子岳、柏青和冀东北的李运昌司令相识于毛泽东主持的湖南农民运动讲习所，是志同道合的好友，并一起入的党。柏青是省特支的人，不与我们发生横向联系。他在吕府当管家肯定是有特殊任务。

吕云卿指使“骡子”把我钓进烟花柳巷，推入索命烟枪。为什么？我不愿意想，也不敢想，迷惑中我想起了柏青教的诗：“祖国陆沉人有责，天涯漂泊我无家。”

老刘告诉我，为了这次除“蛇”行动，省委精心准备，周密部署，联合邓华将军留下的冀东支队和冀察边的李支队，加上我们热辽边的几支游击队，共一千多人布疑兵，虚张声势。在约定的时间内从四面八方猛攻凌源县城。这是自抗战以来“满洲国”境内最大的一次攻击战。这让敌人不明就里中了计，生怕失去这个辽西北重要据点。“满洲国”西线防卫军司令吉野少将像猴子站在火堆上，急得直跳脚，急令青阳、喀喇沁左翼旗、承德的日伪军全部出动增援。这一仗虽然没给鬼子造成什么实质性重创，但是成功地调虎离山，让我们干净彻底地消灭了那批毒蛇，这就是最大的胜利。老刘说：“这批‘蛇’是经过全能野兽法训练，准备以各种身份派往各游击区搞潜伏。如果这一阴谋得逞，我们的损失将无法估算。”叹口气后，他又说，“古来就有‘杀敌一千自损八百’之说。这次我们的付出太大，张子岳同志……”

说起张子岳，他帮我戒鸦片烟的往事又浮现于脑海。

当年，在怡春院我凭一时之勇救了他。我又连夜转移，把他藏在表妹家的菜窖里，并陪伴他二十多天。其间，他给我讲了许多延安和八路军的故事及共产党抗日救国的道理。他讲的东西唤醒了我心中那些原始朴素的正义感，让我有如春风拂面，好像胸腔子里都装满了阳光，热乎，敞亮，觉得外面的鸟叫都沾满了洋洋喜气儿。

为了帮我戒烟，他讲了一个故事：青阳有个报号孙朝阳的胡子。九一八事变后他的队伍改为抗日救国义勇军。在赵尚志的帮助下，在哈尔滨一带杀得鬼子一日三惊，提心吊胆。关东军司令冈村宁次跳着高吼道：“满洲人如皆效仿，帝国武运何长？铁桶战术，剿，大大地剿！”时值赵尚志去吉林联络抗联，孙朝阳的队伍被鬼子步步紧逼，疲于奔命。这天，他们来到宾县深山老林里一个只有十几户马架房的小村。正在埋锅造饭时，探子回报，说讨伐队有进山的迹象。二头领听了，忙命令火速备马，准备转移。老孙刚好犯了大烟瘾，躺着不起来，非要烧个泡儿，说：“慌什么慌？不就是迹象吗？火没上房！”二头领急了，带着哭音儿说：“当家的，火上房粥就凉啦！”他说：“凉不了！赶趟！”急得手下人直跳脚。孙朝阳一个泡儿刚抽完，外面马嘶人叫，机关枪响得一塌糊涂，像刮风下雨。一个大英雄，为了一口烟，就这样，那颗几多豪迈、几分哀怨、几许遗憾的头颅被鬼子挂上了宾县城楼。孙朝阳一个把兄弟重举义旗后决心戒烟。他问心腹刘四：“我要有难，你救不？”刘四答：“粉身碎骨，在所不惜！”他又问：“我要戒烟，在大烟揪我心、抽我筋时你给不给？”刘四迟疑。他一个大嘴巴甩去，大骂混蛋，然后命人把自己锁在屋里。半天后，他哈欠连天，无精打采，眼泪鼻涕一起流。第二天，他骨头里虫子长獠牙，啃得他浑身酸痛学狗爬，撞墙磕头。在精疲力竭时，他像受伤的狼哀号着昏死过去，睡了一天一夜。

孙朝阳之死让我的心灵受到审判和震撼。好男儿就该顶天立地，吐口唾沫是块铁。一跺脚，我也戒了大烟，绝了妓院路。张子岳非常满意，他笑着夸奖我：“关公刮骨疗毒，你刮垢磨光。关东爷们儿，是条汉子！风刮不走山，雷炸不破天。大丈夫拿得起放得下，啥时候都杠杠的！”

那天，他介绍我入了党，我才有了新生。

刘政委与我总结了“黄雀行动”和“除蛇行动”，并写出详细报告送热辽省委。报告中还写了我没除掉“野狼”的原因和我建立备用联络站的事情。

在“黄雀行动”后，我用“苦肉计”把一个伙计送进了监狱，半年后由其亲戚具保获释。伙计与我“反目成仇”，并与一个伪官吏合伙开了个铺子。三年中，我除了汲取营养武装自己，并没有睡大觉。“黄雀行动”和“除蛇行动”两次行动，像两个撼天雷炸飞了鬼子的魔爪，把敌人炸得惊愕颤抖、目瞪口呆，像个傻子，心疼得放泼打滚儿地哭。关东军总司令山田乙三沮丧地说：“八路的，大大的狡猾。比孙猴子还精，专门变成飞虫往你肚子里钻，再抓心挠肝地折磨你，让你寝食难安。”

未雨绸缪，我预先在敌人心脏砸下一根钉子，埋下一颗雷。“除蛇行动”让“野狼”和我同时露出真面目。怀念着我的领路人，我只能留在游击队里。我们和冀东支队、察南李运昌支队互相配合、遥相呼应，偷袭夜扰打埋伏，东游西击麻雀战，整得冀热辽边的敌人寝不安席、食不甘味，燕山周边草木皆兵，大凌河畔风声鹤唳。

十六

“除蛇行动”成功地粉碎了关东军特高科的一次重大阴谋，也让“野狼”露出真面目。我成功逃出，柏青却遇难牺牲。他是我的启蒙恩师和救命恩人。让我永生难忘，也让我想到了我俩的初识往事。

在我赶走丁师傅的五天后，来了第二位师傅。他是一个目光炯炯，瘦却健朗的青年汉子，灰布长袍束一条深蓝布带，一条油光光的粗辫子垂在背后，利落又精神。我故技重施，前瞻后顾，扯耳拧腮。他依旧朗朗诵读，目不斜视。我蹬鼻子上脸。他一声咳嗽，屋瓦嗡嗡响，梁上掉尘土。

第二天早上，我和还不是“骡子”的堂兄早早来到书房，把窗纸洇个小洞，像木匠单眼吊线地盯着。堂兄的声音沾满了欢快：“来了！”我兴奋得心口咚咚直跳，手端铜盆，恭候落汤鸡。门吱一响，“哗”的一下，一盆水如瀑布倾泻而出。然而，他滴水未沾，没事人一样进了屋，把手中的锄杠放到门后。我顿时心凉半截，傻了眼，习惯了发号施令当孩子王的我不由得恼羞成怒。我悄没声地走过去，抄起锄杠，双手举起，狠狠向他后脑勺打去。

谁知他脑后有眼且手快带风，嗖的一把抓住锄杠，然后慢慢转过身，盯着我。他的目光里没有恼怒，而是温柔如水，但他的动作让我瞠目结舌，只见他双手轻松一动，没费吹灰之力，“咔叭”一声，锄杠断为两截，然后把它们扔向旮旯后才拍拍手走向座位。羞辱之火忽地蹿上我的脑门儿。今天就是砸锅卖铁、拆船烧火，也得整个你死我活，我心里想着，就忽地冲过去，双手用尽全力薅住了他那根黑亮的粗辫子，心想：“老子扯下你这驴尾巴当鞭子耍。”但万万没有料到曹操走了华容道，关公也掉过链子走了麦城，尽管我拼尽全力，他那根黑亮肥壮的“驴尾巴”竟像棵根深叶茂的藤，纹丝不动。只见他仄歪过身，很轻松，像猫玩耗子似的用辫子把我拎到胸前，然后抓住我的袄领子，像拎小鸡一样把三尺半高的我拎过他头顶，还用力在空中晃了几晃，直弄得我腰酸骨酥、四肢无力，像被抽了筋的蛇瘫倒在地。那之后，我变得规规矩矩了。

柏青在讲堂上，能把风吹树叶、雨打芭蕉都说出琴声和诗情画意，也能把两军厮杀的人喊马叫形容得让人身临其境。在她讲杨家将和岳飞的故事时，真让人觉得置身在烽火狼烟之中，既听见了萧太后战马的咴儿咴儿狂叫，也闻到了四狼主轰天大炮未散的硝烟，让人不由自主地眼含热泪，恨不得也跃马挥枪，和那耶律什么、金兀术等大战三百个回合，杀他个人仰马翻，血流成河，也整几句“壮志饥餐胡虏肉，笑谈渴饮凶奴血”，抒发一下心中的愤慨。他还眼噙泪花给我们讲中日甲午战争和日俄争霸辽东时，炮火连天，中国人尸横遍野。他把“楚虽三户，亡秦必楚”的道理讲得像杀人偿命、欠债还钱一样明明白白。让我也咬牙切齿、摩拳擦掌，心里默默地盼望着自己也像夏天的苞米秧，一个月就蹿一房高，也像岳云、戚继光他们一样，和那些该死的日本鬼子们拼个你死我活。

我觉得他比那些古代的英雄们还高大。他烙在我心上的一句话就是：“无论谁，任何时候也灭不了中国！”然而，17 年后他却死得那样悲壮、惨烈。

1944 年初春，人们像潮水一样涌向城外西天台。初春，春寒料峭，寒风像小刀子一样刺骨。风挟着黄沙，疯子一样到处弥漫。太阳像吊在空中的红倭瓜，毫无热情，显得无趣又冷漠。五辆土黄色的大汽车像醉汉摇摇晃晃地开来，它们如虎行羊群，威风凛凛，兽性张扬。车头顶上都架着机关枪，日本兵的刺刀雪亮耀眼。中间车上放个大囚笼。上百名警察和日本兵早已脸冲人群圈出了大块空地。

汽车驶进场内，四辆车各自占据了四个角。鬼子从囚笼里拖下柏青，在他的后背插上了宽大的木牌，牌上写着红色的“共匪柏青”四字。只见柏青满脸胡须，头发凌乱，黑棉袍上血迹斑斑。他的舌头已被割去，但眼神却像发威的豹子，转动着射出让人不寒而栗的光。

鬼子们牵着四头大如小牛的狼狗。一名鬼子军官手拄军刀，呜里哇啦地喊着。一个模样斯文、戴眼镜的人，像个奴才似的翻译着：“这是个潜伏已久的共匪间谍，他刺探情报，组织土匪‘反满抗日’，打伤皇军官佐并放跑八路，他处心积虑地、死心塌地地与大日本皇军做对。皇军漂洋过海，万里迢迢，不辞千辛万苦来这里帮你们建设‘王道乐土’，建设‘大东亚共荣圈’，建设自由富强、人人快乐的‘新满洲’，容易吗？你们不体谅皇军的良苦用心和苦衷，不感谢天皇陛下对你们的‘恩赐’，不感谢‘康德皇帝’对‘日满亲善’的诚意，还仇视帝国、残杀皇军，真是罪大恶极！今天，为了杀鸡给猴子看，以儆效尤，皇军要让你们这些猪一样的‘东亚病夫’知道知道阎王爷的厉害！”

绑在木桩上被剥去上衣的柏青露出了身上黑、红、青和烫焦了的疤痕。一个手持利刃、头上缠着红膏药白布条的刽子手站在旁边，他把眼睛紧紧地盯着那军官，仿佛是准备扑向羊羔的恶狼。鬼子军官戴白手套的手在空中挥了一下，刽子手握着寒光闪闪的利刃，狞笑着，慢步走向木桩。人们的心都不由自主地提到了嗓子眼。只见那个刽子手用刀拍了拍柏青那冻得惨白又瘦骨嶙峋的前胸。长吁短叹的人群顿时鸦雀无声，连胆小人上下牙的打架声都清晰入耳。鬼子官又哇啦了一通，翻译喊道：“你听好，这是最后的机会。

如你肯归顺皇军就点点头，不然——”

柏青倔强的脑袋昂然扬向空中。

白手套再次挥动，利刃无声地从柏青的胸前刺入，“嗤”的一声，肚皮被利刃拉开，顿时血流满地，肠子翻滚而出，露出了腔子里鲜红颤抖的肝肺和噗噗跳动的心。血腥味儿在空气中弥漫。柏青眼喷怒火，身体抽搐扭动，嗓子里发出呜噜呜噜的吼声。围观的人们都痛苦地垂下头，顷刻，人群开始骚动、聚集。汽车上的机关枪喷出了火舌，子弹在人们头皮上嗖嗖作响，有人被射杀，人群复归寂静。白手套又一次挥起，四条狼狗被血腥味馋得兽性大发，迫不及待地纵身扑向柏青……

当夜，盗尸人中了埋伏。第二天，又有盗尸人中了埋伏。往复五夜死了六人，柏青的尸体终被人盗走。

十七

1945 年 8 月 15 日，日本鬼子投降了。

老蒋和老美成了把兄弟，老蒋的腰杆儿从杨木棍换成了铁棍，走路挺胸看天，腆肚如扣锅。他在南京召开伪国大，信心百倍，大言不惭地声称“三个月拿下共军，让共党彻底没戏”。老蒋招降纳叛，调兵遣将，一时间弄得大江上下舰船如过江鲫鱼，万里长空飞机像屠户家苍蝇，接收大员满天飞。

延安的党中央和毛主席早已把功夫练得出神入化、神鬼莫测，且身手敏捷、铆足了劲。党中央和毛主席运筹帷幄，决胜千里，出其不意地做出抢占东北这一决定，出奇制胜，定了胜利的基础。

我们当时归属冀热辽边区李运昌司令，后随冀东支队曾克林司令奉命出关。曾司令一炮定乾坤，智摄山海关日寇，然后率我们坐火车来到被苏联红军占领的沈阳。苏联红军不容我们站脚，还处处限制我们的自由，这不许动，那也不能碰。曾司令说得嘴皮子磨起了茧子，动了孙悟空斗金角大王的心思，费了弼马温大战牛魔王的力气才落了脚。后来，曾司令坐飞机去延安向毛主席汇报情况，党中央领导与苏共高层反复交涉，我们才有了自由。

两个月后，我带一个班人回青阳刘家窝棚组建县大队，开始了与“野狼”的国民党部队、土匪和特务之间的拉锯战。

时光如箭，从斩“蛇”胜利到险被“野狼”杀害，再到钻地道出逃，至今已近两年，吕云卿的画皮被揭，我娘也早已安全转移，但这不为人知的幕后，又掩盖着多少泣血悲情与故事？

在塔山阻击战打得昏天黑地、尸横遍野时，在山崩地裂的炮声中，我被任命为青阳县县长兼县大队大队长。我忙着筹粮送米，组织民兵民夫抬担架救伤员，动员一切可动员的人力物力支前，忙得如一头受伤的老虎一颠一拐，胡子拉碴，两颊深陷，双眼红肿，长眵目糊。最忙的一次，我三天两夜没合眼。通讯员见我疲惫得散了步，一根接一根地抽烟，恨不得用木棍把眼皮支上，就叫来一副担架，和司号员一挤咕眼就把我摁到担架上，我立刻“死”了……

辽沈战役接近尾声时，侦察员报告，吕云卿带着电台和五个特务跑了。我分析，狡猾的“野狼”极有可能走海路。

集合号滴滴答答，铁蹄叩地如雷。马队狂飙，风驰电掣。我们追到了营口鲅鱼圈。茫茫大海，茫茫得让人头皮发麻心打怵。浪涛打着滚儿，用白花花的手后排推前排，哗哗地从远方涌来，海鸥叫唤着飞来飞去。一艘火轮船停在不远处，接应“野狼”的小艇正靠近火轮船。火轮船的烟囱突突突地冒着黑烟，把蔑视写向天空，仿佛在说：“土八路，来晚啦！不晚也是干瞪眼，除非马变龙，有孙悟空的避水神针，否则全不好使！咱大功告成，再见了！”

谢谢王排长仅有的三发迫击炮炮弹。

第一炮，“轰！”小钢炮响后，小艇忽悠一下紧仄歪，挺玄，炮弹却打偏了。

第二炮，校正，“轰！”白浪滔天，小艇一惊一乍，有惊无险。

眼看着小艇接近火轮船，就在“野狼”得意忘形、兴高采烈的时候，第三发炮弹像施了魔法长了眼，正中船心。“轰！”这第三炮真漂亮！花开花落，魔鬼在天堂路上惊魂丧魄，灰飞烟灭。这第三炮炸得恨消怨散，云开日出。这第三炮炸死了曾经罪孽深重的日军大佐和现今吃活人心肝、罪恶滔天的国民党少将。这门迫击炮该立特等功！

炸死了即将登舰的“野狼”，除了魔患。我们搜查了他的老巢。走进商会院子，我想起了秦碉泉“我到坟前愧姓秦”的诗句，真有狐狸洞里一窝骚的感觉。清理吕云卿没来得及烧毁的文件，发现了几个笔记本。为了进一步看清他的嘴脸，我抄录了几段：

民国十年

新婚的我来大连进海货，偶然邂逅了温良恭顺的正野良子。她漂亮性感，像刚开的桃花。原来她是肃亲王十四格格川岛芳子的师妹，是大特务土肥原贤二的学生。我被她留了下来。在这十字路口，我非常矛盾，心纠结得变形流血。抛开马芙蓉这件花布衫不说，扔就扔了，没什么可惜，现在是走哪条路的问题。我如果甘做良子的马，会有两种结果。

甲：我将是“满洲国”的功臣。凭我的学识才干，必是前程似锦，有享不尽的荣华富贵，且光宗耀祖，显赫门庭。人生一世，草木一秋，何不舍枯求荣？学秦桧、张邦昌，臭也万古留名。

乙：“满洲国”败了，树倒猢狲散，我虽是罪人，但又有何惜？大丈夫遗臭万年又何妨？我宁做日本人的狗，锦衣玉食，也不学傻岳飞去流芳千古。活着为了啥？要啥良心，我要把它踢得远远的！人不为己，天诛地灭，谁人不知？

民国十一年

我是一匹陷入泥潭的马，越挣扎陷得愈深。我完全被她拴在了腰带上，成了一条夜晚供她骑乐、白天咬人的狗。唉！真是仆本丧心，遇贤女何至如此？昨接家信，说马芙蓉生子。本应高兴，不知为什么却万分沮丧。预感告知，他将是我的累赘和麻烦。

民国十九年正月

关东军特高科派我潜回青阳，成了大日本特务机关驻辽西上尉谍报员。正野良子化名孔玉兰，以女仆名义来指挥一切。她不允许我认春生，说世界上只有大和民族和日耳曼人才是最优良的人种，其他的种族只配做奴役或灭种。我加入了大日本国籍，升少佐。

民国二十八年

在她的怂恿和监督下，我收买“骡子”，让他引诱春生入妓院、抽大烟，为的是让春生在温柔乡里销魂，在鸦片烟中蚀骨，成为行尸走肉。我承认，这日本娘儿们真毒！

民国三十二年腊月

四门贴告示，总能碰上不识字的。我明是商会会长，暗地里搜集情报、操纵特务土匪，配合日本人铲除八路奸细。糊涂虫们还夸咱积德行善、德高望重，叫我吕善人。前接军部命令，“眠蛇”训练马上完成，数日后就要出洞。正野良子驯“蛇”成功，明日（腊月二十九）将代表关东军前往上海重光堂，配合影佐祯昭搞“溥汪同流、满宁合作”。不幸的是，她今晚却被春生连那批“蛇”一块儿杀害。她是太阳，照耀了我半生。是她领我步入“天堂”（也可能是地狱），从上尉到大佐，极尽荣耀。现在太阳陨落，我伤心、痛惜、悲哀，为帝国宠儿悲哀，为世界末日悲哀！

民国三十三年初春

柏青浑水摸鱼放跑了春生，又妄图杀我。我让他尝尽了各种酷刑，让日本人把他开膛破肚，最后喂了狼狗。

民国三十四年秋

戴笠手下大将、九一八前就给张学良当情报科长的陈旭东来了。他是铁岭人，也是我表兄。出于政治目的，他慷慨地接收了我，还委任我为国军驻辽西站上校情报站长。同时他还嘱咐我务必找到人称“飞猫”的田志富的遗骨厚葬，因为他是军统中校行动员，在执行任务时以身殉国。唉！当年是我指挥“骡子”连端国共两党五个黑窝，还把功劳写在“骡子”的脸上。“飞猫”杀了我最得力的心腹干将，挖了我的眼，今天我却给他收尸，还要树碑立传。唉！历史总开大玩笑，既让人喷饭，又让人掉牙。漏船载重遇激流，不是冤家不碰头，我那个宝贝儿子也拉起了县大队。老君炉里蹦出孙猴子，他的县大队一眨眼就成了齐天大圣，和美式装备的保安团、流氓地痞组成的自卫团杀得难解难分。我们爷们儿就风起云涌、潮起潮落，真枪实炮地斗上了法。孙悟空大战牛魔王，整得轰隆隆山呼海啸、稀里哗啦地动山摇，真像戏里唱的：“直杀得天昏地暗、日月无光，鬼哭狼嚎、血流遍地。”穷棒子也浑水摸鱼，趁火打劫，分田地、分浮财。我就组织“还乡团”反攻倒算，报仇雪恨。财主们咬牙切齿，仇恨满腔，被打跑后又阴魂不散卷土重来，把那些农会干部挖眼割舌，扒皮抽筋点天灯、五马分尸大卸八块。

民国三十四年

在胡家堡子，我让穷棒子挖了八八六十四个坑，然后赶进去一百二八个男女，死了也要配对儿。土埋到脖颈时，穷鬼们个个眼珠子外鼓，血涌脸胀。棍棒锄头轻轻一砸或是马蹄一踢一踏，登时血喷数丈高，红花朵朵开。整得围观的穷光蛋们痛哭流涕、几昏几死，小鬼儿哆哆嗦嗦，阎王爷哈哈大笑。

我喝美酒、赏圆月，听着穷鬼们唱着哭爹喊娘、鬼叫狼嚎的戏，心里真是畅快，真想唱上几嗓子。这时，“八大金刚”中的老五走过来说：“活人心做的醒酒汤和酒爆活人肝鲜美无比。”我拍桌大骂：“蠢材，不赶紧做来还嘚瑟什么！”

真没想到，大日本皇军和蒋委员长会遇到雄才大略、棋高一筹的毛泽东。他带着装备落后的共军，竟然打趴下了飞机坦克、洋枪洋的皇军和国军，还打得皇军和国军望风而逃，丢盔弃甲，狼狈不堪……

十八

灿烂的朝霞把天空打扮得像个光彩照人的新娘子，她驱走了黎明后仅存的几丝阴云。一轮红日喷薄而出，朝气蓬勃，光耀宇宙，让绿水青山英姿焕发，让苍茫大地神采奕奕。

我向母亲诉说了第三炮的情景，她默默无言。

我问："他是我亲爹？"

她理理鬓角的白发后，口中念念有词："佛祖在上，佛有眼。我佛慈悲。魔换了他心。一切有为法，如梦幻泡影……"她诵起了《金刚经》。

说心里话，在挥手下令时，我已把痛苦和矛盾、把已往的恩恩怨怨统统研成炸药，装进炮弹。第三发炮弹承载着情仇，欢呼着飞去的一刹那，我的心也在颤抖——那即将粉身碎骨的人是我亲爹，虽然他坏事做绝，死有余辜！

因为主义和信仰，让父子的心隔千重山、万里海，在炮弹呼啸而去的一刹那，我甚至抱有幻想，希望它再次打偏，但现实不容我遐想和怯懦，因为他是民族的罪人，在国家的危亡之秋，在国家最需要儿女们挺身而出的时候，他却助纣为虐，为虎作伥，沦为千古罪人。当"野狼"露出真身后，我曾怀着沉重的心情写下这样的话："无论任何时代，贪欲都是毒蘑菌，罪恶像土壤、温度和水，使其慢慢地发酵成长，在吞噬光亲情和良心后，再与亲人反目成仇。难道这也是宿命？天有慧眼，把蒙尘打开，但有谁知道今天的彩虹和昨日的阴霾？大江东去，历史沉浮，荣辱成败；父子恨，家国仇，这就是命运的安排？"我思索着，古往今来，同一时候，有开怀者就必有倒霉蛋，有宠儿就必有受气包，这是历史的关怀和不灭的定律。

对于逝去的往事，不能如老牛反刍一样不停地咀嚼。我对自己说："要把昨天的苦痛转化成今天的力量。只有把被践踏成泥的野草磨成浆，再制成纸，才会有新的图画。"

一炮泯恩仇！

附　录

马芙蓉语

我叫马芙蓉，俊俏贤惠。我忍辱负重地活着完全是为了儿子春生。婚后，吕云卿即去大连经商。他把我当块旧抹布扔进了灰堆。家教和礼数这根绳，把羔羊捆成了粽子。我只能忍气吞声，用青灯佛卷打发时光。

红尘夹杂在岁月的风烟中，弥漫在远去的风影里。青莲沐浴着梵唱，静静地绽放在忘忧河里，散发出淡淡的清香；无为山上翠竹颔首，轻拂风，细听雨，看阳骄月醉。佛在叹息："你前尘孽债，今世累还。"

柏青自语

我是冀热辽特支委员，来吕府当管家是为了潜伏于此，寻找"野狼"。特委怀疑吕云卿已久。刘雅秋是个好姑娘。春生娘接她来家小住，吕云卿借机强奸了她。吕云卿阅尽千峰万壑，不缺各种女人，唯一的目的就是让春生陷于痛苦之渊不能自拔，从而毁了他。因为正野良子已把他彻底变成了鬼。春生戒烟、断了青楼路，吕云卿摔碎了心爱的白玉九龙杯。那几天，他的眼神儿阴森恐怖，像绿花红脖子长虫吐出的信子，喷着毒。那次春生送朋友刚走，我偷听电话，吕云卿说有两位客人要去哈尔滨，准备在四平迎接。因为我在此没有组织关系，急得搓脚挠头。

腊月二十八，忙年的人如雨天的河水来去匆忙。街上传来零星的鞭炮声。

太阳正晃悠在西山顶上和人们说再见。夜幕垂下。不知何故，宪兵队方向传来密集的枪声和炸弹声，吕云卿的电话没完没地响。他像条饿红了眼的狼，转圈儿急走，眼露凶光。他从窗户看见春生进了院。我屏声静气地站在门外偷听，他打电话命令特务速来抓人。我吓出了一身冷汗，大脑飞快地盘算着。

我用之前配好的钥匙，用最快的速度，从暗道送走春生，然后来杀“野狼”。他正在摆弄一瓶日本大关清酒，他常喝的那种。我装作向他请示明日祭祖之事。他很烦，皱着眉，放下酒瓶想说什么，茶几上的电话又响了。就在他弯腰拿电话时，我抄起酒瓶猛地砸在他的后脑勺上，他像一条瘫痪了的狗无声地倒下。我刚挥起匕首，特务们冲了进来。

吕云卿自述

耀武扬威、不可一世的神马，一忽悠就化为飘在空中的浮云。日本人跑了。共产党来了。国军虽然都是嘎嘎新的美式装备，连人都成了铁嘴钢牙，但是晚了一步。共产党会撒豆成兵，像孙悟空那样拔些汗毛，吹口仙气儿，就遍地都是兵。那些穷人中了魔法似的，一呼百应。说起来春生这野种也算福大命大。良子让“骡子”把他当爹供奉，就是想把他剔成骷髅，没想到，他还真是个咬钢嚼铁的汉子，说戒就咬牙瞪眼一跺脚，都戒了，这点儿狠劲真像我。我干了一辈子特工，不得不服气，春生这小子藏得真深，就像煤堆里的一块墨石。近两年的监侦竟然没看出分毫的蛛丝马迹。我自以为是千年的狐狸，才跟蒲松龄玩聊斋，结果却出乎意料，小鬼耍了老妖精。可惜呀，真是一疏忽成千古恨。当年正想杀他时，让柏青给坏了事。要是“骡子”不死，唉！

老蒋的棍儿愣让共产党给橛了，还撅得脆生。打不过共产党春生，咱也是熟读兵书的人，对走为上计嘎嘎熟。咱现今是堂堂保密局少将专员，不能让你个犊子抓住。跑吧，就到了海边儿。

哈哈！看！接我的小火轮正在海上耀武扬威。狡兔三窟兵之诡，溜之大吉非穷途，毛人凤对咱还有重任以待。咱已上了接应的小艇，一支烟的工夫就能登船。春生，你带着兵撵丧家犬来了，还架起了机关枪、迫击炮。哈哈，不是老子瞧不起人，就凭你们？看！你还敢开炮？扯淡！“轰！”第一炮打在了船右边，炸得水柱冲天。“轰！”第二炮又打在了左边儿，还整得浪花四溅船忽悠，很好玩，你还是那么不靠谱。嘿嘿，我还有十来米就登舰了，春生，你奈我何？看！软梯已经放好，两个军官戴着雪白耀眼的手套笑着向我敬礼，我兴高采烈、手舞足蹈地挥舞着大盖帽欢呼胜利。“轰！”哎呀妈呀，这第三炮不好玩儿，直接打在小艇上，把我炸散了架，各个零件都飞了起来。

我抓着大盖帽的半支胳膊在空中旋转着飞舞，像老鹰叼着半截狗腿缓缓下降。我的脑袋、腿、脚、躯干被炸成了饺子馅儿，伴随着浪花和木屑凌空乱舞，又争先恐后地纷纷落水。在空中盘旋时，我的鼻子闻到了火药的香味儿，小时候放烟花炮仗时就是这个味儿，日俄之战和九一八事变时那浓浓的炮火硝烟也是这个味儿，真好闻！我还闻到了弥漫在半空的血腥味儿，就和当年日本人的大狼狗撕碎柏青时是一个味儿，也和前不久吃的农会主席的心肝没什么区别。在这同时，我飞在半空的眼球看见小火轮呜呜地哼着丧歌跑了。唉！真是爹死娘嫁人！我和伙伴被炸碎的骨肉抢孝帽子般的落在海水里，一大群各式各样的，认识的、不认识的鱼，正像逐臭的苍蝇、抢腐的乌鸦，在争先恐后、兴致勃勃、津津有味地聚餐。有的鱼说：“狐狸肉，真臊！”有的鱼说：“是臭狗肉，腥！”你抢我夺，吵吵闹闹。更可恶的是一条章鱼吞下我的舌头和一团脑浆后还咂巴着嘴说：“呸！呸！这都是什么玩意儿，没一点儿人味儿！”唉！没毛的凤凰不如鸡，遭瘟的病虎被犬欺。这要是早几年，我非让皇军或“骡子”活活扒你们的皮，然后千刀万剐，最后灭你九族！哎呀呀！更遗憾的事来啦，一只海鸥叼走了我的眼球。我的嘴在落水后被吃的那一刻喊出了最后一句话：“去这狗屁的党国！去这要人狗命的第三炮！”